Minck & Minck

abgemurkst

Edda (*1958) und Lotte (*1960) Minck leben und arbeiten in Bochum. Beide sind durch viele verschiedene Berufe und Jobs in der Film- und Fernsehbranche gegangen, bevor sie sich Ende 2004 dazu entschlossen, auf ihre alten Tage zu Schreibtischtäterinnen zu werden. Dem Ruhrgebiet, seinen Menschen und Mentalitäten aufs Innigste verbunden, schauen sie in ihrem zweiten Krimi mit viel Witz und Sinn für Situationskomik dem Ruhrpott nicht nur aufs Maul, sondern auch in die Abgründe seines Herzens.

Bereits im Droste Verlag erschienen:
totgepflegt – Maggie Abendroth und der kurze Weg ins Grab

Minck & Minck

abgemurkst

Maggie Abendroth und das gefährliche Fischen im Trüben

Droste Verlag

Bibliografische Informationen der Deutschen Nationalbibliothek
Die Deutsche Nationalbibliothek verzeichnet diese Publikation in der Deutschen Nationalbibliografie; detaillierte bibliografische Daten sind im Internet über http://dnb.ddb.de abrufbar.

Die Veröffentlichung dieses Werkes erfolgt auf Vermittlung der Autoren- und Verlagsagentur Peter Molden, Köln.
Satz: Droste Verlag
Titelgestaltung und Illustration: Helge Jepsen, Essen
Druck und Bindung: Clausen & Bosse, Leck
ISBN 978-3-7700-1280-0

www.drosteverlag.de

Für die Freunde

Ensemble

Maggie Abendroth	lernt die scharfen Krallen der Eifersucht kennen
Winnie Blaschke	liebt, leidet und knutscht fremd
Wilma Korff	macht den falschen Job zur falschen Zeit mit dem falschen Mann
Berti Blaschke	findet ein herrenloses Körperteil
Nikolaj Andrejewitsch Besuchow	tanzt Maggie auf den Nerven herum
Herr Matti	hat hinter Gittern den totalen Durchblick
Mia Hoffstiepel	betrauert den Verlust ihres Gatten
Carmen Sawatzki	feiert den Verlust ihres Gatten
Dr. Dr. Herzig	weiß sich vor lauter Provisionen nicht zu retten
Sibylle Schröder-Fröse	mangelt es an therapeutischer Intuition
Ariadne	meißelt ihre Liebe in Stein und Holz
Der Rettich	war Maggies Licht am Ende des Tunnels
Wachtmeister Walther	ist ein kluger Mann und hört auf eine Frau
Fox Mulder	bedauert das Ausbleiben von fliegenden Untertassen
Herrmanns und Borowski	tun für Alkohol alles, sogar für Maggie
Rita Thiel	lernt, dass Scheiden wirklich wehtun kann
Konstantin Sattelmann	kriegt mal wieder den Hals nicht voll

Kai-Uwe Hasselbrink	küsst immer noch nicht besser als im letzten Buch
Kajo Kostnitz	setzt seine Pianisten-Karriere aufs Spiel und findet eine Leiche
Die abgehackte Hand	fühlt sich zu Recht unvollständig
Dr. Thoma, Kater	wird sich immer für Sekt statt Selters entscheiden
Willy, Hund	hat für Radsport gar nichts übrig
Bad Camberg	ist schöner als Maggie uns glauben machen will
Bochum	nie mehr zweite Liga

01

Nichts Böses ahnend, lümmelte ich am Nachmittag des 1. April in meinem privaten Flüchtlingslager, dem Haus von Kajo Kostnitz, herum. Ich lag auf der guten Couch, mit dem Rauchen von vielen Zigaretten, der Lösung von mehreren Kreuzworträtseln und der halbherzigen Anzeigen-Recherche nach einem neuen Job beschäftigt, als Winnie Blaschke, mein persönliches Polizeischlachtschiff, hereingeschneit kam und den folgenschweren Satz von sich gab: »Hör mal, Maggie, meine Oma hat doch einen Bandscheibenvorfall. Ihr Arzt hat sie überredet, ein paar Tage zur Kur zu fahren.«

»Hm«, antwortete ich geistesabwesend, denn 41 senkrecht mit fünf Buchstaben – *Auch ein an ihr erblindetes Geflügel findet ein Korn* – brauchte meine ganze Aufmerksamkeit. Mein Kater, Dr. Thoma, lag auf meinem Bauch und hatte bei Winnies kleiner Ansprache noch nicht einmal den Kopf gehoben.

»Ich finde, Oma braucht eine Begleitung. Ich hatte da an dich gedacht.«

Er wird nicht aufhören zu reden, bis er eine Antwort bekommt, schließlich ist er Kriminalkommissar, dachte ich und legte das Rätselheft an die Seite. »Was, Winnie? Noch mal, bitte.«

»Hallo, Maggie Abendroth. Meine Oma hat doch einen Bandscheibenvorfall, und ihr Arzt hat sie überredet, ein paar Tage zur Kur nach Bad Camberg zu fahren. Ich finde, Oma braucht eine Begleitung. Ich hatte da an dich gedacht«, leierte er seine kleine Ansprache wie ein Automat herunter. Ich war sicher, einen 1,98 Meter großen Aprilscherz vor mir zu haben und wähnte mich auf der sicheren Seite, als ich lächelte und sagte: »Natürlich, Winnie. Bad Camberg, der Nabel der Welt. Nichts, was ich lieber täte. Trinkkuren, Spaziergänge, erbauliche Rezitationsabende – ich schätze mal Kästner und Droste-Hülshoff – und ein Kurorchester aus sechs halbverhungerten Ostblockmusikern in fleckigen Anzügen spielt dazu die neuesten Hits von Zarah Leander.«

»Na dann – abgemacht. Oma wird sich freuen. Ich ruf' sie gleich mal an. Macht ja schließlich keinen Spaß, alleine durch die ›Hautevolaute‹ von Bad Camberg zu flanieren.« Er klappte sein Handy auf.

»Halt, halt, stopp mal, Winnie. Das war doch jetzt nicht ernst gemeint mit der Kur, oder wie?«

»Weil heute der 1. April ist?«

»Hallooo …! Ich fahr' doch nicht zur Kur! Bin ich meschugge?«

»Ja, warum denn nicht?!«

»Weil ich nicht alt und zittrig bin. Ich habe keine Gicht und kein Rheuma.«

»Ach, sieh mal an! Weihnachten, was noch gar nicht so lange her ist, wärst du fast umgebracht worden. Du hast traumatische Situationen erlebt. Also, ich finde, du brauchst Erholung. Die Klinik ist für Psycho und Orthopädie. Und Oma zahlt. Besser geht's doch gar nicht.« Vor Freude über das Überangebot therapeutischer Maßnahmen in Bad Camberg warf er beide Arme in die Luft. Der Kater war auch endlich wach und stemmte mir eine Pfote unters Kinn.

»Aua, fahr die Krallen ein, Dickmops.« Der Kater gähnte, drehte sich einmal um und rollte sich wieder zusammen. »Und übrigens … ich bin nicht traumatisiert!«

»Bist du wohl.«

»Und ich brauche keine Kur.«

Winnie steckte sein Handy ein und warf mit großer Geste seinen neuen, sandfarbenen Frühjahrs-Burberry auf die Couch. Dann setzte er sich mit elegantem Schwung an den Steinway Flügel, strich sich eine Strähne seines roten Haarschopfes aus dem Gesicht und schloss die Augen. Und das alles in einer einzigen, fließenden Bewegung. Ein sicheres Zeichen dafür, dass er sogleich mit der Psychofolter beginnen würde. Ich tippte auf *All that Jazz*. Das konnte ich locker aushalten. Stundenlang. Irgendwas aus Cats wäre schlimmer.

Aber er spielte *Too shy* von Kajagoogoo.

»Lass das!«, kreischte ich und fuhr von der Couch hoch. Dr. Thoma fauchte und machte einen Buckel, weil es ihn fast vom Sofa katapultiert hätte.

Winnie lächelte breit, hob zwar mit großer Geste die Hände, ließ sie aber weiter drohend über den Tasten schweben – jederzeit bereit, die mir verhasste Melodie weiterzuspielen.

»Ach, wir sind also nicht traumatisiert.«

Er schaute mich mit seinem Lassie-will-uns-was-sagen-Blick an und spielte den Refrain, ohne hinzugucken, mit der linken Hand in Moll.

»Woher weißt du das mit Kajagoogoo? Das ist gemein! Ich habe dir das nicht erzählt. Und es hat mit Weihnachten gar nichts zu tun. Das hat was mit meinem Ex zu tun, und das ist privat!«

»Die Polizei hat so ihre geheimen Quellen, Frau Abendroth. Und ich habe nicht nur von *einem* Trauma gesprochen.«

Endlich ließ er das Klavier in Ruhe und kam zur Couch. Er setzte sich auf die dick gepolsterte Lehne, schlug die Beine anmutig übereinander und faltete seine Hände auf dem rechten Knie. Ein echter Lord-Peter-Wimsey-Auftritt. Psychofolter Teil II war schon im Anmarsch.

»Maggie, wenn ich mal was sagen darf: Du gehst seit Wochen kaum vor die Tür. Du lässt nachts das Licht brennen, weil du Angst …«

»Ich habe einmal vergessen, es auszumachen«, fuhr ich ihm dazwischen.

»Ja, und zwar an dem Tag, als du hier eingezogen bist. Das war vor über drei Monaten.«

»Sag mal, bist du jetzt bei der SoKo ›Licht-Aus!‹?«

Touché, Herr Kommissar.

Aber Winnie blieb unbeeindruckt. Winnie Blaschke ist immer unbeeindruckt, wenn ich aus der Haut fahre. Muss wohl daran liegen, dass ich ihm nur bis knapp unters Brustbein reiche.

»Du kannst seit über einem Jahr nicht mehr schreiben. He, war das nicht dein Job? Drehbücher schreiben? Lustige Drehbücher? Erzähl mir nicht, dass es dir nichts ausmacht. Und dann noch dieser Horror beim Bestatter! Du warst eine Geisel, eingesperrt, du warst in Lebensgefahr … nach so einer Geschichte hätte der Polizeipsychologe selbst mir ein paar Gespräche aufgezwungen. Aber dir soll es nichts ausmachen?«

Danke Winnie, nur noch fünf Minuten Kreuzworträtsel-Therapie und ich hätte die Geschichte vergessen gehabt … Ich werde auf deine Argumentation nicht einsteigen! »Natürlich macht es mir was aus, kein eigenes Geld zu verdienen! Aber jeder Autor hat mal eine schwache Phase. Und was weißt du schon? Dein Job sind Kriminelle, nicht Kreative.«

»Also gut, dann will ich es mal so formulieren: Gehört zur schwachen Phase auch, bei Wilma im Salon mit zitternden Fingern in Hochglanzmagazinen herumzublättern, weil du Angst hast, ein Foto zu finden, das dein Ex gemacht hat? Und wenn du eins findest, dann reißt du die Seiten raus. Wilma ist sehr besorgt, nicht nur um ihre Heftchen, sondern auch um dich. Vor allem seit du ihr erzählt hast, dass es hier spukt. Du hast Recht, man könnte es eine *schwache Phase* nennen.«

»Ich habe aber keine Angst, auf Friedhöfe zu gehen.« Unlogisch, aber wahr, kommentierte meine innere Stimme.

»Aha.« Winnie schaute mich an und blinzelte kein einziges Mal.

»Aber hier spukt es wirklich, Winnie. Manchmal riecht es nach Cognac. Da, immer in der Nähe vom alten Sessel. Ich schwöre, der tote Kostnitz tapert durchs Haus.«

Man mag von Geistergeschichten halten, was man will, aber in diesem Haus sind zwei Menschen umgebracht worden. Damit ist nicht zu spaßen.

»Tja, wenn Dr. Thoma nicht plötzlich zum Cognac-Liebhaber geworden ist, wird es wohl so sein. Frau Abendroth, ich habe den Eindruck, aus deiner schwachen Phase ist längst eine Paranoia geworden.«

»Dafür, dass wir uns erst seit vier Komma fünf Monaten kennen, weißt du erstaunlich gut über mich Bescheid.«

»Ja, erstaunlich, nicht wahr?«

Was soll man dazu noch sagen? Ich nahm demonstrativ mein Rätselheft und hielt es mir vor die Nase. Kreuzworträtsel sind konkret, da gibt es nichts zu deuteln. *Auch ein an ihr erblindetes Geflügel findet ein Korn,* auf 41 senkrecht mit fünf Buchstaben, ist eine konkrete Frage, und wenn ich die nicht beantworten kann, schaue ich hinten im Lösungsteil nach. Kann es sein, dass Winnie Blaschke im Besitz des Lösungsteiles für meine Lebensfragen ist? Oder tut er nur so? Guckt er sich jetzt seine polierten Fingernägel an?

Also, Maggie, 41 senkrecht, das kann ja nicht so schwer sein.

Wie schafft er das? Er atmet noch nicht mal.

Ich hielt es nicht mehr aus und linste über den Rand des Rätselheftes. Als hätte er auf sein Stichwort gewartet, sagte er sofort: »Nehmen wir also an, dass es hier wirklich spukt ...«

»Bist du schon mal davon wach geworden, dass du nachts eine Hand auf deiner Schulter spürst?«, kam ich ihm zuvor.

»Ich wär' froh, wenn ich nachts eine Hand auf meiner Schulter spüren ...«, murmelte er und schaute sehnsüchtig an die Decke.

»Mach dich nur lustig über mich. Zwei Morde! Da bleibt was zurück. Das ist gar nicht ungewöhnlich.«

»Mein Reden: traumatische Situationen ... Sprichst du immer noch mit deiner toten Oma?«

»Natürlich.«

»Okay.«

Winnie wippte gedankenverloren mit dem rechten Bein. Denkt er jetzt darüber nach, wie die Krankheit heißt, die Leute haben, die mit ihren toten Omas reden? Soll er doch nachdenken, bis er schwarz wird.

»Aber, wie ist es damit: Du hast die letzten beiden Folgen von *Emergency Room* verpasst und es noch nicht mal gemerkt!«

»Ja, das nenne ich mal einen Hinweis auf eine echte Geisteskrankheit.«

»Margret Abendroth!«

»Winfried Maria Blaschke!«

»Hör auf mich. Hör auf Wilma. Wir sind doch deine Freunde. Nimm die Gelegenheit wahr, mit meiner lebendigen Oma ein paar Tage auszuspannen. Deine Nerven liegen blank. Du musst Berti nur ein bisschen Gesellschaft leisten. Ihr versteht euch doch wunderbar.«

»Das liegt daran, dass wir uns kaum kennen.«

»Immerhin ein Anfang.«

Winnies Oma war von Weitem betrachtet ein Prachtexemplar von Oma. Aber was würde geschehen, wenn sie näher käme? Ich bin von Weitem auch ein Prachtexemplar … mit dem magischen Makel behaftet, immer besser zu werden, je weiter man sich von mir entfernt.

»Was hat Wilma, die Verräterin, noch alles über mich getratscht? Wilma sagt: *Maggie braucht einen Therapeuten,* Wilma sagt: *Maggie hat ihr Leben nicht mehr im Griff, weil sie nicht mehr Emergency Room guckt*«, äffte ich meine beste Freundin nach. »Die hat dir das mit Kajagoogoo und meinem Ex gesteckt, stimmt's?«

Die Story, die zu dem Song gehörte, kannten wirklich nur Wilma, mein Ex, genannt der Knipser, ich und ungefähr 176 weitere Partygäste; und sie war eigentlich ein richtiger Lacher, näher betrachtet aber dann doch ein bisschen peinlich. Na ja, wir waren jung, es war eine wilde Party, und der Flipper war gerade frei gewesen.

»Maggie. Wilma meint es nur gut mit dir, deswegen hat sie mit mir geredet. Sie weiß nicht mehr, wie sie dir helfen soll und macht sich Sorgen. Und ich ruf' jetzt Oma an.«

Warum, um alles in der Welt, musste Winnie immer das letzte Wort haben? Warum redet meine beste Freundin mit ihm statt mit mir, wenn sie sich Sorgen macht? Geh' ich etwa nicht mehr ans Telefon?

Eines wussten die beiden aber Gott sei Dank noch nicht: Seit ich vor ein paar Tagen das Klavier mitten in der Nacht hatte spielen hören, schlief ich nicht mehr in meinem Zimmer in der oberen Etage. Ich schlief unten auf der guten Couch bei laufendem Fernseher. Wenn die beiden das wüssten, würden sie mich sofort einliefern lassen.

»Aber mein Apartment soll in ein paar Tagen wieder bezugsfertig sein. Ich habe keine Zeit für Urlaub«, quengelte ich.

»Wer glaubt denn noch daran? Soweit ich weiß, ist wieder irgendwas beim Schweißen in Flammen aufgegangen«, triumphierte mein Freund und Helfer und schob hinterher: »Ich hab' den Notruf gehört, als ich zufällig in der Telefonzentrale der Hauptwache war. War ein kurzer Einsatz. Ich schätze, eine klitzekleine Winzigkeit von circa zwei bis drei Monaten, dann wohnst du wieder.«

Auch das noch! Mein Vermieter mühte sich seit Januar nach Kräften, aber im Apartment ging nix voran. Mal schmorten die Kabel durch, mal hob sich das Laminat, weil wieder Feuchtigkeit eingedrungen war; mal ein Kurzschluss, mal fielen die Tapeten von der Wand. Die Handwerker gaben sich wirklich alle Mühe, um meinen Rückzug ins Souterrain zu verhindern.

Ich wollte mich noch nicht geschlagen geben und bäumte mich ein letztes Mal auf: »Und überhaupt, guck mal hier, der Garten. Wenn Kajo in Wien mit seinen Prüfungen fertig ist, kommt er her, und dann will er das Haus verkaufen und dann muss das da draußen alles tipptopp sein. Ich hab's ihm versprochen.«

Kajo Kostnitz, der Besitzer des Hauses, studierte in Wien Klavier und Komposition. Und während er das tat, passte ich auf sein Haus auf, solange mein Souterrain noch in Schutt und Asche lag. Seine Eltern waren im letzten Winter kurz hintereinander unter tragischen Umständen gestorben. Und eben diese Umstände waren Teil meines Weihnachtstraumas, an dessen Auswirkungen ich noch immer zu knabbern hatte. Dementsprechend war die Tatsache, hier zu wohnen, die Mutter aller Konfrontationstherapien. Aber was hätte ich denn machen sollen? Ohne Job und ohne Geld war mir Kajos Angebot zuerst wie ein Geschenk des Himmels erschienen. Es hatte allerdings keine drei Nächte in dem großen alten Kasten gebraucht, um meine Fantasie Amok laufen zu lassen. Und der Amoklauf war bis dato nicht beendet.

»Du kannst doch das Wort ›Gartenarbeit‹ noch nicht mal schreiben. Wenn ich dich mit einem Rasenmäher sehe, rufe ich die Redaktion von *Explosiv* an«, unterbrach Winnie meine Gedanken.

Psychofolter Teil III: Winnie rutschte von der Lehne und beugte sich zu mir herüber. Ich konnte *Halston* riechen, mein Lieblings-Aftershave. Winnie lächelte mich an und gurrte: »Die machen da auch Anti-Raucherkurse. Mit Akupunktur.«

Ich lächelte lieb zurück und fuhr ihm extra sanft durch seinen roten Haarschopf. »Du bist ein Widerling, Blaschke. Ein schwuler, unverschämter, arroganter, manipulativer Widerling. Aber du duftest gut, deshalb lebst du noch.«

»Und ich seh' atemberaubend gut aus.«

Ich schnappte sein rechtes Ohr, drehte daran und zog ihn noch näher zu mir. »Und was hab' ich davon? Du bist wie das Frühstück bei Tiffany: die tollsten Sachen in der Auslage, aber zwischen mir und den Preziosen – unüberwindliches Panzerglas.«

»Aua! Was kann ich denn dafür? Ich bin doch dein Freund – dein persönlicher Walker mit Nahkampfausbildung. Ehrlich, Maggie, mal im Ernst. Oma wäre wirklich froh, wenn du mit ihr fährst. Sie lässt dir ausrichten ... Aua! ... du hättest mindesten vier Stunden am Tag frei.«

Winnie rieb sich das knallrote Ohr. »Weib, bist du garstig ... und Einzelzimmer, wollte ich noch sagen.«

»Ach, jetzt fange ich langsam an zu verstehen. Brauchst du eine Stadt ohne Zeugen? Werde ich gerade auf dem Altar der griechisch-römischen Männergymnastik geopfert? Wann ist die Super-Schwulen-Party noch gleich?«

»Am 25. April, und ich hab' mir extra frei genommen ... um nach Köln zu fahren.«

»... und du planst, dir ein Souvenir mitzubringen?«

»Warum nicht? Mensch, Maggie, Oma braucht wirklich jemanden, der mit ihr fährt. Du bist die Idealbesetzung.«

Ja, ja, da war er wieder, dieser Augenaufschlag von Winnie. Ich fühlte mich in die Ecke gedrängt. Es roch nach Zahltag. Wer nimmt, muss auch geben, Maggie. Aber ich hätte gerne selbst entschieden, wann.

In meinem Kopf war plötzlich ein leises Summen. Meine vernünftige innere Stimme war zum Leben erwacht: Winnie hat dir zu Weihnachten einen Pullover geschenkt und dich zum Trost mit Engeln aus Brausepulver gefüttert. Er ist mit dir geduldig durch alle Damenoberbekleidungsläden gerannt, als die Versicherung endlich das Geld für deine zerstörte Wohnung gezahlt hatte. Und stolz wie Oskar hat er neben dir gestanden, als du deinen neuen Laptop abgeholt hast. Und er hat gar nichts gesagt, als du ihn, ohne ihn auszupacken, unter den Schrank geschoben hast. Vergiss nicht, er ist derjenige, der dafür sorgt, dass in diesem Haus der Espresso nicht ausgeht. Und jetzt, Maggie, denk an Winnies rührendste Geste!

Never ever! Dann fang ich an zu heulen. Aber wo meine innere Stimme schon mal dabei war, hatte sie keinen Grund, ihre Klappe zu halten.

Erinnerst du dich: die verbrannten Steaks am Valentinstag?, säuselte sie. Oh ja, ich erinnerte mich an den Abend. Ich war zur Feier des Tages von meiner Nudel-Einheitskost abgewichen und hatte Steaks für uns gebraten, die leider ausgesehen hatten wie Kohlestückchen. Die grünen Bohnen hatten die Bissfestigkeit von Kruppstahl. Erst hatte er tapfer ein Kohlestückchen heruntergewürgt, quietschend den grün-gräulichen Kruppstahl auf dem Teller hin und her geschoben und dann auf einmal ein kleines Paket auf den Tisch gelegt. Es waren zwölf gebrannte CDs. »Dein Hirn«, hatte er lächelnd gesagt, »alles Gute zum Valentinstag.« Und ich? Ich wäre beinahe ohnmächtig vom Stuhl gekippt. Da hatte der Kerl mein schockgefrorenes Notebook aus dem Souterrain heimlich bei irgendwelchen BKA-Computerdoktoren zur Behandlung gegeben, und die hatten es tatsächlich geschafft, meine Daten zu retten. Zig Drehbücher, Ideenskizzen, Adressen und Verträge – ich hielt nicht weniger als ungefähr 85 % meines Hirns in den Händen.

Während ich noch um Fassung gerungen hatte, war Winnie in der Küche verschwunden, hatte die Kohlestückchen entsorgt und Nudelwasser aufgesetzt.

Okay, ich gebe auf, bevor meine vernünftige innere Stimme einen Schluckauf kriegt. Zahltag.

»Aber nur unter einer Bedingung, Winnie.«

»Und zwar?«

»Ich muss nix mitmachen. Keine Verpflichtungen. Keine Kurse. Kein Sport. Kein nix, außer Oma-Gouvernante.«

»Werd's ausrichten.«

»Und du kümmerst dich um Dr. Thoma – und befolgst die goldene Regel: kein Sheba für den Dickmops!«

Er ließ sein Handy aufschnappen, bettete zufrieden seinen Kopf auf meine Knie, ließ seine Beine über die Sofalehne baumeln – und schon wurde über mich verhandelt. Und so kam es, dass ich vom attraktivsten Bullen im ganzen Ruhrgebiet an die Kioskbesitzerin Berti Blaschke verschachert wurde.

Das Summen in meinem Kopf hatte schlagartig aufgehört und Platz gemacht für kapitale Kopfschmerzen. Ich schlug mein Rätselheft wieder auf und schaute im Lösungsteil nach: *Auch ein an ihr erblindetes Geflügel findet ein Korn.*

Da hätte ich auch selbst drauf kommen können. Die Lösung lautete: Liebe.

02

Herrn Matti Paavo Bietiniemolaiinnen
Justizvollzugsanstalt Bochum
Krümmede 3
44791 Bochum

Niederbachklinik, Bad Camberg, 26. April 2002

Lieber Herr Matti,
leider kann ich Ihnen erst heute schreiben. Die Kur verläuft ganz gut. Oma Berti ist schon wieder richtig fit. Wir haben zwei sehr nette Damen kennengelernt, mit denen sie die meiste Zeit verbringt: Carmen Sawatzki aus Recklinghausen und Mia Hoffstiepel aus Bochum-Wattenscheid. Sie sitzen im Speisesaal am Tisch nebenan. Nachdem die beiden Oma Bertis Reaktion auf das geschmacksfreie Mittagessen mitbekommen hatten, haben sie uns sofort über örtliche Gastronomie, Preise, Entfernung und kulinarische Köstlichkeiten informiert. Seitdem sind die drei Damen unzertrennlich, und mein Job als Oma Bertis Adjutantin gestaltet sich relativ entspannt.

Wie geht es Ihnen? Ihr Anwalt, Dr. Herzig, gibt sich wirklich alle Mühe, Ihren Prozess ordentlich vorzubereiten, aber Sie sollten auch bitte auf ihn hören. Machen Sie um Himmels willen, was der Mann Ihnen rät, sonst wandern Sie für die nächsten zehn Jahre ins Gefängnis. Ich finde, das dürfen Sie nicht riskieren. Oma Berti lässt Sie herzlich grüßen. Ich soll Ihnen ausrichten, dass sie ganz meiner Meinung ist. Wenn ich aus der Kur zurück bin, dann komme ich Sie besuchen, und wir sprechen noch mal über alles.

Das Wetter ist nicht besonders. Es regnet, seit wir hier angekommen sind. Das passt nicht so ganz zu dem Namen, den diese Region hier trägt: »Der goldene Grund«. Bis jetzt passt eher: »Der grau-matschige Grund«.

Alles in allem geht es uns hier sehr gut, und wir erholen uns bestens. Sie würden staunen, wie fit ich mittlerweile bin. Ich mache jeden Tag

Sport. Gott sei Dank bin ich hier ja nur eine Begleiterin, denn der Kennerblick der Ärztin, die eigentlich Oma Berti untersuchen sollte, auf meine Hüften hätte mir einen Platz in der Diätgruppe gesichert. Gerade noch mal davongekommen.

Ich hoffe, Sie üben weiter fleißig Lesen und Schreiben.

Woher haben Sie überhaupt die Formulierung aus Ihrem letzten Brief?

Mit lieben Grüßen
Margret Abendroth

»Hallo, Tee?«, schnarrte eine Stimme neben mir.

»Nee, danke«, antwortete ich, ohne zu gucken, wer mir da Tee anbot. Meine Nase sagte mir, dass es sich um einen Annäherungsversuch von einem Mitglied der Allergietruppe handeln musste. Es roch nämlich nach nichts.

Als ich endlich doch aufschaute, war ich schon wieder allein. Der Regen prasselte gleichmäßig auf das Holzschindeldach des Pavillons, der ein paar Meter abseits des Kurklinikgartens für uns Raucher aufgebaut war. Hierhin hatte ich mich verzogen, um endlich den längst fälligen Brief an Herrn Matti zu schreiben. Der Arme saß, seit den fatalen Ereignissen im Bestattungsinstitut, in Untersuchungshaft. Mein schweigsamer finnischer Thanatopraktiker lernte dort Lesen und Schreiben und schickte mir, wann immer der Staatsanwalt es zuließ, nämlich genau zweimal im Monat, exzentrisch formulierte Briefe. Ich vermutete, dass er sich bei seinem jeweiligen Schreibstil von den wenigen Büchern inspirieren ließ, die die Anstaltsbibliothek für die Inhaftierten bereithielt. Mal klangen sie nach Lore-Roman, mal nach Goethe oder *Last Exit to Brooklyn.* Bevor ich zur Kur verschleppt worden war, hatte ich ihm durch seinen Anwalt ausrichten lassen, dass er mir bitte kein Geld mehr schicken sollte. Herr Matti ließ mir nämlich jeden Monat 500 Euro überweisen, damit ich mich über Wasser halten konnte. Durch ihn hätte ich ja erst meinen Job verloren, war seine Begründung für den monatlichen Geldsegen. Er hatte mir versichert, dass er über genügend Geldmittel verfüge und ich mir keine Sorgen zu machen brauche. Im Matti-Stil sah das so aus: *Seid den Beweisen der Verehrung zugänglich, die ich Euch zu liefern gedenke. Weist solche also nicht zurück. Ihr ließet mich ein Verbrechen begehen, wenn Ihr mich hindertet* etc. etc. ... *Euer sehr ergebener Diener* ... Wenn die Geschichte nicht so tragisch wäre, hätte ich mich sicherlich über diese gestelzten Wortschnörkel amüsiert. Aber ich war in großer Sorge um den schweigsamen, stillen Mann, der mir Weihnachten das Leben gerettet hatte. Und in gewisser Weise tat er es immer noch, denn ohne seine monatliche Zuwendung hätten Dr. Thoma und ich in der Fußgängerzone singen müssen.

Ich klebte eine Briefmarke auf das Kuvert und schaute mich im Garten der Kurklinik um. Obwohl es regnete, war der Raucher-Gulag um diese Zeit außergewöhnlich schwach frequentiert. Alle Kurgäste waren einem strengen Zeitplan unterworfen, der sie bis halb vier auf Trab hielt. Um spätestens eine Minute nach halb vier würde es in diesem Holzunterstand zugehen wie auf einem vietnamesischen Flüchtlingsschiff. Also noch genug Zeit, um einen Brief an meine Freundin Wilma zu schreiben. Da würden jetzt alle Dinge drinstehen, die ich Matti nicht geschrieben hatte, um ihn nicht zu beunruhigen. Er fühlte sich seit der Sache im Bestattungsinstitut mehr als verantwortlich für mich und fragte seinen Anwalt jedes Mal über mein Befinden aus. Ich hatte Herzig eingebläut, ihm nur gute Nachrichten zu übermitteln, egal aus welchen Fingern er sich das saugen musste. Anstatt sich über mich und mein Seelenheil Gedanken zu machen, sollte Matti sich lieber darum kümmern, seinen Prozess so gut wie möglich über die Bühne zu bringen.

Honey Hair Salon
Wilma Korff
Viktoriastr. 16c
44789 Bochum

Niederbachklinik, Bad Camberg, 26. April 2002

Wilma, hol mich hier raus! Du kannst Dir nicht vorstellen, wen ich hier getroffen habe! Die dicke rosa Rita! Erinnerst Du Dich? »Madame Irrsinnig«? Ehemals 98 Kilo schwer. Ich hätte niemals auf Winnie und sein Gesülze hören sollen. Hier, meine Liebe, lauert das wahre Trauma.

Nach ewig langen zweieinhalb Wochen, gefühlten zwei Jahren, möchte ich mal sagen, sterbe ich vor Langeweile. Ich kann nichts daran finden, mein Frühstück mit 300 Leuten im selben Raum einzunehmen. 300 Leute, die alle wild durcheinander reden, rennen und stinken nach allem, was die Körperpflegeindustrie im Niedrigpreissegment auf den Markt wirft: Da prügelt sich das 99-Cent-Deo »Magnolie« mit dem Duschbad »Caribbean Nights« für 49 Cent. Leidtragender dieser olfaktorischen Scharmützel ist der Aufschnitt auf meinem Teller. Keine Scheiblette und keine Diätsalami, egal wie teuer, kommt gegen das Apfelshampoo meiner Tischnachbarin an. Ich liebäugele mit einem Umzug in das Allergiker-Reservat, aber da wollen sie uns Allesbenutzer nicht – wegen der Allergien eben.

Um exakt 7.45 Uhr wird wenigstens das Geschnatter durch die Durchsagen der Kur-Animateure kurzfristig unterbrochen. Es werden so spannende Aktivitäten wie etwa Spaziergänge (lang, mittel oder kurz), Boule-Turniere oder Vogelstimmenführungen durch den Kurpark angeboten. Seit dem ersten Tag überlege ich, wie ich dem Frühstücksterror entgehen könnte – aber Oma Blaschke liebt es, an Tisch 37 Hof zu halten, und sie liebt es noch mehr, wenn ich alle fünf Minuten zum Buffet renne, um ihr das Gewünschte zu bringen. Nicht, dass es so schlimm um sie stünde: Die Gehbehinderte gibt sie nur im Frühstücksraum. Ansonsten flitzt sie wie ein Wiesel durch die Kurklinik. Runter oder rauf – bloß nicht den Aufzug nehmen. Als gute Adjutantin dackel ich ihr hinterher. Einer muss ja schließlich die Gehhilfe tragen.

Ihr Bandscheibenvorfall ist noch keine sechs Wochen her, aber ihr Trainings- und Fitnessprogramm würde Madonna röchelnd zu Boden schicken. Aber seien wir mal froh, dass sie sich so gut erholt – ihr Kiosk muss schließlich bald wieder das Kläppchen öffnen, sonst gibt es eine Rebellion in Bochum Ehrenfeld. Winnie hat mich letzte Woche angerufen und erzählt, dass Omas Stammkunden, Herrmanns und Borowski, jeden Tag mehrere Schweigeminuten vor dem Kiosk einlegen. Es ist immerhin seit vierzig Jahren das erste Mal, dass der Kiosk so lange geschlossen hat. Würde mich nicht wundern, wenn das ganze Viertel auf Entzug ist.

»Nein, danke, ich möchte immer noch keinen Tee.«

»Vanille-Karamell.«

Jetzt bloß nichts antworten. Einfach weiteratmen und hoffen, dass Vanille-Karamell sich wieder verzieht. Ich beugte mich noch tiefer über meinen Schreibblock und kritzelte weiter:

In den engen Gassen von Bad Camberg packt mich ständig der Trieb, mich irgendwohin wegzuducken, weil putzig windschiefes Fachwerk auf mich herabstarrt – in die Dachbalken eingebrannt so vertrauenerweckende Jahreszahlen wie etwa 1508 oder 1613. Ich fühle mich wie eine Figur in einer Modelleisenbahn-Landschaft und frage mich ständig, wann der kleine Kevin um die Ecke kommt und mit seinen Patschefingerchen die Häuschen umkippt.

Es gibt vier Modegeschäfte. Du wärst begeistert, Wilma: Drei davon zeigen den Dernier Cri vom Frühjahr 1959. Man könnte einen ganzen Heinz-Erhardt-Film damit ausstatten. »Der Haustyrann – Reloaded«. Es gibt auch eine »Boutique« (flippige Ibiza Mode, Flatterröcke und gehäkelte Oberteile), die sich bei den weiblichen Mitgliedern der Ballermann-Fraktion größter Beliebtheit erfreut. Die Damen aus Dunkeldeutschland sehen allesamt aus, als wollten sie in ihren asymmetrisch geschnittenen Röcken und ihren mit Spiegelstückchen bestickten Oberteilen geradewegs zum Strand aufbrechen.

Aus dem angrenzenden Wäldchen ertönte ein schrilles Lachen. Ich zündete mir die nächste Zigarette an und wartete ab. Und richtig, zwei Mitglieder der Ballermann-Fraktion brachen Arm in Arm, pitschnass und kichernd wie die Teenager, aus dem Unterholz. Dieses Pärchen gehörte im normalen Leben nicht zusammen. Das wusste ich definitiv, denn der Herr hatte bei seiner Ankunft vor drei Tagen unter großem Geschluchze die Gattin verabschiedet. Drei Stunden später war der nächste Schwung Frischfleisch eingetroffen, und die Gattin war schnell vergessen.

Die beiden setzten sich in die andere Ecke der Holzhütte, um ihre postkoitale Zigarette zu genießen. Wenn das die Krankenkasse wüsste!

Du wirst es nicht glauben, Wilma, aber ich habe mit dem Walking angefangen, denn: Je schneller man rennen kann, desto schneller entkommt man den kreischenden Damenkränzchen und den ausgelassenen Herrenclubs, die nur darauf warten, herrenlosen (haha!) Damen irgendwelche Anzüglichkeiten hinterherzuschmunzeln, was sie unglaublich lustig finden.

Was ist unterhaltsam an behaarten Rücken im Schwimmbad und der Aufforderung zu Partnerübungen? Nichts, sage ich Dir! Nur Gymnastik mit Gorillas, die das gymnastische Duett als Aufforderung zum Grabschen verstehen. Du glaubst gar nicht, wie schnell ich mittlerweile rennen und schwimmen kann.

Aber es gibt auch die kleinen Zückerli für den Kurgast. Die Damen-Gang von Oma besteht darauf, jeden Mittwoch, Samstag und Sonntag den Berkelbacher Hof aufzusuchen, um bei den ehemaligen Raubrittern zu schlemmen. Es ist leider wirklich so lecker, dass ich nicht nein sagen kann und die 7,3 Kilometer Fußmarsch dorthin gerne auf mich nehme. Oma Bertis Freundinnen, die Damen Sawatzki und Hoffstiepel, sind ja eigentlich auf Diät. Aber so ist das hier, die Polka- und Ballermann-Fraktion trifft sich im Café Plüsch und pflegt dort ihre Laster: Rex Gildo, Whisky-Cola, Disco-Fox und Maulhelden-Sex. Hier eine kurze Kostprobe: ›Isch hän doch jesaacht dat die Oide äääms mit die Schamlippe a no singe doot ... ‹ HarHarHar! Da lacht der Zotenkönig über den funkelnden Diamanten teutonischer Verbalerotik, den sein vernebeltes Hirn spontan gebar – und sein Hofstaat im Promille-Nirwana applaudiert dazu. Und noch mal Chachacha und große Promenade, bis die Socken qualmen. Bis exakt 22.28 Uhr dröhnen sie sich mit allem voll, was breit macht. Dann springen alle auf – wenn sie das noch können – und torkeln die zwei Meter über die Straße zur Kurklinik. Im Eingangsbereich bemüht man sich dann allgemein um Haltung. Wer nicht mehr stehen kann, wird von seinen Saufkumpanen gestützt. Bis 22.30 Uhr muss der Pulk an der Nachtschwester vorbei sein. Kaum haben sich die Aufzugstüren geschlossen, holen die ersten schon wieder ihre Flachmänner aus der Tasche, und dann wird auf den Zimmern weitergepichelt. Ich habe im Abfallsammler der Putzkolonne schon mehr als einmal die Reste einer Mariacron-Orgie gesehen.

Die Diäter dagegen rotten sich im Berkelbacher Hof zusammen und verklappen, sowohl der geschmacksfreien Dampfkost als auch der Ballermann-Fraktion entronnen, Rinderbraten mit Klößen, radkappengroße Schnitzel »Wiener Art« und Bratkartoffeln mit Speck und Frikadellenbeilage. Du könntest anmerken, dass der Fresstempel ja nur an drei Tagen in der Woche geöffnet hat, aber die ewig Hungrigen haben sofortige Abhilfe recherchiert. An der Hauptstraße gibt es im Klosterkeller als Interimslösung Schmalzbrote und leckeren Rotwein, Marke Trollinger. Vor den Diätern ist keine auf dem freien Markt verfügbare Kalorie sicher. Pfarrer Kneipp, der hier an jeder Ecke und Kante verehrt wird, würde sich im Grabe umdrehen!

Seit wir hier angekommen sind, regnet es Bindfäden. Wenn ich noch einmal auf einen Therapiespaziergang durch den Taunus gejagt werde, um nach zweieinhalb Stunden Wandern pudelnass vor den Becken einer Forellenzucht Interesse zu heucheln, brauche ich wirklich einen Arzt. Als ob nicht jeder wüsste, wie eine Forelle aussieht und das dazugehörige Forellenzuchtbecken. Wie man sich fühlt, wenn man bis auf die Knochen nass ist, kann ich jetzt ganz genau beschreiben: Alles ist nass, sehr nass.

Die Turteltauben gingen mir mit ihrem Gekicher und Geknutsche langsam auf die Nerven. Endlich holte der Kerl seine Hand aus der Bluse der Dame, und die beiden trollten sich. Ich wollte wirklich und wahrhaftig nicht Zeuge dieses Dialoges werden, der trotzdem mein Ohr streifte: »Ich rubbel dich ab. Überall. So lange du willst ...«

Wilma, hier gehen Dinge vor sich, das glaubst Du nicht. Ich brauche dringend einen Espresso, bevor es zu spät ist.

Und da dräut schon die nächste Katastrophe. Der Orthopäde ist im Anmarsch.

Der wirre graue Haarschopf von unserem Orthopäden Doktor Müller schob sich in mein Blickfeld. Er beugte sich über die hölzerne Balustrade in den Pavillon hinein und starrte auf meine Wanderstiefel. Ich starrte irritiert zurück und sagte: »Ja, Herr Müller? Kann ich Ihnen helfen?«

Müller riss sich vom Anblick meiner Schuhe los und schnulzte: »Mädchen, an Ihren Füßen ist aus orthopädischer Sicht nichts auszusetzen, schätze, Sie gehören zu den Psychos?«

Ich bewunderte insgeheim Müllers Fähigkeit, durch Leder zu gucken und in einem einzigen Satz sowohl ein Kompliment als auch eine Beleidigung loszuwerden. Tapfer ignorierte ich auch seinen nächsten Satz: »Weiter so mit Ihrem Training, dann ist auch bald in Ihrem Kopf alles besser.« Zufrieden marschierte er mit wehendem weißem Kittel in Richtung Cafeteria.

Nur noch bis Sonntag, Maggie, nur noch bis Sonntag musst du das hier aushalten.

Der Fußfetischist ist weg. Und jetzt zur Psychofraktion. Unsere Maltherapeutin, Frau Schröder-Fröse, sieht übrigens aus wie eine Forelle. Irgendwie fischig mit ihren wässrigen grauen Augen und ihrem zuppeligen, fransigen Blondhaar. Ich weiß gar nicht, was unser Musiktherapeut Herr Clauss, genannt Mister Pling, eigentlich von der will. Die steht doch gar nicht auf Männer. Jede Wette! Sogar unser hartnäckigster

Dampfplauderer hat bei ihr das Handtuch, rsp. den Pinsel, geworfen und geht stattdessen aufs Laufband. Jetzt ist nur noch eine männliche Heulsuse übrig, und die quält sie besonders gerne.

Mister Pling dagegen liebt die Frauen und macht bei seinen Charme-Attacken keine Unterschiede – er versprüht seinen Sexappeal nach dem Gießkannen-Prinzip, und wenn man sich nicht schnell genug wegduckt, ist man für den Rest des Tages kontaminiert. Und seine Pfoten kann er auch nicht bei sich behalten. Man munkelt, er habe vier bis sechzehn uneheliche Kinder über die Republik verteilt. Heute Morgen trug er übrigens ein »Metallica«-T-Shirt. Wie jeden Tag. Für jeden Tag der Woche hat er ein anderes. Musiktherapeut, dass ich nicht lache – wohl eher Roadie einer unbedeutenden Heavy Metal Band. Er sieht immer so aus, als hätte er gerade seinen Tour-Bus verpasst. Ganz im Gegensatz zur Forelle, die in jeden verzitterten Pinselstrich frühkindliche Traumata hineingeheimnist, therapiert Mister Pling rein gar nichts. Wir dürfen bei ihm einfach plingeln und schingeln, Hauptsache heavy.

Das Abschiedsritual der Forellentherapiestunde kommt direkt aus dem Handbuch für Esoterikschaffende: Wir müssen uns alle am Ende der Stunde an den Händen fassen und einen Kreis bilden. Als wenn das noch nicht peinlich genug wäre, sollen wir auch noch ein helles, warmes Licht über unseren Köpfen visualisieren. Das Einzige, was ich visualisiere, ist das Datum unserer Abreise.

Nur noch zwei Tage und ein paar Stunden Knechtschaft zwischen Oma Bertis Damenkränzchen, dem Therapiegesäusel der Forelle und dem Crescendo des Mister Pling – dann bin ich erlöst.

Und im Übrigen, Wilma, wird man hier behandelt wie eine Entmündigte. Vorgestern Abend hat mich eine Masseurin (Kugelstoßkader UDSSR – Olympiade Anno' 72 in München) aus dem Schwimmbad kommen sehen und mich im Kasernenhofton darüber informiert, dass Brustschwimmen absolut kontraindiziert bei Bandscheibenvorfall sei. Ich habe mich zu einem »Frau General, melde gehorsam, aber ich habe gar keinen Bandscheibenvorfall« hinreißen lassen, woraufhin ich ein »Verdammte therapieresistente Psychos!« kassierte.

Aber ich will mich mal nicht beschweren: Drei warme Mahlzeiten am Tag, das Zimmer wird gemacht, und Gratis-Tee bis zum Abwinken gibt's obendrauf. Selters muss man bezahlen, obwohl die Quelle um die Ecke ist.

Ich muss mich beeilen, Oma Berti und ich nehmen gleich am Seminar für progressive Muskelentspannung teil – beim allseits beweihräucherten Prof. Casapietra. Mal sehen, wann ich so entspannt bin, dass meine Faust von ganz allein in sein Gesicht fliegt. Das einzig Attraktive an dem Mann ist sein Ferrari. Sein Teint ist nicht echt, sein Grinsen auch nicht. An den meisten Tagen wirkt er wie ein Dauertester für Prozac und Piz Buin.

Maggie fährt zur Kur – toller Plan. Danke, Wilma. Ich fände jetzt selbst eine »Popstars«-Castingtour mit 5000 bekloppten Teenies entspannender.

Grüße aus dem Raucher-Gulag.

Maggie

Als ich von meinem Schreibblock aufblickte, sah ich, dass Gerhard Muhler, Patient der Psychosomatik, Doktor der Geologie, UFO-Forscher und Tunguska-Experte, mit einem breiten Grinsen im fleckigen Gesicht auf mich zumarschierte. Wo sind Oma Blaschke und ihr Damenkränzchen, wenn ich sie brauche?

Dr. Muhler, der mich vom ersten Tag an mit Geschichten vollgetextet hat, die sich die Drehbuchschreiber von *Akte X* nicht besser hätten ausdenken können, war von mir sofort auf den Namen »Fox Mulder« getauft worden. Das war zwar nicht besonders fantasievoll, aber bei *dem* Nachnamen und *den* Hobbys? Mein Pech war, dass er in mir offensichtlich eine würdige Scully gefunden zu haben glaubte. Vor allem, seit Oma Berti, in bester Absicht, den Mann schnell zu vertreiben, rumposaunt hatte, ich sei Bestatterin. Diverse Turbo-Nervtüten hatte es in der Tat davon abgehalten, uns auf die Pelle zu rücken. Aber einen Fox Mulder, der keine Gelegenheit ausließ, jedem seine Gegenwart aufzudrängen? Träum weiter. Noch ein frommer Wunsch, der leider nicht in Erfüllung ging.

Er ließ sich mit seinen kugelrunden 1,65 Metern auf einen wackeligen Plastikstuhl fallen, der dem Drang, zusammenzubrechen, knapp widerstand. Seine teigigen Wangen glänzten von einer übel riechenden Salbe gegen Ekzeme. Er hatte rote Hektikflecken im Gesicht, die er zu einer unheilbaren Krankheit hochstilisierte, welche er sich bei seinen Forschungen in Tunguska – »Sibirien! Verstehen Sie, Sibirien!« – eingefangen hatte. Bis dahin hatte ich nicht einmal geahnt, dass auf der Welt ein Fleckchen Erde dieses Namens existierte. Aber nach fast drei Wochen mit Gerhard Muhler war ich eines Besseren belehrt worden: Dieses Fleckchen Erde wird über den Fortbestand der Menschheit entscheiden.

»Interstellare Strahlenüberdosis«, raunte er jedem zu, der nicht schnell genug weglaufen konnte. Warum hatte ich bloß meinen ZX-BlahBlah-Eliminator im Zimmer liegen gelassen? Ich hätte sein Geschwafel damit in grünen Dampf aufgehen lassen können.

Fox schien es nichts auszumachen, dass ich bei seinem Eintreffen sofort in die Höhe schoss und mein Schreibzeug zusammenraffte, um die Flucht zu ergreifen. Wie sich vom ersten Tag an gezeigt hatte, verbanden sich Fox Mulders interstellare Logorrhoe und sein absolutes Desinteresse gegenüber den Lebensäußerungen seiner Kommunikationspartner zu einem nervtötenden Gesamtkunstwerk. Sogar Prof. Casapietra hatte ich in seiner Gegenwart schon ganz unentspannt werden sehen. Kein Wunder, dass Fox' Frau kürzlich das Weite gesucht hatte. 25 Jahre lang Verschwörungstheorien zum Meteoriteneinschlag in Tunguska, zu UFO-Landeplätzen und der Wahrheit über Roswell hatten ganz sicher ihre Spuren bei der bedauernswerten Frau hinterlassen. Der UFO-Forscher allerdings verfolgte seine eigene Theorie: Seine Frau sei von Aliens entführt und »umgedreht« worden – aus Rache, weil er den Geheimnissen der Außerirdischen bei seinen Forschungen in einem großen, großen, hundert Jahre alten Loch in Russland zu nahe gekommen war. Das hatte er ernsthaft zum Besten gegeben, bevor ihn die Forelle ohne einen Funken von Empathie aus der Malgruppe komplimentiert hatte.

»Na, Neuigkeiten von der Klingonen-Front, Herr Muhler?«, sagte ich, ohne ihn anzusehen, und wollte so schnell wie möglich an ihm vorbei.

»Maggie, schön, dass wir uns hier treffen. Ich habe auf den Listen gesehen, dass du dich für die Schnitzeljagd morgen bei der Diätgruppe eingetragen hast. Und da wollte ich …«

Ohjemineh! Das alljährliche Feuerwehrfest, das Grand Finale unseres Kuraufenthaltes. Oma Berti und ihre Gang fieberten seit Tagen dem Samstag entgegen, an dem Berti als Anführerin der Diätgruppe ihr Team bei der Schnitzeljagd zum Sieg führen wollte. Nicht, dass Berti Blaschke auf Diät wäre, aber sie hatte sich strikt geweigert, bei den »Krücken« mitzulaufen, und Mia und Carmen hatten den Rest der Diäter davon überzeugt, dass der Sieg und das damit verbundene Gratis-Schnitzel nur unter der Führung von Berti Blaschke errungen werden konnte. Denn darum sollte es schließlich gehen: Eine Schatzkiste, versteckt in den Weiten des Goldenen Grundes, musste gefunden werden. Darin würde sich ein Gutschein für das Gewinnerteam befinden, und zwar für eine Schnitzelsause im Berkelbacher Hof. Mehr Motivation brauchte die Diätgruppe nicht, um Lethargie, Motivationsdefizite und Gehhilfen von sich zu werfen wie weiland die Lahmen im Angesicht der Madonna von Lourdes. Dass ich als Adjutantin von Oma Berti natürlich mit dabei sein musste, verstand sich von selbst.

»Ja, und? Möchten Sie mich für Ihr Neurosen-Team abwerben?«

»Also, warum eigentlich nicht? Du Maggie, bei den Diätern, bei deiner Prachtfigur.« Fox saugte gierig an seiner Zigarette. Seine Augen huschten nervös hin und her, als erwarte er jeden Augenblick hier, mitten im Klinikgarten, die Landung einer fliegenden Untertasse. Er klopfte einladend auf den nassen Plastikstuhl neben sich.

»Tut mir leid, ich muss zur nächsten Anwendung.«

»Ja, ja, ich auch. Man ist ja hier nur im Stress.«

Was du nicht sagst, du interstellarer Superspinner! Ich drückte gerade meine Zigarette im überquellenden Aschenbecher aus, da kam Rita Thiel, geschiedene Brahms, ins Blickfeld gehuscht.

Nicht, dass ich nicht schon genug unter Langeweile, Therapiegefasel und unappetitlichen Frühstücks-Gesprächen, den Verdauungstrakt, speziell Flatulenzen betreffend, zu leiden hatte. Nein, auch Rita Thiel musste sich ausgerechnet hier in Bad Camberg materialisieren. Hatte ein UFO sie vielleicht gebracht?

Gerade mal einen Tag nach unserer Ankunft in der Klinik war ich ihr auf dem Gang zur Bastelwerkstatt in die Arme gelaufen. Zunächst hatte ich sie gar nicht erkannt, denn ihr Spitzname im Gymnasium war ebenso treffend wie beleidigend »dicke rosa Rita« gewesen. Geschlagene drei Minuten hatte ich gebraucht, um zu begreifen, wer da aus längst vergessenen Schultagen vor mir stand, denn diese Frau war weder dick noch rosa. Sie war schlank und dunkelgrün und sah sehr apart aus, bis auf die dunklen Ringe um ihre Augen. Während ich noch sprachlos glotzte, hatte sie auch schon losgeplappert wie ein Maschinengewehr: über ihre Scheidung, ihre Depression, wie sehr sie sich freue, mich hier zu treffen, und ob ich denn auch ... blah ... blah ... blah ... Prompt stand ich wieder auf dem Schulhof. Es roch im Gang nicht mehr nach Schwimmbad, es roch ganz plötzlich nach indischen Gewürzzigaretten und in Patchouli-Parfum getränkten Palästinensertüchern.

Um Ritas privaten Geständnissen zu entkommen, hatte ich »Atemtherapie!« zwischen ihr Stakkato gebellt und war geflohen.

Seitdem zickzackte ich durch die Gänge der Kurklinik wie ein Wiesel, immer auf der Hut vor der grünen Rita und Fox Mulder.

Aber Rita war wie Tinkerbell: Sie materialisierte sich am Salatbuffet zwischen geraspelten Rüben und roter Bete; in der Bibliothek steckte sie so gut wie hinter jedem Buchrücken; während der Wassergymnastik schoss sie plötzlich vor mir aus dem Wasser, und selbst während der morgendlichen Atemübungen schaffte sie es, mich in der letzten Ecke der Turnhalle aufzuspüren. Und ganz egal, ob ich schnarchte, kaute oder mich mit jemand anderem unterhielt, sie plapperte jedes Mal wild drauf los. So war es die ganzen Jahre auf dem Gymnasium auch schon gewesen. Wie durch ein Wunder dematerialisierte sie sich nach der Abiturfeier, ohne auch nur einmal

Tschüss zu sagen. Das Schicksal musste mich erst nach Bad Camberg verschlagen, um mich wissen zu lassen, wie toll die letzten zwanzig Jahre ohne sie gewesen waren.

Jetzt hatte sie aus der Tasche ihrer dunkelgrünen Regenjacke ihre schlanken Damenzigaretten genestelt und wisperte: »… ab nächste Woche schaffe ich das. Ich hör' auf … nicht wahr, ha ha, Dr. Muhler? Das schaffen wir …«, dann zündete sie hastig die Zigarette an, inhalierte tief und strahlte uns an. Fox nahm das als Aufforderung zu bleiben und steckte sich auch eine an.

»Hach, hör mal Maggie, hab' ich dir schon erzählt, dass der Konny Sattelmann mich bei der Scheidung vertritt? Ist das nicht ein irrsinniger Zufall?« Sie nahm ihre vertraute Rita-raucht-Pose ein: rechte Hand hält krampfhaft den Ellenbogen des linken Armes fest, Zigarette zwischen Zeige- und Mittelfinger der linken Hand geklemmt, der Filter fast zerquetscht.

»Hast du, Rita, schon mehrfach, *irrsinnig* oft, würde ich sagen.«

»Der konnte dich doch so gut leiden. Weißt du noch? Seid ihr nicht sogar mal zusammen gegangen? In der Zwölften oder so?«

Jetzt fing sie an, mit ihrem langen, blass-rosé lackierten Daumennagel Riefen in den Zigarettenfilter zu drücken.

»Nein, nie. Ich konnte den nämlich noch nie leiden. Der war *Stones-Fan.*«

Ich sah aus dem Augenwinkel, dass sich Fox Mulders Kopf wie bei einem Tennismatch zwischen uns beiden hin und her drehte.

»Ja, ja, ich erinnere mich, die Abende im Partykeller von Kai-Uwe Hasselbrink«, seufzte sie, schaute in den grauen, regenverhangenen Himmel, inhalierte tief und fing tatsächlich an, *Jennifer Juniper* von Donovan zu summen.

»Is' was, Rita? Wenn du alte Platten hören willst, geh ins Café Madrid. Kai-Uwe hat alles zu dem Thema.«

»Ach nee, ich dachte nur so. Kai-Uwe und du …«

»Was, Kai-Uwe und ich? Man kann mir alles vorwerfen, aber schlechter Geschmack ist nicht dabei. Hattest du nicht eben Sattelmann und ich gesagt? Wer denn noch alles?«

»Ihr kennt euch schon von der Schule?«, versuchte Fox sich ins Gespräch einzubringen. Aber Rita wechselte abrupt Gesichtsausdruck und Thema: »Geht ihr auch zur progressiven Muskelentspannung?«, fragte sie übertrieben munter.

Das war das Irritierendste an Rita – abgesehen von der Konsequenz ihrer monochromen Farbauswahl und des inflationären Gebrauchs des Wörtchens ›irrsinnig‹ – wenn man sich gerade auf ein Thema eingegroovt hatte, machte es Schnipp! – und Rita war schon wieder ganz woanders. Für einen Neuling im Rita-Universum konnte so eine Konversation im Schleudertrauma enden. Ich fragte mich, ob Fox und Rita wohl jemals zueinanderfinden würden. Irgendwie schienen sie mir füreinander bestimmt. Keiner der beiden würde jemals merken, dass sie ständig aneinander vorbeiredeten.

»Ja, Rita, ich geh' da hin, und zwar jetzt!«

Ich schlug die Kapuze meines Regencapes hoch, schob mein Schreibpapier unter den Umhang und nahm Anlauf, den Raucher-Gulag so schnell wie möglich zu verlassen.

»Ach, Muskel ... dings ist jetzt?«, schleimte Fox, »da wollte ich immer schon mal hin. Dafür lass ich die Kneippgüsse sausen. Es regnet ja sowieso.« Fox lachte meckernd über seinen Killerjoke, und schon hatte ich ihn wieder an den Hacken.

»Mensch, Maggie, dass du das immer so irrsinnig eilig hast«, rief Rita und rannte hinter uns her.

Ein paar Minuten später platzierte ich Oma Berti im großen Seminarraum in der ersten Reihe und hatte eine geniale Idee: Gerade wollten sich Fox und Rita neben mich setzen, da verspürte ich einen unwiderstehlichen Drang nach Kneippschen Wassergüssen.

»Wissen Sie was, Herr Muhler, wenn Sie die Kneippgüsse ausfallen lassen, geh' ich mal hin. Danke, dass Sie mir Ihren Termin überlassen.«

»Seit wann stehs du auf kaltet Wasser, Schätzken?«, torpedierte Oma Berti meinen Fluchtversuch, aber ein scharfer Blick von mir auf den UFO-Forscher und Rita ließ sie verstummen, und ich durfte mich davonmachen.

In der Tür prallte ich mit Prof. Casapietra, dem Klinikchef, zusammen. »Na, na, na … Sie wollen doch nicht etwa flüchten, Frau Abendroth?«

»Doch, Herr Professor. Kann ich für zwei Stunden Ihren Ferrari haben?«

Sein öliges Lachen perlte an meinem Regencape ab. Ich schob mich an ihm vorbei und rannte, so schnell ich konnte. Bis sich die Tür vom Seminarraum endlich geschlossen hatte, verfolgte mich seine sonore Stimme den Gang hinunter: »Was ist progressive Muskelentspannung? Meine lieben Kurgäste, Stress ist zu einer Geißel der modernen Welt geworden, aber wir können trotz der Belastungen des Alltags mit wenigen und einfachsten Mitteln in kurzer Zeit viel Gutes für uns tun …«

Oh ja, Herr Professor! – und wie wir das können! Ich bringe jetzt die Post weg und verbringe den Rest meiner gestohlenen eineinhalb Stunden Freizeit ganz alleine, trinke so viel Espresso und rauche so viele Zigaretten, bis mein Herzmuskel eine Hauptrolle bei *Emergency Room* kriegt. Splendid solitude ist ja so einfach, so progressiv und so entspannend.

03

Mein Asyl, das Café Amthof, war leer, weil alle Kurgäste außer mir andächtig Prof. Casapietras Heilsversprechungen lauschten. Seine Seminare waren der reinste Straßenfeger. Alle Damen, egal welchen Alters, vergötterten den Klinikchef. Und während ihre Augen selig entspannt geschlossen waren, dachten sie heimlich weiß Gott was, das man mit diesem Kerl alles anstellen könnte: Flucht im roten Ferrari, Sonnenuntergang, Traumschiff ... So mancher Damenbrust entrang sich ein sehnsüchtiger Seufzer, der garantiert nichts mit progressiver Muskelentspannung zu tun hatte. In seiner Gegenwart verblasste die Erinnerung an Dr. Brinkmann und die Schwarzwaldklinik schneller als Harry Potters Zaubertinte auf altem Pergament. Denn der Mann hatte einen entscheidenden Vorteil – er war hier, und er war echt.

Meines Erachtens gehörte der Typ ins Fernsehen – oder *war* er vielleicht aus dem Fernsehen? Ein entlaufener B-Schauspieler, der hier den Klinikchef mimte? Kein schlechter Plot für eine Komödie. Ich sollte bei Gelegenheit mal darüber nachdenken.

Der letzte Tisch am großen Panoramafenster mit Blick in den mittelalterlichen Innenhof bot mir die perfekte Deckung, denn ich war nicht darauf aus, doch noch irgendeinem versprengten Kurgast zu begegnen, der wild auf eine Unterhaltung war. Und das waren alle. Durch die Bank. Bei Antritt der Kur erhielt hier jeder mit dem Zimmerschlüssel und seinem Therapie-Stundenplan so eine Art unsichtbaren Freibrief zum Bequatschen und Zutexten wildfremder Menschen mit der Lizenz zum Duzen. Alles schon in der Kurtaxe mit drin.

Egal, wo man sich gerade befand, wurden zu den Worten auch gleich die Narben hergezeigt: Hemden wurden hochgehoben oder Hosenbeine aufgerollt, um die Klagen über Ärztepfusch oder schlagende Ehemänner mit handfesten Beweisen zu untermauern.

Waren Narben und Holzbeine ausreichend beklatscht worden, wartete die Bande sabbernd vor Glück auf die nächste Horrorgeschichte. Es musste wenigstens eine gelungene Ehekrise sein, in der eine ordentliche Prügelei, zerschlagener Hausrat und ein ertränktes Haustier vorkamen.

Der Wucht dieser Lebensbeichten, die mir überall unvermittelt wie Schrapnelle um die Ohren flogen, galt es, geschickt auszuweichen, vor allem weil gegen all diese Schicksale die Zusammenfassung meiner letzten zwei Jahre wie *Ferien auf Saltkrokan* klang.

Ich war nur eine sitzengelassene Medienfuzzi-Liesel, Abteilung Drehbuch/Comedy, die mit einer Schreibblockade und so gut wie mittellos in ihrer alten Heimat Bochum festsaß, weil sie in Köln ihr Gesicht verloren hatte. Meinen Aushilfsjob als Sekretärin in einem Bestattungsinstitut hatte ich nur mit knapper Not überlebt – Weihnachten hatte ich vier Stunden mit zwei Leichen im Bestattungskühlhaus verbracht und war beinahe selbst die dritte Leiche geworden. Zum Ausgleich hatte das Schicksal mir einen schwulen Kommissar, einen dicken Kater, einen inhaftierten finnischen Thanatopraktiker, einen abwesenden Klaviervirtuosen und ein Haus mit Garten in mein Leben gespült … so what?!

Gegen zwanzig Jahre vom eigenen Mann verprügelt, seit sechs Jahren nach einem Treppensturz gelähmt und schizophrene Schwiegermütter, die in Zungen redeten, konnte ich mit meinem Curriculum vitae nicht anstinken. Das, was mein lieber Freund Winnie ›ein Trauma‹ nennt, reicht hier gerade mal für ein müdes Achselzucken; dafür wird einem hier noch nicht mal aufmunternd die Schulter getätschelt.

Und mich damit unserer Maltherapeutin, der fischigen Schröder-Fröse, auszuliefern, dicke schwarze Balken auf DIN A1 zu schmieren und vor versammelter Mannschaft den emotional geblähten Luftballon platzen zu lassen, nur um dann ein schlappes, halb geflüstertes »Ja, das tut weh, Frau Abendroth« von ihr einzufahren … Also, nee … Gleich in der ersten Stunde hätte ich meinem Impuls nachgeben und ihr meinen Pinsel zum Auswaschen in den Rachen schieben sollen. Da hatte es Carmen Sawatzki erwischt, die so unvorsichtig gewesen war, über die mit ihrem Bauunternehmer verschwendete Lebenszeit zu weinen.

Nur noch ein paar Tage, Maggie, dann bist du wieder in Bochum, redete ich mir gut zu. Dann kümmerst du dich um dein Apartment und hilfst Kajo, das Haus zu verkaufen. Und du suchst dir einen neuen Job. Diesmal etwas harmloses, vielleicht Burger braten bei MacDonalds oder telefonieren im Call Center. Hauptsache, keine Leichen mehr.

Ich schaute auf die Uhr über der Kuchentheke. Noch eine halbe Stunde Freizeit, bevor ich mich wieder ins hessische Guantanamo Bay zurückbegeben musste. Ich bestellte noch einen Espresso und sah, wie ein paar schlecht gekleidete Musiker mit ihren Instrumenten am Café vorbei in Richtung Kurpark zogen. Bad Camberg hatte doch tatsächlich eine kleine, muschelförmige Bühne. Ts! Und ich hatte gedacht, das gibt es nur im Film.

Winnie, warte nur, bis ich nach Hause komme. Von wegen traumatisiert und ich brauche eine Auszeit! So viel gegruselt wie hier habe ich mich im Hause der Familie Kostnitz die ganzen letzten vier Monate nicht.

Ich trank meinen Kaffee aus, bezahlte, ging über den gepflasterten Innenhof des Cafés und warf meine Post bei der Kurverwaltung in den Briefkasten. Es hatte endlich aufgehört zu regnen, und ein paar Sonnenstrahlen ließen das nasse Kopfsteinpflaster glänzen. Ich überlegte, ob ich mich bis zum Abendessen auf meine Laufstrecke verziehen sollte, die an einem im Wald versteckten Hochsitz vorbeiführte, auf dem es sich prima abhängen und rauchen ließ, ohne entdeckt zu werden. Ich kam nicht dazu, einen Entschluss zu fassen. Irgendwie klangen die Wasserspiele im Kurpark heute anders. Das Kurorchester spielte nicht. Stattdessen hörte ich ein paar aufgeregte Männerstimmen und beschloss spontan, am Brunnen mal nach dem Rechten zu sehen. Da in diesem Kaff ja nie irgendwas Spektakuläres passierte, war man für jedes Ereignis dankbar.

Der Brunnen im Kurpark war mehr oder weniger eine ungefähr zwanzig Meter lange, terrassenartig angelegte Wasserautobahn. Im unteren Becken angekommen, quoll das Wasser über kanonenkugelgroße Steine, die sich in die Quadratur der Restarchitektur nicht so recht einfügen wollten. Die Ränder dieser gluckernden Tristesse waren mit den unvermeidlichen Stiefmütterchen bepflanzt.

Der Anblick, der sich mir heute bot, war allerdings spektakulär: Der Brunnen schäumte auf ganzer Länge, und zwar meterhoch. Aufgebrachte Einheimische und die Musikertruppe standen um den Brunnen herum, und ein paar Feuerwehrleute packten gerade ratlos ihre Schläuche wieder ein. Der Dorfpolizist, Wachtmeister Walther, allgemein bekannt als Onkel Walla, sagte gerade zu einem der Feuerwehrleute: »Das waren diese Punker, wer denn sonst.« Dabei sprach er das Wort *Punker* mit U aus.

Ja, in Bad Camberg gab es auch Punks. Drei, um genau zu sein. Ich hatte sie schon ein paar Mal im Kurpark gesehen, wo sie sich im Schatten eines halb zerfallenen Pavillons einen Joint durchgezogen hatten. Ich konnte mir gar nicht vorstellen, dass sich diese drei lethargischen Gestalten dazu durchgerungen haben sollen, unten im Dorf eine Flasche Spüli zu kaufen, rsp. zu klauen, diese bis zum Kurpark hochzuschleppen und in den Brunnen zu kippen. So, wie die drei aussahen, war es wahrscheinlicher, dass sie schon auf halber Strecke vergessen hatten, was eigentlich ihr Plan gewesen war.

Ich ging an der Menschentraube vorbei und nahm die Abkürzung durchs Gebüsch zur Kurklinik. Oma Berti würde sich über den Dorfklatsch freuen. Progressive Muskelentspannung musste jeden Moment vorbei sein, da konnte sie was zu lachen gebrauchen.

Gerade wollte ich an der Rezeption vorbei zum Untergeschoss gehen, als mich die nette Empfangsdame aufhielt und mir in breitestem Dialekt mitteilte, dass ich einen Anruf bekommen hätte. Schon wieder eine Überraschung! Wenn es zum Abendbrot endlich mal Spaghetti Carbonara statt ungesalzenen Dampfgemüses geben würde, wäre die Sensation komplett. Die Rezeptionistin setzte umständlich ihre Lesebrille auf und überreichte mir einen handgeschriebenen Zettel mit einer Telefonnummer – einer Kölner Nummer. Der einzige Mensch, der mir unter dem Stichwort Köln einfiel, war mein Ex, der Knipser. Ich hatte vor Schreck gar nicht mitbekommen, was die Dame sagte.

»Was? Entschuldigung, ich habe gerade nicht zugehört.«

»Reidmann hat der g'heisse«, singsangte sie.

Ich kenne keinen Reidmann. Gott sei Dank, eine Verwechslung.

»Er hat saacht, dass es wischtisch wär. Se solle schnell zurückrufe.«

Plötzlich fiel der Groschen.

»Reitmeier«, rief ich erleichtert aus, »Rasmus Reitmeier!«

»Jo, so hat der g'heisse.«

»Der Rettich!«

»Nee, Reddisch … so hat der net g'heisse. Reitmeier, des wars.«

»Ja, ja … Danke.«

»Isses e gude Nachrischt?«

»Ich glaub' schon. Darf ich mal telefonieren?«

»Hier«, sie zeigte auf ein altmodisches grünes Telefon mit Wählscheibe und Einheitenzählwerk. Dann setzte sie sich wieder an ihren Schreibtisch, um bloß nicht den Eindruck zu erwecken, sie würde lauschen wollen.

Oma Berti musste leider noch ein paar Minuten auf mich warten. Rasmus Reitmeier, *der* Rasmus Reitmeier, in der Branche wegen seiner langen weißen Haare Rettich genannt, hatte *mich* angerufen! *Mich!* Kölns bekanntester Produzent für Film und Fernsehen hatte *mich, mich, mich* angerufen.

Ich wählte die Nummer, hatte aber nur seine Sekretärin am Telefon, die mir nicht sagen konnte, worum es ging. Der Rettich sei seit Tagen in Italien, aber sie werde ihm sagen, dass ich angerufen habe. Ich hinterließ meine Durchwahl und dass ich am besten nach 22 Uhr wieder erreichbar sei. Ein Zwei-Euro-Stück schob ich im Weggehen über den Tresen. Gerade drehte ich mich um, da kam schon Oma Berti mit ihren beiden Freundinnen Mia und Carmen die Treppe herauf. Oma schwang ihren Stock in meine Richtung. »Im Kurpark is die Hölle los, wat stehsse noch da rum, Maggie?«

Mia und Carmen drohten mir feixend mit dem Zeigefinger.

»Ich kann euch beruhigen, da haben nur die Dorfpunks Spülmittel in den Brunnen geschüttet. Die Feuerwehr muss jetzt den Brunnen leer schaufeln, und die Stiefmütterchen sind platt. Mehr ist da nicht.«

»Hört euch dat an. Endlich passiert hier überhaupt mal irgendwat, und dann is et ihr wieder nich aufregend genug. Lasst uns rübergehen, sonnz sind die besten Plätze widder beleecht.«

Oma Berti hakte sich bei mir unter. Mia und Carmen setzten sich in Bewegung. Weitere Kurgäste schlossen sich uns an. Sie wollten den heldenhaften Einsatz der Bad Camberger Feuerwehr gegen den Angriff des Killerschaums auch nicht verpassen.

Als wir am Minigolfplatz vorbeigingen, hörte ich hinter uns ein Schnaufen. Fox Mulder war schon ganz außer Atem, als er rief: »Was ist passiert?«

»Sie sind da. Wir haben Kontakt«, rief ich zurück.

»Wer?« Er fuhr sich aufgeregt mit dem Handrücken durchs Gesicht und verschmierte die Salbe gegen sein extraterrestrisches Strahlenekzem.

»Na, die eben. Sie sind doch der Experte für ungebetene Besucher.«

»Maggie, nu lass doch ma den armen Mann in Ruh. Wat musse den immer so auf'n Arm nehm«, zischte Berti mich an, dabei kniff sie mir lachend in die Seite.

Carmen Sawatzki hielt sich mit der rechten Hand an Mia Hoffstiepel fest und fixierte intensiv die Rosenbeete, um nicht laut loszulachen.

»Die Maggie macht dat schon richtig«, sagte Mia, »der erzählt doch bloß gequirlten Unfug. Der hat nicht mehr alle Tassen im Schrank.«

»Wie soll er auch, die sind doch alle im All unterwegs«, prustete Carmen.

»Kommt ihr endlich?« Oma schwang den Stock, und bevor jetzt noch die grüne Rita auftauchen konnte, schob ich Oma Berti sanft weiter in Richtung Kurpark. Fox Mulder machte keine Anstalten, uns zu folgen.

»Warsse vorhin wirklich kneippen?«

»Nee, natürlich nicht. Ich war im Amthof. Progressive Kaffee-Entspannung. Wie war der Kurs?«

»Dein UFO-Forscher ist eingeschlafen und hat geschnarcht, und Rita hat geheult«, sagte Carmen, »...kannst froh sein, dass du nicht dabei warst.«

»Bin ich. Und wie.«

»Wir lassen Abendbrot in der Klinik ausfallen. Komm'se mit in'n Klosterkeller? Wir ham noch Lagebesprechung für morgen. Strategie und so.«

»Ach, ich dachte, es geht um Aufnahme von Kalorien.«

»Dat hilft beim Denken, Schätzken. Wir wollen den ersten Preis bei der Schnitzeljagd. Nix is scheißer als Zweiter, weisse doch.«

»Oma Berti!«

»Nee, Erik Meijer, Alemannia Aachen«, wurde ich von Carmen korrigiert.

»Is doch wahr. Ich will die Schnitzelsause gewinnen und sonnz nix. Wat war nomma der zweite Preis?«

»Bestimmt orthopädische Strümpfe, gestiftet von Dr. Müller«, sagte Carmen.

»In Khaki und Ecru«, jauchzte Mia.

»Siehsse wohl.«

Wir reihten uns in die Gruppe der Schaulustigen vor dem Brunnen ein. Oma Berti winkte dem Dorfpolizisten aufmunternd zu und stützte sich auf ihren Stock.

»Dat ich dat noch erleben darf, Herr Wachtmeister. Wennze wat ermitteln muss, kannze mein Enkel Winnie anrufen, der is Oberkommissar bei de Krippo in Bochum«, gab Oma Berti vor allen Leuten an.

»Nein, danke, wir kriegen das Problem auch so in den Griff.«

Danach sah es allerdings nicht aus. Die Feuerwehrleute hatten angefangen, den Schaum mit Schaufeln aus dem Brunnen zu schippen. Jetzt standen sie aber ratlos herum, weil sie nicht wussten, wohin mit dem Schaum, denn die einzige Schubkarre war schon voll, und es tropfte bereits über den Rand. Aus der Menge der Schaulustigen hagelte es gute Ratschläge. Jemand schlug vor, einen Industriestaubsauger zu holen. Der Wachtmeister bemühte sich um Fassung. »Wie gesagt, wir haben alles im Griff.«

»Tja, dat seh ich, dat ihr dat hier im Griff habt«, sagte Oma Berti spöttisch. »Kommt Mädels, wir wollen morgen nicht so dastehen. Taktik is alles. Lasst uns die Schnitzeljagd vorbereiten. Der Trollinger ruft.«

»Gute Idee, ich möchte auch die anderen Herrschaften bitten weiterzugehen. Es gibt hier nichts zu sehen.« Onkel Walla war aufgebracht. Wer weiß, was er in der letzten halben Stunde an guten Ratschlägen schon zu hören bekommen hatte.

Er nahm seine Mütze ab und wischte sich mit dem Uniformärmel den Schweiß vom hochroten Kopf. Oma Berti ging ganz nah an den Wachtmeister heran und flüsterte: »Mach ma erss dat Wasser aus, dat dat mit dem Schäumen aufhört. Und dann wartesse bis morgen früh, bis dat der Schaum sich aufgelöst hat. Und dann gehsse mitte Bodenflitsche ganz vorsichtich die Becken durch und gut is. Hasse verstanden? Die Stiefmütterkes kannze sowieso vergessen.«

Onkel Walla schloss ergeben die Augen, aber offensichtlich erkannte er einen guten Rat, wenn er ihn hörte, und rief: »Wasser stopp!«

»Mein Name is' übrigens Blaschke. Berti Blaschke. Wenn noch wat sein sollte ... Los Mädels, auf geht's.«

Wir schlängelten uns durch die Menge. Ich sah Rita am Rand der Menschentraube aufgeregt neben Fox Mulder auf und ab hüpfen. Wir machten uns schnell davon, dem Trollinger mit Schmalzstulle entgegen.

04

»Wollten Sie zu mir?«

»Was?!«

Ich war vollauf damit beschäftigt, meinen Weltrekord im 18-Kilometer-Sprint zu brechen und rannte eben durch die Eingangshalle der Kurklinik, als Dr. Müller mich ansprach. 17,7 Kilometer lagen noch vor mir, und ich hatte leider keine Zeit, mit dem spinnerten Orthopäden über meine Füße zu plaudern. Ganz im Gegenteil: Ich musste Oma Berti und die Diätgruppe finden.

Es war 9.13 Uhr, und ich hatte verschlafen. Die Schnitzeljagd hatte bereits um 8.30 Uhr begonnen. Eigentlich musste ich Dr. Müller dankbar sein, denn seine Frage bremste mich vor der Tür, die sich an diesem Morgen ausnahmsweise nicht automatisch öffnete. Hätte er mich nicht angesprochen, wäre ich, wie eine der zahllosen Tauben, vor das Panzerglas geklatscht.

»Welche Richtung ... Diätgruppe ...?«, rief ich der Dame am Empfang zu.

»Rechts rauf, vermutlich Kreuzkapelle«, kam prompt die Antwort.

»Links rauf. Die Diäter sind links rauf«, ließ sich Dr. Müller vernehmen. Er süppelte an seinem Rooibostee und guckte meine Wanderschuhe an. Bevor er etwas sagen konnte, schritt die Empfangsdame ein: »Rechts rauf. Glaubet Se mir.« Sie drückte auf einen der vielen Knöpfe am Empfangstresen und die Tür glitt auf. »Isch könnt Ihne aach saache, wo dass die Kischt verschteckt isch. Jedes Jahr deselbe Kischt un deselbe Platz ...«

»Ja und? Wo?«

»Das wäre zu kompliziert, Frau Abendroth, wenn wir Ihnen das jetzt erklären wollten«, sagte Dr. Müller. »Es kommt nämlich ganz darauf an, von welcher Seite ... und wir wollen doch nicht pfuschen, oder?«

»Danke, hab' verstanden«, keuchte ich, schon halb durch die Tür.

Ich spurtete die Straße bergauf bis zur nächsten Kreuzung. Geradeaus ging es in Richtung Kreuzkapelle, rechts zum Reiterhof. Oma Berti würde mich umbringen, wenn ich ihr diesen Tag versaute, aber wahrscheinlich hatte ich das schon längst getan. Ausgerechnet heute zu verschlafen! Hoffentlich konnte ich die beste aller Entschuldigungen noch loswerden, bevor mich ein gezielter Hieb mit ihrem Gehstock dahinraffen würde.

Ich widerstand dem dringenden Wunsch, mir eine Zigarette anzuzünden, auf der Stelle kehrt zu machen, durch den Kurpark zu schlendern und den Rest des Tages im Café Amthof zu verbringen. Wenig enthusiastisch trabte ich weiter in Richtung Kreuzkapelle. Keine Menschenseele war zu sehen, als ich die Landstraße überquerte, die Schlaganfallklinik links liegen ließ und auf die Allee zusteuerte, um dann durch die Wiesen und Felder rauf zur kleinen Wallfahrtskirche zu gelangen.

Ich hätte eben gestern Nacht schneller einschlafen müssen. Aber auch gute Nachrichten können einem den Schlaf rauben.

Das Schnitzeljagdplanungsteam war an besagtem Abend aus dem Klosterkeller gesättigt, zufrieden und mit einem genialen Plan für die Schatzsuche zurückgekehrt. Man muss nur genug Trollinger trinken. Ich war auch sofort brav auf mein Zimmer gegangen, um das Telefon anzubeten und war erhört worden. Rasmus Reitmeier hatte mich tatsächlich zurückgerufen. Drei Sätze von ihm und ich war wieder Top of the Pops! So, wie die Dinge jetzt lagen, würde ich in den nächsten Wochen und Monaten, vielleicht sogar Jahren, überhaupt keinen Gedanken mehr an das ungeliebte Souterrain und meinen Zwangsaufenthalt in Bochum verschwenden müssen. Denn um exakt 23 Uhr und 28 Minuten war ich wieder im Geschäft. Auf dem Weg nach oben. Auf dem Weg zum Deutschen Fernsehpreis. Ich hätte mich aus schierer Freude über das Angebot, das der alte Reitmeier mir gemacht hatte, wie ein Welpe mal kurz einpinkeln können. Eines meiner ehemaligen Herrchen hatte gepfiffen, und ich wedelte mit dem Schwanz. Fernsehland hatte mich wieder. Ich hatte einen richtigen

Job: Producerin einer Comedy-Serie. Ich würde endlich wieder da sein, wo ich hingehörte, in Köln, und in der Handtasche eine goldene Mastercard – gedeckt!

Das alles hätte ich Oma Berti gerne beim Frühstück erzählt, aber das hatte ich ja 1a verschlafen.

Ich war nur ein wenig außer Atem, als ich die Kreuzkapelle auf dem Hügel erreichte. Von hier aus hatte man eine einmalig schöne Aussicht auf das Tal. Von hier aus sah sogar Bad Camberg aus wie ein Postkartenmotiv. Die ersten Apfelbäume auf den Streuobstwiesen blühten. Ein paar Amseln spielten fangen. In einem Rapsfeld, ein paar Meter unterhalb der Kirche, sah ich zwei lange, pelzige Ohren auftauchen. Über dem Feld kreiste ein Raubvogel – ich war wohl nicht die Einzige, die die Ohren gesehen hatte.

Die Sonne hatte die letzten Regenwolken verscheucht, und es versprach, ein wunderbarer Tag zu werden. Ich war mir sicher, Oma Berti zu finden und sogar die Schnitzelsause gebührend genießen zu können. Und morgen würden wir von Winnie abgeholt, und am Dienstag säße ich im 1.-Klasse-Abteil des ICE nach Köln. Und wenn sie nicht gestorben sind, dann leben sie noch heute. Klappe, Szene gestorben, Ende, Musik und Abspann.

Der Raubvogel schoss mit Höchstgeschwindigkeit aus dem Himmel auf die Stelle zu, wo eben noch die Ohren zu sehen gewesen waren, aber er verpasste den Feldhasen um Haaresbreite.

Ich zündete mir eine *Gauloises* an und lehnte mich auf einer Bank zurück. Auf dem ganzen Weg hinauf war mir keine Menschenseele begegnet, kein versprengtes Trüppchen aus der Polka-Fraktion, keines der fünf Teams auf der Suche nach der Schatzkiste. Ich war kurz davor, mich wohlzufühlen und beschloss, den Weg durch den Wald ins Dombachtal und weiter in Richtung Berkelbacher Hof zu nehmen. Meine Kippe drückte ich unter der Bank aus und traute meinen Augen nicht: Unter der Bank lachte mich einer von Oma Bertis Brauseengeln an, die sie in ihrem Kiosk zu Weihnachten verkauft hatte. Ich schaute mich erschrocken um. Woher kam der? Woher wusste sie, dass ich hier meine Zigarettenpause einlegen würde? Wieso fragte ich überhaupt? Winnie war ihr Enkel, und was ich an Winnie am meisten hasste, war – neben seinem guten Aussehen, das mir den Blutdruck in die Höhe trieb – seine beängstigende Fähigkeit, in die Köpfe anderer Leute gucken zu können. Besonders in meinen. Oma Blaschke hatte ihr hellseherisches Talent offensichtlich an ihren Enkel vererbt.

Der kleine Brauseengel wies mit seiner Trompete nach links, auf den Wanderweg, der in Richtung Schwickershausen am Friedhof vorbeiführte. Ich steckte den Brauseengel in den Mund und wanderte weiter. Lila Prickelbrause ist zwar kein ernst zu nehmender Frühstücksersatz, aber besser als nichts. Während ich den Weg durch den Wald nahm, spülte ich mit Apfelschorle nach. Am Friedhof, neben dem Standbild einer wundertätigen Maria, die angeblich Wünsche erfüllen konnte, entdeckte ich den nächsten Brauseengel. Ich nickte Maria zu, meinetwegen konnte sie sich heute freinehmen.

An jeder entscheidenden Kreuzung erwarteten mich die kleinen Wegweiser. Nach einer Stunde kreuz und quer durch den Camberger Stadtwald hörte ich aufgeregte Stimmen. Ich schlug mich durchs Unterholz und erkannte die Stimmen von Mia Hoffstiepel, die jubelte, und Carmen, die *We are the Champions* anstimmte. Applaus war zu hören und dann ein paar knappe Anweisungen von Oma Berti. Ich rannte auf die Lichtung zu und sah Berti in grünen Wanderhosen, rot-weiß kariertem Baumwollhemd, ein flottes Jägerhütchen auf dem Kopf. Die eine Hand hatte sie in die Hüfte gestemmt, und mit ihrem Gehstock in der anderen dirigierte sie zwei Männer aus der Diätgruppe, die sich ächzend in eine Grube hinunterbeugten. Sie waren schon dabei, den Schatz zu heben.

Ein aufgeregt bellender Golden Retriever tauchte rechts von mir aus dem Unterholz auf, gefolgt von der Forelle in feinstem Wanderoutfit. Unsere Maltherapeutin umarmte jeden einzelnen in der Gruppe, bis auf Oma Berti, die sich derlei gefühlsduseligen Schnickschnack schon bei der ersten Begegnung strikt verbeten hatte.

Berti sah mich und winkte mir zu. Sie schien nicht sauer auf mich zu sein. Ich stellte mich neben sie, ignorierte die Forelle und machte ein unschuldiges Gesicht, ganz so, als wäre ich die ganze Zeit dabei gewesen.

»Wo warsse die ganze Zeit?«

»'Tschuldigung, Berti, verpennt. Erzähl' ich dir später. Was ganz Tolles.«

»Jau. Winnie hat's mir schon erzählt.«

»Was? Das mit Köln?«

»Ja. Aber eins verzeih' ich dir nie, der Muhler hat mich fast totgequatscht.«

Winnie und was Tolles? Mein Tolles? Wie konnte er davon wissen? Bevor ich nachfragen konnte, tauchte Fox Mulder mit hochrot glänzendem Gesicht aus der Grube auf und strahlte mich an.

Oma Berti forderte Mulder und den anderen Mann auf, endlich die Kiste zu heben. Unter dem Applaus und den Anfeuerungsrufen aus zehn weit ausladenden Klangkörpern zerrten sie umständlich daran herum. Dabei war die mit Messing beschlagene Holzkiste, die zum Vorschein kam, nur so groß wie ein Schuhkarton.

Der Golden Retriever flippte schier aus, als die beiden Männer die Schatztruhe endlich abstellten.

Die Forelle sprang hinter ihrem außer Rand und Band geratenen Haustier her, um es an die Leine zu legen. Die aufgeregte Hündin namens Nike gehorchte ihrer Herrin kein bisschen.

»Berti, das Signal!«, rief Mia, »... mach voran.«

Jedes Team hatte eine Leuchtpistole mit auf den Weg bekommen. Blau für »Schatz gefunden«, Rot für Notfälle. Oma Berti lud beherzt die Waffe durch und schoss die blaue Leuchtkugel ab. Die ganze Truppe johlte, hüpfte und skandierte: »Schnitzel essen, Schnitzel essen ...«

Nike bellte wie verrückt und schubste mit ihrer Nase immer wieder die Schatzkiste an.

Die Forelle packte Nike am Halsband und sagte atemlos in die Runde: »Das haben Sie alle ganz toll gemacht. Wie wäre es, wenn sich das ganze Team jetzt an den Händen fasst und ...«

»Ich mach' dann mal die Kiste auf«, sagte Carmen.

»Na ja, ich dachte nur, wo wir hier schon alle im Kreis ...«

»Ja, mach auf, Carmen«, riefen ein paar Diäter und ignorierten konsequent Schröder-Fröses therapeutischen Ansatz.

Carmen kniete sich vor die kleine Schatztruhe, ließ die Schlösser aufschnappen, blickte noch einmal triumphierend in die Runde und hob den Deckel. Alle im Team hielten den Atem an, nur Nike hechelte und fiepte und hätte bei einem erneuten Ausfall nach vorn der Forelle beinahe das Schultergelenk ausgekugelt. Ja, Frau Schröder-Fröse, das tut weh!

Aus einiger Entfernung waren die fröhlichen Stimmen der anderen Teams zu hören, die sich ihren Weg zu uns bahnten.

Carmen schaute in die Kiste, wollte nach dem Gutschein greifen und stieß plötzlich ein schrilles Quieken aus. Ihre Hand zuckte zurück. Sie fasste sich an die Kehle und kippte röchelnd auf die Seite. Nike jaulte und stemmte sich wieder ins Halsband. Ich ging ein paar Schritte auf Carmen zu. Dann sah auch ich, was Carmen gesehen hatte, und das war sehr unappetitlich. Bevor ich den Deckel von der Schatztruhe schließen konnte, hatte der Hund sich losgerissen und versuchte, die Beute zu schnappen.

»Aus!«, schrie ich und versetzte Nike einen Tritt. Sie stieß ein schrilles Fiepen aus und suchte das Weite. Die Forelle starrte mich aus ihren fischigen Augen entsetzt an. Fast sah es so aus, als würde sie sich auf mich stürzen wollen. Plötzlich redeten alle durcheinander und kamen auf mich zu.

»Frau Abendroth, was machen Sie denn?«, empörte sich jemand aus der Gruppe. Ich knallte den Deckel zu. Das, was Nike so sehr begehrt hatte, war eine abgetrennte Hand. Die sah verdammt echt aus. Und so wie sie roch und wie der Hund darauf reagiert hatte, war sie auch echt.

Oma Berti schwang ihren Gehstock, um die anderen davon abzuhalten, sich der Kiste zu nähern.

»Wat is da drin?!«

Mia und ich halfen Carmen auf die Beine. Sie zeigte zitternd auf die kleine Kiste und schluchzte: »Da ist eine Hand drin, Berti. Eine abgehackte Menschenhand!«

»Das ist doch ein Scherz, Carmen. Jetzt reg dich mal nicht künstlich auf«, mokierte sich Fox Mulder und kam forsch näher. Die anderen lachten. Jemand sagte: »Kleiner Streich der Klinikleitung, um uns den Appetit zu verderben.«

»Nein, das ist kein Scherz. Die sieht ganz echt ...«, sagte ich, aber da hatte der UFO-Forscher sich schon gebückt und den Deckel angehoben. Er glotzte die Hand an, fuhr hoch und stolperte japsend in den Wald. Der Geruch von verwesendem Fleisch machte sich in meiner Nase breit. Die anderen rochen es wohl auch, denn der Rest der Truppe machte kollektiv einen Schritt rückwärts und verstummte. Oma Berti stellte sich neben mich und spähte in die Kiste. Sie rümpfte die Nase und gab dem Deckel mit der Spitze ihres Gehstocks einen Schubs. Der Deckel knallte zu. Ein paar Gesichter in der Runde zeigten erste Anzeichen von ungesundem Teint in Richtung blassgelb bis grün.

Inzwischen waren mehr und mehr Leute aus den anderen Teams hinzugekommen, und der Kreis um die Schatzkiste herum wurde immer größer. Berti lud die Signalpistole durch und schoss die rote Leuchtkugel ab. Jemand aus einem der anderen Teams hatte schnell begriffen, dass es sich hier nicht um einen Scherz handelte und feuerte ebenfalls seine rote Leuchtkugel in den Himmel. Nach wenigen Minuten, in denen niemand auch nur ein Wort sagte, hörten wir aus der Ferne das Martinshorn von Onkel Wallas Polizeiauto. Kurz darauf gesellte sich das Tatütata eines Rettungswagens dazu.

»Alle Mann zurück auf die Straße«, kommandierte Oma Berti und schob seufzend hinterher, »wenn hier Fußspuren waren, sind die eh alle hin.« Sie zeigte mit ihrem Gehstock auf unsere Maltherapeutin, die immer noch mit offenem Mund dastand. Nike hatte sich unter einen Haselnussstrauch geflüchtet und gab die beleidigte Leberwurst.

»Frau Schröder-Fröse, nehmen Se Ihren Köter und bringen Se die Leute hier weg. Ich sicher mit Maggie den Fund. Mia und Carmen, ihr geht mit anne Straße und sacht dem Wachtmeister, wo wir sind. Is noch einer hier mit'ner Leuchtpistole?«

Zwei Männer traten vor. Ich erkannte einen von ihnen wieder. Herr Greben aus der »Krückentruppe« hatte letztens bei Mister Pling in die Harfe geflennt, als er vom Verlust seines Arbeitsplatzes erzählt hatte – immerhin Managementebene eines Chemiekonzerns.

»In zwei, drei Minuten feuert ihr nochma Rot. Is dat klar? Damit die uns finden.«

Die beiden Männer nickten und gingen los.

Die Forelle klappte endlich ihren Mund zu und zerrte ihren Hund unter dem Gebüsch hervor. Auch die anderen setzten sich langsam in Bewegung. Ein Studienrat aus der Sucht-Truppe konnte nicht an sich halten und sagte: »Hören Sie mal, Frau Blaschke, wieso bestimmen Sie hier eigentlich, was wir zu tun haben?«

»Wollze mitte Omma von ein Kriminalkommissar diskutiern? Ich weiss, wat ich tu. Wat is Ihr Fachgebiet? Rellegion und Viagra?«

Der Studienrat verzog sich murrend. Ich hätte Oma Berti knutschen können.

Als endlich alle außer Sicht- und Hörweite waren, seufzte Berti: »So, gezz wollen wir uns mal die Sache genauer angucken.«

Bevor ich ihr widersprechen konnte, ging sie vor der Kiste auf die Knie und nahm ihren Stock zu Hilfe, um den Deckel noch einmal hochzuheben.

»Fingerabdrücke sind jetzt sowieso jede Menge dran«, sagte ich und vermied es, einen Blick hineinzuwerfen. Ich starrte in den Wald und sah, wie Fox Mulder torkelnd hinter dem Stamm einer mächtigen Kastanie verschwand. Von wegen: »Maggie, ich weiß nicht, ob deine Nerven es aushalten, aber wenn du interessiert bist – ich habe einen Film mit einer echten Alien-Autopsie.« Gar nix hast du!

Zur Strafe stieg mir der Leichengeruch wieder in die Nase, und sechs Brauseengel und ein Liter Apfelschorle meldeten an, dass sie mich gerne verlassen wollten.

»Guck ma hier, da siehsse genau, dat dat mit einem Schlach abgetrennt is. Kein gezackter Rand. Und die is noch nich richtich verwest, nur son bissken gammelich. Kann noch nich lange hier liegen.«

»Ja, Berti, alles hochinteressant. Und sagt dir die Hand auch, von wem sie vermisst wird?«

Ich ging zwei Schritte zur Seite.

»Mach dich nich lustig, Maggie. Dat wüsst ich auch gern. Et is eine linke Hand … sehr gepflegte Fingernägel, vermutlich männlich …«, sie nahm ihr Jägerhütchen vom Kopf, drückte es sich an die Brust und schwieg für einen Moment. Dann seufzte sie und sagte: »Schade, dat wir morgen schon nach Hause fahrn.«

»Ja, jammerschade. Ich weiß gar nicht, wie ich einer abgehackten Hand intellektuell widerstehen soll.«

»Wat hällze davon – wir verlängern?!«

Ich half ihr, auf die Füße zu kommen, und gab dem Deckel schnell einen Schubs mit meinem Fuß. »Nur über meine Leiche.«

»Spielverderberin. Gezz, wo et hier spannend wird.«

»Mir egal, wem die Hand gehört. Der Besitzer wird nicht mehr gut aussehen, wenn er gefunden wird.«

»Wenn'se den finden.«

»Vergiss nicht, dein Kiosk wartet. Du wirst gebraucht.«

»Na ja, eine Woche mehr oder weniger …«

»Berti – ohne mich!«

Über unseren Köpfen klopfte ein Specht, und wir hörten die Stimme von Wachtmeister Walther näher kommen, der aufgeregt von Fox Mulder über die abgehackte Hand informiert wurde. Fox blieb in angemessenem Abstand zur Lichtung stehen. Hinter ihm tauchten zwei weitere Polizisten und Sanitäter mit einer Trage auf.

»Verlassen Sie sofort den Tatort!«, rief Wachtmeister Walther, als er den Rand der Lichtung erreicht hatte. Er schwenkte seine Dienstmütze, als gelte es, umherschwirrendes Ungeziefer zu vertreiben.

»Dat is kein Tatort, dat is ein Auffindeort«, korrigierte Oma Berti den Wachtmeister und flüsterte mir ins Ohr: »Du has Recht, Schätzcken, bis der den Fall löst, is in Afrika widder Muttatach. So lange kann der Kiosk nich warten.«

05

Berti hatte die Fahrt im Streifenwagen mit Wachtmeister Walther sehr genossen, was man von Wachtmeister Walther nicht behaupten konnte. Von der ersten Sekunde an hatte sie ihn mit all ihrem kriminalistischen Fachwissen zugeschwallt. Ich hatte nicht schlecht über ihre Sachkenntnis gestaunt. Im Gegensatz zum Bad Camberger Gesetzeshüter war es ihr allerdings piepegal, ob Frankfurt, Wiesbaden oder sonst wer in Deutschland für diesen Fall zuständig war. Wenn hier einer das Rätsel lösen konnte, dann ihr Enkel, am besten mit ihr zusammen. Ich hatte die ganze Diskussion über Zuständigkeiten von Polizeibehörden und den Schwierigkeiten, Fingerabdrücke von toten, angegammelten Fingerkuppen abzunehmen, vom sicheren Rücksitz aus auf mich wirken lassen.

Zu guter Letzt hatte sie dem Wachtmeister noch die Telefonnummer von Winnie aufgedrängt für den Fall, dass er doch Hilfe braucht. Der arme Mann war schon gar nicht mehr in der Lage gewesen, sich gegen Bertis geballte Hilfsbereitschaft zu wehren und hatte widerstandslos Winnies Visitenkarte eingesteckt.

Als wir beide endlich ausgestiegen waren, ließ er erleichtert den Motor aufheulen und brauste mit quietschenden Reifen davon.

Die Kurklinik vibrierte vor Aufregung. Gerüchte und bluttriefende Beschreibungen der abgehackten Hand schwirrten durchs Foyer. Therapeuten, Ärzte, Masseure und Fitnesstrainer liefen auf der Suche nach ihren abgängigen Schäfchen durch die elektrisierte Menge. Es war, als hätte eine allgemeine Spontanheilung stattgefunden. Niemand war mehr erpicht auf Elektrotherapie, Stangerbäder oder Glaubersalzeinläufe, selbst auf Massagen nicht. Diejenigen, die von Therapeuten auf der Suche nach ihren Patienten identifiziert und aus der Menge gepickt wurden, gingen nur murrend mit, um die Segnungen des Herrn Kneipp in Empfang zu nehmen.

Mia und Carmen kamen uns entgegen. Carmen war immer noch

etwas blass um die Nase, was ihr kaum zu verdenken war – wann findet die Gattin eines Recklinghäuser Bauunternehmers schon mal eine abgehackte Hand? Mia, als Besitzerin eines Bauernhofes im Wattenscheider Outback der Natur wesentlich näher, war da weniger zimperlich. Sie kaute schon wieder an einem Doppelkeks mit Schokoladenfüllung herum. Wir wurden von den Kurgästen bestürmt, Einzelheiten über den Stand der Ermittlungen preiszugeben, aber Berti zog es vor, in den Aufzug zu flüchten. Mia drückte auf den Knopf für den fünften Stock.

Als sich die Aufzugstür gerade schloss, schob sich Fox Mulders rechter Fuß zwischen die Schiebetüren. Mit hochrotem Kopf verkündete er enthusiastisch, dass uns der Sieg der Schnitzeljagd trotz der Ereignisse zugesprochen worden sei. »Um 20 Uhr im Berkelbacher Hof. Ich habe mich persönlich darum gekümmert.« Ich fand, er hätte auch noch salutieren können.

»Ja danke, Herr Muhler«, sagte Mia und drückte wieder auf den Knopf.

Hinter Muhlers Rücken tauchte zu allem Überfluss die grüne Rita auf und rief: »Maggie, ich hab' ja alles verpasst, ich war im Depressionsteam, und wir hatten uns irrsinnig verlaufen. Du musst mir unbedingt …«

Mia Hoffstiepel trat forsch mit drohend erhobener Prinzenrolle auf Muhler zu, der einen Schritt zurückwich. Die Aufzugstüren schlossen sich vor seiner Nase, und als der Aufzug schon die erste Etage passiert hatte, hörten wir immer noch die grüne Rita rufen: »Maggie! Maggie! Du erzählst mir alles heute Abend, ja? Das ist ja alles so irrsinnig spannend …«

»Die kommt doch wohl nicht mit zur Schnitzelsause?«, fragte Carmen und ließ Mias Schokoladenkekse nicht aus den Augen.

»Die ist nicht in unserer Gruppe«, stellte Mia fest, »der Gutschein gehört nur den Diätern. Auch einen?« Sie hielt mir die Kekse hin, aber ich lehnte ab.

»Ach, gib mir einen, heute ist sowieso alles egal«, seufzte Carmen.

»Komm, der schadet jetzt auch nicht mehr«, meinte Mia und

drückte Carmen noch einen zweiten Keks in die Hand, »… und der UFO-Forscher hat sich in letzter Minute in unser Team gedrängt.«

»Nur, weil Maggie verpennt hat«, sagte Oma Berti und klappte ihren Schokokeks auf, um zuerst die Schokolade runterzuknabbern und dann erst den Keks zu essen – ihre Interpretation von Trennkost.

»Ach, jetzt bin ich wieder schuld? Ist der Sessel-Meteorist doch ein bisschen anstrengend?«

»Meteorist? Ist das der wissenschaftliche Fachausdruck für so'n UFO-Irrsinn?«, fragte Carmen.

»Meteorismus ist die höfliche Umschreibung für Blähungen«, erklärte Mia und biss in ihren Keks. »Das hat mit Meteoriten wenig zu tun.«

»Mann, nee«, kicherte Berti, »hasse gesehen, wie grün der war umme Nase? Ich krich mich nich mehr ein.«

Carmen hielt sich den Bauch und prustete Kekskrümel durch den Aufzug. »Meteorist … Furzer … Der war so grün im Gesicht wie seine Marsmännchen!«, kreischte sie. Sie verschluckte sich und hustete, immer noch lachend. Mia klopfte ihr fürsorglich auf den Rücken, was zur Folge hatte, dass noch mehr Krümel durch den Aufzug schossen.

Ich guckte mir diese drei harmlos aussehenden Weiber an: Carmen Sawatzki in ihrer exakt gebügelten Jeans, blütenweißem Golfshirt, darüber die passende dunkelblaue Sportweste mit aufgestickten Golfschlägern am Revers; Mia Hoffstiepel, deren Betonfrisur nach all der Aufregung und Anstrengung des Tages immer noch perfekt saß, im praktischen braunmelierten Tweedrock mit Twinset und derben Schnürschuhen, und Oma in ihrem Luis-Trenker-Outfit samt Wanderstock. Von wegen harmlose Damen zwischen 48 und 71 – die drei waren schlimmer als die Hexen von Eastwick. Der Aufzug hielt an und wir stiegen aus.

»Ich lass die Damen mal für'n Augenblick allein. Soll ich euch noch 'ne Kanne Kaffee raufschmuggeln?«

»Nee, brauchs dein Leben nich' riskieren. Ich hab' noch Kaffee da. Wollz nich mitkommen?«

»Nee, danke. Die Geschichte muss ich Wilma erzählen, und zwar brühwarm.«

»Na dann, bis heute Abend. Zieh dir wat ordentlichet an.«

»Was mit Gummizug, meint Berti, damit du hemmungslos zulangen kannst«, stichelte Carmen. Dann verschwanden die drei in Bertis Zimmer. Irgendwie bekam die ganze Geschichte was von einem albernen Schulausflug.

Wilma war nicht in ihrem Friseursalon. Das Lehrmädchen am Telefon druckste herum und konnte mir nicht sagen, wo meine Freundin steckte. Ich fragte, ob die Chefin eventuell nur mal kurz nach oben in ihre Wohnung gegangen sein könnte, aber auch das konnte sie nicht beantworten.

Ich wählte Wilmas Privatnummer. Dort nahm niemand ab. Ich hinterließ eine Nachricht auf dem Anrufbeantworter mit dem Versprechen, den ultimativen Bad Camberger Dorfklatsch, hübsch eklig, auf Lager zu haben, und bat um dringenden Rückruf.

Dann versuchte ich es mit ihrer Handynummer – nur die Mailbox. Wilma nicht in ihrem Salon, und das an einem Samstag? Das war so gut wie noch nie vorgekommen. Ihr war doch wohl hoffentlich nichts passiert? Aber was sollte ihr schon passieren? Außer einem reichen, gut aussehenden Kerl, der nichts dagegen hatte, mit einem Ex-Model auszugehen, hatte Wilma nichts zu befürchten.

Ich wählte Winnies Handynummer. Ungefähr 180 Mal. Es war besetzt. Oma berichtete ihm vermutlich gerade ausgiebig über die abgehackte Hand.

Endlich gab es ein Freizeichen und Winnie ging ran: »Ich weiß es schon«, flötete er, »mit allen pikanten Einzelheiten und noch viel mehr. Tach, Maggie.«

»Hab' ich mir gedacht. War ja auch die letzte halbe Stunde besetzt. Hat Berti eigentlich deine Lehrbücher für Kriminalistik und Rechtsmedizin auswendig gelernt?«

»Sieht so aus, was? Oma sagt, unserer kleinen Bestatterin ist schlecht geworden? Wie konnte dir das denn passieren?«

»Bei dem Gestank. Was die auch wieder petzt. Und nenn mich nie wieder Bestatterin! Wie geht's dir sonst so?«

Es war, als hätte Winnie nur auf diese eine Frage gewartet.

»Wunderbar. Ganz wunderbar«, seufzte er aus tiefstem Herzen.

Ich konnte mir sein Gesicht lebhaft vorstellen, ein Grinsen von Ohr zu Ohr, und seine Sommersprossen strahlten wahrscheinlich mit der Sonne um die Wette.

»Aha. Deine Kölner Partysause war also erfolgreich?«

»Ab-so-lut! Du wirst es nicht glauben. Ich habe … ich bin … einfach so glücklich.«

Winnie klang so anders, so …, so …

»Blaschke, du bist doch nicht etwa verknallt?!«

»Bin ich. Und wie. Du bist die Zweite, die es erfährt.«

»Ist ja toll.«

»Und wie toll. Solltest du auch mal probieren.«

»Bei Gelegenheit. Und, ist es was Ernstes?«

»Es ist ein Russe. «

»Aha.«

»Ein Tänzer. Du kannst dir nicht vorstellen, wie unglaublich der ist. Er sieht rasend gut aus … ach …«, schwärmte er.

»Und er geht dir vermutlich nur bis zum Bauchnabel und ist hoffentlich volljährig. Wie heißt das Wunderkind? Baryshnikov Junior?«

»Nikolaj Andrejewitsch Besuchow aus St. Petersburg. Oh Maggie, er ist … der Wahnsinn. Wir haben uns auf der Tanzfläche nur angeschaut und wumm …«

Das also sind Winnies tolle Neuigkeiten aus Köln. Oma Berti hätte mich ruhig ein bisschen darauf vorbereiten können. Ein leichtes Magenziehen wollte mich noch vor mir selbst warnen, aber es war bereits passiert. Ich konnte den tanzenden Samowar jetzt schon nicht mehr ausstehen. Und Winnie in seiner so plötzlich auftretenden, ungewohnt schwärmerisch-enthusiastischen Art war mir gänzlich fremd.

»Du sagst ja gar nichts, Maggie. Freust du dich denn gar nicht für mich?«

»Doch, doch, natürlich. Ich bin bloß ... wegen der abgehackten Hand und so ... Dein Russe ist bestimmt ganz toll russisch, mit hohen Wangenknochen und sehr gelenkig ...«

»Und so nett. Und stell dir vor, er kann kochen!«

»Supi. Weswegen ich eigentlich anrufe, Winnie ... weißt du, wo Wilma steckt?«

»In Rom. Foto-Shooting«, sagte Winnie merklich kühler.

»In Rom. Foto-Shooting«, wiederholte ich.

»Ist die Verbindung so schlecht, oder warum wiederholst du alles? Ja, in Rom. Sie macht das Styling für... ach weiß nich' mehr genau, für die *Amica* oder so. War ein spontanes Angebot von einem befreundeten Fotografen, da wollte sie nicht nein sagen. Es gibt richtig viereckiges Geld dafür.«

»Ein Kölner Fotograf?«

»Glaub' schon. Sie ist morgen irgendwann zurück. Wird sie dir alles bestimmt haarklein erzählen. Ach, ich weiß, er wird dir gefallen, Maggie.«

»Wer?« Ich war kurz davor, bei dieser Konversation aus der Kurve zu fliegen. Wilma ist mit einem befreundeten Kölner Fotografen in Rom!? Welche gottverdammten Fotografen kennt Wilma in Köln? Na ja, als ehemaliges Model jede Menge, aber plötzlich setzte sich ein hässliches Puzzle in meinem Kopf zusammen. Reitmeier, der meine Telefonnummer hatte. Der Knipser in Köln, der den Rettich natürlich auch kannte und die Telefonnummer von Wilma hatte. Es war wie Tetris – alle Informationsblöckchen fielen exakt in eine Reihe.

»Maggie, bist du noch dran?«

»Ja, ja. Ich bin noch dran. Winnie, ich muss jetzt Schluss machen. Sorry, Berti klopft an der Tür. Dein Baryshnikov ist bestimmt ganz toll. Congratulations. Tschüss, bis morgen. Kannst mir ja dann alles erzählen.«

Ich bemerkte, dass ich eine brennende Zigarette in der Hand hielt. Ein Blick zum rot blinkenden Rauchmelder an der Decke ließ mich vom Bett hochfahren. Ich hechtete ins Bad und ließ sofort Wasser über die Glut laufen. Die Zigarette weichte auf, Asche und Tabakkrümel wurden vom Wasserstrudel mitgerissen. Zuletzt quetschte ich wütend den durchgeweichten Filter durch das Abflusssieb.

Als ich aufschaute, hoffte ich, durch das Wiedererkennen meiner Gesichtszüge im Spiegel so etwas wie Halt zu finden. Meine Zornesfalte in der Stirn war so tief wie der Sankt-Andreas-Graben und die Worte: DEINE FREUNDIN WILMA IST MIT DEM KNIPSER NACH ROM GEFLOGEN. DEINE FREUNDIN WILMA IST MIT DEM KNIPSER NACH ROM GEFLOGEN. DEINE FREUNDIN WILMA … schwappten als Riesenwelle über mich hinweg. Aufhören, sofort aufhören! Ich hielt mir sinnloserweise die Ohren zu – und die Stimme in meinem Kopf verdichtete sich zu einem fiesen hohen Pfeifton, der meine Zahnnerven in Schwingungen versetzte.

Ich stolperte aus der Tür und rannte die Treppe hinunter. In der zweiten Etage prallte ich beinahe mit der grünen Rita und Fox Mulder zusammen.

Warum, um alles in der Welt, fand ich mich neuerdings alle paar Monate in einem Meisterwerk von Edvard Munch wieder?

Ich kam erst wieder auf dem Hochsitz zu mir, als ich mich schreien hörte: »ICH BRING EUCH BEIDE UM! WICHSER KNIPSER! WILMA, DU VERRÄTERIN! WIE KANNST DU MIR DAS ANTUN!«

Oma im Himmel, tu was!

»Frau Abendroth? Geht es Ihnen gut?«

»WAS!«

»Erschrecken Sie nicht, ich bin's, Sibylle Schröder-Fröse.«

Ich schnellte von der Holzbank hoch und schaute vom Hochsitz herunter. Da stand die Forelle mit ihrem schwanzwedelnden, grinsenden Köter und glotzte mich mit ihren fischigen grauen Augen an.

»Soll ich zu Ihnen raufkommen? Brauchen Sie Hilfe?«

»Nein! Nein! Nein!«

»Ich dachte nur, weil Sie … so geschrien …«

»Kann man in diesem Scheißkaff nicht eine Scheiß-Sekunde alleine sein? Verschwinden Sie endlich! Mir geht's auch ohne Ihr therapeutisches Gefasel scheißbeschissen.«

Das müsste an Beleidigungen eigentlich reichen.

»Ich sehe, dass Sie wütend und verzweifelt sind. Wenn Sie darüber sprechen möchten?«

»Habe ich mich unklar ausgedrückt?!«

»Ich würde trotzdem gerne zu Ihnen raufkommen. Vielleicht ...«

»Hauen Sie ab! Ich komm' alleine klar.« Solange mir die Zigaretten nicht ausgehen, jedenfalls.

Ich ließ mich zurück auf die kleine Holzbank fallen und steckte mir die nächste *Gauloises* an. Schon tauchte der Kopf der Forelle in der kleinen Luke des Hochsitzes auf.

»Frau Abendroth, was ist denn mit Ihnen? Sie sehen ja furchtbar aus.«

Sie hievte sich durch die Öffnung, setzte sich neben mich und nahm meine Hand. Für einen kurzen Moment hatte ich das Bedürfnis, der Forelle alle Zähne auszuschlagen, aber dann, ohne dass ich es wollte, erzählte ich ihr die ganze Geschichte: von Wilma, meiner Verräterfreundin, die hinter meinem Rücken mit meinem ärgsten Feind paktierte – ausgerechnet mit dem Mann, der mich vor die Wahl gestellt hatte, entweder das drohende Fragezeichen über unserer Beziehung zu akzeptieren oder am besten gleich zu gehen. Ich war gegangen, und es hatte mir das Herz gebrochen. Nachhaltig. Ich überflutete Sibylle Schröder-Fröse mit allen Einzelheiten meiner Schreibblockade, schilderte ihr meinen ungeordneten Rückzug aus Köln ins Exil nach Bochum und ließ auch die Leichen meiner Bestatter-Episode nicht aus. Die ganze Zeit hielt sie meine Hand und tätschelte mir den Rücken. In regelmäßigen Abständen reichte sie mir routiniert Papiertaschentücher.

Als mir die Worte ausgingen, holte ich fluchend aus der Innentasche meiner Windjacke mein Portemonnaie und nestelte mit zitternden Fingern eine Visitenkarte hervor – *seine* Visitenkarte. Alles, was mich nach der Trennung noch an das gemeinsame Leben mit dem Knipser erinnern konnte, hatte ich vernichtet. Und was ich übersehen hatte, hatte die Überschwemmung in meinem Souterrain an Weihnachten für mich erledigt. Nur diese Visitenkarte war übrig geblieben. Es war meine letzte Erinnerung an ihn, bis auf die Fotos in diversen Hochglanzmagazinen natürlich, die ich gelegentlich vernichtete, wenn ich in Wilmas Salon saß. Ich ließ meine Wut an der Visitenkarte aus und riss sie entzwei. Die Papierschnipsel rieselten auf den Boden.

Die Forelle schaute bestürzt drein. Ihre grauen Augen wurden glasig, und es sah so aus, als würde sie jeden Moment anfangen zu heulen.

»Sie müssen hier keine Empathie heucheln«, fuhr ich sie an.

Noch so ein dämlicher Blick von ihr und ich flippe komplett aus.

»Ich muss gehen.« Im nächsten Augenblick stand ich schon auf der ersten Sprosse der Leiter. Nike, die im Gras gelegen hatte, war aufgesprungen und wedelte freudig mit dem Schwanz.

Die Forelle legte eine Hand auf meine und sagte: »Das tut weh, nicht wahr? Ich weiß, aber …«

Hatte die dusselige Kuh das jetzt wirklich gesagt? Das tut weh?

»Was denn sonst?« Ich schlug ihre Hand so heftig weg, dass sie gegen das Holz knallte. »Lernt man so'n Kack auf der Therapeutenschule? *Ja, das tut weh?*«, äffte ich ihren sanften Singsang nach. »Fällt Ihnen nix Neues ein? Und wie weh das tut! Tut's bei euch Lesben weniger weh?«

Sie wich erschrocken zurück. Die glaubt doch wohl nicht, dass sie sich hinter ihrem dämlichen Doppelnamen verstecken kann. Ja, hat die denn geglaubt, das merkt keiner, dass die Dorfberühmtheit Ariadne – Bildhauerin und ausgewiesener Butch in Flanellhemden und Springerstiefeln inklusive nicht rasierter Achselhaare – die Lebensabschnittsgefährtin der Forelle ist? Auf Schritt und Tritt wurde man im Garten der Kurklinik von ihren Installationen aus Holz, Stahl und Stein verfolgt. Ariadne nannte alle ihre Kunstwerke *Frau,* weil, wie sie es in einem ihrer Prospekte, die in der Kurklinik auslagen, formuliert hatte, die Frauenliebe eine universelle sei. Wer braucht da noch Namen?

»Bleibt Ihnen endlich mal was im Halse stecken? Frau Schröder-Fröse! *Ja, das tut weh. Ach, Sie sind also sehr wütend. Aha. Das ist gut so, lassen Sie alles raus*«, äffte ich ihren Therapeutensermon nach.

Ich bekam plötzlich die allergrößte Lust, ihr das Das-tut-weh-nicht-wahr-Sprüchlein aus dem spitzen Gesicht zu prügeln. Damit sie mal merkt, was hier wehtut.

»Sie müssen mich nicht beleidigen, weil es Ihnen schlecht geht«, sagte sie mit Nachdruck. Ihre flusigen Haare standen ihr wirr vom Kopf ab. »Ich verstehe ja, dass Sie wütend sind. Und ja, ich liebe meine Freundin. Ich habe auch vor Jahren auf tragische Weise meinen … einen … Angehörigen verloren. Ariadne war die Einzige, die in diesen schweren Zeiten für mich da war. Ich habe doch nur versucht, nachzufü …«

Ich ließ die Leiter los, fiel die letzten anderthalb Meter und plumpste ins Gras. Nike sprang bellend zur Seite, zog die Stirn kraus und legte den Kopf schief.

»Maggie, ich weiß, dass Sie ihn geliebt haben. Und Sie kommen sich jetzt verraten vor, weil er nicht das war, was Sie in ihm sehen wollten«, rief die Forelle von oben.

Ach, wie gerne wäre ich jetzt bewaffnet. Ich schaute nicht zurück, während ich zur Straße rannte. Ich hatte ihn geliebt, natürlich, du Therapeutengenie, ich hätte ihm meine linke Niere gespendet, wenn's hätte sein müssen. Und ich hatte jahrelang nichts weniger in ihm gesehen als den besten Kerl der Welt – hinter der Kamera, am Frühstückstisch, im Bett und in seinem Angeber-Volvo. Nicht mehr und nicht weniger, bis er mich eines Besseren belehrt hatte. Leider hatte ich für diese Erkenntnis 15 Jahre, eine Interims-Ehe des Knipsers mit einer anderen Frau inklusive Kind und mehrere Models auf der Bettkante gebraucht – da kann man schon mal ins Schleudern kommen. Und bis vor wenigen Minuten hätte ich Stein und Bein geschworen, über ihn hinweg zu sein. Na ja, mit ein paar kleinen Nachwehen. Was muss meine dumme beste Freundin Wilma auch mit dem nach Rom fahren? Kann die sich nicht denken…?

»Denken Sie immer daran, Männer sind es nicht wert, dass … Nie … Seien Sie froh …«

Ein großer Lastwagen bretterte an mir vorbei. Der Fahrtwind schlug mir hart ins Gesicht, und ich blieb in letzter Sekunde am Straßenrand stehen. Der Lärm verschluckte gnädig Sibylle Schröder-Fröses therapeutische Erkenntnisse über meine Ex-Beziehung.

Mit dem festen Vorsatz, Mister Plings Kesselpauke zu Brei zu schlagen, aus rein therapeutischen Gründen versteht sich, ging ich mit zittrigen Knien weiter in Richtung Kurklinik. Ich schob Oma Blaschke einen Zettel mit der Nachricht unter der Tür durch, dass ich heute Abend nicht mit zum Berkelbacher Hof kommen konnte. Sie würde mich nicht vermissen. Sollte sie lieber mit Mia und Carmen ihre Siegesfeier genießen. Mit meiner Stimmung würde ich ihnen eh nur den Abend verderben. Mit den drei Hexen allein wäre es ja gerade noch gegangen, aber meine Verfassung verbot ein Zusammentreffen mit dem dämlichen Fox Mulder und der grünen Rita. Es gab schließlich schon einen Toten in Bad Camberg, weiß der Geier wo, aber es würden schnell noch zwei hinzukommen, wenn ich den Abend mit Fox und Rita im selben Raum verbringen musste.

Die Kesselpauke blieb leider unerreichbar. An der Tür zum Musiktherapie-Raum hing ein handgeschriebener Zettel mit der Nachricht, dass Mister Pling sein Sabbatjahr angetreten hatte. Seine Vertretung sei ab Montag für uns da.

Ich verbrachte den Rest des Abends damit, meine Tasche einzupacken, wieder auszupacken und wieder einzupacken. Das Telefon klingelte mehrmals, aber ich ging nicht ran. Ab 19.30 Uhr, als ich sicher sein konnte, die ganze Schatzsucherbande auf dem Weg zum Schnitzelfest zu wissen und den Rest der Krücken auf dem Weg in andere Amüsierstätten, verbreitete ich im Raucher-Gulag schlechte Laune unter denen, die zu schwach gewesen waren, die Kurklinik zu verlassen. Mitleidlos nahm ich mir jede Menge Zeit, die schwarze Wolke über mir mit jeder Menge Racheszenarien zu füttern – sieben Variationen zum Thema: Wie ich am Montag Wilma in der Luft zerreißen werde.

06

Die schwarze Wolke hing am Sonntag während der gesamten Rückfahrt nach Bochum immer noch über meinem Kopf. In meinem Hirn jagten ungefähr eine Million Worte pro Minute durch die Synapsen – in meinem Sprachzentrum dagegen war Ebbe. Schon ein gelegentliches Ja und Nein über die Lippen zu bringen, fiel mir schwer. Nachdem Winnie mehrmals versucht hatte, mit mir ein Gespräch anzufangen, hatte er es aufgegeben und sich ganz auf seine Oma konzentriert, die ihm en détail unsere drei Wochen schilderte.

Derweil saß ich auf dem Rücksitz, kurz vorm Synapsenkollaps, und sah den Papierfetzen hinterher, die ich aus dem Fenster warf. Die Visitenkarte von Fox Mulder, die er mir in letzter Sekunde trotz meiner heftigen Gegenwehr noch zugesteckt hatte, verteilte sich gerade in der Höhe von Limburg auf der A3. Die Visitenkarte von Rita Thiel ereilte dasselbe Schicksal kurz vor Köln. Das Einzige, woran ich mich verzweifelt klammern konnte, war der Gedanke, den Rettich am Dienstag in Köln zu treffen und einen Vertrag zu unterschreiben. Dieser Gedanke wirkte wie Kühlwasser in meinem überhitzten System.

Irgendwann muss ich eingeschlafen sein, denn als ich die Augen öffnete, standen wir in Stiepel vor dem Haus der Familie Kostnitz. Müde verabschiedete ich mich von Oma Berti. Sie lud mich ein, später bei ihr zum Abendessen vorbeizukommen, was ich dankend ablehnte. Winnie hob meine Reisetasche aus dem Auto und wollte mit mir zur Tür gehen. Aber ich wollte nur noch alleine sein, vielleicht den Kater kraulen, ein heißes Bad nehmen und ins Bett fallen.

»Maggie, ich wollte dir noch was sagen«, druckste Winnie herum. Ich nahm meine Tasche und schleppte mich durch den Vorgarten in Richtung Haustür. »Hat das Zeit bis morgen? Bitte.«

»Nee, wär' schon wichtig …«

Ich winkte ab und kramte nach meinem Haustürschlüssel.

»Tschüss Winnie, und danke. Bis dann.«

»Was ist denn los mit dir? War Oma so schlimm?«

»Ach, Quatsch. Nix ist los … bin einfach nur müde.«

»Na dann, gute Nacht.«

Ich schloss die Tür auf und betrat mein 180-m^2-Asyl, warf die Reisetasche in den Flur und schaute kurz ins Wohnzimmer, ob Dr. Thoma auf dem Sofa lag. Vom Kater keine Spur. Also ging ich direkt hinauf ins Bad.

Eine duftende Dampfwolke schlug mir entgegen. Aus dicken Schwaden kam ein empörter Schrei. Ich sprang zurück und schlug erschrocken die Tür zu. Jemand Fremdes saß in meiner Badewanne! Ich rannte den Gang entlang zur Frontseite des Hauses und riss das Flurfenster auf. Winnies altes Saab-Cabriolet stand mit laufendem Motor vor dem Haus, und er lehnte lässig an der Fahrertür.

»Winnie! Da ist ein fremder Mann in meiner Badewanne, Winnie! Winnie!«

»Das ist kein Fremder. Das ist Niki.«

»Welcher Niki denn?!«

»Nikolaj Andrejewitsch Besuchow, bitte schön. Guten Abend«, sagte eine tiefe Stimme hinter mir. Ich fuhr herum und schaute auf die edelsten Wangenknochen und in die schönsten Tatarenaugen, die ich je in meinem ganzen Leben gesehen hatte. Aus seinen halblangen, blonden Haaren tropfte das Badewasser.

Der nasse Russe drängte sich neben mich ins offene Fenster und winkte zu Winnie hinunter: »Dobri wetscher, Winnie!«

Winnie warf lachend Kusshändchen zurück.

»Do skorogo, Winnie!«

»Poka, Nikolaj!«

Ich stieß mich vom Fensterrahmen ab, machte einen Schritt rückwärts und trat prompt meinem Kater auf den Schwanz. Dr. Thoma fauchte. Bevor ich auch nur Papp sagen konnte, hatte der Russe sich anmutig umgedreht und das Mistvieh sanft vom Boden aufgehoben, ohne dabei das um seine schlanken Hüften geschlungene Badetuch zu verlieren. Zu meinem grenzenlosen Erstaunen langte Dr. Thoma ihm nicht mit allen verfügbaren Krallen ins Gesicht, sondern ließ sich alles schnurrend gefallen. Der Russe wiegte den Kater wie ein Baby in seinen muskulösen Armen und murmelte irgendwas auf Russisch, was dem Kater ein noch tieferes Brummen entlockte. Dann klappte die Badezimmertür wieder zu, und ich stand allein am offenen Fenster. Der Saab war längst um die Ecke verschwunden, als mir klar wurde, dass ich soeben Winnies große Liebe kennengelernt hatte. Hatten sich die beiden gerade auf Russisch angeturtelt?!

Ich knallte das Fenster zu und ging in Richtung Treppe. Vor der Badezimmertür blieb ich kurz stehen und rief: »Mach nur weiter so, Dr. Thoma.«

Der Russe drehte das Wasser auf. Ich widerstand dem dringenden Bedürfnis, die Schönheit auf der Stelle in der Badewanne zu ersäufen, und ging die Treppe hinunter. Was hatte ich denn erwartet? Einen Breschnew? Einen Stalin? Ein Rasputin wäre zur Not auch gegangen. Stattdessen sucht sich mein Sherlock Holmes eine Sahneschnitte aus, die ich auf dem Schwarzmarkt für einen nagelneuen Porsche hätte eintauschen können.

Ich brauchte dringend Espresso und Zigaretten. Vielleicht würde sich das alles hier als Halluzination herausstellen, wenn ich erst mal die richtige Dosis Gift in meinen Körper gepumpt hatte. Ich war definitiv auf Entzug, denn die ganze Fahrt über hatte ich in Winnies Auto nicht rauchen dürfen. Pinkelpause hatte es auch keine gegeben, denn Oma Berti hatte es plötzlich sehr eilig gehabt, nach Hause und in ihren Kiosk zu kommen. Vermutlich, um umgehend eine Standleitung nach Bad Camberg legen zu lassen. Sie würde den armen Onkel Walla und die abgehackte Hand im Auge behalten, bis das Rätsel gelöst war.

In der Küche traf mich endgültig der Schlag: Die Küche war so sauber wie nie. Kein Stäubchen auf den Regalen, der Fußboden blitzblank, die Fressnäpfe von Dr. Thoma strahlten in hunderprozentiger Keimfreiheit und prangten auf einem neuen Platzdeckchen aus Plastik. Darauf waren Mäuse abgebildet! In putzigen Posen! Die Kochplatten auf dem Herd hatten keinen Trauerrand mehr, und es hingen saubere Handtücher an der Küchentür, an der jemand geschmackvolle Haken aus gebürstetem Stahl angebracht hatte.

Ich öffnete alle Küchenschränke – Tassen sortiert, Teller ordentlich gestapelt! Ich zog alle Schubladen auf und geriet beim Anblick fein säuberlich getrennten Essbestecks langsam in Panik. Und dann sah ich das Unglück direkt vor mir: Meine kleine Espressokanne von Bialetti stand blinkend und blitzend restlos hochglanzpoliert zwischen frischen Kräutertöpfen auf dem Fensterbrett. Bitte, alles, bloß das nicht! Der Russe hatte meine Bialetti geschrubbt! Von außen und von innen! Die ganze hart erarbeitete Kaffee-Patina, die mich davor bewahrt hatte, eine Aluminiumvergiftung zu bekommen, war verschwunden, dafür stank die Kanne nach Politur. Die Bialetti in die Spüle werfen und das Wasser aufdrehen war eins.

In einem penibel sortierten Wandschrank – alles war so angeordnet, dass man die Etiketten einwandfrei lesen konnte – fand ich endlich Espressokaffee … in einer Dose! Aber meinen allerwertvollsten Besitz fand ich nicht: meine Prinz-Charles-Tasse mit dem angeklebten Segelohr. Ich durchwühlte den restlos sauberen Mülleimer, den hygienisch einwandfreien Sammelbehälter für den Glascontainer und machte auch vor dem Wandschrank, in dem Schrubber, Besen und Eimer korrekt wie die Russische Armee salutierten, nicht Halt. Mein Herzens-Royal blieb verschwunden.

»Baryshnikov! Wo ist meine Tasse!?«, rief ich durchs ganze Haus, bekam aber statt einer Antwort nur das Rauschen von Wasser aus dem Badezimmer zu hören. Der Einzige, der geruhte, Notiz von mir zu nehmen, war Dr. Thoma, der sich in die Küche geschlichen hatte und ratlos auf seine blanken Fressnäpfe schaute. Automatisch öffnete ich die Kühlschranktür, um irgendwas aus meinem Fundus abgelaufener Lebensmittel rauszuholen. Das sollte ja nicht schwer fallen, drei Wochen sind eine lange Zeit. Aber da war nichts, was ein abgelaufenes Haltbarkeitsdatum vorweisen konnte.

»Tja, Pech gehabt, Dickmops. Ich freu' mich übrigens auch, dich zu sehen. Wenn du was zu essen haben willst, fang's dir draußen oder frag deinen Bademeister«, sagte ich und warf die Kühlschranktür wieder zu. Dr. Thoma schaute erst enttäuscht den Kühlschrank an, dann mich.

»Das ist die Strafe für deine Bestechlichkeit.«

Er sprang auf die Arbeitsplatte und blinzelte mich an. Glaubte er etwa, er hätte von da aus mehr Chancen, mich mit seinem Straßenkater-Charme einzuwickeln? Ohne seine Flirtversuche weiter zu beachten, setzte ich einen Topf mit Wasser auf, fand Gott sei Dank eine Packung Spaghetti und Parmesankäse und widmete mich meinem Abendessen. Dr. Thoma bewies ein ungeheures Stehvermögen und blieb so lange steif wie eine Buchstütze auf der Arbeitsplatte sitzen, bis ich ihm endlich eine kleine Portion olivenölgetränkter Spaghetti in seinen Fressnapf tat. Er roch daran, langte mal kurz mit einer Kralle in die warmen Nudeln, rümpfte die Nase und schob steifbeinig aus der Küche.

Als ich die Reibe für den Parmesan suchte, sah ich, warum der Kater plötzlich unserem Lieblingsabendessen nichts mehr abgewinnen konnte: In dem Hängeschrank, den man eigentlich nicht aufmachen konnte, ohne von einer Lawine Tupperdosen erschlagen zu werden, fand ich, fein säuberlich gestapelt, 20 Dosen Sheba.

Das reicht! Der Russe hat meinen Kater korrumpiert. Mit russischem Kalinka-Liebesgesäusel und Platzdeckchen mit Mäusen drauf – und er hat ihn mit Sheba angefixt. Und wie es aussieht, hat er auch Winnie bereits komplett um den Verstand gebracht. Hat man so was schon gesehen? Winnie Blaschke wirft Kusshändchen?! Auf offener Straße!

Hat der klassische Entsetzensschrei »Die Russen kommen!« einen völlig anderen Hintergrund? Sieht es »kurz vor Moskau« so aus wie hier in dieser Küche? Ist es das, wovor meine Oma selig sich einst gefürchtet hatte? Russen mit Putzfimmel?

Ich atmete heftig aus – ich hatte die Luft angehalten und dicke Backen gemacht. Auf der Stelle war ich dafür, zumindest *diesen* Russen sofort aus Deutschland abzuschieben. Schon allein wegen der geschrubbten Bialetti war ich geneigt, das Erschießungskommando zu bestellen. Und was bildete sich Winnie eigentlich ein, den Kerl einfach hier zu parken – ohne mich zu fragen!?

Ich hinterließ etwas Zigarettenasche auf der blitzblanken Arbeitsplatte, schleppte meine Spaghettischüssel, über deren Rand das

Olivenöl aufs gewienerte Parkett tropfte, zum Wohnzimmer und warf mich samt Schuhen und Mantel auf die tipptopp gebürstete gute Couch. Es kostete mich einige Mühe, die Kissen wieder in die Position zu knautschen, in der ich sie vor drei Wochen verlassen hatte. Mein Kissenklumpen am Kopfende war perfekt gewesen, um die richtige Sitzposition einzunehmen, nämlich die Spaghettischüssel auf den Knien zu balancieren und dabei fernzusehen.

Jetzt konnte nur noch Eurosport helfen, am besten dahinpläschernde Dauerturniere im Sumo-Ringen, und das bitte die ganze Nacht.

Kaum lag ich anatomisch korrekt vor dem Fernseher, hörte ich Winnies Auto vorfahren. Na endlich! Bevor ich mich vom Sofa hochrappeln konnte, um ihm den gebührenden Empfang zu bereiten, sah ich Nikolaj die Treppe herunterkommen.

Auftritt: Der Prinz erreicht den Schwanensee. Große Promenade und Applaus. Seine Haare waren aufs Korrekteste im Wet-Look gestylt. Seinen Latissimus hatte er in ein Matrosen-T-Shirt von Gaultier gezwängt. Ich schwöre, man konnte jede einzelne Rippe sehen, und auf seinem Sixpack hätte ich gerne meinen letzten Atemzug getan. Mit leicht nach außen gedrehten Füßen schritt er zum Steinway. Dabei ließ er mir genug Zeit, seinen perfekten Hintern in einer perfekten Jeans zu begutachten. Und perfekt ist gar kein Ausdruck: Sein Anblick war die reinste Körperverletzung! Er hielt mir lächelnd einen kleinen Packen Briefe entgegen. Wie viel Anmut man in das Überreichen von Post stecken kann – vorausgesetzt, man hat die richtigen Arme und Beine dafür … aber eine kleine Pirouette hätte er eigentlich noch abliefern können.

»Dein Freund aus dem Gefängnis hat nicht geschrieben, soll ich dir ausrichten, hat mein Tortiki gesagt«, flötete es von seinen wunderbar geschwungenen Lippen.

Ich hatte gerade den Mund voll Nudeln und nickte nur. Dabei hätte ich zu gerne gewusst, was Tortiki bedeutet, hoffentlich etwas Peinliches, das ich zukünftig gegen Winnie verwenden konnte. Da ich wegen der Spaghettischüssel keine Hand frei hatte, legte Nikolaj die Briefe wieder ordentlich auf den Flügel.

»Wir gehen aus. Oma Berti hat uns eingeladen. Winnie will mich vorstellen.«

Ich starrte aus reiner Notwehr wieder angestrengt auf den Fernseher und schob noch eine Gabel Spaghetti nach.

»Es war schön, dich kennengelernt zu haben. Bis morgen«, sagte er. Ich hörte die Haustür zufallen, der Motor wurde angelassen, und weg waren sie – mein schwules, rothaariges Polizeischlachtschiff und der neue, böse Prinz. Im Wohnzimmer hing der Pesthauch von *Cool Water.*

Und ich? Ich hatte noch nicht einmal einen Brief aus dem Knast.

07

Montag. High Noon in Bochum. Die Sonne hatte den Asphalt erhitzt und die Luft flimmerte. Nur wenige Menschen in der Bochumer City wagten es, sich in der brütenden Hitze auf der glühenden Viktoriastraße blicken zu lassen. Meine verschwitzten Locken klebten mir im Nacken wie ein klatschnasser Hermelin. Irgendwo in der Stadt heulte eine Autoalarmanlage auf. 10.30 Uhr – Zeit zu handeln.

Ich schnippte meine brennende Zigarette weg und stieß die Tür von Wilmas Friseursalon mit dem Stiefel auf. Meine Sporen klirrten leise. Ohne mich umzusehen, ging ich am Empfang vorbei und stellte mich breitbeinig mitten in den Salon, schob mir mit der Linken den Stetson in den Nacken, während meine rechte Hand locker am Holster ruhte. Ich spürte zufrieden den blanken Stahl meines Revolvers. Ich war bereit. Bereit, schneller zu ziehen als mein Schatten.

REGIEANWEISUNG
SLOWMOTION
EIN FÄCHER SCHWARZER HAARE. SCHWARZE HAARE FLIESSEN WIE SCHWARZER SAMT DURCH DIE FINGER DER FRISEURIN.

O-TON: DAS KLIRREN DER SPOREN, DAS SCHNIPPEN DER SCHERE, VEREBBENDE GESPRÄCHE

Unsere Blicke trafen sich im Spiegel. Ich entsicherte meinen Peacemaker. Das Klicken des Abzughahns – Wilma war alarmiert. Sie richtete sich auf, stemmte ihre linke Hand in die Hüfte, drehte sich um und brachte ihre Füße elegant in Standbein-Spielbein-Position. Dabei ließ sie ihre messerscharfe *Jaguar Convex Flex* aus Japanstahl lässig um den Zeigefinger ihrer rechten Hand rotieren und sagte: »Hi, Maggie, hab' dich gar nicht reinkommen sehen. Gut siehst du aus …

tolle Kur gehabt? Sorry, bin eben erst aus Rom zurück, und der Salon ist rappelvoll, siehst du ja. Ich ruf' dich heute Abend an.«

Das war jetzt nicht ganz die Reaktion, die ich erwartet hatte.

»Ich glaub, ich habe dich nicht richtig verstanden.«

Wilma hatte sich schon wieder über den Kopf ihrer Kundin gebeugt und sagte in provozierend harmlosem Ton: »Was ist los, Maggie, jemand gestorben?«

»Teeküche?!« Mit dem Lauf meines imaginären Revolvers wies ich lässig auf die Tür zur Teeküche. »Muss ja nicht vor allen Leuten sein.«

»Ich habe keine Zeit. Egal, was es ist, es muss leider bis heute Abend warten. Und falls du mir erzählen willst, dass Winnie verknallt ist, sorry, ich weiß es schon.«

Schwang da etwa Häme mit?

»Sieht der Typ nicht rattenscharf aus? Winnie ist ein Glückspilz.« Wilma schnippelte in einem Affenzahn weiter an der Mähne ihrer Kundin herum. Es war mir ein Rätsel, wie sie dieses Tempo hielt, vor allem bei ihrem waghalsigen Balanceakt auf zwölf Zentimeter hohen, neuen (!) Riemchensandalen von Jimmy Choo (wahrscheinlich ein Souvenir aus Rom!). Selbst Edward mit den Scherenhänden wäre angesichts ihrer Virtuosität vor Neid erblasst. Und nebenbei behielt sie auch noch alles im Auge, was im Salon sonst noch so lief. Aber ich war nicht hier, um Wilmas Haarschneidetechnik zu huldigen – ich war hier, um mich mit ihr zu streiten, und zwar gründlich.

Ich setzte mich auf einen der Sessel in der Wartezone. Das Lehrmädchen wagte sich bis auf drei Schritte heran und bot mir Kaffee an. Ich nickte. Wilma beobachtete mich aus den Augenwinkeln, das konnte ich ganz genau sehen. Ich suchte mir die neueste *Allegra* aus dem Zeitschriftenständer und blätterte, bis ich zu einer Fotostrecke gekommen war, die der Knipser gemacht hatte, riss die Seiten mit einem heftigen Ruck heraus, ließ sie auf den Boden fallen und nahm die *Amica* zur Hand, um hier dasselbe Ritual zu zelebrieren.

Das Lehrmädchen zitterte, als es die Kaffeetasse auf den zierlichen Nierentisch stellte. Sie wollte die herausgerissenen Seiten vom Boden aufheben, aber ich stellte demonstrativ meinen Fuß auf die bunten Blätter. Das Mädel schaute zu Wilma, Wilma schaute mich an.

Ratsch! Und wieder ein paar Seiten eliminiert. Zur Stärkung nahm ich zwischendurch einen Schluck Kaffee und grinste Wilma an. Weil sie immer noch nicht reagierte, nahm ich die *Vogue* in die Hand, von der ich wusste, dass in dieser Ausgabe ein Artikel von der von mir am meisten geschmähten Autorin drin war. Die würde auch gleich in hohem Bogen aus dem Heft fliegen, nicht weil sie schlecht schrieb, ganz im Gegenteil, sondern weil der Knipser die Coverfotos für ihre Bücher machte.

Ich war gerade richtig in Schwung gekommen, als Wilma auf mich zugeschossen kam, das Lehrmädchen, das immer noch mit offenem Mund dastand, an die Seite schob, mich am Ärmel meiner Jeansjacke vom Sessel hochzerrte und in die Teeküche schleifte.

»Die nächsten 15 Minuten gibt es hier keinen Kaffee!«, und rumms schlug sie die Tür hinter uns zu.

»Was ist los?« (Standbein-Spielbein)

»Sprich zu mir«, eröffnete ich die Partie Zickenschach (Standbein-Spielbein/Arme vor der Brust verschränkt), »erzähl mir mal frei von der Leber weg, wie es dazu kommt, dass du mit dem Knipser – falls du dich erinnern kannst, *meinem* Ex – nach Rom fährst. Ich hoffe für dich, dass du ernsthaft bedroht worden bist.«

Wilma stellte seelenruhig zwei Espressotassen in die Kaffeemaschine, drückte auf den Knopf und sagte, ohne mich dabei anzusehen: »Zweieinhalbtausend Euro nenne ich zwar keine Bedrohung, aber es hat die Entscheidung beeinflusst, das gebe ich zu.«

»Aha, mein Kurs ist also gestiegen, von zehn Silberlingen auf zweieinhalbtausend Euro. Da bin ich ja beruhigt, mein Judas.«

Die Kaffeemaschine spuckte schnorchelnd die letzten Reste Kaffee in die Tassen.

»Heilige Mutter Gottes! Ein Job, Maggie. Nur ein Job. Reg dich mal ab!«

»Nee! Wilma, wie konntest du nur? Wessen Freundin bist du eigentlich?«

»Ich bin *deine* Freundin. Seit der ersten Klasse. Was hat sich denn jetzt geändert? Hab' ich die Knipser-Pest?«

»Ja! Ohne mir was zu sagen! Mit meinem ärgsten Feind. Kannst du dir nicht vorstellen, was das in mir…?«

»Ich verstehe nicht so ganz?!«

»Ph! Du rennst dem Geld hinterher, egal, von wem es kommt … wenn du dich wie eine Freundin …«

»Das reicht«, unterbrach sie mich. »Noch ein Wort, Maggie… Das war ein professioneller Job mit einem professionellen Fotografen, zufällig dein Ex, in einer schönen Stadt – für ziemlich viel Geld. Und jetzt entspann dich mal. Ich hab' dir auch was mitgebracht.«

Schöne Stadt, schöne Stadt?! … Da steht meine beste Freundin und zieht ihre Show ab: Wilma ist professionell, und wer gegen Wilma ist, ist nicht professionell. Und obendrauf gibt's noch ein Geschenk. Damit es nicht so weh tut, wenn man auf seinen Platz verwiesen wird.

Wilma griff in ihre Handtasche und hielt mir lächelnd ein flaches Päckchen mit dem unwiderstehlichen Logo von Prada vorne drauf entgegen. Ich riss ihr die kleine Schachtel aus der Hand und schleuderte sie quer durch die Teeküche in die vollen Espressotassen. Die Tassen flogen klirrend zu Boden, der Espresso spritzte an die Tapete. Das Kaffeebraun wollte so gar nicht zum türkisfarbenen Retroschick der Neo-60er passen.

Wilma atmete angestrengt langsam aus und wieder ein. »War dein Silvester-Toast nicht: *Ich bin über ihn hinweg?*«

Dämliche Frage. Sieht wohl nicht so aus.

»Soll ich dir noch irgendwas erklären, Maggie? Zwei saubere Tassen hätte ich noch.« Sie hob das Päckchen vom Boden auf und wischte es mit einem Papiertuch ab. »Das ist ein schwarzer Body von Prada.«

»Bitte sehr, Wilma, ein bisschen Zeit hätte ich noch. Und Prada wird doch endlos überschätzt.«

Sie hielt mir das Päckchen wieder hin. Ich hielt die Arme vor meiner Brust verschränkt und machte keine Anstalten, der Versuchung nachzugeben.

»Also, mal von vorne, Maggie: Der Knipser hat hier angerufen, weil der Rettich auf der Suche nach dir war. Es war wohl wichtig. So ein Arsch kann er ja gar nicht sein, wenn er sich darum kümmert, dass irgendwelche Fernsehproduzenten auf dem Laufenden gehalten werden, wo du gerade steckst.«

»Ach, wann war das denn? Bevor du mich mithilfe von Winnie bequatscht hast, zur Kur zu fahren?«

»Pah! Also, du glaubst doch nicht etwa …?«

Wilma taxierte mich mit ihren blauen Augen. »Oh, du glaubst es. Herrjeh! Er hat am Donnerstag angerufen, und am Freitag um elf saß ich im Flieger. Was denkst du denn?«

»Aha, ganz spontan. Hat er also meine Telefonnummer damit bezahlt, dich für Rom zu booken. Bist du eigentlich nur blöd? Der wollte dem Rettich in den Arsch kriechen, damit er den nächsten Job für Set-Fotos von Rettichs neuem Kino-Film kriegt. Du kapierst echt nix.«

»Sag mal, hat dein Kurschatten dich mit seinen Verschwörungstheorien gebrainwashed? Der Knipser wollte dem Reitmeier einfach nur helfen, dich zu finden. Vielleicht wollte er sogar *dir* einen Gefallen tun. Der Herr Filmproduzent sucht doch bestimmt nicht das halbe Ruhrgebiet nach dir ab, weil er nur Kaffee mit dir trinken will.«

»Mir einen Gefallen!?«, fauchte ich Wilma an. »Der lacht sich gerade'n Ast.«

»Und worüber bitte?«

»Dass er immer noch in meinem Leben rumpfuschen kann. Darüber!«

»Oh, in deinem Leben rumpfuschen. Kommt jetzt gleich der Spruch: *Diese Welt ist zu klein für uns beide?*«

»Der Knipser versucht, dich auf seine Seite zu ziehen. Und noch viel mehr. Ich wette, er hatte nur wieder drei Hotelzimmer gebucht. *Huch, wie konnte das passieren?* Zwei Einzelzimmer für seine Assistenten und eine Juniorsuite für euch beide. Da musste sich dann aber ganz arg arrangiert werden, was? Hat er dir angeboten, brav auf dem Sofa zu schlafen, um dann mitten in der Nacht mit einem Glas Prosecco auf deiner Bettkante aufzuschlagen? Surprise!«

Wilma riss noch ein Blatt vom Küchenpapier ab und bückte sich, um die Scherben aufzuheben. Ich sah, wie ihr Gesicht rot anlief.

»Schrei hier nicht so rum. Das ist mein Laden.«

»Und?! Wo seid ihr abgestiegen? In der romantischen Villa San Pio? Schön Kutschi-Kutschi gemacht mit Blick auf'n Papst?« Hatte ich noch was vergessen?

»Maggie, hör auf damit. Das ist doch Schwachsinn.«

»Im Satinlaken gelegen und über Maggie gelacht? Die Loserin, die 'ne Therapie braucht? Die, die keinen Job mehr hat und die bei Kajagoogoo immer noch anfängt zu flennen? Übrigens danke, dass du Winnie das erzählt hast! Ich bin ja schon so was von unten, da brauch' ich auch keine Privatsphäre mehr. Und übrigens ...«

Wilma stand mit den Scherben in der Hand vor mir und blinzelte sehr angestrengt.

»Na gut«, unterbrach sie mich, warf die Scherben in den Mülleimer und stellte zwei heile Espressotassen in die Maschine, »das mit den Zimmern hat er abgezogen, wie immer. Aber mal ehrlich Maggie, traust du mir zu, so tief zu sinken? So tief, dass ich meine Finger nicht vom Ex meiner besten Freundin lassen kann? Ich kenn' den leider schon genauso lange wie du. Wie blöd müsste ich da sein? Und im Übrigen ... Ich kann machen, was ich will und mit wem ich will. Ich muss das nicht von dir absegnen lassen. Und wenn ich in Rom einen Job mit deinem Ex machen will, dann mach' ich das. Weil ich ein Profi bin.«

»Aha! Du bist also ein Profi? Und was bin ich?«

»Willst du es ganz genau wissen?«

»Wo ich schon mal da bin!«

»Eine jämmerliche, verwöhnte Ex-Fernsehtussi, die nicht einsehen kann, dass ihr Leben sich geändert hat. Die ihrer goldenen Mastercard hinterherflennt. Die den ganzen Tag auf einer Couch liegt, die ihr nicht gehört, in einem Haus, das ihr nicht gehört, und sich in Mitleid suhlt, anstatt sich einen Job zu suchen und ihrem Vermieter mal Dampf unterm Hintern zu machen. Buhuhu – Maggie hat keine Schuld. Ja, dein Kerl hat dich verlassen – das passiert Millionen Frauen auf der ganzen Welt, jeden Tag. Nur bei Frau Abendroth ist es was ganz Besonderes. Maggie Abendroth will aller Welt verbieten, mit ihrem Ex auch nur zu reden. Maggie hat eine Bannmeile gezogen, Sippenhaft inklusive.«

»Ich will wissen, auf wessen Seite die Leute stehen. Das kann ich doch wohl verlangen.«

»He! Du reißt seine Fotos aus Modeheftchen! Meinen Modeheftchen! Hast du sie noch alle? Komm mal runter von deinem hohen Ross. Du bist erbärmlich egoistisch. Du jammerst! Und zwar schon viel zu lange. Und das, meine Liebe, kann hier bald wirklich keiner mehr ertragen! Vor allem nicht die Leute, die dir helfen wollen! Noch hast du Freunde.«

»Komm mir nicht so!« Was Klügeres fiel mir als Erwiderung gerade nicht ein, und es zeigte bei Wilma auch keine Wirkung. Sie stürzte den heißen Espresso in einem Zug herunter und holte zum letzten Schlag aus: »Und wo wir schon mal dabei sind, Maggie. Hör meinen Rat: Krieg deinen Arsch hoch und wirf mal wieder einen Blick über den Tellerrand deines kleinen, langweiligen Jammertals!«

Ich riss die Tür auf und ging mit letzter Kraft, aber hocherhobenen Hauptes, aus dem Salon. Brich dir die Hacken in deinen Jimmy Choo's!

Mein Magen flatterte, und ich war kurz davor, lang auf dem heißen Pflaster aufzuschlagen. Meine Beine wollten mir nicht mehr gehorchen. Noch nie … nie … in meinem ganzen Leben war ich … ich … hab' ich … Also, jetzt habe ich schon Wortfindungsstörungen beim Denken! Meine beste Freundin … will lieber einen Job mit meinem Ex machen, anstatt … anstatt…? Und in der Kutschi-Kutschi-Frage ist sie mir glatt ausgewichen. Sie hat doch, anstatt klipp und klar mit Ja oder Nein zu antworten, versucht, sich mit einer Gegenfrage aus der Affäre zu ziehen. Nicht, dass ich so blöde bin zu glauben, der Knipser sei für alle Frauen dieser Welt das Gottesgeschenk und sähe auch so aus – das ist etwas, das nur er über sich denkt. Aber Wilma ist seit über einem Jahr solo, und da stößt man wahrscheinlich auch den Exfreund der besten Freundin nicht unbedingt von der Bettkante, vor allem nicht im romantischen Ambiente der Villa San Pio.

Das musste selbst ich zugeben – am Knipser war nicht alles so mies wie sein Charakter.

Nachdem ich drei *Gauloises* auf ex geraucht hatte, fand ich mich vor dem teuersten Laden der Stadt wieder. Ich starrte sehnsüchtig in die Auslage – ein schwarzes Stiefelpaar starrte sehnsüchtig zurück. Plötzlich verspürte ich den unwiderstehlichen Drang, etwas ganz und gar Spektakuläres zu tun. Ich lief ein paar Meter zurück zu meiner Bank und hob alles Geld von meinem Konto ab: 486 Euro in kleinen Scheinen. Das war nicht viel, gemessen an den Preisen, die bei *Liza* aufgerufen wurden, um ein paar Stiefel von ihrem tristen Dasein in einer Schaufensterauslage zu befreien. Aber für die progressive Entspannung meiner mentalen Muskeln musste es reichen. Ich muss fit sein für Köln. Bombenfit, argumentierte ich, bevor meine vernünftige innere Stimme überhaupt Luft geholt hatte. Physisch und mental. Das Blasen von heißer Fernsehluft in Fernsehfuzziland erfordert eine ungeheure Konzentration. Und ich weiß noch nicht einmal, wer morgen dem Rettich und mir auf der anderen Seite des Konferenztisches gegenübersitzen wird.

Meine innere Stimme öffnete den Mund, aber ich fuhr ihr dazwischen: Ich muss mit dem Schlimmsten rechnen. Dem Schlimmsten plus zwei Praktikanten! Wenn ich eins von den Kommentatoren bei Eurosport gelernt habe, meine Liebe, dann das: Matches werden im Kopf gewonnen, sonst verliert man auf dem Platz. Meine vernünftige innere Stimme hatte Schweißperlen auf der Stirn und nickte erschöpft.

Na also! Geht doch.

Völlig erschöpft von meinem Maggie-Spezial-Mentalcoaching kehrte ich ins Haus nach Stiepel zurück.

Hier das Rezept zum Nachkochen:

Man nehme

99 Euro für ein weißes Hemd von René Lezard

198 Euro für ein Paar Stiefel von Vic Matié (Sonderangebot!)

72 Euro für das Bahnticket 1. Klasse nach Köln

1,80 Euro für einen Kreislauf unterstützenden Espresso im Café Madrid (ohne Kai-Uwe Hasselbrink in die Arme zu laufen – wichtig!)

Nachwürzen mit: 36 Euro für ein luxuriöses Notizbuch von Moleskine.

Stopfe alles in pompös bedruckte Plastiktüten, trage sie stolz nach Hause und beginne eine Modenschau vor dem Spiegel.

Noch ein Tipp für Neueinsteiger: Stiefel unter 100 Euro lösen in so einer emotional geladenen Situation mitunter Aschenputtelneurosen aus, und das stört nachhaltig den erwünschten Effekt.

Zu meiner grenzenlosen Erleichterung hatte es das neue Liebespaar des Jahres vorgezogen, die Nacht anderswo zu verbringen. Vielleicht schrubbten die beiden den Fußboden in Winnies Wohnung, oder sie waren bereits dabei, sich Trauringe auszusuchen.

Ich ging in die Küche und machte mir einen Espresso, um vom Kaufrausch runterzukommen. Ich schaute mich um und war froh, dass ich mich bald von diesem Haus verabschieden konnte. Ich war hier sowieso nichts weiter als ein geduldeter Housesitter, der es fertiggebracht hatte, zum Einstand das Garagentor komplett zu ruinieren. Das war passiert, als ich meinen alten schwarzen Opel abmelden und vorläufig in Kajos Garage hatte einmotten müssen. Kein Geld mehr für Sprit, Steuern und Versicherung. Vor lauter Wut darüber hatte ich das Garagentor mit solcher Wucht zugeschmissen, dass es seitdem klemmte. Nichts auf der Welt hatte es bis jetzt wieder öffnen können. Kein Abrakadabra, kein Sesam-öffne-dich und keine Brechstange.

Na gut, nach der vierten *Gauloises* auf ex, die ich im Garten einnahm, konnte ich zugeben, dass mein Asyl auch sein Gutes hatte: über 180 Quadratmeter, Garten, Terrasse, zwei Kamine, einer innen, einer auf der Terrasse, Steinway Flügel im Wohnzimmer und Golfklub vor der Tür. Alles in allem eine Adresse, die andere Leute vor Neid erblassen ließ. Und es war umsonst. Abgesehen davon, dass es hier ab und zu spukte.

Kajo erwartete schon, dass ich mich um ein paar Sachen kümmerte, aber da lauerte schon die nächste Niederlage meines Housesitter-Daseins, und zwar gleich hinter der Terrassentür: Der Garten sah aus wie die Todeszone im vietnamesischen Dschungel. Ich hatte es noch immer nicht geschafft, den kleinen Gemüsegarten, geschweige denn die Blumenbeete, umzugraben, zu bepflanzen und Unkraut zu jäten. Und was ich mit der fußballplatzgroßen Rasenfläche anstellen sollte, wusste ich schon gar nicht. Gärten sind was für Gärtner, und Gemüse gibt's bei Aldi. Ich als Pastafreundin huldige täglich den Chinesen für ihre Erfindung wundersam einfach zu züchtender Nudeln.

Vielleicht gab es in der Gefängnisbibliothek ein Gartenbuch? Ich sollte mal Herrn Matti danach fragen. Er könnte doch für mich mal ein Gartenbuch lesen und mir sagen, was ich machen soll und vor allem wie und wann.

Wenn ich schon nichts säte, wollte ich zumindest ernten. Und zwar Golfbälle. Entschlossen stellte ich meine Espressotasse weg und schritt zur Tat. Nach drei Wochen musste hier einiges zu holen sein. Golfbälle kann man mehrmals im Jahr ernten, wenn man direkt neben einem Golfplatz wohnt. Diese Nachbarschaft hatte mir bereits eine hübsche Sammlung von Golfbällen jeder Preisklasse beschert. Die Golfballzucht ist nicht ganz ungefährlich, man muss aufpassen, dass man keinen an den Kopf bekommt, vor allem samstags und sonntags.

Ich schlug mich kreuz und quer durchs Unkraut, warf die Golfbälle in einen alten Blecheimer und schaute mich immer wieder um. Von Dr. Thoma war weit und breit nichts zu sehen. Wahrscheinlich hielt er seinen Schönheitsschlaf, bis sein russischer Spielgefährte wieder auftauchte.

Dafür sah ich einen unangemeldeten Besucher über den Jägerzaun am Ende des Gartens springen. Dr. Dr. Herzig nahm wieder mal die Abkürzung. Er winkte mir schon von weitem mit einem Brief in der Hand zu.

»Hallo, Frau Abendroth. Schon zurück von der Kur?«

Ich stellte den Eimer ab, nahm erleichtert den Brief entgegen und ging ins Haus. Herzig folgte mir.

»Machen Sie sich selber einen Kaffee. Sie wissen ja, wo die Küche ist.«

»Aber natürlich.«

Für das Honorar, das Herzig für die Verteidigung von Herrn Matti kassierte, hätte er sich einen Butler leisten können, der ihm den ganzen Tag mit einer Tasse frisch gepresstem Espresso hinterherlief.

Während sich der Doppeldoktor in der Küche zu schaffen machte, setzte ich mich mit dem Brief an den Teakholzschreibtisch von Kajos verstorbener Mutter und legte die Füße hoch.

»Haben Sie etwa die Espressokanne geschrubbt?«, rief Herzig entsetzt aus der Küche.

»Nein, ein verblendeter Hausgast. Das bisschen Aluminium wird Sie nicht umbringen.«

Ich überließ den Anwalt seinem Schicksal und las den Brief:

Sehr geehrte Frau Margret,
Sie sind mir gewogen! Ich habe mich über Ihre Karte aus Bad Camberg sehr gefreut. Ich weiß, in Ihren Augen kämpfe ich wie einer, der besiegt werden will. Aber noch ist die Wahrheit, und nichts als die Wahrheit, die Stütze, an die ich mich getrost lehnen will. Seien Sie also unbesorgt.

Mein Anwalt bat mich, Ihnen Folgendes auszurichten: Bitte suchen Sie ihn nicht mehr so häufig auf. Mir kam es so vor, als fühle er sich ge-

stört. Bitte verstehen Sie das nicht falsch. Er ist in der Lage, den Fall alleine zu bewältigen.

Werte Frau Margret, wenn Sie so freundlich wären, mir beim nächsten Besuchstermin wieder Papier und Kugelschreiber bei der Gefängnisdirektion zu hinterlegen? Der Herr Staatsanwalt hat sicher nichts dagegen. Ich danke Ihnen.

Euer sehr ergebener Diener
Matti Paavo Bietiniemolaiinnen

PS: Wenn Sie mich das nächste Mal besuchen, habe ich eine Überraschung für Sie.

Draußen brummte der Rasenmäher meines Nachbarn. Während ich las, kippelte ich nervös mit dem Stuhl hin und her. Was sollte das denn heißen? *Mein Anwalt bittet Sie, ihn nicht so häufig aufzusuchen.*

»Hey, Dr. Herzig, was soll das heißen, ich soll Sie nicht belästigen? Kommt das wirklich von Ihnen?«, rief ich in Richtung Küche.

»Warum schreien Sie so, Frau Abendroth? Ich sitze auf dem Sofa.«

Damit hatte ich nicht gerechnet. Mein Kopf flog vor Schreck herum, ich verlor das Gleichgewicht, und wenn Herzig nicht geistesgegenwärtig sein Bein ausgestreckt und den Ruin seiner maßgeschneiderten Hosen und der handgenähten Budapester riskiert hätte, wäre ich mit dem Stuhl nach hinten umgekippt.

»Danke«, stöhnte ich.

»Bitte, gern geschehen.« Er wischte sich nicht vorhandene Kaffeeflecke von seiner Hose und fuhr fort: »Was gibt es denn da nicht zu verstehen? Ich habe nie irgendwas in dieser Richtung gesagt! Ganz im Gegenteil, *er* will nicht, dass Sie mit mir reden. Wortwörtlich hat er gesagt: ›Herr Dr. Dr. Herzig, ich befürchte, dass Frau Margret ihre knapp bemessene Zeit an Sie verschwendet‹.«

Den Satz musste ich mir erst mal auf der Zunge zergehen lassen. Ich und knapp bemessene Zeit!? Na ja. Ab morgen wäre das ja auch so. Aber Herr Matti konnte doch von meinem Jobangebot noch gar nichts wissen?!

Ich stand auf, drehte den Stuhl herum und schaute Herzig an, wie er da süffisant lächelnd auf dem bösen Sofa saß, auf dem an Weihnachten ein Mensch ermordet worden war. Um genau zu sein, die Krankenschwester, die Kajos sterbenden Vater betreut hatte. Ich saß nie auf *diesem* Sofa. Ich saß auf dem anderen, dem guten, auf der anderen Seite des monströsen Couchtisches. Ich musste kurz die Augen schließen, um das Bild der Toten aus meinem Kopf zu vertreiben. Am hartnäckigsten verfolgte mich der Anblick ihres hochgerutschten Kittels und ihrer blassen, dicken Beine, die unterhalb des Knies von dunkelbraunen Stützkniestrümpfen eingeschnürt wurden. Als ich die Augen wieder öffnete, saß Gott sei Dank der lebende Bilderbuchanwalt wieder auf der Couch: um die fünfzig, grau melierte Schläfen, Maßanzüge, Maßschuhe, maßlose Honorarforderungen, Kaffeekenner und Mitglied im Lions Club. Diverse Geheimnamen, die ich mir für ihn bereitgelegt hatte, waren schon an ihm abgerutscht. Clooney, Davidoff, Old Spice? Abgeperlt wie Öl. Und mit Ally MacBeal brauchte ich es gar nicht erst zu versuchen.

Einzig ein leichtes Zucken seiner rechten Schuhspitze verriet, dass Dr. Dr. Herzig nervös war.

»Das hat Matti gesagt?«, fragte ich fassungslos. »Ich verschwende seinetwegen meine knappe Zeit?«

Er nippte an seinem Espresso.

»Mit anderen Worten, Sie haben es noch immer nicht geschafft, Matti davon zu überzeugen, auf minderschweren Totschlag zu plädieren?! Hab' ich Recht? Und Matti meint, wenn wir beide nicht mehr miteinander konferieren, dann tun *Sie* endlich das, was *er* will? Und vor meinen Standpauken wäre er dann auch sicher?«

Er nickte.

»Da hat er sich aber in den letzten drei Wochen was richtig Gutes ausgedacht.« Ich knüllte den Brief von Matti zusammen und knallte den Papierball auf den Schreibtisch. Tja, Herr Matti, wer nicht will, der hat schon. Da rede ich mir den Mund fusselig, aber der finnische Schweiger benimmt sich wie ein anatolischer Esel. Herzig stellte vorsichtig die Espressotasse auf dem Couchtisch ab. Mit eleganter Geste strich er sich über die Schläfen. Als er endlich mit seinen Haaren fertig war, seufzte er, legte seine schlanken Fingerspitzen, gekrönt von polierten Fingernägeln, aneinander und blickte angestrengt an ihnen vorbei auf den Fußboden.

Meine Geduld sank in den roten Bereich. Ich hatte mir für den Abend eigentlich vorgenommen, mich auf das morgige Meeting in Köln vorzubereiten. Probelaufen mit den neuen Stiefeln vor allen Dingen. Und mein neues Notebook entjungfern, um das alte Konzept, das der Rettich und ich einst zusammen geschrieben und das er jetzt verkauft hatte, zu lesen. Er hatte mir am Telefon versichert, dass er nicht ein Wort davon geändert hatte. Ich müsste mich also aus dem Stand zurechtfinden. Wenn der wüsste.

Aber noch saß Herzig auf dem bösen Sofa und studierte die Holzmaserung im Parkett.

»Dr. Herzig, wenn Sie mir netterweise versprechen, dass dieses Gespräch rein privater Natur ist und Sie es Herrn Matti nicht in Rechnung stellen, warte ich auch noch, bis Sie zu Ende meditiert haben.«

Er setzte prompt sein Mandantenlächeln auf: schnelles Hochziehen der Mundwinkel, kurzes Klappern mit den Wimpern – und danke für den Witz. Diese wirklich nur Millisekunden dauernde Performance war das Geheimnis seines Erfolges. In diesen flüchtigen Momenten sah er aus wie ein echter Mensch.

»Entschuldigen Sie, Frau Abendroth. Ich bitte vielmals um Entschuldigung. Aber in meiner langjährigen Karriere als Strafrechtsanwalt, erfolgreicher Strafrechtsanwalt möchte ich betonen, ist mir ein solcher Fall noch nicht untergekommen. Jeder Mensch tut doch alles dafür, um das Strafmaß in irgendeiner Form zu mindern. Und ich als sein Anwalt tue alles dafür, um das zu ermöglichen – wenn es denn halbwegs legal ist. Dafür werde ich schließlich bezahlt … Aber so, wie sich Ihr Freund aufführt, kann er auch einfach in den Gerichtssaal marschieren, zu allem, was der Staatsanwalt sagt, nicken und für die nächsten zehn Jahre in den Knast gehen. Salopp ausgedrückt.« Er zupfte einen unsichtbaren Flusen von seiner Hose, zeigte kurz den echten Menschen und fuhr fort: »… nur um Sie zu beruhigen, ich werde dieses Gespräch nicht in Rechnung stellen. Ich war gerade zufällig in der Nähe. Macht keine Umstände.«

»Und ob mich das beruhigt.«

»Tja, was soll ich dann Ihrer Meinung nach noch tun, damit er zur Vernunft kommt? Mit meiner Hilfe und seinem Einsehen können wir es schaffen, im Fall Sommer mit minderschwerem Totschlag aus der Sache herauszukommen. Sogar mit Bewährung. Mit einer klitzekleinen Korrektur der Wahrheit könnte ich es als Unfall darstellen! Und er hat Ihnen immerhin das Leben gerettet. Und die kleine Freiheitsberaubung von Bartholomae, Schnickschnack, das wird jeder einsehen, war Nothilfe. Und zwar reinsten Wassers, da gibt es nichts zu diskutieren.«

Herzig verzog das Gesicht. Ich war überrascht – eine neue Performance. Mensch mit Mitgefühl. Whow.

»Meine Güte, Frau Abendroth, er könnte, dank mir, nach dem Prozess ein freier Mann sein. Vielleicht auf Bewährung, aber immerhin. Er könnte weiter seinen Beruf als Thanatopraktiker und Bestatter ausführen … und … er könnte weiter in Deutschland bleiben, wenn er wollte. Und anscheinend will er das ja.«

»Hat er das gesagt?«

»Nicht direkt. Er hat das Bestattungsunternehmen gekauft.«

»Matti hat was? Welches Bestattungsunternehmen denn?«, fragte ich fassungslos.

»Wie viele kennen Sie denn persönlich?«

Endlich begriff ich. »Er hat Pietät Sommer gekauft? Wann? Wovon? Vor allem warum?«

Herzig lehnte sich tief in das böse Sofa zurück. Genau dort hatte sich die Hand der toten Schwester Beate in den Bezug gekrallt …

»Nun, ich habe seine Anteile am Pflegedienst verkauft und Pietät Sommer in seinem Auftrag gekauft. Warum, habe ich nicht gefragt. Er kann mit seinen Nullen vor dem Komma machen, was er will.«

Das, Herr Matti, nenne ich wirklich eine Überraschung. Hofft er etwa, wir werden in absehbarer Zeit dort wieder zusammen arbeiten? Dieser Gedanke birgt für mein Nervenkostüm eine Überraschung zu viel. Den Laden werde ich nie wieder betreten! Unter gar keinen Umständen! Meine Zukunft heißt Köln.

»Warum gucken Sie so entsetzt, Frau Abendroth? Hab' ich was Falsches gesagt?«

Während ich über die Pläne von Herrn Matti nachdachte und angestrengt vermied, Herzig auf dem Sterbesofa zu beachten, sah ich die gekrümmte Schwanzspitze von Dr. Thoma hinter der Sofalehne auftauchen. Dann schob sich der ganze Kater ins Bild, eine halb zerkaute blutige Maus im Maul. Er marschierte auf Herzig zu, um, wie ich mir denken konnte, die kleine Mäuseleiche als Geschenk vor den blank polierten Schuhen abzulegen. Ich schoss vom Stuhl hoch und machte einen schnellen Ausfallschritt nach vorne, schlug mit den Knien vor Herzigs Schuhen auf, entriss dem Kater die Mäuseleiche und schleuderte sie durch die offene Terrassentür in den Garten. Den Kater schob ich gleich unsanft hinterher. Herzig reichte mir seine Hand, damit ich wieder auf die Füße kam.

»Entschuldigung.«

»Tja, Haustiere. Ich züchte Kois.« Er zupfte noch schnell ein paar Katzenhaare vom Hosenbein. »Ich will dann mal, Frau Abendroth. Bin noch mit dem Staatsanwalt zum Golfen verabredet. Ich bitte Sie, sprechen Sie noch einmal mit ihm. Ihr nächster Besuchstermin ist übrigens morgen um elf.«

»Morgen?! Dr. Herzig! Ausgerechnet morgen? Da kann ich nicht.«

»Das kann passieren. Ich werde einen neuen beantragen. Haben Sie was vor?«

Ja, habe ich. Ich schieße mir den Weg aus Bochum frei ... Ausgerechnet morgen! Warum, um Himmels willen, muss es unbedingt morgen sein?!

»Ja, ich habe was vor. Richten Sie Herrn Matti aus, dass ich ein wichtiges Gespräch in Köln habe.«

Die Nachricht sollte ihm umgehend die spinnerten Ideen über meine Mitarbeit im Bestattungsinstitut austreiben.

»Schade, ich dachte, Sie sollten so bald wie möglich mit ihm sprechen. Über den Prozess. Sie wissen schon ... Wenn das so weitergeht, werden wir die Sache in Bausch und Bogen verlieren. Ein Angeklagter, der um Strafe bettelt – ich bitte Sie! Alle werden denken, ich hätte den Verstand verloren.«

»Wie hoch, sagten Sie gleich, ist Ihr Honorar?«

»Ich weiß, was Sie jetzt denken, aber ich bin Anwalt, kein Psychologe. Ich kann meinen Mandanten nur das Beste raten. Ich kann einem Mandanten nicht vorschreiben, was er zu sagen hat. Obwohl, in diesem Falle wünschte ich, ich könnte es. Herr Matti ist ein sehr netter Mann. Skurril, aber sympathisch. Wussten Sie, dass er Cyrano de Bergerac liest?«

Na, dann ist mir auch klar, woher die geschraubten Formulierungen in seinen Briefen kommen.

Während seiner kleinen Ansprache war Herzig aufgestanden, hatte seine Ledertasche genommen und machte sich auf den Weg in den Garten, um die Abkürzung zum Golfplatz zu nehmen. Auf der Terrasse schaute er sich suchend um. Ich hatte ein Herz und hielt ihm den Eimer mit den Golfbällen unter die Nase. »Vielleicht lassen Sie den Herrn Staatsanwalt heute mal gnädigerweise beim Golfen gewinnen«, schlug ich vor, »auch Staatsanwälte sind eitel und bestechlich. Und übrigens, ich bin auch kein Psychologe. Herr Matti hört nur auf sich selbst.«

Herzig suchte drei Golfbälle aus und musterte sie erfreut. »Ah, Maxfli M3 Tour LT Black. Was für eine glückliche Fügung ...« Lächelnd ließ er sie in seiner Jackentasche verschwinden.

»Der Staatsanwalt!«

»Unsportlich wäre das, Frau Abendroth. Total unsportlich.«

Ich wollte den Eimer wegziehen, aber er hielt ihn fest. »Da ist nicht zufällig noch ein Wilson Staff True Tour Elite drin? Ich denke, bei dem Wetter heute brauche ich noch einen mit hoher Spinrate und nicht so viel Kompression.«

Ich schaute ratlos in den Eimer, für mich sahen die Dinger alle gleich aus.

»Wissen Sie, der Ball hat eine enorme Beschleunigung. Wegen des Polybutadien-Kerns. Der Maxfli entwickelt da eine flachere Flugbahn. Wohingegen der Wilson ...«

Blah, blah, blah ... jetzt konnte ich nur noch hoffen, dass Herzig keine Zeit mehr für den Golferwitz der Woche hatte.

Er hatte mir den Eimer längst aus der Hand genommen und den Inhalt auf den Rasen gekippt. »Da! Wunderbar. Vielen Dank. Ich glaube, das ist sogar meiner.«

Er strahlte den Golfball mit dem goldgeprägten ›H‹ an und zog mit federnden Schritten durch den Garten ab. Kurz vor dem Jägerzaun drehte er sich um und rief: »Ach übrigens, das Haus steht ab heute zum Verkauf. Kajo Kostnitz hat mich gebeten, das in die Hand zu nehmen. Falls ich Interessenten habe, rufe ich Sie wegen der Besichtigungstermine an.«

»Vergessen Sie *meinen* Besuchstermin nicht.«

»Vermutlich klappt es erst im Juni wieder. Ich kümmer' mich drum.«

Mit einem eleganten Satz sprang er über den Zaun und verfügte sich in seine Freizeitaktivitäten. Da ging er hin, der Herr Staranwalt, Empfehlung von Winnie Blaschke.

Mist. Herr Matti wird traurig sein, wenn ich morgen nicht komme. Aber dem Rettich absagen? Den Termin verschieben? Auf gar keinen Fall. Ich zündete mir die vermutlich hundertste Zigarette des Tages an und ließ mir die warmen Sonnenstrahlen auf meine nackten Füße scheinen. Das Telefon klingelte. Ich ging ins Haus und nahm ab: »Hallo?«

»Maggie?«

»Ja, wer denn sonst, Kajo.«

»Hätte ja sein können, dass Nikolaj ran geht.«

»Du weißt von Nikolaj?«

»Na klar, Winnie hat mich gefragt, ob er im Haus wohnen kann, übergangsweise, wo doch jemand auf Dr. Thoma aufpassen musste, und ich habe gedacht, warum soll er nicht? Ist doch genug Platz, oder stört er dich?«

»Ach, nee, ja. Ach, schon in Ordnung.«

»Winnie fand es eine prima Idee. Er hat gesagt, dass du dich manchmal in dem großen Haus fürchtest. Kann ich verstehen. Der Kasten ist alt und knirscht an allen Ecken und Kanten.«

»Ich und mich fürchten? Also, Kajo, das ist mal wieder typisch Winnie, ich hab' ihm nur erzählt, dass ich mal nachts Geräusche gehört habe«, wiegelte ich ab.

»Wie ist er denn?«

»Wer?«

»Nikolaj. Wie ist er? Winnie schwärmt ja nur rum. Ich brauch' eine objektive Aussage. Ist er mehr so Strawinsky oder mehr Tschaikowsky?«

»Und das willst du jetzt von mir wissen?«

»Na los, Strawinsky oder Tschaikowsky. Ein Grieg oder Mahler wird er wohl nicht sein.«

»Also, nett und ganz hübsch. Ein Tänzer. Hab' noch nicht viel mit ihm gesprochen. Winnie und er sind dauernd auf der Rolle. Ich kenn' mich mit Klassik nicht aus«, sagte ich betont munter.

»Chopin? Ist er etwa eine Tucke?«

»Tucke? Nee, kann man so nicht sagen.«

»Dann schau' ich ihn mir eben selber an. Warum ich eigentlich anrufe: Ich habe Herzig beauftragt, das Haus zu verkaufen. Ich wollte dir das nur erzählen. Ich dachte, dein Souterrain müsste bald fertig sein. Ich hoffe, das bringt dich nicht in Schwierigkeiten? Es wird auch sowieso noch ein paar Wochen dauern. So ein Haus verkauft sich ja nicht an einem Tag.«

»Das wird schon alles passen.« Na klar, vor allem, weil ich ab morgen wieder in Köln sein werde. Dann kann das Haus schon übermorgen verkauft werden. Warum hat Kajo es plötzlich so eilig, sein Elternhaus loszuwerden?

»Wann kommst du her?«

»Weiß noch nicht genau. In ein paar Tagen vielleicht. Ich spiele in der Jahrhunderthalle, bei der Meisterschüler-Auswahl, irgendwann Mitte Juni. Bis dahin bin ich da.«

»Okay. Wir sehen uns dann. Du hast ja einen Schlüssel. Und Achtung – die Küche ist jetzt aufgeräumt. Der Russe ist ordentlich.«

»Na, dann ist er auf gar keinen Fall Chopin. Bis dann. Drück mir die Daumen für die letzten Prüfungen.«

»Mach' ich. Brich dir nicht die Finger, Pianomän.«

Kajo hatte schon aufgelegt.

Da war es also amtlich: Das Haus wird verkauft. Und wer erfährt es als Letzte? Die Bewohnerin! Alle quatschen andauernd miteinander, nur mit mir redet keiner. Nur über mich hinweg. Alle Entscheidungen erfahre ich als Allerletzte. Egal, ob es um ein Quartier für den Russen geht oder den Hausverkauf oder den Termin für einen Besuch im Knast. Alles schon geplant und sofort in die Tat umgesetzt. Ach, hoppla, wir haben vergessen, Maggie Bescheid zu sagen.

Na, da kann ich ja getrost wieder nach Köln ziehen, es wird eh keiner merken. Mit Wilma bin ich fertig, Winnie hat seinen Russen, und Kajo ist mit seinem Steinway Flügel verheiratet. Der wird in absehbarer Zeit die Konzertsäle der Welt erobern und in Luxushotels wohnen. Und Oma Blaschke hat ihren zukünftigen Schwiegersohn schon kennengelernt und offensichtlich für gut befunden, sonst hätte sie längst angerufen. Außerdem hat sie ja ein neues, abendfüllendes Hobby: das Rätsel der abgehackten Hand.

Und Herr Matti? Der wird verstehen, dass ich morgen nicht kommen kann und dass ich ab übermorgen in einer anderen Stadt wohnen werde.

Maggie, du hast hier deine Schuldigkeit getan – du kannst jetzt gehen.

Ich setzte mich auf die warmen Terrassenfliesen. Mein Nachbar war mit dem Rasenmähen fertig. Eine leichte Brise wehte zuerst den Duft von geschnittenem Gras gemischt mit Grillwürstchen über den Zaun und als Nachhut die Melodie von *What a difference a day makes.* Ich wischte mir eine kleine Träne aus dem Augenwinkel. Jetzt bloß keine Sentimentalitäten. Um mich abzulenken, konzentrierte ich mich darauf, perfekte Rauchkringel in die laue Abendluft zu blasen. Cyrano de Bergerac … Herr Matti, Sie kommen auf Sachen!

What a difference a day makes. Twenty-four little hours …

»Dann wollen wir mal«, ermahnte ich mich und ging mutig zum Geräteschuppen. Nach dem Rasenmähen kann ich immer noch melancholisch werden oder mich endlich auf morgen vorbereiten.

Der Kater lauerte unter einer Tanne. Ich hatte ihn schon längst gesehen. Auch der glaubt, er wäre schlauer als ich. Na warte – ich schaute demonstrativ in die andere Richtung. Dr. Thoma kam angesaust und stürzte sich auf meine nackten Füße. Bevor er auch nur mit seinen Krallen ausholen konnte, hob ich ihn hoch. Das Miauen blieb ihm im Halse stecken.

»Na, Dickmops, njet Sheba. Du verstehen? Du dir fangen Mäusitschki.«

»Rrrrrrrrrrt«, kam es drohend aus seinem dicken Bauch.

»Und nix legen blutige Mäusitschki auf Advokatskis teure Treter. Verstanden?«

Der Kater wand sich wie ein Aal und fuhr die Krallen aus. Ich setzte ihn schnell wieder auf dem Boden ab, bevor meine Pulsadern in Gefahr geraten konnten.

Er schaute mich mit großen Augen an und drehte dabei sein perforiertes Kämpferohr hin und her. »Benimm dich gefälligst, oder ich lass dich hier und du wirst den Dom niemals sehen, geschweige denn die ausnehmend gut aussehenden Kölner Katzendamen.«

Der Kater gähnte ausgiebig, streckte sich gelangweilt und ließ sich auf die Seite fallen. So viel zum Wir-Gefühl.

Ich schloss den Geräteschuppen auf, zerrte und zog, bis ich endlich den Rasenmäher aus dem Wirrwarr der Gerätschaften herausgewürgt hatte, und stöpselte das Kabel ein. Dann drückte ich voller Heldenmut auf »Power«. Der Rasenmäher gab einen heulenden, klagenden Ton von sich, dann ein scharfes, gefährlich schrappendes Geräusch, als würde man mit einem Handmixer Kies zerkleinern, und dann flogen im ganzen Haus die Sicherungen raus. Der Kater schreckte hoch und schoss mit gesträubtem Fell über den Gartenzaun.

Mein Nachbar zur Linken, Grillmeister und Liebhaber alter Lovesongs, ließ ein röhrendes Lachen hören. Im nächsten Moment lehnte er lässig am Gartenzaun und sagte: »Scheiß Golfbälle. Da machse nix mehr.«

09

Dienstagmorgen. Der Countdown für mein Comeback in Fernsehland lief. Ich war gut in der Zeit.

Meine elektrische Zahnbürste machte brrt-brrt-brrt. Dr. Thoma kam ins Bad geschlendert und machte auch brrt-brrt-brrt, was bei ihm heißt, dass er sein Frühstück auf der Stelle haben möchte. Ich war aber nicht willens, meine zwei Minuten Zahnputzmeditation zu unterbrechen, und schob den Kater mit meinem nackten Fuß an die Seite. »Hey, Dickmops, du weißt doch, wo ich heute hinfahre!«, nuschelte ich durch den Zahnpastaschaum.

»Brrt-brrt-brrt«, machte Dr. Thoma. Er klang gelangweilt. Na gut, ich hatte es ihm gestern Abend bestimmt einmal zu viel erzählt.

»Die böse Fee hat ihre Macht über mich verloren. Sie ist an mir gescheitert.«

»Brrt-brrt.«

Der Kater rümpfte die Nase, als wollte er sagen: »Oh boah, Alte, ich hab' es begriffen«, und ging aus dem Bad.

Während mir das warme Wasser aus einem neuen, tellergroßen Duschkopf, Marke *Samoa Rain*, über den Körper rieselte, machte sich plötzlich ein störender Gedanke breit. Was, wenn ich in Köln dem Knipser über den Weg laufe? Köln ist nicht so groß, wie allgemein angenommen wird. Besonders der Inzuchtbereich der Medienbranche kann klaustrophobische Anfälle hervorrufen. Den Fernsehfuzzis gehört von Frechen bis zum Dom schon alles. Man kann in keinen Laden gehen, ohne auf Leute zu treffen, die man vom Job kennt. In jeder Umkleidekabine kann der Feind lauern. Und sei es nur, um mitzukriegen, dass man die Hose eine Nummer größer braucht. Fernsehen wird nicht in großen Gebäuden mit opulenten Glasfassaden gemacht, sondern an den Tischen diverser Lunch-Hot-Spots auf der Ehrenstraße. Da werden Deals eingestielt und Karrieren vernichtet. Alles in einem Abwasch bei einem leichten

Arbeitsessen zwischen Flusskrebs-Consommé und Blutwurstkartoffeltörtchen auf Brunnenkressebett mit Himbeeressig. Ein eventuell auftretender bitterer Nachgeschmack, den ein rudimentär vorhandenes Gewissen hervorrufen könnte, wird mittels eines aus den schottischen Highlands importierten Mineralwassers zu zehn Euro der halbe Liter weggespült.

Schon sah ich mich an meinem ehemaligen Stammplatz, Fenster links, in der *Bentobox* sitzen und frittiertes Sesamhuhn mit Erdnusssauce essen und dann … dann würde garantiert an einem von 365 Tagen des Jahres der Knipser dort vorbeilaufen. Und dann? Tja, dann kann ich an meinem Huhn mit Erdnusssauce ersticken oder so tun, als hätte ich ihn nicht gesehen. Aber was, wenn er mich auch gesehen hat und stehen bleibt? Dann kann ich immer noch an einem Stück Huhn ersticken und so tun, als hätte ich ihn nicht gesehen. ABER WAS, WENN ER AN DIE SCHEIBE KLOPFT? Herrgott nochmal, Maggie, das ist doch piepegal, lass ihn doch!

Ich drehte den Wasserhahn auf eiskalt. Entspannung ist einfach nichts für mich, da komme ich nur auf dumme Gedanken.

Als ich bibbernd aus der Dusche stieg, hörte ich, wie unten die Haustür aufgeschlossen wurde. Eingewickelt in mein Badetuch, flitzte ich auf Zehenspitzen über den Flur.

Auf halber Strecke trat ich in etwas Matschiges. KATZENKOTZE! Leise fluchend hüpfte ich auf einem Bein in mein Schlafzimmer.

Dr. Thoma saß auf meiner neuen weißen, teuren Bluse, die ich mir zurechtgelegt hatte, und würgte sich einen Fellballen aus dem Hals. Ein großer, ekelhafter Fleck seines Mageninhaltes prangte bereits am Kragen. Wie Boris Becker in seinen besten Zeiten hechtete ich in Richtung Chaiselongue. Aber das Unglück war bereits geschehen.

»Du Saboteur!«

Herrgott! Dieser Kater konnte in zehn Minuten mehr Schaden anrichten als die Amerikaner im Irak in drei Wochen. Dr. Thoma würgte unverdrossen weiter, als ich ihm die Bluse unterm Hintern wegriss und damit ins Bad rannte, um den Fleck auszuwaschen. Die spontane Selbstentzündung meiner Haare hätte ich besser weggesteckt.

Der Fleck hielt sich hartnäckig. Ich schrubbte und schrubbte, aber er blieb, so wie der geheimnisvolle Blutfleck im *Gespenst von Canterville,* den man nicht wegwaschen kann.

»Ich bringe dich um, du Mistvieh.«

Der Kater kam ins Bad, nahm ungerührt auf dem Badvorleger Platz und leckte sich die Pfoten. Wütend über so viel Ignoranz, warf ich die klatschnasse Bluse nach ihm. Er sprang auf, ganz von dem nassen Stoff eingehüllt, und raste in Panik aus dem Bad. Nach ein paar Sekunden hörte ich die Katzenklappe in der Terrassentür scheppern.

Zurück im Schlafzimmer, kontrollierte ich Jeans und Jackett. Kein Fleck. Geruchstest ebenfalls negativ. Ich zerrte alle Oberteile aus dem Kleiderschrank. Ich zog Jeans und Stiefel an und probierte vor dem Spiegel alle Oberteile, die ich hatte, aber alles sah entweder labberig oder trutschig aus. Das einzige schwarze T-Shirt, das noch sauber war, hatte nicht dasselbe Schwarz wie mein Jackett. Da hätte auch ein Collier der Königin von England nichts mehr rausreißen können. Der Zeiger der Uhr schritt munter voran. Ich war fünf vor Panik und drei vor Heulkrampf. Mein Schlafzimmer hat 25 Quadratmeter, warum muss der Kater ausgerechnet auf das edle Stück reihern? Es gibt hier einen Teppich, meinen Dreckwäschehaufen in der Ecke, und ich hätte heute nicht mal was dagegen gehabt, wenn er mir aufs Kopfkissen gekotzt hätte. Lauter schöne Orte, um seinen Überdruck abzuladen. Aber nein, für Dr. Thoma muss es feinste ägyptische Baumwolle sein!

»Entschuldigung, bitte.«

Die Tür zu meinem Schlafzimmer stand offen und Nikolaj, in der Hand meinen nassen weißen Lappen, lugte ins Zimmer. »Ist das deins?«

»Ja. Schmeiß es einfach auf den Boden.«

Nikolaj trat einen Schritt ins Zimmer und schaute mich lange prüfend an, dann wanderte sein Blick zum Dreckwäschehaufen und dem Berg von Oberteilen, den ich aufs Bett geworfen hatte. »Schöne Stiefel«, sagte er, »aber das Schwarz korrespondiert nicht.«

»Erzähl mir was Neues, Baryshnikov.«

»Besuchow, ich heiße Nikolaj Andrejewitsch Besuchow. Du kannst Nikolaj sagen. Das ist nicht schwer.« Er ließ die Bluse auf den Boden fallen und ging.

Ich hatte keine Zeit, mich um die Befindlichkeit eines hochsensiblen Ballerino zu kümmern, und zog mir ein weißes T-Shirt über, das ich im Wäschehaufen gefunden hatte. Wenn ich die Jacke den ganzen Tag nicht aufknöpfe, wird man den Kaffeefleck unter der linken Brust nicht sehen.

Draußen hupte das Taxi. Ich schnappte mir meine Tasche, zwirbelte um meine feuchte Lockenmähne ein Haargummi und rannte die Treppe hinunter. Gerade hatte ich die Türklinke in der Hand, als Nikolaj auf der Treppe erschien und mir ein blütenweißes, gebügeltes Hemd entgegenhielt.

Der Taxifahrer bewies Enthusiasmus an der Hupe.

»Ist das für mich?«

»Bitte, wenn du willst. Es müsste ungefähr passen.«

Nikolaj knöpfte das Hemd auf, ich riss mir Jacke und T-Shirt herunter, schlüpfte in das Hemd und zog das Jackett wieder über. Nikolaj korrigierte den Kragen, während ich mit fliegenden Fingern zuknöpfte und die Manschetten gerade zog. Ein letzter Blick in den Spiegel und fertig.

»Danke, Nikolaj. Vielen Dank. Ich bin total im Stress. Wir sehen uns.«

Schon war ich aus der Tür, drehte mich aber noch mal um und sagte: »Ich bin übrigens Maggie.«

»Ich weiß.«

»Aha?!«

»Wie sagt man so – ich habe schon viel von dir gehört.«

Eine halbe Stunde später saß ich gestiefelt und gespornt auf meinem Platz im ICE nach Köln und erledigte mein Make-up. Um 13.03 Uhr werde ich aus dem Zug steigen, um 14.10 Uhr habe ich meinen Vertrag unterschrieben. Bleibe noch zwei Stunden, um locker mit dem Rettich und den Redakteuren bei einer Panna Cotta und einem Espresso heiße Luft zu blasen. Um spätestens 16.09 Uhr wird eine komplett neue, alte Maggie Abendroth wieder im Erste-Klasse-Abteil nach Bochum sitzen und Listen und Pläne schreiben, um den Umzug nach Köln vorzubreiten. Wenn ich mich rechtzeitig vom Arbeitsessen abseilen kann, werde ich es sogar noch schaffen, beim Makler in der Friesenstraße vorbeizuschauen, um eine Wohnung in Auftrag zu geben. Gegen 18 Uhr werde ich meinen Triumph und meinen Abschied von Bochum mit einer Zigarre, einem warmen Schoko-Brownie, einem Cognac und einem Espresso im *Livingroom* feiern. Alleine! Was schert mich jetzt noch Wilmas Gezeter über mein ach so schwaches Selbstbewusstsein? Soll sie doch meinetwegen 1000 Jobs mit dem Knipser machen. Und wenn sie will, noch viel mehr. Was schert mich Winnies Liaison mit einem russischen Tänzer? Soll er sich doch zum Liebeskasper machen, russisch sülzen, Kusshändchen werfen und sich von seinem Prinzen »Tortiki« nennen lassen. Oma Blaschke ist wieder fit und bastelt bestimmt schon am Brause-Highlight für das nächste Weihnachtsfest, und Herr Matti hat den besten Anwalt der Welt. Wenn es meine Zeit erlaubt, werde ich ihn im Knast besuchen.

Alles geht einmal zu Ende. Auch die Pechsträhne der Maggie Abendroth. Wer mit Siebenmeilenstiefeln durch die Welt geht, kann zum Abschied nicht jedem zuwinken.

Zwei labberige Mitropakaffees später und pünktlich auf die Minute kam ich in Köln an. Die Frisur saß. Eilig ging ich die Treppen vom Bahnsteig hinunter, wandte mich rechts dem Hauptausgang zu und atmete zufrieden Kölner Luft. Ja! Das war es, was ich vermisst hatte: *4711* vermischt mit Autoabgasen und etwas schmodderigem Rhein-Odeur. Das riecht nach Business und nach Fernsehen. Als wollte mich die Stadt auch gebührend willkommen heißen, kam ich an einem mit rotem Flatterband abgesperrten Areal vorbei. Dahinter sah ich einen

Kameramann, der fleißig dabei war, seinen Assistenten zusammenzubrüllen, und einige andere Filmwerker bei der Arbeit, die so taten, als wären sie wichtig. Da ich ja jetzt wieder dazugehörte, unterließ ich es, mich der Ecke neugierig zu nähern. Das macht man einfach nicht. Leider hatte ich wohl doch zu lange hingeguckt, denn ich stolperte über einen Aufsteller vor der Tür des Zeitschriftenladens, strauchelte und rempelte frontal mit einem Mann zusammen, der auch nicht aufgepasst hatte, weil er interessiert seinen *Express* studierte.

Ich entschuldigte mich, der Mann knurrte nur irgendwas auf Kölsch und faltete seinen *Express* wieder ordentlich zusammen. Und dann faltete es *mich* ein bisschen zusammen. Ich riss dem nichts Böses ahnenden Fremden den *Express* aus der Hand und ignorierte seinen lauen Protest. Riesenlettern auf der Titelseite schleuderten mir die Nachricht des Tages entgegen: »KÖLNS BEKANNTESTER FILMTYCOON RASMUS REITMEIER TOT IM COMER SEE. Köln trauert …«

Der Mann schnappte mir die Zeitung aus der Hand und brummte: »Kaufen Sie sich doch selber eine.«

Der halbe Inhalt meiner Handtasche lag vor meinen Füßen. Ungläubig starrte ich darauf. Ich fiel ich auf die Knie und klaubte meinen Kram vom Boden auf. In meinem Kopf drehte sich alles, vor allem eine Tonspur, die nicht enden wollend »Rettich, das darf nicht wahr sein«, vor sich hinplärrte.

Herr Munch, bitte malen Sie jetzt!

Eine Angestellte aus der Bahnhofsbuchhandlung kam und stellte den Zeitungsständer direkt vor meine Nase. Ich musste die Schlagzeile schon wieder lesen: KÖLNS BEKANNTESTER FILMTYCOON RASMUS REITMEIER TOT IM COMER SEE.

Irgendwas muss wohl mit meinem Gesicht nicht in Ordnung gewesen sein, denn die Frau fragte fürsorglich: »Is' alles in Ordnung mit Ihnen? Se sinne so blass, Liebschen.«

»Ich bin nicht blass … ich bin geliefert.«

Entschuldigen Sie bitte die Bild- und Tonstörung im Sendebereich Maggie Abendroth. Das Testbild, bitte.

10

Eine halbe Stunde später saß ich wieder im ICE erster Klasse. Ein Umtausch meines Tickets für die zweite Klasse war, trotz meiner Tränen, leider nicht mehr möglich gewesen. Mir schlotterten die Knie, meine Zähne klapperten, mir war kalt. Mit der Zeitung konnte ich mich nicht zudecken, denn ich musste den *Express* immer und immer wieder lesen. Bis Duisburg konnte ich ihn schon auswendig hersagen.

Die Hand des Schicksals hatte dafür gesorgt, dass der Rettich vorgestern, als er noch kurz vor der Abreise vom Comer See, wo er eine Villa besaß – in Rufweite zum Anwesen von George Clooney, wie der *Express* sich beeilte mitzuteilen – bei einem tragischen Unfall mit seiner Scheißsegelyacht zu Tode gekommen war. Der alte Narr hatte versucht, sein Schiffchen alleine auf den Hänger zu ziehen. Dabei war eines der Stahlseile aus einer Winde gerissen, die Yacht war abgerutscht, hatte ihn mitgerissen und unter Wasser gedrückt. Als zwei Stunden später seine Familie nach ihm suchte, weil sie noch zu einem Abschiedsessen – nicht mit George Clooney – verabredet waren und er nicht erschien, fand seine Gattin, Coco Reitmeier, seine Leiche im Comer See treibend, unweit seiner privaten Anlegestelle.

Warum bloß hat mich niemand informiert? Oder hatten sie doch? Hatte mich am Sonntag in Bad Camberg ein Anruf knapp verpasst, oder hatte Coco Reitmeier bei Wilma auf den Anrufbeantworter gesprochen? Und Wilma hat mir am Montag nichts gesagt? Würde sie mir so etwas Wichtiges nicht sagen?

Im Durchgang zur zweiten Klasse hatte ein mexikanischer Musiker Stellung bezogen und plärrte von La Cucaracha über La Cucaracha bis hin zu La Cucaracha den halben Zug zusammen, und kein Schaffner weit und breit, der dem lausigen Gesang ein Ende setzte.

Ich kaufte mir noch einen Mitropakaffee für grandiose 2 Euro 70. Auch als ich dem Servicemann großzügig drei Euro in die Hand drückte, fühlte er sich nicht ausreichend motiviert, dem Sänger die Luft abzudrehen, und so blieb mir nichts anderes übrig, als den nervigen Barden entweder mit körperlicher Gewalt beim nächsten Halt (Mülheim/Ruhr wäre ganz passend gewesen) persönlich zu entsorgen oder stoisch aus dem Fenster zu starren. Ich entschied mich für Aus-dem-Fenster-Starren. Der Pappbecher gab mir den nötigen Halt bis Essen Hauptbahnhof. Dann war der Kaffee alle und meine Contenance auch.

Der Rettich war das Licht am Ende des Tunnels meines Annus Horribilis, der rettende Engel, meine Zukunft gewesen. Bis vor ein paar Tagen war ich eine Ausgestoßene, eine Pestverseuchte. Hört, hört: Schreibblockade im Endstadium, die mit den Glöckchen an den Füßen. Klingeling … Tatort-Drehbuch versaut … Klingeling … geht mir aus dem Weg … sie hat die Pest …

Bin ich dazu verdammt, den Rest meines Lebens in Bochum zu versauern? Weit weg von allem, was Spaß macht?! Rettich, du hättest mich von dem Übel erlösen können. Und jetzt bist du tot. Von deiner eigenen Segelyacht hinterrücks gemeuchelt. Ja Herrgott noch … Pandora, mach die Büchse zu! Oder ich vergesse mich.

Der ICE bremste sanft. Sämtliche Fahrgäste starrten mich an. Und warum auch nicht? Mir liefen die Tränen hinunter, der *Express* war schon ganz aufgeweicht, Wimperntusche und Druckerschwärze klebte an den weißen Manschetten von Nikolajs Hemd.

Ein älterer Herr zückte ein Papiertaschentuch und nickte mir zu. Völlig verdattert nahm ich das Taschentuch und das damit verbundene Mitgefühl entgegen, wischte mir das Gesicht ab und beeilte mich, den Ausgang zu erreichen, bevor meine schamrote Birne platzen und die Polster der ersten Klasse besudeln würde.

Der mexikanische Musikant hatte aufgehört zu spielen und versuchte ein Lächeln. Ich starrte angestrengt aus dem Fenster und kämpfte mit wenig Erfolg gegen den nächsten Tränenschwall. Endlich kam das Bochumer Bermudadreieck in Sicht. Ich warf einen letzten Blick auf die Schlagzeile und stopfte den *Express* wütend in den Mülleimer. Der Mexikaner wich zwei Schritte vor mir zurück und radebrechte: »Sssso traurisch machen? Wassepassierte, Senõra, bitte?«

Tja, ich bin wieder bei null, hätte ich sagen können. Ganz einfach – Null, Zero, gar nichts – eigentlich ist alles wie immer. Worüber rege ich mich eigentlich noch auf?

Der Mexikaner lächelte mir aufmunternd zu und klimperte ein paar sanfte Töne auf seiner Gitarre. Schon wieder La Cucaracha und sagte: »Immer wassepassierte in Leben … singe gutt.«

Die Türen glitten mit einem sanften Zischsch auf.

»Wassepassierte? Ein Musiker wird sterben, wenn er nicht bald ein zweites Lied lernt«, zischte ich und stolperte auf den Bahnsteig. Statt Geld, Ruhm und Ehre brachte ich nur wieder mich und meine Loser-Pest in die Stadt. Zero, Null – tatsächlich, alles so wie immer, nur war ich heute dabei ausnahmsweise gut angezogen.

Ich traute meinen Augen nicht, als ich mich in Richtung Treppe schleppte. Auf dem Bahnsteig gegenüber stand doch tatsächlich Winnie Blaschke, im Arm seinen Nikolaj. Was haben die hier zu suchen?

Die Antwort kam schnell, ein Intercity bremste quietschend. Winnie umarmte Nikolaj. Wenn er ihm jetzt noch die Zunge in den Hals steckt, kriege ich auf der Stelle Augenkrebs!

Ich versteckte mich hinter dem Wartehäuschen und linste um die Ecke. Nikolaj stieg mit einer großen Sporttasche in der Hand in den Zug. Er fährt weg. Endlich. Doswidanje, Ballettprinz.

Aber die Vorstellung, dass Nikolaj endlich aus Bochum verschwand, tröstete mich weit weniger, als ich mir in den letzten Tagen ausgemalt hatte.

Als ich sicher sein konnte, dass Winnie mit Winke-Winke und Kusshändchen fertig und vom Bahnsteig verschwunden war, traute ich mich aus meinem Versteck.

Meine vernünftige innere Stimme und ich hielten sich fest umklammert und wimmerten. Endlich waren sich die beiden mal einig. Ihre Wahl hieß Wodka.

11

Wer bin ich, und wenn ja, wie viele? Vor allen Dingen, wo?
Wo ist hier, wo ich bin?
Warum bin ich nackt?
Warum klebt meine Zunge am Gaumen fest?
Warum glotzt mich ein Augapfel im Frack an?

Obwohl mein Körper sich in eine schleimige, amorphe Matsche verwandelt hatte, schien es etwas zu geben, das auf Beantwortung all der o.g. existenziellen Fragen drängte. War das, was da so herumschwappte, mein Gehirn? Die Hauptmatsche nahm eine aufrechte Position ein, damit der Wackelpeter, der aus meinen Augenhöhlen quoll, ein paar Bilder der Örtlichkeit abfotografieren und zur Vergleichsanalyse an das Hirn-Dings schicken konnte. Dann, so versprach das, was vorgab, mein Hirn zu sein, könnte es möglich sein, eine Entscheidung darüber zu treffen, was als Nächstes zu tun sei.

Zuerst war der Empfang gestört, und mein Hirn produzierte ein paar unscharfe Bilder: das Residents-Tourplakat mit dem Augenmann-Original, Zeche Bochum, 3. Juni 1983; ein Stingray Pearl Blue Black E-Bass lehnte an einer Wand. Halb in den Türrahmen hinein ragte eine verchromte Stoßstange. Ein Haufen dreckiger Wäsche auf dem Fußboden. Fußboden, Holz.

Der Wackelpeter spielte am Objektiv herum und zog die Schärfe nach: Aha, der graue Balken an der gegenüberliegenden Wand entpuppte sich als Plattensammlung, mehrere Meter lang. Plattensammlung, mehrere Meter lang. Plattensammlung, mehrere Meter lang.

ZOOM: Public Image Limited, Frank Zappa and the Mothers of Invention, Yello, Yello, Yello, Depeche Mode, Dead Kennedys, Stranglers, Donovan …?, Sisters of Mercy, Residents. Bollock Brothers, Stranglers … Peaches. Peaches. OH – MEIN – GOTT!

Plötzlich hatte ich Knochen und stand senkrecht im Bett. Im nächsten Augenblick taumelte ich durch die Wohnung und fand den Ausgang. Ich öffnete die Tür, schaute aufs Klingelschild und wusste – ich war verloren. Ich hatte die Nacht mit KAI-UWE HASSELBRINK verbracht!!

Was meine Befürchtungen für mein Leben nur bestätigte: Hurrah! Es kann wirklich immer noch schlimmer kommen. Das hier – das lag eindeutig unter der Nulllinie.

Erinnerungsfetzen der vergangenen Nacht flogen wie Schnipsel eines zerrissenen Zelluloidstreifens durch mein Hirn. Ich konnte immer nur ein winziges Detail erkennen, aber nicht das ganze Bild, geschweige denn den ganzen Film und schon gar nicht den Director's Cut.

Eine wogende Menge Menschen … halt stopp, bitte die Szene noch mal – nasse Füße in Bier, alles dreht sich, Musik. Stranglers, laut, *Peaches.* Ein Bart vor meinem Gesicht? Sex mit einem Bart? Sex mit einem Kneipenwirt, der eigentlich Historiker ist?? Fachgebiet Fördertürme und Industriekultur???

Cut! Cut! Die Szene schneiden wir raus. Ab damit in den Müll.

Während ich durch die Wohnung strauchelte, meine Klamotten einsammelte und mich hastig anzog, fragte ich mich: Wo ist Kai-Uwe? Offensichtlich nicht hier. Das bedeutet aber, dass er zurückkommen wird. Und da will ich nicht dabei sein. Egal, was hier in der Nacht passiert ist – es ist vorbei und wird schneller vergessen sein als die Schlagzeile von gestern. Im Bad lag statt feinster ägyptischer Baumwolle mit zwei Ärmeln und Perlmuttknöpfen ein völlig verdrecktes Knäuel auf dem Fußboden, dessen Manschetten nur noch am seidenen Faden hingen. Und das Rote da? Ich roch an dem Hemd und hätte mich beinahe sofort übergeben müssen – Persico! Wie sollte ich Nikolaj das erklären? Ich beschloss, dass erst mal gar nicht, und warf das Hemd in den Mülleimer. Und als wenn all das, was meine verquollenen Augen an mein Hirn funkten, nicht genug gewesen wäre, entdeckte ich, dass Kai-Uwe mit Lippenstift eine Botschaft auf dem

Badezimmerspiegel hinterlassen hatte: *Hole Frühstück, mein Pfirsich! Bis gleich.*

Kai-Uwe, du hast es so gewollt! Ich rannte ins Schlafzimmer zurück, fand einen dicken grünen Filzstift auf der Fensterbank und malte dem Augenmann auf dem Plakat einen Kaiser-Wilhelm-Schnurrbart.

Egal, was letzte Nacht hier passiert ist, Hasselbrink, nenn mich nie wieder Pfirsich!

Und außerdem küsst du immer noch wie ein Anfänger.

Jetzt nichts wie raus hier. In der Eile konnte ich meinen BH nicht finden, zog meine Jeans an, wäre dabei fast umgefallen und knöpfte mein Jackett überm nackten Busen zu. Ich nahm meine Tasche und ließ die Wohnungstür hinter mir ins Schloss knallen. Fast hatte ich die Haustür erreicht, als ich Kai-Uwe von draußen pfeifen hörte. Schon zeichnete sich sein Umriss hinter der Milchglasscheibe der Eingangstür ab. Ich rannte ein paar Meter zurück durch den Hausflur und erreichte die Brandschutztür, die zur Kneipe führte, und hatte unendliches Glück: Sie war offen.

In der Kneipe schlug mir der entsetzliche Gestank von Bier, Schnaps, kalten Zigarettenkippen und den Ausdünstungen aller Beteiligten der wilden Orgie entgegen, die gestern Abend ganz gesittet als Tanz in den Mai angefangen hatte. Von den Deckenlampen hingen zerrissene Girlanden und vereinzelt zerfetzte Seidenstrümpfe. Vorsichtig bahnte ich mir einen Weg durch Glassplitter, Bierlachen und umgestürzte Stühle in Richtung Toiletten. Himmel! So schlimm hatte es hier noch nie ausgesehen. In ein paar Wochen fängt die Fußballweltmeisterschaft in Japan an. Was wird erst passieren, wenn die Deutschen die Vorrunde überstehen?

Unter meinen Stiefeln zerplatzte eine Cocktailkirsche. Ich klebte in einer eingetrockneten Pfütze Kirschlikör fest, stolperte und stieß gegen den aufgebrochenen Zigarettenautomaten. Die Frontverkleidung war aus der Verankerung gerissen. Ich spähte in den Zigarettenschacht – da waren noch zwei Schachteln *Gauloises* blau drin. Man muss die Feste feiern, wie sie fallen. Ich langte in das Gerät und schaffte es, ohne einen Finger zu verlieren, die vorletzte Packung herauszufischen.

Im Hinterzimmer schnarchte jemand. So leise wie möglich schob ich die Tür auf und sah einen Mann in Lederkluft auf einem der Tische liegen, auf seinen Augen einen schwarzen BH – meinen schwarzen BH. Seine Bikerboots standen ordentlich nebeneinander vor dem Tisch. Dafür lagen allerdings drei kaputte Stühle unter dem Tisch. Die Gestalt hielt sich noch im Schlaf an einer halbleeren Flasche Wodka fest.

Ich dankte meinem Filmriss, dass ich nicht mehr wusste, was sich in den letzten Stunden hier abgespielt hatte, verzichtete auf die Rücknahme meines BHs und schlich ins Damenklo, öffnete das Fenster, stieg auf die Toilettenschüssel, zwängte mich durch die XS-Luke und fiel auf der anderen Seite unsanft in Kai-Uwes im Hof gestapelte Müllsäcke. Na ja, ein paar Schürfwunden an den Händen waren immer noch besser, als einem fröhlich pfeifenden Hasselbrink in die Arme zu torkeln, der offensichtlich die Situation komplett missverstanden hatte und glaubte, mich mit »mein Pfirsich« betiteln zu dürfen. Und ich wollte nicht wirklich wissen, was er zu seinem neu gestylten Residents-Tourplakat sagen würde. Ich wusste genau, was ich ihm damit angetan hatte.

Ich drückte mich an der Hauswand entlang durch die Hofeinfahrt und sah auf der gegenüberliegenden Seite ein Taxi frei werden. Auch auf die Gefahr hin, dass Hasselbrink ausgerechnet in dem Augenblick auf der Suche nach seinem abgängigen Pfirsich aus dem Fenster schaute, spurtete ich über den Nordring und hielt ein Taxi an.

12

Als ich in Stiepel das Haus betrat, verfluchte ich mich dafür, bei meiner Shoppingtour keine Riesensonnenbrille, Marke »Puck, die Stubenfliege«, gekauft zu haben.

Winnie und Nikolaj saßen am großen Esstisch im Wohnzimmer und strahlten um die Wette, als sie mich reinkommen sahen. Das tat mir in den Augen weh. Besonders der Anblick von Nikolaj. Er war also gar nicht für immer weggefahren.

Ein Ehepaar mittleren Alters, das zwei Kleinkinder auf den Armen trug, kam die Treppe herunter. Eben noch strahlte der schiere Enthusiasmus aus ihren Gesichtern. Aber das änderte sich schnell. Ich wurde angestarrt, als hätte ich zwei Köpfe. Das Muttertier rümpfte die Nase und hielt ihrem Balg die Augen zu. Ich stand nur da, stützte mich an der Garderobe ab und hoffte, dass ich es noch bis ins Bad schaffen würde, bevor meine Beine mir endgültig den Dienst versagten. Winnie war der Erste, der die Fassung wiedererlangte und das Ehepaar samt ihrer Brut in den Garten hinauskomplimentierte. Ich hörte noch, wie er voller Inbrunst das Wort *naturbelassen* schmalzte.

Ich wankte die Treppe hinauf, direkt ins Badezimmer, trank 14 Liter Kraneberger, riss mir die Klamotten vom Leib, drehte die Dusche auf, stellte fest, dass ich nicht mehr stehen konnte, und rutschte langsam aber sicher abwärts. Ich ließ das Wasser laufen und versuchte weiterzuatmen. Gott sei Dank ist die Todesrate durch Ertrinken in Duschkabinen relativ klein.

»Maggie. Lebst du noch?«

»Wer will das wissen?«

Das Wasser lief doch grad so schön heiß über meinen Kopf. Ich hatte keine Veranlassung, daran irgendwas zu ändern. Jedenfalls nicht innerhalb der nächsten drei Tage.

»Kann ich reinkommen?«

»Lieber nicht.«

»Der Taxifahrer will Geld.«

»Zahl bitte. Ich geb's dir wieder.«

»Maggie?!«

»Bitte, Winnie ...!«

Seine Schritte entfernten sich, und ich hörte ihn die Treppe hinuntergehen.

»Maggie. Lebst du noch?«

Walking on the beaches looking at the peaches ...

»Maggie, du sitzt seit über einer Stunde unter der Dusche. Ich komme jetzt rein.«

»Nein.«

»Doch.«

Wüsste nicht, dass du jetzt schon durch abgeschlossene Türen gehen kannst, Blaschke! Die Tür ging auf. Tja, kommt immer auf einen Versuch an.

Durch die Dampfschwaden konnte ich unscharf Winnies Umrisse erkennen. Wie lustig, er hatte ein Waffel-Gesicht und sah dreimal so breit aus wie sonst. Waffelgesicht schob die Tür der Duschkabine auf und drehte das Wasser ab.

»Komm raus da.«

»Nein ...«, quengelte ich.

»Meine Güte, du ruinierst dir deine Haut.«

Winnie zog an meinem drei Meter langen Arm und schaffte es irgendwie, mir Nikolajs Luxus-Bademantel anzuziehen.

Willenlos ließ ich mich über den Flur und in mein Zimmer bugsieren. Zwei große Hände halfen mir dabei, das Bett nicht zu verfehlen und wollten mich zudecken. Ich wollte aber nicht liegen, denn dann drehte sich sofort alles wieder, also blieb ich auf der Bettkante sitzen. Lag es am Restalkohol, dass mein Zimmer plötzlich so anders aussah?

»Warum ist das hier aufgeräumt?«

»Weil Herzig eine Hausbesichtigung angekündigt hatte. Du warst nicht da, also hat Nikolaj aufgeräumt. Wir konnten die Leute doch nicht so durchs Chaos spazieren lassen.«

»Nicht?«

»Nein … Geht's wieder?«

»Hmm.«

»Willst du Borschtsch? Nikolaj hat welchen gemacht. Wird dir guttun.«

Borschtsch – genau dieses Geräusch werde ich machen, wenn ich in einen Teller rote Suppe gucken muss. Rote Suppe mit saurer Sahne. Ich hielt mir den Bauch und keuchte: »Nein, lieber nicht.«

Wie auf's Stichwort erschien Nikolajs Kopf in der Tür.

»Sie will keinen Borschtsch«, sagte Winnie wie eine enttäuschte Mutter. Nikolaj zuckte mit den Schultern und fragte: »Kaffee vielleicht?«

»Ja, Kaffee. Und Zigaretten. Es sind noch welche in meiner Handtasche. Bitte.«

Nikolaj wollte gerade losgehen, aber ich hatte noch was zu beichten: »Dein Hemd, Nikolaj …«

»Ja?«

»Äh … ich hab's verloren. Tut mir Leid.«

»Dewotschki!«

Es klang nicht wie eines der Koseworte, die er für Winnie und Dr. Thoma bereithielt.

»Ich gebe dir das Geld, wenn ich kann.«

»Господин! хуже чем царица!«

»Und einen Aschenbecher, bitte …«

Nikolaj verschwand nach unten in die Küche. Jedenfalls nahm ich das an. Hören konnte man den Tänzer ja nicht, wenn er sich bewegte.

»Dann gib dir mal Mühe, Maggie. So ein Hemd kostet 198 englische Pfund«, sagte Winnie.

»Da sind wir ja einigermaßen quitt. Dein Nikolaj hat offensichtlich meine Prince-Charles-Tasse entsorgt. Die wäre heute ungefähr genauso viel wert.«

»Aha.«

»Und er hat meine Bialetti geschrubbt und poliert.«

»In der Kanne war Schimmel! Mit deiner Tasse hat er bestimmt nichts angestellt. Die ist doch sowieso kaputt.«

»Ob die kaputt ist oder nicht, steht hier nicht zur Debatte. Die ist aus London. Kaputt oder nicht – es gibt sie nicht mehr zu kaufen. Und sie bedeutet mir viel. So ein Hemd kann man ersetzen, die Tasse nicht.«

»Na Gott sei Dank, Maggie teilt wieder aus. Also ist da oben doch nicht alles kaputt«, seufzte Winnie, tippte mir an die Stirn und machte es sich auf der Chaiselongue bequem.

Nikolaj brachte Kaffee, Zigaretten, Aschenbecher und die *BILD*-Zeitung auf einem Tablett, stellte alles vor mir auf dem Bett ab und setzte sich Winnie zu Füßen.

Ich trank meinen Kaffee und kämpfte gegen die Übelkeit. Während ich meinen Kater im Zaum hielt, himmelten die beiden Schönlinge sich hemmungslos an. Muss das ausgerechnet hier sein?

»Ihr seht aus wie Oscar Wilde und Bosie.«

»Warum auch nicht?«, sagte Nikolaj.

»Weil es total … na ja, dingens … aussieht.«

»Das Wort ist: schwul. Was dagegen?«, sagte Winnie und lächelte dabei.

»Zwei gestreifte Gaultier-T-Shirts, hingegossen wie auf einem Foto von Pierre & Gilles.«

»Geht deine Toleranz gegenüber Minderheiten flöten?« Winnie streckte den Arm aus. Nikolaj beugte sich vor, griff sich die *BILD*-Zeitung vom Tablett und reichte sie Winnie. »Oder bist du nur neidisch?«

»Pah! Worauf?« Ich prostete Nikolaj mit der Kaffeetasse zu und nahm einen Schluck. Auch gegen eine zweite Zigarette hatte mein Magen nichts mehr einzuwenden.

Nikolaj stand auf, küsste Winnie demonstrativ und lange auf den Mund und ging hinaus.

Frettchen!

»Was ich noch fragen wollte, kennst du eigentlich den hier …« Winnie schlug die Zeitung auf und hielt mir die Seite mit dem Foto vom Rettich entgegen, »… auf dem Foto?«

Ich schaute angestrengt an dem Bild vorbei und sagte: »Willst du gar nicht wissen, wo ich letzte Nacht war?«

»Nö.«

»Es interessiert dich gar nicht?«

»Nö.« Winnie lächelte und warf die Zeitung aufs Bett. »… weil ich weiß, was du letzte Nacht getan hast. Du hast keine Fragen offengelassen, meine Liebe.«

»Du warst … da?!«

»Und Nikolaj, und Wilma, eine gewisse Rita im Schlepptau, die vorgab, dich *irrsinnig* nett zu finden, und noch ganz viele andere Leute … und meine Kollegen, Karin und Peter. Die hatten dich lange nicht gesehen. Und beinahe wäre Dr. Herzig auch gekommen, aber er hat sich in letzter Sekunde für das Mai-Fest des Lions Club entschieden. Der wird sich ärgern.«

»Warum?«, fragte ich so desinteressiert wie möglich.

»Filmriss?«

»Nicht die Bohne, Winnie.«

»Dein Go-Go-Strip auf dem Tresen war phänomenal.«

»Quatsch.«

»Ehrlich, du hast auf der Theke gestanden und dir das Bier von ein paar Aushilfs-Hells-Angels von den Füßen lecken lassen, aber das war mehr so die Zugabe. Angefangen hat alles damit, dass du Persico mit Wodka gemixt hast. Du warst die Einzige, die es trinken wollte.«

Ich ließ mich in die Kissen fallen. An meine Füße in Bier konnte ich mich tatsächlich erinnern. Persico und Wodka? Ich wollte gerne ohnmächtig werden, aber es ging nicht. Die Dusche und der Kaffee hatten mich zu wach gemacht.

»Und warum hat das keiner verhindert? Wo doch alle meine *lieben* Freunde anwesend waren?«

»Hätten wir ja gerne. Wir haben dich dreimal aus der Kneipe gezerrt, und du bist viermal wieder reingetorkelt. Also bitte, beschwer dich nicht. Ich hoffe, du hast die Nacht nicht auf dem Bahnhofsklo verbracht?«

»Nee, bei Kai-Uwe.«

Winnie räusperte sich. Aber er war klug genug, keinen Kommentar obendrauf zu setzen.

»Das bleibt unter uns, Blaschke. Wenn diese Information den Raum verlässt, bring ich dich um.«

»Natürlich. Und weiter?«

»Und jetzt nennt er mich *Pfirsich,* was noch bescheuerter ist als Tortiki.«

»Was hast du gegen Tortiki?«

»Klingt klebrig – so wie Purzelchen oder Schnuffi.«

Winnie schaute interessiert seine Fingernägel an, und plötzlich änderte sich sein Tonfall von Lord Peter Wimsey zu Sherlock Holmes ›Ich versuche es jetzt zum letzen Mal mit Ihnen, Watson.‹

»... sag mal, mein Zitrönchen – falls dir das lieber ist als Pfirsich – was um Himmels willen ist dir über die Leber gelaufen? Außer zwei Flaschen Wodka und einer Flasche Kirschlikör.«

»Hm.«

»Nikolaj war übrigens schwer beeindruckt von deiner russischen Trinkfestigkeit.«

»Na, super! Der Beginn einer wunderbaren Freundschaft.«

»Maggie, was ist denn passiert? So hab' ich dich noch nie gesehen.«

Ich wollte schon schnippisch antworten, dass ich ihn so auch noch *nie* gesehen hatte – Putzibärli Tortiki. Aber stattdessen sagte ich: »Der Tod – neben einigen anderen Dingen, über die ich jetzt und hier nicht sprechen will, weil du sie sowieso schon längst weißt, weil Wilma ja ihre Klappe nicht halten kann.«

»Ja, ja, von der Rom-Sache habe ich gehört.«

»Mach dich ruhig lustig über mich.«

»Ich dachte ... wir alle dachten, du bist über den Kerl weg.«

»Auch dich wird der Liebeskummer eines Tages erwischen, Winnie. Jetzt bist du noch sorglos, weil dein Baryshnikov dich Tortiki nennt, Suppe für dich kocht und dir jeden Wunsch von den Augen abliest. Aber was ist, wenn er sich mir nichts, dir nichts einen anderen schicken Panzerkreuzer sucht?«

»Du tust ja gerade so, als wäre ich ein Teenager. Glaub mir, ich hatte auch schon Trennungsschmerz.«

»Der zählt nicht. Da warst du noch hetero. In homosexuellen Angelegenheiten, mein Lieber, bist du ein Frischling. Dein Coming-out ist 16 Monate alt und mal grad raus aus den Kinderschuhen.«

Winnie schaute mich fragend an, »Und weiter?«

»Euphorische Coming-out-bedingte Promiskuität, ausgelebt auf Autobahnparkplätzen mit lauschigen Gebüschen und in Dark Rooms wird langsam langweilig. Ist doch so?«

»Tiefgründige Schwulettenpsychologie – ich bin beeindruckt von deinem Fachwissen.«

»Schwule Maskenbildner plappern halt so viel, wie der Drehtag lang ist – über Sachen, von denen du nicht willst, dass ich sie weiß.«

»Und was bitte, ist jetzt nochmal die Schlussfolgerung?«

»Diesmal ist es dir wirklich ernst. Und dann, mein Lieber, tut's richtig weh, wenn's knallt. Du scheinst der Einzige zu sein, dem das noch nicht klar ist.«

So, mein Freund, und jetzt bist du dran. Ein wenig war die Belustigung aus Winnies Augen verschwunden.

Bevor er etwas sagen konnte, redete ich weiter: »Aber das nur nebenbei. Du bist ja schon groß. Vielleicht heiratet ihr nächstes Jahr und kutschiert mit einer Troijka durch den Pulverschnee in St. Petersburg und lebt glücklich und zufrieden bis ans Ende eurer Tage. Abblende, Abspann, Musik. Und jetzt sag endlich deinen Lieblingssatz.«

»Hätten wir das also auch geklärt.«

»Danke. Im Übrigen ist mir der Knipser für den Moment echt schnurz. Aber der Rettich nicht. Der ist tot.«

Sein Foto schaute mich von der Titelseite an. Daneben war ein kleines, unscharfes Bild von seiner Yacht, die an einer Hafenmauer dümpelte. Zwei Polizeiwagen und ein schwarzer Leichenwagen waren im Hintergrund zu erkennen.

Ich knüllte voller Wut die Zeitung zusammen und vergrub meinen Kopf in den Händen. Winnie setzte sich zu mir aufs Bett. »So schlimm? Kanntest du ihn gut? Ich meine … hast du mal mit dem gearbeitet oder so?«

»Ach Scheiße, ja.«

»Das tut mir leid für dich.«

Warum hatte ich nicht doch eine Flasche Wodka aus dem Café Madrid mitgehen lassen?

»Also gestern … also, ich kannte ihn so gut, dass ich gestern mit ihm verabredet war. Wegen eines Bombenjobs«, heulte ich, »wollte ich ihn gestern treffen, und ich wollte einen Vertrag bei ihm unterschreiben. Als Producer! Und dann das!« Jedes meiner Worte traf mich wie ein Keulenschlag. Bis jetzt hatte ich ja alles nur in meinem Kopf hin und her gewälzt und in Wodka-Kirsch mariniert, aber es laut auszusprechen, es wirklich und wahrhaftig jemandem zu erzählen, und dann noch dieses Foto in der Zeitung! Ich hätte mich mit zwei in Beton gegossenen Füßen nicht mieser fühlen können.

»Wie jetzt? Köln? Du wärst weggegangen … vielleicht schon morgen!? Und du sagst mir kein Wort? Gestern sollte sich dein Leben ändern, und ich weiß nix davon?«

»Dein Leben hat sich auch total geändert, und ich weiß nix davon.«

»Augenblick … Ich habe mich verliebt und bin hier, und du …«

»Ja, Winnie, ich wäre einfach in meine goldene Kutsche gestiegen, und dann hätte ich dir noch nicht einmal gewinkt. Du wärst in ein leeres Haus gekommen – und Maggie hätte sich noch nicht mal verabschiedet. Sie hätte dir noch nicht mal das T-Shirt mit dem Aufdruck *Hetenschreck* zurückgegeben, das dir sowieso zu klein ist. So ist sie eben, unsere Maggie.«

Winnie stand abrupt auf und riss das Fenster auf. Er drehte sich wieder zu mir um und versuchte seinen George-Clooney-no-Martini-no-party-Blick.

»Hey, hey, hey. Stoj! Ich dachte nur, du würdest mir so weltbewegende Dinge erzählen.«

Ich trank den letzten Schluck Kaffee, anstatt ihm eine Antwort zu geben.

»Also, du hast ein schlechtes Gewissen, sonst würdest du nicht so auf mich losgehen. Was ist genau passiert? Dein Freund und Helfer ist hier. Ich will die ganze Geschichte hören. Vor allem, weil sie unter anderem mit einem Bahnticket erster Klasse zu tun hat! Oder gehörst du zu den Leuten, die nur wegen der Show aus der Tür der ersten Klasse aussteigen, damit alle denken, sie wären erster Klasse gefahren?«

Auf die Idee war ich noch gar nicht gekommen. Das hätte mich vor sinnlosen Ausgaben bewahrt.

»Danke, Mr. Holmes. Vielen Dank. Du machst es mir echt leicht.«

Der macht mich wahnsinnig! Bekommt er seine Informationen von der Stasi? Jetzt lachte er mich an, und seine Sommersprossen leuchteten vor Schadenfreude, weil er mich wieder mal ausgetrickst hatte.

»Also, Mr. Holmes. Sie haben mich am Bahnhof gesehen. Warum haben Sie mich dann nicht angesprochen?«

»Miss Marple, wünschen Sie an einem herrlichen Frühlingsnachmittag mit einer abgerissenen Handgranate Höflichkeiten auszutauschen? Du hast dreingeschaut wie etwas, das bei drei explodiert. Sorry, da wollte ich mich nicht einmischen. Aber dein Outfit?! Alle Achtung! Und dieses Jäckchen und diese Stiefelchen. Einfach toll!«

»Sag mal, schickst du mir einen hinterher? Krieg ich was nicht mit? Hast du überall private Überwachungskameras?«

»Nein«, sagte er ganz unschuldig. »Ich hab' eben hinten auch Augen.«

»Ich hoffe, unser Innenminister zahlt dir einen Extrabonus für deine Anomalie.«

Winnie grinste zufrieden. »Es hilft einem zuweilen, am Leben zu bleiben.«

»Und wo ist dein Kaviarschnittchen hin … ganz allein … ohne dich?«

»Oh, Miss Marple! Sie haben uns also auch gesehen.«

»Ihr hattet Euch aneinander festgesaugt wie Wasserschnecken.«

»Geradezu harmlos im Gegensatz zu den Sachen, die ich mit Nikolaj auf Autobahnparkplätzen mache.«

»Ph!«

»Na gut, es war dir also peinlich. Aber um deine Frage zu beantworten: Nikolaj hatte ein Vortanzen in Köln. Aber das kann er dir später selbst erzählen. Weiter im Text, bitte.«

Ich hätte mich am liebsten unter der Bettdecke verkrochen, aber Winnie ließ nicht locker. Er fing an, meine Füße zu massieren.

Ich musste lachen, obwohl mir zum Heulen zumute war. Ich kapitulierte und erzählte die Geschichte von Rasmus Rettich Reitmeier und unserer Comedy-Serie.

»Worum geht's da?«, fragte Winnie interessiert.

»Um ein alterndes, zutiefst verfeindetes Schauspielerehepaar, das in einem Verkaufssender als Anpreiser für Hundezubehör Starallüren entwickelt.«

»Und wie heißt die Serie?«

»*Wie Hund & Katz.*«

»Hübsch. Das könnten ja fast wir sein.«

»Winnie!«

»Tja, und dann ist er plötzlich tot … Hattest du denn morgens am Bahnhof in Bochum die Schlagzeilen gar nicht gesehen?«

»Nein. Hab' ich nicht! Ich hab' ja hinten keine Augen so wie du. Können wir das Thema jetzt mal lassen?«

»Gerne. Ich dachte nur, du möchtest darüber sprechen.« Winnie ließ für einen Moment meine Füße los und strich die Zeitung glatt. »Und was ist jetzt der Stand mit Wilma? Immer noch Funkstille?«

»Ich kenne keine Wilma.«

»Aha.«

»Was – aha?! Zieh jetzt nicht die Augenbraue hoch. Das kann ich nicht gebrauchen. Mein Leben ist ein einziger Kuddelmuddel, und du grinst.«

»Psssst.« Winnie verpackte meine Füße sorgfältig unter der Bettdecke und sagte: »Ich grinse nicht. Ehrlich. Dinge passieren einfach. Schweres Künstlerpech. Wilma und du, ihr werdet euch wieder vertragen. Und wer sagt denn, dass du den Job nicht doch noch bekommst? Ich meine, wenn sie die Serie machen wollen, dann brauchen sie dich doch!«

»Wohl kaum. Für eine Maggie Abendroth interessiert sich in Köln wirklich niemand.«

»Aber dir gehört doch auch ein Teil der Idee. Oder?«

»Also gut … die Wahrheit ist – nein. Der Rettich hat's mir abgekauft, als mir das Wasser bis zum Hals stand. Themenwechsel, Winnie. Was macht ihr beiden Hübschen heute noch?«

»Wir sind noch nicht fertig. Warum hast du mir von all dem nix erzählt?«

»Ganz einfach«, schniefte ich, »… du bist anderweitig beschäftigt. Es hat sich eben nicht ergeben. Kann ich gar nicht wirklich erklären. Der Krach mit Wilma, du und dein Tänzer. Kajo verkauft das Haus! Was soll's … Ich bin müde.«

»Du bist eifersüchtig und leidest unter Verfolgungswahn.«

»Du hast Recht und ich hab meine Ruhe. Meinetwegen auch Verfolgungswahn. Darf ich jetzt ein bisschen Schlaf nachholen?«

»Darfst du, aber bevor du in die Kissen sinkst, soll ich dir was von Oma ausrichten. Sie fragt, ob du ihr morgen helfen kannst.«

»Na klar, worum geht es?«

»Bier verkaufen, Brausebonbons in klebrige kleine i-Männchen-Hände abzählen und dem Borowski die *BILD*-Zeitung vorlesen, weil er seit zehn Jahren seine Lesebrille nicht mehr finden kann. Ach so, und aufpassen, dass der Borowski und der Herrmanns täglich nicht mehr als zwei Bier kriegen und dass sie ihre Pfandflaschen pünktlich zurückbringen. So ungefähr. Und jetzt muss ich los. Nikolaj und ich gehen ins Fitness-Studio.«

Winnie drückte mir einen Kuss auf die Stirn.

»Nur morgen?«

»Eher für länger.«

»Wie lange?«

»Frag sie selbst. Da mische ich mich nicht ein. Ich bin ja nicht lebensmüde. Oma sagt, ihre Bandscheiben sind noch nicht wieder hundertprozentig. Ich glaube aber, es wird so lange dauern, bis sie den Rest von dieser abgehackten Hand gefunden haben.«

»Also bis zum Sankt-Nimmerleins-Tag.«

»Hm! Sie hat da so ihre Theorien.«

»Kann ich lieber noch 'ne Nacht drüber schlafen?«

»Nee, eher nicht. Ich hol' dich morgen um 5.30 Uhr ab. Berti will zum Großmarkt.« Schon hatte er die Hand auf der Türklinke, und weg war er.

Ich brauchte ein paar Sekunden, um die Information zu verarbeiten. 5.30 Uhr?! Ich sprang vom Bett und rannte zum Flurfenster.

»5.30 Uhr? Bist du irre? Was will ich denn um 5.30 Uhr auf dem Großmarkt?«, rief ich ihm hinterher. Zu spät. Ich sah nur noch die Rücklichter von Winnies altem Saab-Cabriolet und den wehenden roten Schal von Nikolaj.

War nicht die berühmte Tänzerin Isadora Duncan einst von ihrem Schal erdrosselt worden, als er sich in den Speichen ihres Cabriolets verfangen hatte? Was einmal klappt, kann ja durchaus noch mal …

»Nehmen die Biolatschen mit den Blagen dat Haus?« Der Grillmeister stand mit einem Wasserschlauch in seinem Vorgarten und schaute zu mir hoch.

»Sieht nicht so aus, Herr Nachbar.«

»Gott sei Dank.«

Ich schlich zurück in mein Zimmer und beschloss, die restlichen Zigaretten auf ex zu rauchen und mich langsam damit abzufinden, dass ich nicht in der Position war, Oma Berti auch nur irgendeinen Wunsch abzuschlagen, selbst wenn sie die drei Haare des Propheten verlangt hätte. Aber jeden Morgen um 5.30 Uhr? Vielleicht kann ich mit ihr einen Deal machen. 5.30 Uhr und zwei Packungen Zigaretten am Tag und ein Mittagessen, wenigstens solange, bis am 1. Juni die nächste Zahlung von Herrn Matti kommt. Mir knurrte der Magen jetzt schon. Oma selig, ich schwöre: Keinen Alkohol in den nächsten drei Monaten! Irgendwie führt der zu nichts Gutem.

Wenig später trieb mich der Hunger in die Küche. Der Borschtsch schmeckte wider Erwarten sehr gut, und ich wollte mich gerade mit einer vollen Schüssel davon an den Wohnzimmertisch setzen, als Dr. Thoma durch die Katzenklappe geschossen kam. Offensichtlich hatte er mit der Neuordnung der nachbarschaftlichen Katzen-Verhältnisse nicht viel Erfolg gehabt. Auf dem Esstisch lagen zu meiner Überraschung eine in Folie eingeschweißte finnische Zeitung und ein Brief für mich. Darauf klebte ein gelbes Post-it: *Hat Herzig für dich hier vorhin abgeben lassen. Gruß Winnie.*

Ich riss den Brief auf: 500 Euro und eine Bescheinigung für die JVA, unterschrieben vom Staatsanwalt: *Besuchstermin JVA Krümmede, Herr Matti Paavo Bietiniemolaiinnen, 1. Mai, 16 Uhr.*

Auf einem separaten Blatt Papier mit Herzigs Briefkopf noch eine handschriftliche Notiz:

Liebe Frau Abendroth, manchmal ist es doch gut, das Handicap des Herrn Staatsanwalt aktiv zu verbessern. Die finnische Zeitung ist für Herrn Matti. Folie nicht aufreißen! Die Zeitung ist vom Staatsanwalt versiegelt worden. Die 500 Euro sind von Herrn Matti. Er dachte, Ihr Kuraufenthalt könnte etwas kostspielig gewesen sein. Er will sich daran beteiligen.

Mit herzlichen Grüßen
Dr. Dr. Herzig

Ich schaute noch mal auf den Brief. Ich hatte mich nicht getäuscht. Besuchstermin heute 16 Uhr. Am 1. Mai? Um wie viel Millionen Punkte hatte Herzig das Handicap des Staatsanwalts aktiv verbessert, um das durchzukriegen? Chapeau, Herr Anwalt!

Aber mein lieber Herr Matti, das mit dem Geld geht jetzt wirklich zu weit. Das gebe ich Ihnen zurück!

Es war bereits Viertel nach drei.

Na gut, einen kleinen Teil musste ich leider investieren.

13

Um eine Minute vor vier fiel ich aus dem Taxi und stand mit der Zeitung und meiner amtlichen Erlaubnis in der Hand vor der Tür der Strafanstalt. Kurz darauf saß ich auf dem harten Besucherstuhl in einem der kleinen Besucherräume speziell für Untersuchungshäftlinge und wartete auf Matti. Der Raum hatte zwei Zugänge, durch den einen kam der Besucher herein und durch die Tür auf der anderen Seite des Raumes wurde der Häftling hereingebracht. Man fühlte sich wie in einer Art Schleuse. Mit meinem Besuch schleuste ich ein wenig Leben von draußen herein, und Herr Matti schleuste ein wenig Knastleben hinaus. Vielleicht wurde so vermieden, dass der ganze Kasten eines Tages explodiert. Eines konnte ich nach den wenigen Besuchen bestätigen: Die Luft hier ist eine andere, zäher und aufdringlicher als draußen. Vielleicht, weil sich sogar die Luft hier eingesperrt fühlt. Ständig hört man die großen Schlüssel in den Schlössern der Zellen- und Verbindungstüren laut scheppern.

Heute allerdings war es sehr ruhig in den Fluren der Haftanstalt. Es war ja ein Feiertag und meine Besuchserlaubnis außer der Reihe eine echte Sensation. Sogar die Vollzugsbeamten wirkten entspannt und locker. Ich hatte sie immer als sehr freundlich erlebt, aber heute wirkten sie beinahe ausgelassen. Der Beamte, der mich in den Besuchertrakt begleitet hatte, ließ seinen großen Schlüsselbund um den Finger kreisen. Das grenzte fast an Partystimmung.

Ich fragte mich, wie lange Herr Matti das Leben hier unbeschadet überstehen konnte. Er erzählte nie, wie es ihm mit den anderen Häftlingen ging, ob er jemanden kennengelernt hatte oder ob es eventuell Ärger gab. Alles, was ich über Haftanstalten wusste, hatte ich aus amerikanischen Filmen, und ich hoffte inständig, dass die Verhältnisse nicht übertragbar waren.

Herr Matti hatte mir nur berichtet, dass es jemanden von einer Freiwilligenorganisation gab, der ihn zweimal in der Woche im Lesen und Schreiben unterrichtete. Er hätte gerne etwas gearbeitet, hatte Matti vor ein paar Wochen erwähnt, aber die Jobs im Gefängnis sind rar und daher sehr begehrt. Sogar die Putzkolonne für die Toiletten konnte sich vor Bewerbern kaum retten. Jedes Mal sagte Matti, es fehle ihm an nichts. Er trug Anstaltskleidung, damit sich »draußen« niemand um seine Wäsche kümmern musste, und er lobte sogar das Anstaltsessen. Dabei schien er mir bei jedem Besuch hagerer. Matti kann mir erzählen, was er will, aber lange wird er es hier drin nicht aushalten, ohne krank zu werden. Und die einzige Chance, ihn hier rauszuholen, ist, ihn davon zu überzeugen, dass er endlich tut, was Herzig sagt.

Die Süßigkeiten, die ich am Automaten im Eingangsbereich des Besuchertraktes für Matti hatte einkaufen dürfen, hatte ich auf dem Tisch ausgebreitet. Matti liebt Süßigkeiten. Es kann gar nicht süß genug sein. Acht Schoko-Riegel und zwei Tüten Gummibärchen. Für zehn Euro, mehr durfte ich nicht mitbringen. Hätte ich die Sachen außerhalb kaufen dürfen, hätte Oma Berti mir für die zehn Euro den halben Kiosk mitgegeben.

Das bisschen Licht, das durch die Glasbausteine in den kleinen Raum fiel, machte das Ambiente nicht gerade angenehmer. Ich kam mir vor wie in einem Aquarium. Sogar die bunte Verpackung der Schokoriegel schien spontan ihre Farbe verloren zu haben.

Die Tür hinter mir blieb offen. Dort saß ein Vollzugsbeamter, der das Gespräch mithören und beobachten musste. Nicht, dass Herr Matti und ich noch für die finnische Lappen-Befreiungsfront konspirierten!

Die Tür auf der anderen Seite des Raumes ging endlich auf, und Herr Matti kam herein. Er hatte ein frisch gebügeltes Hemd an, und seine Anstaltshose wies keine einzige Knitterfalte auf. Nachdem er mich mit einem flüchtigen Lächeln bedacht hatte, tastete sich sein Blick vorsichtig zum Tisch vor, als fürchtete er, die heiß ersehnten Schokoriegel könnten diesmal nicht dort liegen. Erst als dieses kleine Ritual überstanden war, setzte er sich mir gegenüber an den kleinen Tisch.

»Guten Tag, Herr Matti. Wie geht's?«, versuchte ich eine Eröffnung. Dass er sich über meine Anwesenheit freute, wusste ich, aber mit ihm ins Gespräch zu kommen, war jedes Mal der schwierigste Akt bei meinen Besuchen. Wenn es nach ihm ginge, könnten wir uns auch 30 Minuten lang anschweigen. Das ›Miteinander-schweigen-Können‹ beherrscht er nämlich perfekt.

»Sie sehen müde aus«, sagte er endlich.

»Das bin ich auch. Aber nicht so schlimm. Ich hatte … hatte in den letzten Tagen ein bisschen Stress.«

»Möchten Sie erzählen?«

»Ja und nein. Fast hätte ich einen Job in Köln gehabt, wissen Sie, und jetzt habe ich ihn nicht mehr. Der Produzent, der ihn mir angeboten hat, ist einfach gestorben, noch bevor ich den Vertrag auch nur zu Gesicht bekommen hatte. Tragischer Unfall. Das ist die Kurzfassung.«

»Aha.«

Ich schob ihm die finnische Zeitung über den Tisch.

Er schaute sie ungläubig an und öffnete vorsichtig die Folie, dann fuhr er mit dem Zeigefinger über die Buchstaben der Schlagzeile auf der ersten Seite und bewegte stumm seine Lippen dazu.

»So viele Vokale«, flüsterte er, erstaunt über seine geschriebene Muttersprache. »*Helsingin Sanomat.* Das ist die größte Tageszeitung in Finnland, Frau Margret.«

»Ja, hat Herzig für Sie besorgt. Kommt zukünftig regelmäßig für Sie per Post. Aber die können Sie auch später lesen. Ich möchte gerne mit Ihnen über Ihren Brief sprechen.«

Matti riss seinen Blick von seiner Zeitung los und schaute mich traurig an. Genau das hatte er ja zu vermeiden versucht.

»Hören Sie endlich auf Dr. Herzig. Versprechen Sie das, und schreiben Sie mir nie wieder so einen Blödsinn, von wegen meiner kostbaren, knapp bemessenen Zeit und dass Herzig und ich uns nicht mehr unterhalten sollen. Der Mann weiß schließlich, was er tut.«

»Ja.«

»Herr Matti, Sie haben gerade ja gesagt. Ist Ihnen das klar?«

»Ja?« Er schob langsam die Zeitung an die Seite. Sein Blick wurde wieder klar, so als sei er eben aus einem bewegten Traum erwacht. »Und, wie ist er?«

»Wer?«

»Der Freund von Winnie Blaschke.«

Herzig, Sie Klatschbase!

»Nett, dass Ihr Anwalt Sie so umfassend über die Welt da draußen informiert, aber für einen Themenwechsel reicht das nicht. War Ihr Ja wirklich ein Ja?«

»Ich spreche mit Dr. Herzig. Ja.«

»Das wäre mal ein Fortschritt. Und ehrlich, Herr Matti, wenn ich höre, dass Sie mit ihm nur wieder über die Liebschaften, die die Welt bewegen, getratscht haben, nehme ich in Zukunft kein Geld mehr von Ihnen. Das meine ich ernst!«

Matti zog vorsichtig die Zeitung wieder näher zu sich heran – seine Art, sich aus der Diskussion zu stehlen. Er würde einfach nur stumm wie ein Fisch werden, wie immer, wenn ich noch einmal nachfragen würde.

Er sagte heiser: »Aber Sie brauchen doch das Geld, Frau Margret. Das ist das Einzige, was ich für Sie tun kann.«

Ja, Herr Matti, und das Einzige, was ich für Sie tun kann, ist, Sie auf den richtigen Weg zu lotsen, damit Sie hier wieder rauskommen.

»Ich weiß das auch sehr zu schätzen. Aber sagen Sie mal, bevor ich es vergesse«, bemühte ich mich, so harmlos wie möglich zu klingen und dabei die Zeitung wieder vorsichtig an die Seite zu schieben, »warum haben Sie eigentlich Pietät Sommer gekauft?«

»Das ist meine Überraschung, warum wissen … ?« Er sprach den Satz nicht zu Ende, und die Enttäuschung war ihm deutlich ins Gesicht geschrieben.

»Der Herzig hat es mir erzählt. Er wusste ja nicht, dass es eine Überraschung ist«, erwiderte ich. Mattis spitze Nase wurde etwas bleicher.

»Warum haben Sie es gekauft? Doch bestimmt, weil Sie wieder arbeiten möchten, oder?«

»Ja.« Matti saß kerzengerade auf seinem Stuhl und legte die Hände in den Schoß.

»Ja, das ist doch toll. Was gibt es denn da zu stottern?«

»Ich möchte nicht alleine arbeiten.«

»Nur vernünftig. Dann werden Sie jemanden einstellen, der mit Ihnen arbeitet.«

»Ja, Frau Margret«, sagte er langsam. »Ich möchte, dass Sie mit mir arbeiten. Das ist die eigentliche Überraschung.«

Ich wich seinem Blick aus, fing an, die Schokoriegel auf dem Tisch übereinander zu stapeln und sagte enthusiastisch: »Aber bis dahin, Herr Matti, hören Sie auf Herzig, sonst sind Sie vorbestraft, sitzen total lange im Knast und fliegen danach in hohem Bogen aus diesem schönen Land raus, und dann müssen Sie Pietät Sommer wieder verkaufen.«

Matti blickte an die Decke und schluckte. Sein Adamsapfel hüpfte aufgeregt auf und nieder. Herr Matti war so dünn wie ein Fädchen, und sein dünner Hals wuchs aus seinem Hemd wie ein Blumenstiel.

»Matti?«, versuchte ich ihn aus seinen Gedanken wieder zurück ins Besuchszimmer zu holen. »Herr Matti? Hab' ich was Falsches gesagt?«

»Nein, nein. Sie haben alles ganz richtig gesagt. Ich war voreilig – mit dem Kauf. Erst mal geht es um den Prozess.« Matti sortierte die Schokoriegel neu, er baute konzentriert einen dreieckigen Turm und vermied es, mich anzusehen.

Genau, Herr Matti, jetzt sind wir auf dem richtigen Weg, und ich werde keine Finte auslassen, um Sie auf Kurs zu halten.

»Ach«, lenkte ich ein, »ich finde es toll, dass Sie sich Gedanken um Ihre Zukunft machen.«

»Und um Ihre.«

»Ja, auch um meine. Wofür ich Ihnen sehr dankbar bin.«

Er nickte. »Ich kann vor Gericht trotzdem nicht lügen.«

Also, er schafft es doch immer wieder! Ich lüge doch hier für ihn, dass sich die Balken biegen – da wird er das bisschen ›angepasste Wahrheit‹, das Herzig von ihm verlangt, wohl in Kauf nehmen können.

»Aber das würden Sie doch auch gar nicht. Verstehen Sie doch endlich, dass es darum geht, die Dinge auf eine Weise darzustellen, die Ihnen guttut. Es geht um Nuancen. Von Lügen war nie die Rede.«

»Ist man einmal ungenau, dann ist man es immer. Eine Lüge ist die Mutter von zehn weiteren.«

Matti legte seine schlanken, sehnigen Hände vor seinen Mund, als wollte er verhindern, noch mehr sagen zu müssen.

»Ist das ein finnisches Sprichwort?«

»Das gilt auf der ganzen Welt.«

»Hören Sie, Sie haben noch Zeit, darüber nachzudenken. Wir wollen doch alle nur, dass Sie in Deutschland bleiben können und dass Sie nicht mehr Strafe als nötig bekommen.«

»Ist das so!«

»Ja, das ist so. Ich will das, Winnie will das, Wilma und Kajo auch. Wir wollen das alle gern. Wir wollen, dass Sie gut aus der Sache rauskommen. Und wenn Sie Ihren Teil dazu tun, dann tun wir es auch. Wenn alles vorbei ist und Sie ein freier Mann sind, dann fragen Sie mich noch mal, wenn Sie Pietät Sommer tatsächlich wieder aufmachen.« Ich legte die Tüte mit den Gummibärchen auf Mattis Schokoturm. Er schwankte.

Margret! – hast du das gerade gesagt? Ja, das hatte ich. Ich hatte Matti einen Floh ins Ohr gesetzt, damit er sich endlich auf die Verteidigungsstrategie von Herzig einlässt. Mein nicht ganz ernst gemeintes Einverständnis in seine Pläne sollte die Mohrrübe vor der Nase des Esels sein. Fragt sich nur, wer am Ende des Tages der Esel sein wird. Ich bekam jetzt schon Angst vor dem Moment, an dem Matti auf mein Angebot zurückkommen würde. Bis dahin wird es noch ein Weilchen dauern, aber der Tag wird kommen. Matti vergisst nämlich nie etwas. Jemand, der als Analphabet in der Lage ist, die Stadtpläne des gesamten Ruhrgebietes im Kopf zu haben, und der in gerade mal sechs Wochen Lesen und Schreiben so weit beherrscht, dass er die passenden Passagen aus Cyrano de Bergeracs Briefen finden und abschreiben kann, ist nicht zu unterschätzen.

»Danke, dass Sie das sagen.«

Matti schaute zur Uhr und sagte dann ganz unvermittelt: »Ich habe etwas im Fernsehen gesehen. Über einen Produzenten, der verunglückt ist. Ist das der Mann, der Ihnen Arbeit geben wollte?«

»Ja, skurrile Geschichte, was?«, wiegelte ich ab.

Matti riss die Tüte mit den Gummibärchen auf und hielt sie mir hin. Ich lehnte ab.

»Wenn es geklappt hätte, wären Sie bestimmt schon auf dem Weg nach Köln.«

»Ja, bestimmt.«

»Aber jetzt sind Sie doch hier.«

Ich schob Herrn Matti die Zeitung wieder hin. Ich wäre für einen Themenwechsel sehr dankbar gewesen. Statt die Zeitung zu nehmen, legte er seine Hand auf meine und sagte: »Es tut mir leid um den Mann, der gestorben ist. Trotzdem, ich bin froh, dass Sie nicht in Köln sind, Frau Margret«, dabei schaute er mich direkt mit seinen hellen, blauen Augen an. Seine Hand war unerwartet warm und angenehm.

Und dann noch so viele Worte von Herrn Matti … für seine Verhältnisse beinahe verschwenderisch.

»Tja, und wie es aussieht, bleibe ich wohl noch eine ganze Weile hier. Die böse Fee gönnt mir keinen Job in Köln«, gab ich unbeholfen zurück und wagte nicht, meine Hand zurückzuziehen.

»Manchmal wünscht man sich die falschen Sachen und weiß es gar nicht.«

»Was Sie nicht sagen.«

Der Wachbeamte erschien in der offenen Tür. Es war Zeit für mich zu gehen.

»Bis zum nächsten Mal, Herr Matti.«

»Danke, dass Sie da waren, Frau Margret. Grüßen Sie alle von mir.«

»Mach' ich. Passen Sie gut auf sich auf. Und essen Sie bitte etwas mehr. Sie haben schon wieder abgenommen.«

»Werden Sie mir schreiben?«

»Natürlich.«

»Ich freue mich über jede Zeile.«

»Ich mich auch. Vor allem über Cyrano de Bergerac.«

»Ich wusste, dass Sie es erkennen werden. Er ist ein wenig kitschig. Aber schön.«

Was hatte ich mir da nur wieder eingebrockt?

14

Hätte ich geahnt, was mich in Oma Bertis Kiosk erwartet, wäre die Suche nach dem Besitzer der abgehackten Hand in Bad Camberg eine echte Alternative gewesen. Die einzigen Freundinnen, bei denen ich ein wenig Trost fand, waren *Amica, Elle* und *Vogue.* Alle Hochglanzmagazine druckfrisch und gratis, genau in dem Moment, als ich mich in Wilmas Salon nicht mehr blicken lassen durfte. Das versöhnte mich ein wenig mit 5.30 Uhr. Zu schade, dass ich hier keine Seiten rausreißen durfte. Wie sagt der Fachmann dazu? Desensibilisierungstherapie oder Konfrontationstherapie?

Wesentlich anstrengender als meine Lektüre aber war die tägliche Konfrontation mit Borowski und Herrmanns und all den kleinen Biestern, die später mal für meine Rente ackern sollten und die sich an der Bude mit Knallbrause, Weingummischlangen, Negerkussbrötchen und Cola schon jetzt Karies, Übergewicht und einen Herzschaden anfutterten.

Borowski und Herrmanns, beide weit über 60, bestanden strikt darauf, dass ich nicht die Richtige sei, ihnen die *BILD*-Zeitung vorzulesen. Seit sie mich das erste Mal gesehen hatten, führten sie einen Zickenkrieg gegen mich. Sie hatten sogar versucht, Oma Berti mit Blumen zu bestechen, damit sie mich wieder rauswirft. Aber Queen Berti hatte beschlossen, nur noch dann Hof zu halten, wenn ihr danach war.

Die Bierkästen und das Bändigen ihrer Stammkunden überließ sie mir. Sie hatte schließlich Wichtigeres zu tun – Standleitung nach Bad Camberg zu Onkel Walla. Jeden Tag traktierte sie den armen Mann und verlangte, über den Fortgang der Ermittlungen ›herrenlose Hand‹ informiert zu werden. Wachtmeister Walther hatte kapituliert und ihr erst gestern berichtet, dass die tote Hand noch immer im Labor untersucht wurde. Die Hand hatte also schlechte Aussichten auf ein christliches Begräbnis, solange nicht die anderen Puzzleteile gefunden wurden und der Mordfall aufgeklärt war. Was Onkel Walla und Oma Berti ganz besonders beschäftigte, war die Tatsache, dass kein Mensch vermisst wurde und die Biodaten der Hand zu keiner als vermisst gemeldeten Person aus dem weiteren Umfeld, sprich Deutschland, passten. Oma Berti tippte auf Flüchtlingsdrama. Halb Hessen, mit Suchhunden, Sonden und Schaufeln bewaffnet, kehrte seit Tagen im Taunus rund um Bad Camberg das Unterste zuoberst, um die Leiche zu finden. Bisher ohne Erfolg.

Eben hatte ich es mir mit einer Tasse Kaffee und der aktuellen *Frau mit Herz* im Kiosk gemütlich gemacht, als Herrmanns und Borowski im Blickfeld der kleinen Verkaufsluke erschienen. Ergeben legte ich die Zeitschrift weg und wappnete mich gegen das Unvermeidliche: eine weitere Ausgabe von Herrmanns hausgemachter Theorie zur soziopathologischen Virulenz eines Volkscharakters und seine Auswirkungen auf das Wirtsvolk:

1. Der Polacke: schlechte Qualität der Fliesenlege- und Ausschachtarbeiten auf Deutschlands Baustellen, außerdem so gut wie alle Autodiebstähle.
2. Der Kosovo-Albaner: holt bei den Autodiebstählen gerade auf.
3. Der Japse: Überschwemmung des deutschen Marktes mit Elektronik, die sich jeder leisten, aber deren Gebrauchsanweisung niemand verstehen kann.
   »Der Japse, verstehsse, der macht uns alle bekloppt im Kopp mit dem Zeuch. Dat schwächt dat Bruttosozaalprodukt, weilsse mehr Zeit damit verbrings, um den Scheiß inne Gebrauchsanweisung zu verstehn, als dat Ding zu benutzen.«
4. Der Türke: Arbeitslosigkeit.
5. Der Russe, besser gesagt die Russin: fallende Preise im Puff.

Und 6. Der Chinese: Stahlmangel auf der ganzen Welt wegen der Wolkenkratzer in Shanghai.

Ehrlich gesagt wusste ich nicht, wen von den beiden ich am liebsten zuerst umbringen würde, wenn ich die Gelegenheit dazu hätte. Lebensrettend für Borowski und Herrmanns war einzig und allein mein Wissen, dass meine Tage im Kiosk gezählt waren. Wenn ich auch nicht wusste, wie weit ich würde zählen müssen.

Oma Berti kannte die zwei ja schon seit gemeinsam verbrachter Schulzeit. Der Borowski hatte ihr sogar mal einen Heiratsantrag gemacht, so um 1968 rum, hatte sie mir verraten. Warum sie seinerzeit dankend abgelehnt hatte, lag ja wohl auf der Hand.

»Zwei Bier, die Herren.«

»Borowski will heute noch'n Bommi«, sagte Herrmanns.

»Kann der Herr Borowski das nicht selber sagen?«

»Will er nich. Dat is ihm peinlich. Wette verloren.«

Borowski war plötzlich abgetaucht. Ich beugte mich durch die Luke nach draußen und sah, wie er sich sehr konzentriert die Schuhe zuband.

»Worum ging es?«

»Dem Ali seine Frau. Der Ali vonne Autoschrauberei anne Dibergstraße, verstehsse.«

»Verstehe, die Jungfrauenwette.«

Borowski tauchte ächzend wieder auf und nahm seine Flasche Bier. »Nee, darum ging et doch gar nich … dat war die Schwester vom Ali.«

»Ich hab' gewettet, die Frau von den Ali is wieder schwanger, und der Borowski hat gesacht, die is nur fett. Ich hab' gesacht, die Kebabs machen et wie die Karnickel. Dat müssen die so … steht in denen ihre Bibel.«

Ich stellte die Flasche Bommerlunder in die Luke und schrieb den Betrag auf Borowskis Deckel.

»Also, wat denkst du, Borowski …«, Herrmanns nahm genüsslich noch einen Schluck aus der Bierflasche, »wat dat wird? Ich wette, die kricht Zwillinge.«

»Mit dir wett ich nich' mehr. Du has den Ali vorher gefraacht. Ich kenn' dich doch.«

Ob Ali wohl weiß, wie gut Herrmanns sich im Koran auskennt?

»Zwillinge. Wer hält dagegen? Also – willz du wetten, Maggie? Der Borowski kneift.«

»Ich wette nicht mir dir, Herrmanns. Und du solltest auch nicht mit dem wetten, Borowski. Dein Horoskop in der *BILD* sagt nämlich …«, ich schlug die Zeitung auf, »… *Sie werden heute den Eindruck gewinnen, dass Ihre besten Freunde es auf Sie abgesehen haben. Gehen Sie Streit aus dem Weg.*«

Borowski schaute seinen enttarnten Freund mit aufgerissenen Augen an. Herrmanns lachte nur und sagte: »Und wat steht bei mir? Wassermann.«

»*Es juckt Sie heute in den Fingern, mit einer kleinen Lüge Kapital aus einer Situation zu schlagen …* Na also. Borowski, nimm dich in Acht.«

Herrmanns riss die Zeitung an sich, um sich zu überzeugen: »Dat steht da überhaupt nich. Da steht: *Wenn Amor Sie heute mit sein' Pfeil mitten ins Herz trifft, dann wird et für immer sein.*«

»Ich finde auch, ihr zwei solltet heiraten. Alt genug seid ihr ja.«

»Bisse bekloppt? Sehn wir aus wie warme Brüder?«, empörte sich Herrmanns, und Borowski schob energisch hinterher: » Dat wat die machen, is doch krank!«

Plötzlich wurde ich von hinten unsanft von der Luke wegdrängt. Ich hatte Oma Berti gar nicht kommen hören, und Herrmanns und Borowski wohl auch nicht, sonst hätten sie ihren homophoben Schwachsinn für sich behalten.

»Wat hasse gegen Schwule, Herrmanns? Gibt's ein Problem?«, wollte Berti wissen.

»Nee, also Berti, nee, dat hab' ich so nich …«

Berti schlug ihm die Klappe vor der Nase zu. Wie ich unschwer erkennen konnte, war Herrmanns Stern bei Oma Berti wieder ein paar Meter tiefer getrudelt. Nicht, dass mich das irgendwie gefreut hätte.

»Is halb acht. Carmen hat angerufen, wir sollen ma nach Recklinghausen kommen. Mia is schon auffem Weg. Carmen hat spontan wat zu feiern.«

»Aha? Scheidung schon durch?«

»Wat weiß ich? Sie sacht, is total spontan und erfreulich.«

Borowski klopfte an die Scheibe und sagte zerknirscht: »Berti, dat haben wir … doch nich so gemeint. Wir haben doch nix gegen den Winnie persönlich … Die hat damit angefangen …«

Zeigte Borowski doch tatsächlich mit dem Finger auf mich! Berti riss die Luke noch einmal auf und bellte die beiden an: »Man zeigt nich mit nackte Finger auf angezogene Leute – und gezz is Feierabend. Macht, dat ihr nach Hause kommt.«

Sieben Tage Kiosk, sieben Tage 5.30 Uhr, sieben Tage Oma Berti und ihre Bulletins über die abgehackte Hand, Herrmanns und Borowski, Wetten über türkische Schwangerschaften oder die Aussichten der Deutschen bei der WM, Negerkussbrötchen, Prickel Pit, Boonekamp und Bommerlunder – wie wahrscheinlich ist die unglaubliche Unwahrscheinlichkeit, dass hier bald ein UFO landet und mich mitnimmt?

»Berti, was meinst du, muss ich mich umziehen für die Bauunternehmersgattin und ihren spontanen Umtrunk?«

»Nee, aber deine Haare könnten mal wieder'n Friseur sehen.«

Darauf, Berti, werde ich dir jetzt keine Antwort geben.

15

Herrn Matti Paavo Bietiniemolaiinnen
Justizvollzugsanstalt Bochum
Krümmede 3
44791 Bochum

10. Mai 2002

Lieber Herr Matti,

wie Ihnen, dank Dr. Herzig, sicherlich schon zugetragen wurde, hat Oma Berti mich mit Beschlag belegt – ich helfe ihr seit ein paar Tagen im Kiosk. Und wie ich das finde, hat er Ihnen wahrscheinlich auch nicht vorenthalten. Für heute sind alle Blagen mit Negerkussbrötchen und Lakritzschnecken versorgt, Herrmanns und Borowski, meine Quälgeister, erwarte ich etwas später. Genug Zeit, Ihnen eine unglaubliche Geschichte zu berichten, interessanter jedenfalls als meine magere Arbeitsplatzbeschreibung: Also, gestern bin ich mit Berti auf einem vorgezogenen Leichenschmaus in Recklinghausen gewesen. Es war der Startschuss für die unspektakulärste Beerdigung, die Recklinghausen je sehen wird – oder besser gesagt, nicht sehen wird – denn niemand wird eingeladen.

Aber alles der Reihe nach: Oma Berti und ich sind zu einem Umtrunk mit Häppchen zu Carmen Sawatzki, der Bauunternehmersfrau, nach Recklinghausen gefahren. Wir dachten, dass es sich um ein spontanes Treffen der Kurfreundinnen handeln würde. Mia Hoffstiepel, Oma und ich waren auch die einzigen Gäste. Wenn wir schon ein wenig irritiert waren, dass Carmen uns mit einer Sonnenbrille auf der Nase und bandagierter rechter Hand empfing, waren wir kurz darauf geschockt, als wir hörten, dass ihr Gatte, den sie nicht mehr besonders gut hatte leiden können, in Essen-Steele vom Baugerüst gefallen ist.

Und damit waren wir beim Anlass für ihre Einladung angekommen, nämlich, ihren neuen Familienstand als frisch gebackene lustige

Witwe mit uns zu begießen und mich als Bestattungsberaterin zu konsultieren. Sie wollte sich nicht hilflos den Klauen des örtlichen Beerdigungsunternehmens ausliefern, ohne mich vorher gefragt zu haben, was denn das Billigste sei. Der Bestatter vor Ort hatte schon erklärt, was die Recklinghäuser Gesellschaft von ihr als Witwe erwartet, wenn ein wertvolles Mitglied der Bauunternehmerschaft das Zeitliche segnet. Offensichtlich war Carmen da anderer Meinung, vor allem, was das »wertvoll« betrifft.

Mia war sehr befremdet und wusste minutenlang nicht, wohin sie gucken sollte. Oma Berti starrte Carmen ganz lange an, sagte aber auch kein Wort. Mia hat Carmen dann rundheraus gefragt, ob sie irgendwelche Tabletten genommen hätte, aber die hat nur gelacht und gesagt:

»Ganz im Gegenteil. Ich bin nüchtern wie nie.«

Carmen wollte von mir alles ganz genau wissen, und ich habe ihr alles erklärt: über anonyme Erd- und Feuerbestattung und die ungefähren Kosten dafür. Carmen hat sich alles sorgfältig notiert und sich sehr für die anonyme Feuerbestattung erwärmt. Mehr wollte sie ihrem toten Gatten nicht zubilligen. Als ich ihr dann noch erklärte, dass sie ihren Mann auch in Holland beisetzen lassen kann oder in Polen und gar nicht dabei sein muss, wenn es passiert, war sie rundum zufrieden.

Darauf noch einen Champagner.

Nach dem dritten Glas (ich habe nicht mitgetrunken!) hat Carmen über ihre Gründe gesprochen, den verblichenen Gatten soweit wie möglich von ihr entfernt begraben zu lassen. Was Mia noch mehr aufgeregt hat. Ein wenig hatten wir ja schon in Bad Camberg mitgekriegt, aber diesmal packte Carmen alles auf den Tisch. So viel will man über eine Bekannte dann doch nicht wissen. Berti hat zu allem nur genickt und zum Schluss gesagt, dass sich manche Probleme von allein erledigen – man müsse nur auf die Hand des Schicksals vertrauen. Und die sei ja wohl in diesem Falle zu Carmens Vorteil im Spiel gewesen. Denn als Carmen aus der Kur zurückgekommen war und ihrem prügelnden und saufenden Bauunternehmer-Ehemann eröffnet hatte, dass sie die Scheidung will, hat er genau das getan, was er immer tat: Er hat sich zuerst ordentlich abgefüllt und dann Carmen nach Strich und Faden zusammengeschlagen. Diesmal allerdings hat sie die Polizei angerufen, und ihr Mann wurde in Gewahrsam genommen. Carmen blieb über Nacht im Krankenhaus. Von dort hat sie in ihrer Not die Forelle angerufen, die ihr geraten hat, ihn nie wieder ins Haus zu lassen und Nägel mit Köpfen zu machen. Der Gatte ist dann auch nicht mehr nach Hause zurückgekehrt, sondern netterweise vorgestern total betrunken vom Baugerüst gestürzt.

»Also kommt der ganz weit weg. Nicht, dass ich noch mal sentimental werde und sein Grab besuchen gehen will. Jetzt muss er sehen, wie er klar kommt. Prost Mädels, ab jetzt mach' ich endlich mal, was ich will.«

Nach dem vierten Glas Champagner hat Carmen die Reisekataloge auf den Tisch gepackt. Sie wollte unseren Rat, wohin der erste Trip gehen soll. Am liebsten mit uns allen zusammen. An dem Punkt habe ich mich dann auch gefragt, ob Carmen außer vier Gläsern Champagner noch irgendwas genommen hatte. Stellen Sie sich das mal vor, Herr Matti: Ihr Mann war seit knapp 24 Stunden tot, die Spuren der Prügelei waren noch immer in ihrem Gesicht zu sehen, und Carmen kicherte wie ein Teenager!

Zum Abschied hat sie uns gebeten, die fünf Müllsäcke mit der Kleidung ihres Mannes mit nach draußen zu nehmen und am Rinnstein stehen zu lassen. Die Abholung sei bereits bestellt. Kurz nach Mitternacht sind wir wieder nach Hause gefahren, und Oma war auf der ganzen Fahrt sehr still. Sie sah dabei nicht so aus, als würde sie nur überlegen, ob sie mit Carmen Urlaub machen soll. Als ich sie gefragt habe, ob sie den Verdacht hat, dass Carmen ihren Gatten geschubst hat, hat sie nur abgewinkt und gesagt: »Die Carmen ist eher der Gift-Typ. Ich frag' mich bloß, warum die ausgerechnet diese Psychotante aus Bad Camberg angerufen hat und nicht die Mia oder mich. Dafür sind Freunde doch da.«

»Vielleicht hatte Carmen einfach nur Angst, dass du die Sache selbst in die Hand nimmst«, habe ich ihr geantwortet.

»Verdient hätte er es ja«, war Bertis abschließender Kommentar.

So viel zu diesem seltsamen Abend.

Ich habe mal wieder meinen Vermieter angerufen, und er hat mir versprochen, dass in absehbarer Zeit endlich das Souterrain bezugsfertig ist. Drücken Sie mir die Daumen, dass es diesmal wahr ist. Ich habe ihm angedroht, für die nächsten Monate doch noch ins Luxushotel zu ziehen, falls er seine Zusage wieder nicht einhalten kann. Und wer weiß, wann Herzig Kajos Haus verkauft hat? Kann ja täglich passieren.

Dr. Thoma hat vorgestern dem Grillmeister von nebenan drei Würstchen vom Grill gestohlen. Danach war ihm wirklich schlecht. Er hat mit dickem Bauch ein paar Stunden auf der Terrasse gelegen, und die Mäuse haben im Geräteschuppen ein Fest gefeiert.

Winnie und sein Russe waren für ein paar Tage in Amsterdam. Vielleicht wird Nikolaj demnächst beim Nederlands Dans Theater arbeiten. Die Tage ohne die beiden waren wirklich erholsam. Ich habe mich zwar langsam an Nikolajs Anwesenheit gewöhnt, aber beim Fernsehen von einem tanzenden Reinlichkeitsfimmel gepeinigt zu werden, der mit dem Staubsauber um die Couch pirouettiert, Aschenbecher alle zehn Minuten leert und auswischt und einen andauernd fragt, ob man nicht doch noch was essen möchte, ist dann doch ermüdend. Der Russe versteht nicht, dass nicht jede Frau das Ziel hat, innerhalb von nur wenigen Wochen so auszusehen wie eine russische Matjoschka. (Nicht, dass wir beide nicht wüssten, wie ich dann aussehe.) Seit zwei Tagen allerdings geht es bei uns noch künstlerischer zu. Kajo ist da. Er hat sämtliche Prüfungen in Wien mit Bestnote bestanden. Jetzt übt er bis zu vier Stunden am Tag, wenn er nicht gerade sein Mountainbike mitten im Wohnzimmer auseinander- und wieder zusammenschraubt oder damit durch Stiepels Wälder prescht. Wenn er damit fertig ist, dann bekommt Nikolaj noch zusätzlich eine Stunde Live-Musik für sein »kleines Exercise« oder wie das in Tänzerkreisen heißt. Dr. Thoma liegt derweil als Groupie auf dem Sofa und bewundert die Eleganz menschlicher Körperbeherrschung.

So, meine tägliche Pein nähert sich. Ich sehe Borowski und Herrmanns am Horizont auftauchen. Sie verlangen nach ihrem Nachmittagsbierchen.

Machen Sie es gut.

Ihre Margret Abendroth

Tatsächlich war ich plötzlich sehr froh über meinen Job im Kiosk, denn Nikolaj beim Training im Wohnzimmer – wir hatten mittlerweile Möbel für ihn gerückt – zuzuschauen, ging weit über das hinaus, was ich ertragen konnte. Das war noch viel schlimmer, als ihn halbnackt und nass mit einem Badetuch um die Hüften rumstehen zu sehen. Er konnte, ohne auch nur einmal zu wackeln, auf einem Bein stehen und das andere ausgestreckt bis zum Ohr heben – und wenn er gut drauf war, machte er auch noch drei oder vier Umdrehungen dabei. An Tagen, an denen er mir ganz besonders übel mitspielen wollte, trainierte er mit nacktem Oberkörper.

Kaum hatte ich den Briefumschlag zugeklebt, da klingelte im angrenzenden Wohnzimmer von Oma Berti das Telefon. Ich hörte, wie sie den Hörer abnahm und sagte: »Ich garantiere für nix, Wilma«.

Herrmanns und Borowski lehnten sich zur Begrüßung wie immer auf die schmale Ablage vor dem Kioskfenster und tippten sich an die Schiebermützen, als hätte es den gestrigen verbalen Missgriff der beiden nie gegeben. Sie wussten sich vor lauter Glück nicht zu halten, denn Queen Berti selbst kam nach vorne und brachte zwei eiskalte Flaschen Fiege aus dem Kühlschrank mit. Das hieß für ihre schlichten Gemüter, alles ist vergeben und vergessen.

Ich beschäftigte mich demonstrativ mit den übrig gebliebenen Zeitungen, die ich für den Lieferanten zusammenschnürte, und tat so, als hätte ich nicht mitbekommen, wer da am Telefon auf mich wartete.

»Hömma, Maggie, Wilma is am Telefon.«

»Ja.«

»Dann geh doch mal hin. Wat wurschtels du hier noch rum?«

»Ich hab' keine Lust, mit der zu reden. Die hat eh bestimmt schon aufgelegt.«

»Also, weisse, du …«, schnaubte Oma Berti und ging wieder nach hinten.

Herrmanns und Borowski guckten mich böse an.

»Noch'n Bierchen, die Herren?«, fragte ich meine beiden Plagegeister. »Geht aufs Haus.«

»Hör dich dat an, Herrmanns. Gezz will die uns besoffen machen.«

»Mich und besoffen, da musse abba früher für aufstehen.« Herrmanns nahm einen tiefen Zug aus der Bierflasche und schnippte den Bügelverschluss wieder zu. »Weiß du eigentlich, warum et nur noch eine Sorte Bier gibbt, die sonne Verschlüsse hat?«

»Geht's wieder um eine Wette? Sieh dich vor, Herrmanns.«

»Nee, mit dir wett ich nich – mehr so'ne wissenschaftliche Fachfrage. Der Borowski wusste dat bis grade au'nich.«

»Stimmt. Wusst ich nich. Dat hat der Herrmanns …«

Mir war alles Recht, auch eine Unterhaltung über das Universum der Bierflaschen-Bügelverschlüsse, nur um nicht mit Wilma sprechen zu müssen. Schließlich hatte sie seit meinem peinlichen Auftritt im Café Madrid tagelang Zeit gehabt, über eimerweise Häme nachzudenken, die sie vermutlich jetzt über mich ausschütten wollte.

»Also, dat is ja so …«, Herrmanns Stimme bekam einen so gewichtigen Klang, als hätte er die Lottozahlen für die nächste Woche in der Tasche. Aber ich hatte mich zu früh gefreut, Berti stand schon wieder neben mir.

»Geh ran. Is wichtich.«

»Sei ma stille, Herrmanns«, befahl Borowski und versetzte seinem Kumpel einen Stoß in die Rippen.

»So, ich zeig Euch gezz ma wat richtich Wichtiges. Herrmanns, Borowski: Heute is Zahltag«, sagte Berti streng und schrieb die Summe für den letzten Monat Rentnerbespaßung auf ein Stück Papier. Dann schob sie es durch die Verkaufsluke. Borowski begehrte als Erster auf: »Menno, Berti, so viel? Hab' ich Tanzmädchen bestellt gehabt?«

»Du has gesoffen wie'n Kerl, jetzt zahl gefälligst wie'n Kerl. Oder hasse wat anne Hände?«

Borowski zückte sein Portemonnaie. Bevor ich mich über Bertis Retourkutsche so richtig freuen konnte, drehte sie sich zu mir und bellte: »Und wat is mit dir? Gehsse gezz telefonieren, oder soll ich Wilma sagen, du has Ohrenkrebs?!«

»Vielleicht hab' ich den gleich. Wer weiß?«

»Was ist?«, fragte ich so desinteressiert wie möglich in den Hörer.

»Hallo, Maggie. Rita hat uns für Samstag eingeladen. Sie möchte, dass du kommst.«

»Deswegen rufst du an? Was soll ich denn bei Rita? Ich bin so *irrsinnig* froh, dass ich die seit der Kur nicht mehr gesehen und gehört hab'.«

»Na ja. Sie hat dich schon noch mal gesehen. Nach der Kur.«

»Ja, ja. Im Café Madrid. Und? Darf ich nicht auch mal die Sau rauslassen? Und überhaupt, warum ruft die nicht selber an, wenn sie was von mir will?«

»Hat sie ja. Aber anscheinend hast du ihr die falsche Nummer gegeben. Wie ich dich kenne, absichtlich. Rita sagt, da meldet sich bloß immer irgendein Schuhgeschäft. Du bist wirklich reizend.«

»Ich hab' eben keine Lust auf *irrsinnig-blah-blah* grüne Rita. Was will sie denn ausgerechnet von mir?«

»Sie will auf ihre Scheidung anstoßen, und sie will dich unbedingt dabei haben. Konny Sattelmann kommt auch. Ihr Mann hat ihre Abfindung endlich auf Konnys Treuhandkonto überwiesen. Und am Freitag ist es auf *ihrem* Konto, und das will sie am Samstag feiern.«

»Hat die keine eigenen Freunde? Also, nee, Wilma. Konny Sattelmann und Rita. Nee. Ich komm' nich.«

»Mich würdest du da auch treffen. Schon drei Gründe, nicht zu kommen. Ich ruf' dich nur an, weil Rita mich drum gebeten hat.«

»Warum hast du ihr nicht gleich alle meine Nummern gegeben? Du bist doch sonst nicht so zimperlich mit meinem Privatleben.«

»Okay, Maggie. Ich hab' dir Bescheid gesagt. Tschüss.«

Bevor ich auch nur Luft holen konnte, hatte Wilma aufgelegt.

»Wat wollte se denn?« Oma Berti stand mit zwei leeren Bierflaschen in der Diele und stellte sie in den Leergutkasten. Natürlich ging sie nicht in die Knie, sondern beugte ihren Rücken, um die Flaschen abzustellen.

»Nix. Berti, du sollst doch in die Knie gehen, nicht bücken.«

Sie richtete sich mit hochrotem Kopf auf und stemmte beide Hände in die Hüften.

»Du sollz au' mal nett zu deinen Freunden sein und nich immer streiten.«

Ich wollte an ihr vorbei in den Kiosk zurückgehen, aber sie versperrte mir den Weg. »Hömma Maggie, dat mit Wilma, dat is doch viel zu wichtich, als dat du dich wegen'em Kerl mit der streitest, oder?«

Na toll, wer hat denn da schon wieder getratscht? In dieser Mischpoke blieb doch nichts privat. Ob Herrmanns und Borowski schon eine heimliche Wette laufen hatten, ob Wilma und ich uns je wieder vertragen würden?

Berti nahm zwei Flaschen Bier aus dem Kühlschrank und drückte mir eine in die Hand. »Vorne is nix los. Herrmanns und Borowski üben Rechnen. Komm gezz ma mit.«

Sie ging durchs Wohnzimmer auf die kleine Terrasse und spannte den gelben Sonnenschirm auf. Dann ließ sie den Bügelverschluss der Flasche ploppen und trank gemütlich ein paar Schlucke Bier im Stehen. Ich stand unschlüssig neben dem Sonnenschirm und wusste nicht, was ich von diesem Vier-Augen-Gespräch, das sich offensichtlich gerade anbahnte, halten sollte. Bis jetzt hatte sich Berti nicht wirklich in meine Angelegenheiten eingemischt. Ab und zu gab es mal einen kleinen Knuff in die Seite oder einen typischen Oma-Berti-Spruch, aber das war auszuhalten. Sie klappte einen Gartenstuhl auf und ließ sich ächzend darauf nieder. »Setz dich ma.«

»Berti, ich wollte noch die Remittenden fertig packen …«

»Bisse taub?!«

Na gut, bevor ich mich schlagen lasse.

Ich nahm mir auch einen Stuhl und setzte mich an den Gartentisch. Die Bierflasche ließ ich lieber zu.

»Wie alt bis du gezz?«

»Fast 38.«

»Und du streitest dich mit deine beste Freundin, als wärsse zwölf.«

»Ich hab' auch allen Grund dazu. Die benimmt sich ja auch wie zwölf. Was fährt die mit meinem Ex nach Rom?! Angeblich alles rein professionell. Aber das weißt du ja bestimmt schon alles. Oder hat Winnie die Geschichte nicht zu Ende gepetzt?«

»Hömma gut zu. Ich will dir ma wat erzählen. Ich war 34, als meine beste Freundin gestorben is. Ich hab' immer gedacht, ich hätte die Weisheit mit'em Löffel gefressen. Meine Freundin, die hieß übrigens Hilde, war immer so'n Filou. War ja auch viel jünger als ich. Dauernd irgendwelche Männer am Start, 'n unehelichet Kind von so 'nem Schiffschaukelbremser vonne Cranger Kirmes, und ich immer am Predigen: Hilde, werd doch ma vernünftig, such dir ma'nen richtigen Mann, denk an dein Kind … Kannz doch nich immer inne Kneipe arbeiten und auffem Tisch tanzen und so …«

Oma Berti schaute mich an, als wollte sie sich vergewissern, dass ich bis dahin auch wirklich mitgekommen war. Sie nahm noch einen tiefen Zug aus der Bierflasche und fuhr fort: »Aber plötzlich war allet vorbei. Eben war'se noch bei mir gewesen, mit dem kleinen Winnie, weil der den Nachmittag bei mir anne Bude bleiben sollte. Sie wollte mit ihre neue Flamme 'ne kleine Spritztour auffem Moped machen. Ich wollte den Winnie aber nich nehmen, weil ich selber abends wat vorhatte. Jedenfalls, auf ihren komischen Italiener konnt ich damals schon gar nich. So'n Angeber – eigene Eisdiele und so. Aber egal. Der Winnie is dann mit dem Herrmanns nach'n Schwimmbad ins Wiesental hier umme Ecke. War der Junge also versorgt. Hilde hat versprochen, rechtzeitig widder da zu sein. Und dann … Die Hilde mit ihrem Giancarlo auffem Moped ab nach Essen inne Gruga.«

Ich starrte angestrengt die Bierflasche auf dem Gartentisch an und ahnte bereits, was kommen würde. Ich wollte es nicht hören.

»Am Abend sitzt der Winnie bei mir rum. Hilde immer noch nich' wieder da. Konnt' ich dat Kino vergessen und den Borowski auch. Der stand mit Karten für *Bonny und Clyde* vorm Kino, und ich nich da. Ich hatte richtich Brass auf die Hilde, und dann klingelt die Pollzei. Auffem Rückweg anne Wattenscheider Straße war der Ausfluch zu Ende gewesen. Die waren beide sofort tot. Die Hilde und ihr Giancarlo. Und wat ich damit sagen will, is …«, Oma Berti nahm noch einen großen Schluck Bier, »… dat lohnt allet gar nich. Dat Gestreite und Gezoffe. Glaub'et mir.«

Ich drehte die kalte Bierflasche in meinen Händen hin und her. An irgendwas musste ich mich festhalten, denn ich hasse solche Steckrübenwinter-Geschichten. Die sind so peinlich. Keiner will in die Abgründe und dunklen Zimmer irgendwelcher Leben gucken. Ich am allerwenigsten, vor allem, wenn der moralische Zeigefinger direkt auf mich zeigt. Oma Berti fixierte mich über ihre Bierflasche hinweg, als erwarte sie eine Antwort von mir. Sie blies in die halbleere Flasche und entlockte ihr ein paar tiefe Töne. Was hätte ich nach dieser Geschichte noch sagen sollen? Winnie – der Sohn eines Schiffschaukelbremsergehilfen! Berti war nicht zimperlich, wenn es darum ging, ihre Meinung zu sagen.

»Sach ma, meinze, wir sollten so Eulen und Hexenbesen aus Brause für Weihnachten bestellen?«

»Was? Eulen?«

»Wegen Harry Potter. Die Blagen stehen drauf.«

»Berti, du hast dich die ganze Zeit um Winnie gekümmert? Obwohl du gar nicht seine richtige Oma bist?«

»Wat is denn eine richtige Oma?« Sie schaute mich über ihre Bierflasche hinweg an. Ihre Falten sahen eine Spur tiefer aus als sonst. »Der Junge hat sich Weihnachten anno '71 vom Christkind 'ne Omma gewünscht, und dat Christkind hat ihm eine gebracht. Wat is daran falsch?«

»Nix. Und ich find' Hexenbesen und Eulen super. Ich geh' mal nach vorne.«

»Aber nur, wenne kapiert has', wat ich dir sagen will.«

»Ich glaub' schon. Wenn Wilma morgen sterben würde, hätte ich echt Stress mit dem Friseursalon. Vom Haareschneiden versteh' ich nämlich nix.«

»Dir sollte man doch ma ordentlich wat hinter die Löffel …«

»Ja?!«

»Manchmal glaub' ich, du weiß gar nich …«, Berti knallte die halbleere Bierflasche auf den Tisch. Das Bier schäumte und stieg in der Flasche hoch. Berti verschränkte mit beleidigter Miene die Arme vor der Brust und guckte zu, wie das Bier auf die Wachstuchtischdecke troff.

»Danke, dass du helfen willst, Berti, aber ich kann mich nicht dran erinnern, dass ich mir zu Weihnachten eine moralische Standpauke gewünscht habe. Ich mach' die Zeitungen fertig.«

Ich hatte es längst verstanden. Aber das hieß noch lange nicht, dass ich es auch wirklich begriffen hatte.

Herrmanns und Borowski standen immer noch konzentriert über ihre Rechnung gebeugt am Kioskfenster.

»Na, hasse von Berti wat mitte Kasperklatsche gekricht?«, feixte Herrmanns.

Borowski lachte meckernd. Ich starrte die beiden an, bis ihnen das Lachen im Halse stecken blieb. »Und jetzt die schlechte Nachricht, meine Herren. Herrmanns, dein wissenschaftlicher Beweis ist echt für'n Arsch.«

»Wat? Wieso?«

»Flens, Herrmanns! Flensburger hat auch Bügelverschlüsse. Wenn ich dann mal kassieren darf?«

16

Am Samstagmorgen war das Haus ganz still, und ich genoss meine erste Tasse Espresso und meine erste Zigarette alleine auf der Terrasse, ohne Gefahr zu laufen, umtanzt zu werden. Es war auch noch zu früh für Golfball-Attacken und die Rasenmäherdivision. Das würde sich in ungefähr einer halben Stunde dramatisch ändern, aber bis dahin nutzte ich die Ruhe, dachte über alte Zeiten nach und ob ich denn nun zu Ritas Sektumtrunk gehen sollte oder nicht.

Will ich Rita eine Freude machen? Denn so hatte es ja geklungen – sie würde sich freuen, mich zu sehen. Und wenn sie morgen tot wäre? Würde es mir was ausmachen? Die Antwort darauf war ein klares – na ja. Und warum sich über ungelegte Eier überhaupt Gedanken machen?

Aber wäre es nicht auch lustig, Konny Sattelmann, dem alten Hütchenspieler vom Schulhof, mal wieder ordentlich eins einzuschenken? Dass der Anwalt geworden war, sprach ja schon Bände. Konnte es möglich sein, dass Konny sich vom Saulus zum Paulus gewandelt hatte? Damals, als wir noch heimlich im Park neben der Schule die ersten Kippen gepafft hatten, hatte Konny seinem Vater die Zigaretten abgezweigt und sie uns dann einzeln für einen Horrorkurs von fünfzehn Pfennig verkauft. Nach seinen ersten Erfolgen als Zocker mit Fußball-Sammelkarten und als Dealer für geklaute Zigaretten war sein Business schnell expandiert. Für seinen größten Coup allerdings wäre er beinahe in den Knast gegangen. Konny hatte uns allen Führerscheine besorgt. Das war zu der Zeit, als unsere Clique einen wahnsinnigen Drang verspürte, die Wochenenden in Amsterdam verbringen zu müssen. Da waren wir cool, trugen nach Patchouli stinkende Felljacken vom Flohmarkt und mit Neonfarben besprühte Springerstiefel. Mit vernebeltem Blick auf die Grachten stopften wir uns mit Haschkeksen voll, bis es Zeit war, ins *Melkway* oder ins *Paradiso* zu gehen. Ja, wir fuhren nach Amsterdam, um in die Disco zu gehen. Und um dort dann jede Menge Bekannte aus Bochum zu treffen. Rita war nie dabei gewesen, obwohl sie Kai-Uwe, immerhin schon 18, anhimmelte. Sie fragte uns nie, ob wir sie mitnehmen, und wir luden sie nie dazu ein.

In irgendeiner schönen Sommernacht sind wir mit den falschen Führerscheinen an der holländischen Grenze aufgeflogen, weil Kai-Uwe – total bekifft – eine Tüte Gras auf der Hutablage hatte liegen lassen. Konnys Vater, Richter am Landgericht in Bochum, hat uns rausgehauen, seinem Sohn eine reingehauen, und dann war Konny plötzlich im Internat zwangskaserniert. Konny geriet schnell in Vergessenheit. Bei mir jedenfalls. Bis heute, bis die grüne Rita ihn zu ihrem Scheidungsanwalt auserkoren hatte. Wenn ich jetzt darüber nachdachte, dann war das doch keine so schlechte Idee von ihr gewesen. Es gibt keinen, der smarter und abgezockter ist als Konstantin Sattelmann. Es sei denn, es wäre jemandem gelungen, ihm in der Zwischenzeit die Flausen und die kriminelle Energie auszutreiben.

Ich entschied, bei Rita aufzutauchen. Was hatte ich schon zu verlieren?

Der Kater rollte sich schnurrend auf meinem Schoß zusammen. Es hätte mir nicht besser gehen können. Ich schaute durch die offene Terrassentür ins Wohnzimmer – unter dem Steinway ein Haufen Zahnräder, fein säuberlich sortiert, die Küche aufgeräumt und immer genug Kaffee und Essbares im Haus.

Wenn es jetzt in der Nacht im Haus rumorte, dann war es entweder Kajo, der endlich den Klavierdeckel zuklappte, oder Nikolaj, der zur Geisterstunde mit Winnie die Küche unsicher machte. Für Gespenster war gar kein Platz mehr. Mir fielen die Leute auch gar nicht mehr so sehr auf die Nerven, die hier mit Herzig ankamen, um das Haus zu besichtigen. Kajo hatte durchgesetzt, dass Besichtigungen nur noch zwischen 17 Uhr und 18 Uhr stattfinden durften.

Ich war immer noch nicht dazu gekommen, Winnie zu fragen, warum er Nikolaj nicht in seiner eigenen Wohnung unterkommen ließ. Mein lieber Freund barg immer noch das ein oder andere Geheimnis. Was mich besonders fuchste, war, dass ich auch noch nie bei Winnie zu Hause gewesen war.

Was mir ehrlich Sorgen bereitete, war Kajos tägliches Mountainbiketraining. Das war etwas, das er garantiert nicht durfte. Seine Finger waren schließlich Gold wert, und eine Beschädigung derselben würde ihn teuer zu stehen kommen. Immerhin hatte er schon diverse Konzerte und Wettbewerbe zugesagt. Als ich ihn auf den Risikofaktor Mountainbike angesprochen hatte, hatte er nur irgendwas von einem Versprechen an sein altes Rennteam gemurmelt. Eine Frage der Ehre oder so was in der Richtung. Nur noch dieses eine Rennen und dann, hatte er versprochen, wäre er von Stund an ein seriöser Pianist. Ein Rennen?! Ich sah schon die Klagen der Veranstalter und Agenten wegen Vertragsbruchs durch den Briefschlitz fliegen, wie weiland Harry Potters Einladungsbriefe aus Hogwarts. Aber bitte schön – eine Frage der Ehre entzieht sich jeder Diskussion, weiß man ja schon seit *Rocky I, II, III, IV* und *V.*

Ein paar Stunden später, nach einem relativ entspannten Frühstück mit Kajo und den Turteltauben, machte ich mich auf den Weg zu Rita. Sie wohnte gar nicht so weit entfernt in der Nähe der alten Stiepeler Dorfkirche. Also nahm ich den Weg am Golfplatz vorbei und dann quer durch den Wald. Ich hätte es besser wissen müssen, Natur macht was Komisches mit meinem Gehirn. Es fängt an umherzuschweifen, sorglos zu werden, unachtsam geradezu. Kaum hatte ich die ersten Kastanienbäume hinter mir, dachte ich schon über Oma Berti und Winnie nach. Offenbar hat Berti die Richtigkeit ihrer Entscheidung, Winnie zu adoptieren, nicht eine Sekunde infrage gestellt. Berti, so schien es, hat Platz für alle – für Mia und Carmen, für Herrmanns und Borowski – sogar für mich und den Russen.

Noch ein paar Bäume und ein bisschen mehr Vogelgezwitscher, und ich bin bald so weit, bei Kai-Uwe Hasselbrink anzurufen und mich für den Vandalismus an seinem Residents-Plakat zu entschuldigen. Der nächste unvermeidliche Schritt heißt dann: ich entschuldige mich bei Wilma. Und Kajo beichte ich endlich, dass ich das Garagentor ruiniert habe. Dabei hatte er das noch nicht bemerkt, und den kaputten Rasenmäher auch nicht. Kaum, dass ich mal ein bisschen nachdenke, gerate ich in Teufels Küche. Und wem habe ich das zu verdanken? Oma Berti. Die ist des Teufels Großmutter. Garniert mit Brauseengeln, verbreitet sie moralisch erhebende, tränenreiche Steckrübenwinter-Geschichten, um mich auf den rechten Weg zu bringen. Wenn ich nicht aufpasse, ende ich noch in einem Disney-Familienfilm: »Love you, baby.« »Love you too.« »I knew, I loved you always.« »Always, whatever may be …«

»Maggie, Maggie!«

Was? Wo? Ich schaute an einem schick renovierten Fachwerkhaus mit der Hausnummer 14 empor. Ich hatte gar nicht bemerkt, dass ich schon vor Ritas Heim angekommen war. Auf der zur Straße hin ausgerichteten Terrasse im ersten Stock stand Wilma und ruderte mit den Armen. Ihre Haare sahen unordentlich aus. Kein gutes Zeichen.

»Komm rauf, schnell«, rief sie, und eine Sekunde später summte der Türöffner. Was war denn jetzt schon wieder los? War der falsche Champagner geliefert worden? Hat Rita die Scheidung zurückgezogen, weil sie ihren Alten doch irrsinnig, wahnsinnig gut findet?

Als ich im ersten Stock ankam, zerrte Wilma mich sofort in die Diele und durch die angrenzende Badezimmertür und schloss hinter uns ab. Aus dem hinteren Teil der Wohnung hörte ich einen Hund kläffen.

»Hier ist der Teufel los. Bin ich froh, dass du da bist.«

»Wilma, wie siehst du aus?«

»Rita dreht völlig durch.«

»Hat sie etwa ihre Tage endlich gekriegt?«

»Maggie!« Wilma setzte sich auf den Badewannenrand und zündete sich eine von Ritas Damen-Zigaretten an. Ich setzte mich neben sie und holte meine *Ernte 23,* Jahrgang ’79, aus Oma Bertis Keller-Archiven, aus der Tasche.

»Also, Maggie. Konny ist Teil des Problems.«

»Das ist ja mal ganz was Neues. Wo ist denn Rita? Warum hocken wir hier in ihrer Toilette und aschen ihr Designerwaschbecken voll?«

»Schlafzimmer. Notarzt war gerade da. Sie schläft – hoffentlich. Nervenzusammenbruch.«

Ein leises Scharren und Schnaufen an der Badezimmertür ließ mich erschrocken hochfahren. Doch hoffentlich nicht die mit Valium vollgepumpte Rita auf allen Vieren?

»Er heißt Willy«, informierte mich Wilma, »Ritas Jack Russell Terrier. Und das bei meiner Hundehaarallergie.« Sie nahm sich ein Kleenex aus einer grünen Schmuckbox vom blütenweißen Wandregal und schnäuzte sich heftig.

Willy hatte aufgehört, an der Tür zu kratzen, dafür blies er unter der Türritze durch und fiepte in höchsten Tönen.

Wilma nahm einen tiefen Zug aus der Zigarette, nieste und sagte: »Die Kohle ist auf Ritas Konto nicht angekommen. Rita hat versucht, Konny zu erreichen. Seine Sekretärin sagt, sie weiß nicht, wo er ist. Dann endlich, gestern Abend, hat Konny hier angerufen, wohl ziemlich betrunken, und hat Rita erklärt, es täte ihm Leid, aber die Kohle sei weg. Er musste Schulden bezahlen. Spielschulden. Ende der Durchsage.«

»Bitte was?!«

»Wie ich es sage. Sattelmann hat seine Schulden bei irgendwelchen Zockern bezahlt und musste sich angeblich aus dem Staub machen, weil die Kohle nicht reichte. Und jetzt bittet er Rita um Geduld.«

»Er bittet um was? Geduld? Das ist doch wohl …«

»Genau. Typisch Konstantin Sattelmann.«

»Und dann?«

»Hat Rita sich sofort ein Taxi genommen und ist in die Kanzlei gefahren. Er war da. Sie haben sich gestritten. Rita sagt, sie sei sogar handgreiflich geworden.«

»Alle Achtung. Was meint sie damit? Hat sie ihn mit Zewa-Wisch-und-Weg beworfen?«

»Eine Schreibtischlampe zertrümmert.«

»Hoffentlich auf seinem Kopf.«

»Sie hat den Gummibaum getroffen. Sattelmann hat sie rausgeworfen.«

Ich versuchte mir die zarte grüne Elfe Rita dabei vorzustellen, wie sie ungeschickt ausholt, um eine Lampe auf Konnys Kopf zu zertrümmern. Die konnte schon im Sportunterricht nicht mal unfallfrei so ein rosa Gymnastikband durch die Halle wedeln, ohne lebensgefährlich verletzt zu werden. Wahrscheinlich ist sie beim Ausholen rückwärts umgefallen. Konny hat sich bestimmt totgelacht.

»Typisch«, kicherte ich. In einem meiner Drehbücher wäre diese Szene ein Knaller gewesen. »Und jetzt?«

»Ist er nicht mehr zu erreichen.«

»Über welche Summe sprechen wir hier eigentlich?«

»575.000 Euro.«

»Das glaub' ich nicht. Und damit kriegt der seine Schulden nicht bezahlt und muss ... abtauchen?!«

»Ja, wie Peter Lustig immer sagt: ›Klingt komisch, ist aber so!‹«

»Maus!«

»Was?«

»*Klingt komisch, ist aber so* ist aus der Sendung mit der Maus.«

»Maggie! 575.000 Euro sind verschwunden!«, wurde ich von Wilma ermahnt.

»Jaaaaa ... War sie etwa mit Donald Trump verheiratet?« Ich öffnete den Toilettendeckel und schnippte meine Kippe ins Klo. »Hat der Sattelmann sie noch alle?«

»Vermutlich nicht.«

»Wir gehen in sein Büro. Los, komm. Dem korrigieren wir die Zähne. Sich aus dem Staub gemacht ... und wohin? Hat sie die Polizei angerufen?«

Wilma zuckte mit den Schultern und rollte mit den Augen. »Nein, hat sie nicht. Sie hat mit ihrer Therapeutin telefoniert.«

»Mit dem Erfolg, dass sie jetzt einen Nervenzusammenbruch hat.«

Ach, Rita – offensichtlich hatte sich seit unseren Schultagen nicht viel geändert. Aus ›dicke, dumme, rosa Rita‹ war ohne Reibungsverluste ›dünne, dumme, grüne Rita‹ geworden.

Willy hatte endlich aufgehört zu fiepen. Vielleicht zernagte er gerade die hellgrünen Teppichbodenfliesen im Flur?

»Willst du nicht erst mal Rita Hallo sagen?«

»Muss ich? Ich denke, die schläft.«

»Maggie! Es geht um *ihr* Geld. Rita geht es total schlecht.«

»Weiß ich doch. Aber wenn ich jetzt zu ihr gehe, dann textet sie mich wieder voll und alles ist so *irrsinnig* und *wahnsinnig* und so. Du weißt schon. Wäre doch viel lustiger, dem Sattelmann das Fressbrett zu polieren, falls wir ihn noch erwischen, oder?«

»Sag' mal, wie redest du eigentlich?«

»Kiosk. Ich spreche perfekt Kiosk.«

Es war nicht so schlimm, wie ich befürchtet hatte. Rita lag in ihrem grünen Schlafzimmer, trug einen grünen Pyjama und war auch ein bisschen grün im Gesicht. Die Beruhigungsmittel hatten schon ihre Wirkung getan, und sie war sehr müde. Willy hatte sich ans Fußende verdrückt und würdigte uns keines Blickes. Mit letzter Kraft schluchzte Rita immer wieder: »Wie kann der Konny mir das antun?«

Am liebsten hätte ich gesagt: Tja, er kann es dir antun, weil er weiß, dass er dir das antun kann. Du bist doch die alte, dicke Rita, der man ungestraft das Pausenbrot aus dem Ranzen stehlen kann und die einem dann noch Geld für eine Cola leiht, das man ihr nie wiedergeben muss, weil sie sich nicht traut, danach zu fragen. Haha. Ich habe es mir verkniffen. Nicht zuletzt, weil Rita mir plötzlich wirklich leid tat. Was hatte sich der blöde Sattelmann eigentlich dabei gedacht? Vermutlich wie immer: nix! Rita war einfach das perfekte Opfer, das zur richtigen Zeit durch seine Kanzleitür marschiert war. Rita in Nöten mit Aussicht auf viel Geld. Da muss für Konny die Sonne aufgegangen sein.

Vier Papiertaschentücher später war Rita endlich eingeschlafen und Willy auch. Wir nutzten die Gelegenheit, uns aus dem Staub zu machen.

Wir standen vor Ritas Haustür, unschlüssig, was wir jetzt tun sollten. Da schwelte zwischen uns immer noch der Streit über den Knipser, andererseits war Rita in großen Schwierigkeiten und hoffte auf unsere Hilfe.

»Wilma, tust du mir einen Gefallen?«

»Warum sollte ich?«, schniefte Wilma und restaurierte ihr Make-up, das nach der letzten Niesattacke ernsthaft Schaden genommen hatte.

»Lass doch mal den Quatsch! Tust du Rita einen Gefallen?«

»Jederzeit.«

»Also musst du jetzt mal mir einen Gefallen tun, damit wir Rita einen Gefallen tun können.«

»Und das wäre?«

»Komm bitte mit zum Hasselbrink. Der kennt den Konny besser als wir alle zusammen. Wir fragen ihn. Vielleicht weiß er ja was. Aber ich kann da nicht alleine hin.«

»Was ist es diesmal?«

Wenn ich Wilma das mit dem Plakat erzähle und wie es dazu kam, hat sie mich für den Rest meines Lebens in der Hand.

»Is' schon gut. Ich red' alleine mit ihm«, sagte ich.

»Wie du willst.«

Wilma steckte ihre Puderdose weg, schwang ihre Kellybag und schritt auf ein knallgelbes Cabriolet zu. Sie betätigte die Fernbedienung. Die Scheinwerfer des Posche 911 leuchteten kurz auf. Wilma rutschte elegant auf den Fahrersitz und klappte ihre 2,80 Meter langen Beine ein, ohne mit ihren Riemchensandalen aus altrosé gefärbter Python irgendwo hängen zu bleiben.

»Ist das etwa deiner?«, entfuhr es mir.

Sie tat so, als hätte sie meine Frage nicht gehört, zog sich im Rückspiegel sorgfältig die Lippen nach, puderte nochmal ihre rote Nase und zupfte sich die Haare zurecht. Dann drehte sie sich doch noch zu mir um und sagte: »Nein, ich mache eine Probefahrt. Wer kauft denn heute noch Autos? Kaum sind sie einen Tag alt, sind sie nur noch die Hälfte wert.« Sie startete den Wagen, gab Gas, und weg war sie.

Ich hatte das dumme Gefühl, dass eine Versöhnung in ganz weiter Ferne lag.

Und überhaupt! Es war doch die Sendung mit der Maus!

Okay, auf dem Hinweg war ich kurz davor gewesen, eine weise Maggie zu werden, hatte aber angefangen, meinen eigenen Einwänden zu lauschen, die dagegen argumentierten, weise zu werden. Aber für eine Diskussionsrunde mit mir selbst hatte ich keine Zeit mehr. Ein Problem war aufgetaucht, und ich sollte mich auf der Stelle entscheiden. Höre ich auf meine vernünftige innere Stimme, die mir sagt, dass Rita Hilfe braucht? Oder höre ich auf Maggie Abendroth, die da sagt – selber blöde, was lässt sie sich mit Konny Sattelmann ein? Soll sie doch sehen, wie sie klarkommt.

Die zweite Möglichkeit wäre natürlich die mit den schnellsten Ergebnissen. Schwamm drüber, nach Hause fahren, Fernseher einschalten, Eurosport gucken. Oder ein Bad nehmen. Oder im Garten sitzen und den lieben Gott einen guten Mann sein lassen. Die andere Möglichkeit … nun ja. Ich wollte gar nicht drüber nachdenken. Brauchte ich auch gar nicht. Plötzlich hatte ich nämlich zwei sehr aufgeregte Stimmen in meinem Kopf. Und sie gehörten beide nicht mir. Sie gehörten meiner Oma selig und Berti Blaschke: »Die richtige Person ist die, die gerade da ist!«, plärrten sie synchron, »… und du, Maggie Abendroth, bist gerade da!«

Oma Berti zerreißt mich in der Luft, wenn sie erfährt, dass ich Rita im Stich gelassen habe! Ich konnte sie schon vor mir sehen, wie sie mich, ohne mit der Wimper zu zucken, aus dem Kiosk jagt. Im Zweifelsfall würde sie mich sogar mit einer Stange Zigaretten vermöbeln. Was meine Oma selig tun würde, könnte ich bestimmt mal in einem Horrorfilm verwenden. Unter herumfliegenden Gegenständen tat sie es ja nicht.

Bevor mich der Zorn der Lebenden und der Toten trifft, fahre ich lieber in die Stadt. Wird schon nicht so schlimm werden mit Kai-Uwe. Im Schlussmachen bin ich schließlich Großmeisterin.

17

Als ich das Café Madrid betrat, hätte ich meine linke Hand dafür gegeben, ungesehen wieder verschwinden zu dürfen. Um diese Uhrzeit war der Laden noch leer. Wilma und Hasselbrink saßen an der Theke.

Sie drehten ihre Köpfe synchron zur Tür. Na, Wilma, sag es ruhig – sag »Erste!« Aber Wilma sagte gar nichts. Sie guckte sehr besorgt. Hasselbrink guckte auch sehr besorgt. Und – Hasselbrink hatte keinen Schnäuzer mehr. Auf seinem jetzt blank polierten Gesicht lief ein ganzer Film ab. Er konnte sich wohl in Anwesenheit von Wilma nicht entscheiden, ob er mir entgegenlaufen, mich in die Arme nehmen und vor lauter Wiedersehensfreude in die Luft werfen oder sich hinter der Theke verschanzen und so tun sollte, als sei nie was gewesen. Dabei schaute er drein wie Fury mit sehr schlechter Laune. Seine ehemals pechschwarzen Haare waren von vielen grauen Strähnen durchzogen und hingen ihm bis auf die Schultern. Seine Augenringe waren heute noch etwas schwärzer, als sie sowieso schon immer waren. Hasselbrink sah aus, als hätte er seit dem 1. Mai einen Dauer-Kater.

Ich brachte ein leises »Hallo« zustande, und dann schwiegen wir. Nach dieser lahmen Einleitung war ich mir nicht sicher, ob ich mich bis zur Theke vorwagen sollte. Ich schaute mich um und versuchte es mit: »Sieht ja alles wieder ganz ordentlich aus hier. Wo is' denn der schnarchende Hells Angel abgeblieben?«

»Geplatzt«, sagte Kai-Uwe und drehte sich weg.

»War ja'ne mächtige Party.«

»Ja, war super«, maulte er und starrte die Reihe Flaschen in den Regalen hinter der Theke an.

»Ich habe ihm grad' von Rita erzählt«, warf Wilma ein.

»Und, hat Herr Hasselbrink einen Schimmer, wo Sattelmann steckt?«

»Ich hätte mal lieber gewusst, wo du die ganze Zeit gesteckt hast. Ich hab' da ein Hemd im Müll gefunden«, platzte es aus Hasselbrink heraus.

Halt die Klappe, Kai-Uwe, bitte! Ich machte die ›Rübe-ab-Geste‹. Nicht schnell genug, denn Wilma hatte es gesehen und grinste. Und was hatte ich denn geglaubt? Dass Kai-Uwe neuerdings zur Rasse ›Gentleman genießt und schweigt‹ gehört?

»Oh, jetzt verstehe ich …«, sagte Wilma, »…habt ihr beide noch ein bisschen im Bett in den Mai getanzt?«

Kai-Uwe und ich antworteten gleichzeitig, wie aus der Pistole geschossen: »Jain.«

»Also, was denn jetzt? Könnt ihr euch mal entscheiden? Wie breit wart ihr eigentlich?« Wilma ging hinter die Theke und befüllte ohne Rücksicht auf ihre frisch polierten Fingernägel die Espressomaschine. Es war offensichtlich, dass sie sich gerade köstlich über uns amüsierte.

»Ja, wir waren zusammen im Bett«, plapperte ich los. »Und es war eine einmalige Sache. Es wird nicht wieder vorkommen. Nicht wahr, Kai-Uwe?«

»Ja, aber …«

»Nix, ja aber. Nostalgie. Und das war's auch schon.«

»Aber wir beide waren nicht im Bett!«

Die Kaffeemaschine fauchte und zischte. Wilma schaute erst Kai-Uwe an, dann mich.

»Nicht?!«, stotterte ich.

»Ich war mit … mit …«, stotterte Kai-Uwe.

Wilmas Unterlippe bebte leicht, und sie schloss die Augen. Dann kam aus ihrem Bauch ein tiefes Grollen, gefolgt von etwas, das zuerst klang wie ein Schluckauf. Der Espresso schwappte über den Rand, als sie eine volle Tasse auf die Theke stellte. Ich verspürte die allergrößte Lust, wieder mit Gegenständen nach ihr zu werfen. Aber meine Hände klebten auf dem Tresen fest. Festhalten war jetzt wichtiger … was hatte Kai-Uwe gerade gesagt? Wir hatten nicht …? Aber mit wem hatte ich denn dann? Hatte ich überhaupt? Oh mein Gott. Das Residents-Plakat! Der Pfirsich. Das war gar nicht ich? Wer denn dann? Oh nein!

»Du hast echt gedacht, wir beide hätten …?! Hast du etwa mein Plakat versaut?«

»Nee, also. Nein. Wieso sollte ich?«

»Weil du gedacht hast, du bist der Pfirsich, hab' ich gedacht.«

»Wer ist denn, Himmel noch mal, der Pfirsich?!«, mimte ich die Ahnungslose.

Wilma krümmte sich kreischend und verschwand für einen kurzen Moment hinter der Theke. Als sie wieder auftauchte, hielt sie sich mit der einen Hand den Bauch und mit der anderen hielt sie sich am Zapfhahn fest.

»Ich … krieg … keine … Luft …«

»Sagt mal, seid ihr alle beide bekloppt?«, protestierte Kai-Uwe.

»Hört, hört«, keuchte Wilma, »… er hat's begriffen. Endlich.«

Hasselbrink ging hinter die Theke und schob Wilma vom Zapfhahn weg. Er stellte mit lautem Knall drei Pinnchen auf den Tresen, rollte die Ärmel seines weißen Hemdes auf, ließ eine Flasche Wodka aus dem Kühlschrank fliegen und schenkte ein. Wilma riss sich zusammen, versuchte ein ernstes Gesicht und setzte sich neben mich.

»So, Ladies. Hopp in den Kopp damit, und dann will ich mal was klarstellen.«

Wir tranken den Wodka auf ex und knallten die Pinnchen auf den Tresen. Wilma röchelte schon wieder. Der nächste Lachkoller bahnte sich an. Sie hob ihre rechte Hand und befahl Kai-Uwe zu schweigen. Sein Los seit Kindertagen. »Lass mich das machen, ich hab' gerade Spaß. Maggie, du hast mit niemandem irgendwas. Kai-Uwe hat mit Rita. Kapiert? Und Kai-Uwe ist sauer auf Rita, weil sie einfach abgehauen ist und sie ihm das Plakat versaut hat. Hat er zuerst gedacht. Aber du warst das. Gib's zu.«

»Also wie jetzt? Ihr habt, während ich …?« Ich schob Kai-Uwe das Pinnchen hin, aber der zog es vor, kreidebleich, rot und wieder kreidebleich zu werden. Die Wodkaflasche hielt er unschlüssig in der Hand. »Natürlich nicht. Wir wollten bei mir nur frühstücken«, sagte er beleidigt. »Rita ist schon mal rauf, ich war an der Tanke Brötchen holen. Als ich zurück kam, wart ihr beide verschwunden.«

Wilma war drauf und dran, wegen akuter Atemnot das Bewusstsein zu verlieren. Na gut, wenn das so war, wollte ich wenigstens im

Text weiterkommen: »Warum ist Rita denn abgehauen? Die steht doch auf dich seit der 11b. Da warst du noch kein Doktor phil., aber für Rita die erreichbare Version von Mikis Theodorakis.«

»Ich bin wer?«

»Nix. Vergiss es …«, erklärte ihm Wilma und fuhr fort: »Rita hat dich im Bett gesehen. Da hat sie gar nix mehr kapiert und ist abgehauen. Und dann bist du wach geworden, hast die Botschaft am Spiegel …«, Wilma zeigte auf Hasselbrink, der erschrocken einen halben Schritt zurückwich, »… gesehen und messerscharf geschlussfolgert, dass du der Pfirsich bist.«

Anstatt mir noch mal nachzuschenken, stellte er die Wodkaflasche zurück in die Kühlung und sagte: »Nur zu deiner Information – du warst nie ein Pfirsich, Gretchen. Das steht da schon seit über einem Jahr dran.«

»Okay, soweit habe ich es verstanden. Und wer ist jetzt der Pfirsich?«

»Das geht dich gar nix an.«

»Bitte schön! Und nenn mich nicht Gretchen. So weit sind wir beide nie gegangen.«

»Das habe ich aber anders in Erinnerung«, sagte Kai-Uwe.

»Ist ja alles schwer interessant, aber können wir mal beim Thema bleiben?«, mahnte Wilma. »Der Gretchenfrage können wir uns widmen, wenn uns langweilig wird.«

»Aber gerne, Wilma. Von mir aus kann ja jetzt Kai-Uwe das Missverständnis mit Rita aufklären. Dann macht der den Macho, regelt das mit dem Sattelmann, wie man so was eben unter Kerlen regelt, mit Fäusten und vor der Tür und so, und ich bin raus. Und tschüss.«

»Moment mal. So ja nicht.« Wilma hatte mich schon festgehalten, bevor ich mich überhaupt auf dem Barhocker umdrehen konnte. »Wir drei reden jetzt mal darüber, wie wir Rita helfen können, und danach ruft Hasselbrink Rita an und stellt die Sache klar. Klar?«

»Find ich gut.« Endlich sprach auch Kai-Uwe wieder, nachdem er sich von dem Schock erholt hatte, angeblich so auszusehen wie Mikis Theodorakis und dass wir beide nie so weit gegangen waren.

Ich hatte mich noch von gar nichts erholt. Ein bisschen erleichtert war ich schon, dass ich keinen Sex mit Kai-Uwe gehabt hatte. Aber warum konnte ich mich so gut daran erinnern, wie schlecht der küsst? … wenn Rita mit dem Köter da gewesen war? Willy! Ich will auf der Stelle tot umfallen, wenn rauskommt, dass ich Ritas Jack Russell geknutscht hatte.

Aber das musste es ja nicht. Willy *kann* ja nicht reden. Und ich *werde* nicht reden. Und Rita – wie immer – geht jeder Diskussion aus dem Weg, sonst hätte sie mich ja vorhin schon fragen können. Da leidet sie lieber still vor sich hin.

»… aber hauptberuflich eher ein Zocker. Und er hat immer viel verloren und manchmal auch gewonnen«, bekam ich von Kai-Uwes Referat gerade noch mit. Ich machte ein interessiertes Gesicht und nickte. Er berichtete weiter, dass Sattelmann schon einmal vor die Anwaltskammer zitiert worden war. Es hatte einen Verdacht auf Veruntreuung von Klientengeldern gegeben, das Verfahren war aber später eingestellt worden. Das Geld war plötzlich aufgetaucht, alles war ebenso plötzlich ein Missverständnis gewesen, und Konnys Klientin hatte die Anzeige noch plötzlicher zurückgezogen. Kai-Uwe konnte oder wollte sich nicht vorstellen, dass Sattelmann sich ausgerechnet mit Ritas Geld so was trauen würde.

»Hat er aber. Er hat's ihr doch selbst erzählt«, sagte Wilma.

»Ich weiß, dass der mit ganz üblen Leuten zu tun hat. Die sitzen in so einer Villa kurz vor Sprockhövel. So ganz abgeschieden im Wald. Offiziell ist das ein Swinger-Club. Angeblich ist das aber nur die Tarnung für einen illegalen Zockertreff. Da ist der immer hin, wenn er wieder Kohle hatte. Da ist mächtig was über den Tisch gegangen. Bestimmt hat er bei denen Schulden gehabt. Und jeder weiß, dass die nicht lange fackeln.«

»Huuuuuu … nicht lange fackeln! Das ist ja wie im Film hier«, feixte ich.

»Nix huuuuu! Die haben ihm schon mal einen Arm gebrochen und die Nase. Vor einem Jahr. Eben kurz, bevor er die Anzeige am Hals hatte. Das war echt.«

»Whow! Das klingt wirklich gemein«, machte ich mich über Kai-Uwe lustig. Die Vorstellung, kurz vor Sprockhövel könnten böse Buben im Wald hocken, die Leuten mal eben so Arme und Nasen brechen, traf mein Komikzentrum.

»Der muss so viel Angst gehabt haben, dass er nicht mehr wusste, wo vorne und hinten ist, dass er sich an Klientengeldern vergreift«, sagte Wilma ernst.

»Und wer sind die Bösen?«, insistierte ich weiter. »Die Russen-Mafia? Die chinesischen Triaden? Der CIA? Al-Qaida, Team Inkasso Moskau? … Nein! Ich weiß: Herrmanns und Borowski!«

»Maggie! Weder noch! Albaner!« Kai-Uwe flitschte mit einem feuchten Geschirrtuch nach mir. »Das Spielgeschäft gehört den Albanern. Frag mal deinen Lieblingskommissar. Der wird es dir erklären.«

»Aua! Is' ja schon gut. Ich kann bloß nicht glauben, dass da draußen, kurz vor Sprockhövel, der *Pate I, II* und *III* abgeht. Wir sind doch hier in Bochum! Und Bochum ist Putzidutzi und nicht *Kill Bill.*«

»Sagt wer? Die Frau, die Weihnachten im Kühlhaus saß? Wie viele Tote hatten deine seriösen Serienmörder auf dem Gewissen? Waren das 35?« Wilma nippte zufrieden an ihrem Espresso.

»Genau, Wilma«, sagte Kai-Uwe.

Ich schaute mich um. In mir keimte der Verdacht, in eine Zeitschleife geraten zu sein. Wir saßen hier in der Kneipe und redeten miteinander, als wären nicht mal eben zwanzig Jahre ins Land gegangen. Ich schaute schnell an mir herunter, in der Erwartung, plötzlich rot-grün-lackierte Doc Martens mit rosa Schnürsenkeln anzuhaben.

»Schon gut. Meinetwegen die Albaner-Mafia. Wo könnte er sein, Kai-Uwe?«, nahm ich den Faden wieder auf.

»Ich glaub' nicht, dass der weg ist. Glaub' ich nicht. Der ist bestimmt bei seinem Senior im Haus, versteckt sich im Keller, säuft dem Alten den Châteauneuf du Pape weg und wartet ab, bis Gras über die Sache gewachsen ist. Oder der sitzt ganz gemütlich in seiner Kanzlei und hat die Rollläden runtergelassen.«

»Sattelmanns Problem war immer schon, dass er gedacht hat, alle sind blöder als er. Hockt der immer noch um die Ecke vom Schauspielhaus?«, wollte Wilma wissen.

»Na klar. Das Haus gehört auch seinem Vater. Wo soll der Sohnemann denn sonst hin? Aus dem ist schließlich trotz der Knete vom Alten kein Bossi geworden.«

»Oder grade deswegen. Na, dann weiß ich ja, wo ich Montag hingehe. Wilma und ich machen den guten und den bösen Cop und schütteln den Sattelmann so lange kopfüber, bis ihm das Kleingeld aus den Taschen fällt. Du kümmerst dich um Rita.«

»Wie redest du eigentlich, Maggie?« Hasselbrink nahm mir die leere Espressotasse weg.

»Sie redet Kiosk«, sagte Wilma. »Perfekt, wie man hören kann.«

»Aha. Hauptsache, sie redet nicht mehr Fernsehfuzzi. Fand ich schlimmer.«

Kann man noch tiefer sinken? Jetzt machen sie schon Witze über mich, obwohl ich daneben sitze.

»Soll der Sattelmann mal nicht glauben, dass er damit durchkommt. Ich bin dabei«, sagte Wilma und stöckelte aus der Tür.

Fehlt jetzt nur noch ›Klingen kreuzen‹ und der ›Einer-für-alle-alle-für-einen‹-Schmu.

Ich war fast schon aus der Tür, als Hasselbrink sagte: »Und das Plakat?!«

»Ja, Kai-Uwe, das Plakat. Es tut mir leid. Das war ich.«

»Wusst ich's doch! Das hätte bei Ebay 850 Euro gebracht.«

»Wenn du es versteigert hättest.«

»Wenn ich es hätte abschicken können, du Blödi!«

»Oh. Das tut mir wirklich leid.«

»Das hoffe ich für dich.«

»Kann ich es wieder gutmachen?«

»Dreh die Zeit zurück, wenn du kannst.«

»Wenn's weiter nichts ist.«

Bis wohin denn? Am besten bis vor meine Geburt: neue Eltern, neues Glück?

Die konspirative Sitzung war ja prima gelaufen. Als wir in Wilmas Wagen stiegen, kicherte meine ehemals beste Freundin immer noch vor sich hin. Meine Zornesfalte wurde tiefer und tiefer und bekam schließlich Junge, als Wilma sagte: »Ist das nicht albern?«

»Wen meinst du mit *das?* Bin ich schon sächlich?«

»Kurz davor, aber ich meinte das Tralala, das der Sattelmann gerade veranstaltet. Der braucht doch bloß zu seinem Vater zu gehen, ein bisschen rumzuheulen, und schon wäre die Sache mit dem Geld erledigt. Genau wie letztes Mal. Ich bin sicher, sein Vater hat gezahlt.«

»Tja, hat vielleicht diesmal nicht so geklappt. Was machen wir jetzt?«

»Ich hätte noch ein bisschen Zeit.«

»Sattelmann? Jetzt?«

»Warum bis Montag warten? Man muss immer das Unerwartete tun. Wir sind doch Frauen.«

»Ja, weise Königin Amidala, dann lass uns das tun. Obwohl ich finde, dass du für so eine Aktion overdressed bist.«

Wilma schaute kurz an sich herunter und sagte völlig verständnislos: »Wo denn?«

»Am Kostümchen, am Schühchen und am Halskettchen. Und vielleicht zwickt auch dein neuer Body von Prada.«

18

Wilma startete den Wagen und gab zu viel Gas. Der Porsche machte einen Ausbruchsversuch. Das Heck schlidderte nach rechts und touchierte die Bordsteinkante. Die leichte Röte, die ihr wegen dieses kleinen Stunts in die Wangen stieg, konnte ich gar nicht richtig genießen, denn schon ein paar Minuten später standen wir vor der Kanzlei von Konny Sattelmann.

Die befand sich im Souterrain eines herrschaftlichen Mehrfamilienhauses aus der Gründerzeit in einer ruhigen Seitenstraße in Ehrenfeld. Zu meiner Überraschung keine zehn Minuten zu Fuß von Oma Bertis Kiosk entfernt. Wir stiegen aus und schauten uns um. Die Rollläden waren heruntergelassen. Alles machte den Eindruck einer normalen, am Wochenende geschlossenen Anwaltskanzlei. Niemand da. Neben der Eingangstür prangte ein kleines fleckiges Messingschild mit der Aufschrift *Konstantin Sattelmann, Rechtsanwalt* und einer Telefonnummer; darunter, eingelassen in eine runde Messingscheibe, der Klingelknopf.

»Sollen wir klingeln?«, fragte ich Wilma, aber die schüttelte den Kopf. Sie schirmte ihre Augen mit den Händen ab und versuchte einen Röntgenblick durch die Rollos.

»Wo wohnt der eigentlich privat?«

Wilma zuckte mit den Schultern: »Das weiß keiner. Hast ja gehört. Kai-Uwe meint sogar, der verkriecht sich noch bei Papa im Weinkeller.«

Sie zückte ihr Handy und tippte die Nummer ein, die auf dem Messingschild stand. »Man kann es ja mal versuchen.« Wilma lauschte dem Freizeichen. Ich lauschte angestrengt an der Tür.

»Ich höre nix, Wilma. Hier klingelt grad gar nix. Telefon abgestellt?«

»Umgeleitet?«

»Fragt sich, wohin.«

Wir stiegen die bemooste Steintreppe wieder hinauf und lehnten am schmiedeeisernen Treppengeländer. Dabei fiel mein Blick auf eine Mülltonne, die vor einer Mauer direkt rechts neben dem Geländer stand. Dahinter befand sich vermutlich ein kleiner Garten. Die linke Seite des Hauses wurde durch drei Garagen vom Nachbargrundstück abgegrenzt.

»Lass mal klingeln.«

Während Wilma mit ihrem Handy am Ohr Wache hielt, kletterte ich auf die Mülltonne, stemmte mich hoch und schaute über die Mauer auf einen gepflasterten Weg, der neben einem Blumenbeet am Haus entlangführte und nach ein paar Metern in einen Garten mündete. Das Haus war ungewöhnlich tief ins Grundstück hineingebaut, was man von der Vorderfront aus gar nicht sehen konnte. Wahrscheinlich zwei Anbauten aus jüngeren Jahren. Im zweiten zeugte ein blauer Schein davon, dass da jemand vorm Fernseher saß. Um nicht zwei Meter tief in den Innenhof springen zu müssen, balancierte ich auf der schmalen Mauer entlang bis zum erleuchteten Fenster. Je näher ich kam, desto deutlicher war ein klingelndes Telefon zu hören. Wie für mich bestellt, ragte der Ast einer Birke über die Mauer. Ich hielt mich daran fest und beugte mich weit in Richtung Fenster vor.

Er stand neben einem Sideboard und hielt den Kopf gesenkt. Konny starrte sein klingelndes Telefon an und konnte sich wohl nicht entscheiden, ob er zu Hause war oder nicht.

Ich trippelte mit ausgestreckten Armen die zehn Meter auf der Mauer zurück und versuchte beim Abstieg, so leise wie möglich zu sein. Wilma machte keine Anstalten, die Mülltonne festzuhalten oder mir anderweitig behilflich zu sein. Es standen außer Schühchen, Kostümchen und Halskettchen schließlich noch zehn polierte Fingernägel auf dem Spiel.

»Was gesehen?«

»Er ist da. Der Idiot ist wirklich da. Steht da und starrt sein klingelndes Telefon an.«

»Wie schade für dich, Konny«, sagte Wilma und drückte auf die Klingel – so lange, bis sich nach mehreren Minuten die Tür öffnete und unser alter Schulfreund auf Strümpfen vor uns stand. Seine dunkelbraunen Haare hingen ihm fettig ins aufgedunsene Gesicht, sein Hemd halb aus der zerknitterten braunen Hose, und er roch ein bisschen wie nasser Köter. Vom gut aussehenden Schulhofcharmeur mit halbkriminellen Import-Export-Ambitionen war nicht mehr viel übrig.

Offensichtlich fand er den Anblick seiner beiden alten Schulfreundinnen nicht erbaulich. Bevor wir auch nur ein Wort sagen konnten, wollte er uns die Tür vor der Nase zuschlagen, aber Wilma war schneller. Sie pfiff auf ihre Fingernägel, ihre rechte Hand schoss nach vorn, packte Konnys schmutzigen Hemdkragen und schubste ihn in den Hausflur. Konny schüttelte sich, als Wilma sein Hemd endlich losließ, drehte sich ohne ein Wort zu sagen um und schlurfte mit hängenden Schultern los. Wir folgten ihm durch einen langen, dunklen Flur, bis wir in seiner muffig riechenden Wohnung standen. Ich wettete mit mir selbst, dass auf der gesamten Einrichtung der Kuckuck klebte. Alle Möbelstücke sahen aus wie aus einem Designer-Katalog. Alles, was das teuerste Einrichtungshaus am Platze liefern konnte, war hier abgestellt. Über die ganze Wohnung verteilten sich diverse Weinflaschen: manche halb leer, manche waren auf dem Teppich umgekippt und ausgelaufen. Konny hatte sich noch nicht einmal die Mühe gemacht, seine Zigaretten im überquellenden Aschenbecher auszudrücken. Etliche Kippen schwammen im Rotwein.

In einer Ecke, immerhin, hatte er es geschafft, die leeren Flaschen zu stapeln. Auf dem Sideboard, das ich durch das Fenster bereits gesehen hatte, standen drei Flaschen mit dem Etikett *Château Petrus* in einer roten Pfütze. Konny nahm im Vorbeigehen einen Schluck aus einer der Flaschen, verzog das Gesicht und öffnete eine Tür. Er stieg die ersten Stufen einer Wendeltreppe hinab und dozierte leicht lallend: »Der Zweitausendeinser hält nicht, was er verspricht … und mein Alter hat 25 Flaschen davon eingelagert. Ph!«

»Was kostet eine Flasche davon?«, flüsterte ich Wilma zu.

Wilma roch an der Flasche und seufzte: »Perlen vor die Säue. Um die Tausend, Maggie. Und guck mal hier«, sie hatte einen silbernen Kerzenleuchter hochgehoben und hielt ihn mir entgegen.

Unter dem Leuchter klebte das Siegel des Gerichtsvollziehers. Wilma bückte sich schnell noch mal und hob einen der Sessel an.

»Schon alle Kuckucksnester gefunden, Wilma?«, kam Konnys Stimme aus dem Keller.

»Nein, Konny, ich wollte nur mal sehen, ob der Sessel ein echter Eames Chair ist.«

»Jedenfalls war es ein echter Gerichtsvollzieher, der die Dinger da aufgeklebt hat. Er wollte mir nicht glauben, dass der Stuhl nicht echt ist.«

»Kluger Mann. Er ist echt.«

Konny hatte sich hinter seinem Kanzleischreibtisch verschanzt und bemühte sich um Lässigkeit. Er strich sich die fettigen Haare aus dem Gesicht, zündete sich fahrig eine Zigarette an und sagte: »Trauriges Schicksal für so ein einmaliges Stück.«

Dann ließ er sich in seinem Leder-Chefsessel nach hinten kippen und schaute uns mit zusammengekniffenen Augen an. Jetzt erkannte ich meinen alten Schulkumpel erst richtig wieder. Die Zigarette, das spöttische Lächeln und die zusammengekniffenen Augen.

»Du siehst nicht gut aus«, eröffnete Wilma das Gespräch. Konny legte lässig seine Füße vor ihrer Nase auf dem Schreibtisch ab. »Lange Zeit vergangen, seit wir uns das letzte Mal gesehen haben«, fuhr sie fort und ignorierte seine stinkenden Socken.

»Von mir aus hätt's auch noch länger dauern können. Ich hab' euch nicht vermisst.«

»Ganz unsererseits«, sagte ich und schaute mich um. Die Büroeinrichtung erinnerte mich an eine Mischung aus *Der Malteser Falke* und *Miami Vice.* Falls das ohne Explosion überhaupt möglich ist.

»Was kann ich also für euch tun? Scheidung, Arbeitsrecht oder Ärger mit der bösen, bösen Telekom?«, feixte Konny. Asche fiel auf sein fleckiges Hemd. Er schnippte sie betont lässig weg.

Aber wir schrieben nicht mehr das Jahr 1981. Wilma und ich waren nicht mehr bereit, uns von ihm beeindrucken zu lassen.

»Rita. Das interessiert uns brennend«, sagte Wilma ruhig und ließ ihn nicht eine Sekunde aus den Augen.

Und ohne mit der Wimper zu zucken, bestätigte er mit drei knappen Sätzen die Geschichte, die Rita uns erzählt hatte. Er machte noch nicht einmal den Versuch, irgendetwas zu leugnen.

Wilma fand zuerst ihre Sprache wieder und forderte ihn unmissverständlich dazu auf, das Geld sofort zurückzugeben. Wie wir uns gedacht hatten, salbaderte er mit vielen Nebensätzen, dass er finanziell dazu nicht in der Lage sei, das könnten wir, Wilma und ich, als schlichte Gemüter wahrscheinlich nicht verstehen, aber so sei das im Geschäftsleben: Rita hatte das Geld, er hatte es gebraucht, und er hatte es sich geborgt – na gut, ohne Rita vorher darum zu bitten, aber er hatte es eben eilig gehabt. Schnelle Geschäfte erfordern schnelle Entscheidungen. Eine simple Sattelmann'sche Gleichung mit zwei bekannten Komponenten.

Konny drückte seine Zigarette aus und grinste uns an: »Meine Güte, so ein Aufstand wegen so ein bisschen Geld. Sie kriegt's ja irgendwann wieder!«

»Bisschen Geld?«, schnappte ich. Bevor ich mich richtig aufspulen konnte, sagte Wilma, immer noch bemerkenswert ruhig: »Nein, Konny, du irrst dich. Rita kriegt das Geld nicht irgendwann wieder – sie kriegt es jetzt wieder. Auf der Stelle, oder wir rufen die Polizei.«

»Ahhh, *wir rufen die Polizei.* Meine Güte, seid doch nicht so spießig! Mädels! Rita wird schon nicht verhungern. Sie kriegt jeden Monat von ihrem Sugardaddy noch Zweieinhalbtausend Unterhalt für sich und ihren rosaärschigen Köter. Steuerfrei. Dafür kann sie sich mal bei mir bedanken! Ja!«

»Konny, ich sag' es nur noch einmal. Rita kriegt ihr Geld sofort zurück!« Mir platzte der Kragen, und ich schlug mit der Faust auf den Schreibtisch, dass sein Briefbeschwerer, eine vermutlich echte *Emily* von Rolls Royce, einen kleinen Hüpfer machte und umfiel.

»Immer noch das alte Zickentheater. *Sofort! Sofort! Sofort!* Noch irgendwas an Beleidigungen parat, Gretchen?«

Ich schluckte das Gretchen runter. Wilma schaute mich verblüfft an.

»Nicht zwingend«, versuchte Wilma dazwischenzugehen.

»Konny, du weißt doch, was die Stunde geschlagen hat. Also?«, wollte ich die Diskussion abkürzen.

»Ohhh! *Stunde geschlagen,* Maggie! Mächtig große Worte für so einen Pimpf wie dich.«

»Heute so stilvoll, Herr Sattelmann? Wahrscheinlich nur, weil Samstag ist«, sagte ich und nahm mir eine Zigarette aus dem silbernen Kästchen auf seinem Schreibtisch, stellte zufrieden fest, dass er immer noch goldene *Benson & Hedges* rauchte, und stichelte weiter: »Wie viel kriegt man eigentlich für Veruntreuung? Du musst es doch wissen, Herr Anwalt. Du hattest ja schon das Vergnügen vor der Anwaltskammer. Gerade noch mal gut gegangen, was? Das mit der Anwaltskammer und den putzigen Albanern aus Sprockhövel. Bis auf deine Nase – sieht man aber kaum noch.«

Er wurde kreidebleich. Seine Füße flogen vom Tisch, er sprang auf, schlug mir quer über den Schreibtisch die Zigarette aus der Hand und schrie: »Ihr beiden Tussen wisst ja gar nicht …«

Wir haben nie erfahren, was wir beide gerade gar nicht wussten, denn Wilma war von ihrem Stuhl hochgefahren. Im selben Moment flog eine lederne Stiftebox über den Schreibtisch in Richtung Konny, verfehlte seinen Kopf nur knapp, und zwanzig fein säuberlich angespitzte Faber Castell 2B flogen durchs Büro. Konny warf laut fluchend mit einem vollen Aktenordner nach uns. Dann segelten binnen kürzester Zeit alle Dinge, die nicht niet- und nagelfest waren, über den Tisch. Heftklammern, Locher und ein Stapel gelber Post-it-Blöcke wechselten die Seiten. Konny schwang gerade seinen ledernen Papierkorb in unsere Richtung, als ich nach der – vermutlich eben erst ersetzten – Schreibtischlampe griff und ausholte. Ich traf im Eifer des Gefechts leider nur die Schreibtischkante. Das grüne Glas zerbarst in tausend Stücke.

»Ich rufe die Polizei!«, schrie Konny. »Das ist Sachbeschädigung!«

»Mach doch, mach doch«, skandierten Wilma und ich wie Gören vom Schulhof. Wilma holte mit einem zusammengerollten Schnellhefter aus. Konny duckte sich weg und versuchte, an uns vorbei durch die Tür zu entkommen, als ihn mein Hieb mit dem langen Lineal an der Schulter erwischte. Der nächste Hieb traf seine rechte Hand. Konny hielt sich jammernd die schmerzenden Finger. Wilma hatte sich einen Tacker gegriffen.

»Seid ihr beide übergeschnappt? Das ist Körperverletzung!«

»Was du nicht sagst.« Ich bedauerte zutiefst, keinen nassen, eklig stinkenden Kreideschwamm in Reichweite zu haben, den ich Konny in die Hose stecken konnte.

Bevor Konny begriff, wie ihm geschah, hatte Wilma die Manschetten seines Hemdes aneinander festgetackert. Sie trat einen Schritt zurück und sagte ruhig: »Du hast drei Tage Zeit, das Geld zu beschaffen. Und wir beide sind nur so gnädig, weil wir uns an unsere bewegte, mit dir verbrachte Schulzeit gerne zurückerinnern. Wenn das Geld bis Mittwoch nicht bei Rita ist, zeigt sie dich an.«

»Konstantin, vielleicht ist es besser, du rufst deinen Vater an und beichtest«, schob ich fürsorglich hinterher und folgte Wilma nach draußen.

Wir fuhren auf der Königsallee in Richtung Stiepel und ließen uns den Fahrtwind um die Ohren wehen.

»Was war das denn plötzlich?«, fragte ich. So ganz konnte ich noch nicht glauben, was wir in der Kanzlei angerichtet hatten.

»Er hat angefangen.«

»Wir haben es ja mit Vernunft versucht.«

»Dann hat uns der Schulhof eingeholt. Kann man nichts machen, Maggie. Konny wird's verschmerzen.«

»Seh' ich auch so. Der ruft niemals die Polizei an. Nie im Leben. Der kratzt jetzt seine Rotweinreste zusammen, bestellt sich 'ne Pizza und eine Stange Zigaretten, und vielleicht lässt er sich noch ein Mädel kommen, das ihm den Nacken massiert, damit er morgen geschmeidig den Bückling vor seinem Vater machen kann.«

»Manche Dinge ändern sich eben nie.«

19

Als wir vor dem Haus anhielten, war es schon halb acht. Kaum hatte Wilma die Handbremse angezogen, flog die Haustür auf und Nikolaj, ein Leinensakko lässig über die Schulter geworfen, tänzelte auf uns zu. Kajo sah auch völlig verändert aus, er trug zu sauberen Jeans ebenfalls eine Anzugjacke und dackelte hinter Nikolaj her. Ich stieg aus dem Wagen und die Jungs stiegen ein.

»Hi, Maggie. Schönen Abend noch.«

»Wo geht ihr hin?«

»*Starlight Express*«, sagte Nikolaj mit leuchtenden Augen. »Wilma hat Karten besorgt.«

»Sieh zu, dass dir die Rollschuhe nicht über den Scheitel fahren. Echt gefährlich da.«

»Ja, sie tanzen auf Rollschuhen. Das ist so aufregend.«

»Und manchmal fliegen sie eben aus der Kurve, Nikolaj. Ich wollte es nur gesagt haben.«

»Wir treffen uns hinterher mit Ian und Duncan im Madrid. Kommst du nach?«, fragte Kajo.

»Muss ich die kennen?«

»Musiker aus dem Orchester. Bass und Keyboard. Die kennen dich vom 1. Mai. Die beiden haben extra nach der verrückten Tänzerin gefragt«, feixte Wilma.

»Verarschen kann ich mich alleine. Viel Spaß bei Starlight Depressed.«

»Ich seh schon – die Musical-Hasserin ist nicht zu überreden«, sagte Kajo und machte es sich auf dem Rücksitz bequem.

»Was meint sie?«, fragte Nikolaj.

Kajo schaute demonstrativ in eine andere Richtung und sang leise: »Starlight Expreeeeeeesss …«

»Nix, Nikolaj. Madame möchte den Abend lieber alleine verbringen«, sagte Wilma und gab Gas. Wenn ich geglaubt hatte, dass unser gemeinsames Abenteuer bei Konny Sattelmann Wilma und mich wieder versöhnt hätte ... Fehlanzeige. Nicht alle Wege führen nach Rom.

Kajo und Nikolaj winkten. Kurz bevor der Wagen um die Ecke bog, drehte sich Nikolaj noch mal um und rief: »Dein Essen ist im Kühlschrank. Blini und ...«, weg waren sie.

Im Kühlschrank fand ich einen Teller mit kleinen, dünnen, labbrigen Teigplätzchen, die ziemlich langweilig aussahen. Nachdem ich lustlos ein halbes davon probiert hatte, zog ich die Frischhaltefolie wieder über den Teller und setzte mir einen Topf mit Wasser für Spaghetti auf. Dr. Thoma kam in die Küche, setzte sich neben die Blini und versuchte, die Frischhaltefolie mit einer Kralle aufzureißen.

Das Telefon klingelte. Es war Oma Blaschke, die mir voller Freude von den Ergebnissen der rechtsmedizinischen Untersuchung an unserem Bad Camberger Leichenteil berichtete. Informationen aus erster Hand. (Achtung, Killerjoke!)

»Stell dir dat ma vor. Keine Bestattung für dat eiskalte Händchen.«

Ich verkniff mir einen Scherz über Spezialsärge für Einzelteile und fragte pflichtbewusst: »Und warum?«

»Wat die allet machen können in so'nem Labor. Wie bei CSI.«

Sie sagte Zeh Ess Ihhh. Ich musste grinsen. »Aha. Und was haben die Labor-Zauberer gefunden?«

»Valium. Und Alkohol. Und noch so'n Zeug, nennt man K.o.-Tropfen.«

»Das hat dir alles Onkel Walla erzählt? Darf der doch gar nicht.«

»Na und?«

»Tja, dass die Person ermordet wurde, war doch schon vorher klar. Ich kenn' keinen, der sich aus Spaß eine Hand abhackt. Und schon gar nicht ohne Betäubung.«

»Kolophonium. Dat war da noch unter den Fingernägeln. Und Steinstaub.«

»Passt zu einem fiedelnden Steinmetz. Die sind wohl eher selten, würde ich sagen. Gut, dass wir das jetzt wissen.«

»Du nimmst dat nich ernst, Maggie. Aber hömma: Ich hab' dem Wachtmeister einen Vorschlag gemacht. Wenn'er schlau is …« Oma Berti setzte eine Kunstpause, und ich fragte pflichtschuldig: »Wird er was genau machen?«

»Genetisches Matrial bei Pling ausse Wohnung holen.«

»Pling? Der Musiktherapeut? Der ist doch in Amerika und macht sein Sabbatjahr. Hat er uns doch selbst erzählt … Route 66 und so. Wie kommst du auf so was, Berti?«

»Pass ma auf: Bad Camberch is klein, ne? Ich hab' dem Walla gesacht, weisse, Wachtmeister, hab' ich gesacht, et wird keiner vermisst. Dat is richtich. Aber gezz ma andersrum gedacht: Wer is nich da und wird trotzdem nich vermisst?! Hä?! Staunze, wat, Maggie Abendroth? Und gezz kommt et: Der Einzige in diese Kategorie is Pling. Alle andern hatter überprüft und mit telefoniert und so … Waren alle lebendig. Nur Pling! Schon länger nich erreichbar … und dazu dat Kolophonium!«

»Ja …?«

»Weil der, und dat weiß ich, weil ich mich mitti Leute unterhalte, Geige spielt. Und auf den Bogen von sonne Fiedel is Kolophonium. Has du gerade selbs gesacht.«

»Abgesehen davon, dass immer noch eine Erklärung für den Steinstaub fehlt – der Pling ist doch in Amerika. Unterwegs!«

»Ja, glaubse, die haben da kein Telefon? Der Walla hat natürlich inne Klinik nachgefracht. Aber an die Hoteladressen, die der da hinterlassen hat, kannten se keinen Pling. Der is da nie aufgetaucht.«

Allmählich begann ich, Oma Bertis ausgefuchstes Gedankenspiel zu verstehen.

»Ist der denn überhaupt in irgendeinen Flieger gestiegen?«

»Siehsse, gezz fällt der Groschen. Dat überprüft der Walla gerade.«

»Ich bin gespannt, Berti.«

»Und ich erssma.«

»Wie geht's denn Carmen?«, wechselte ich das Thema.

»Gut. Der Alte is mittlerweile in Polen verscharrt. Wie sie dat wollte. Hat mir heute von ihr'n Schoppink erzählt. Die dreht richtich auf. Wo warss du?«

Ich erzählte ihr, was mit Rita los gewesen war und dass Wilma und ich uns direkt darum gekümmert hatten. Die Handgreiflichkeiten mit Konny Sattelmann erwähnte ich vorsichtshalber nicht. Mein aufpoliertes Image wollte ich nicht gleich wieder mit Geständnissen über Pennälerrangeleien beflecken. Oma Berti gab mir ohne Widerrede den Montagvormittag frei. So viel Einsatz müsse belohnt werden, meinte sie. Außerdem hatte sie wohl den Eindruck gewonnen, dass ihre Standpauke bei mir zum gewünschten Ergebnis geführt hat und Wilma und ich uns wieder versöhnt hatten. Für Sonntagnachmittag lud sie mich zum Kaffeetrinken mit Mia und Carmen ein. Aber ich sagte konsequent nein. Ich wollte einfach mal einen Tag lang was ganz Verrücktes machen: nämlich gar nichts.

Als ich in die Küche zurückkam, war der Teller blank, die Blini verschwunden, und zwar im Magen von Dr. Thoma. Die Kühlschranktür stand offen, und auf dem Boden lagen ein paar Glasscherben und ein blauer Metalldeckel, an dem noch eine kleine schwarze, glitschige Perle klebte, daneben schwamm in einer Lache saurer Sahne noch so ein schwarzes Glitsch-Dings. Ich stippte die schwarze Perle aus der sauren Sahne auf und probierte – Kaviar. Jedenfalls hatte Dr. Thoma für mich das Geheimnis der geschmacksfreien Blini gelöst. Hätte ich doch bloß besser hingeschaut! Hätte ich mir doch denken können, dass ein Nikolaj Andrejewitsch Besuchow sich nicht mit schlichten Pfannküchlein *nature* zufrieden gibt. Ich guckte mir seufzend den Metalldeckel mit den kyrillischen Buchstaben näher an und entzifferte in einer mikroskopisch kleinen Unterzeile in lateinischer Schrift *Beluga,* stippte die letzte Kaviarperle vom Boden auf und warf den Deckel in den Müll.

Dr. Thoma, noch nicht zufrieden mit seinem russischen Edelsnack und in der Hoffnung, ich würde mal wieder nicht mitkriegen, was er vorhatte, schickte sich gerade an, mit einem großen Stück Parmesankäse das Weite zu suchen. Ich rannte ihm nach und war klar im Vorteil, denn ich schob ja keinen dicken Bauch vor mir her. Ich erwischte ihn unter dem Steinway.

»Du verfressenes Vieh. Blini, Kaviar und saure Sahne, und du kriegst einfach den Hals nicht voll. Ich wette, du hattest vorhin schon eine Portion.«

Dr. Thoma rollte sich auf den Rücken, hielt mir seinen dicken, gespannten Wanst entgegen und war die Unschuld selbst. Ich hob den Kater hoch und drohte, ihn bei den Weight Watchers anzumelden, wenn er sich nicht zusammennehmen würde.

»Mrrrrrrggghhhhh«, kam es aus seinem dicken Bauch. Dabei ließ er den Käse nicht eine Sekunde aus den Augen.

»Das ist mein Käse! Du hast verloren.«

Dr. Thoma wand sich aus meiner Umklammerung, landete auf dem guten Sofa, trampelte auf den Kissen herum und rollte sich gemütlich zusammen. Er schnurrte, als könnte er kein Wässerchen trüben. Ich machte den Fernseher für ihn an. Auf Eurosport gab es eine Übertragung aus Tokio, das große *Natsu Basho,* Sumoringen vom Feinsten. Unser Lieblingsprogramm.

»Soll ich dir noch einen Espresso bringen, Dickmops? Oder lieber eine Zigarre?«

Der Kater beachtete meinen Spott gar nicht, sondern legte den Kopf auf die Sofalehne. Damit war ich entlassen.

In der Küche klaubte ich die Glasscherben vom Boden auf, wischte die Sahne weg, spülte den zerbissenen und verflusten Parmesan ab, warf die Spaghetti ins kochende Wasser und wollte gerade anfangen, den Käse zu reiben, als es an der Haustür klingelte.

Ich machte die Tür auf. Willy, der Jack Russell Terrier, quetschte sich hinein und raste ins Wohnzimmer. Ich hörte Dr. Thoma fauchen und wusste im selben Moment, dass der Abend im Eimer war. Das Scheppern von zerberstendem Porzellan hätte ich als Bestätigung gar nicht gebraucht, mir reichte der Anblick von Kai-Uwe Hasselbrink.

Ich ließ Kai-Uwe stehen und rannte ins Wohnzimmer. Dr. Thoma war vor Willy durch die Katzenklappe in den Garten geflüchtet und gerade dabei, auf den Kirschbaum zu klettern. Dabei entsprach er beileibe nicht dem Bild einer geschmeidigen Wildkatze. Willy versuchte, sein zu dickes Hinterteil durch die Klappe zu zwängen, was ihm nach ein paar Sekunden Gestrampel auch mühsam gelang. Er pinkelte demonstrativ an den Baumstamm, postierte sich danach mit gesträubtem Fell davor und kläffte. Dr. Thoma hatte es mittlerweile mit Ach und Krach auf den ersten Ast in ungefähr 1 Meter 20 Höhe geschafft. Sein Kopf hing vornüber, und er hatte arge Probleme, gleichzeitig zu würgen und die Balance zu halten. In einigen Sekunden würde Willy eine Ladung Blini/Beluga/saure Sahne um die Ohren fliegen. Ich verriegelte die Katzenklappe. Die beiden sind schließlich erwachsen.

Kai-Uwe war inzwischen ins Wohnzimmer gekommen, hielt ein Ohr von Prince Charles in der Hand und kam gleich zur Sache: »Was habt ihr beide eigentlich bei Sattelmann veranstaltet?«

»Nix. Gib das her.« Ich nahm ihm das Ohr aus der Hand und sammelte vom Teppich noch zwei weitere Scherben ein, die zu meiner so lange verschollenen Lieblingsdevotionalie gehörten. Die Tasse musste wohl im Regal des großen Wohnzimmerschranks gestanden haben. Zu hoch für mich, um sie sehen zu können – nicht hoch genug für Dr. Thomas Flugkünste.

»Rita ist im Krankenhaus. Wegen euch. Sattelmann hat Rita angerufen und sie beschimpft und ihr gedroht, dass sie ihr Geld nie wiederkriegt.«

»Aha?!«

»Wenn ich nicht rechtzeitig gekommen wäre, hätte sie sich umgebracht.«

»Hätte sie?! Womit diesmal? Drei Aspirin?«

Während unserer Schulzeit ging die Mär, sie habe es beim ersten Mal mit der Antibabypille versucht. War auch ein großer Lacher gewesen.

»Wenn ich dich nicht so lange kennen würde, würde ich dir eine langen.«

»Ja, Kai-Uwe, und weil du mich kennst, weißt du, dass ich zurückhaue.«

Hasselbrink lief aufgebracht im Wohnzimmer auf und ab und schaute nervös in Richtung Garten. Willy sprang wie ein Flummiball hoch, und wenn er sich noch ein wenig mehr Mühe geben würde, dann wären der erste Ast und Dr. Thoma vor ihm nicht mehr sicher.

Ich ignorierte Kater, Köter und die Hasselbrink'schen Beschuldigungen und wühlte in allen Schubladen nach Sekundenkleber.

»Ihr wolltet mit ihm reden, habt ihr gesagt, nicht die Kanzlei verwüsten!«

»Der Sattelmann hat angefangen! Ein Wort gab das andere, und dann sind, wie in alten Zeiten, eben die Brocken geflogen.«

»Wir sind aber nicht in alten Zeiten, Maggie. Verstehst du das nicht? Wir sind nicht mehr auf dem Schulhof.«

»Sind wir nicht?! Und warum wird hier dauernd auf den alten Zeiten rumgeritten? Von euch übrigens. Wenn *ich* auf alten Zeiten rumreiten würde, dann wäre Rita immer noch die dicke, doofe, rosa Rita. Ich könnte mich schon selbst ohrfeigen, dass ich mich auf die Geschichte eingelassen habe. Ich hätte es nämlich wie in guten alten Zeiten machen sollen: ihr die Zunge rausstrecken und sagen, dass sie nicht dazugehört! Und jetzt tu nicht so, als wärst du ihr bester Freund seit hundert Jahren.«

»Ich wäre gerne ihr Freund seit hundert Jahren. Wenn ich mich bloß damals nicht mit dir eingelassen hätte. Erst knutscht du mit mir rum, und dann lässt du mich stehen.«

Oha, Herr Dr. Hasselbrink will schmutzige Wäsche aus den 80ern waschen!

»Auf welchem Planeten soll das denn stattgefunden haben? Ich kann mich an nix erinnern.«

»Auf dem Ian-Dury-Konzert. Du hattest gemerkt, dass ich mich für Rita interessiere, und dann hast du mal eben mit Carsten Wozniak Schluss gemacht – und mir gesagt, dass ich der Einzige für dich bin. Alles an einem Abend.«

»Zwischen *Hit Me with Your Rhythmstick* und *Sex and Drugs and Rock'n' Roll?* Ach, ich vergaß, zwischendurch ist Ian Dury noch zweimal komatös von der Bühne gekippt.«

»Rita wollte nix mehr von mir wissen, und du hast mich am nächsten Tag nicht mal mehr mit'm Arsch angeguckt, als du gesehen hast, dass du dein Ziel erreicht hast.«

»Ach, deswegen weiß ich, wie schlecht du küsst. Ich hatte mich schon gefragt …«

Kai-Uwe wurde blass um die Nase. »Jetzt ist aber gleich Feierabend hier. Ich bin nicht hergekommen, um mich von dir beleidigen zu lassen! Ich dachte, wir helfen Rita. Wir alle zusammen. Dafür sind Freunde doch da.«

»Also doch – Beschwörung der alten Zeiten. Hasselbrink, hör auf, hier rumzuspinnen. Mann, schnapp dir Rita endlich. Du hast jetzt die beste Gelegenheit, den Larry für sie zu machen! Was beschwerst du dich? Such ihr einen Anwalt. Zeig den Sattelmann an, wenn du dich nicht traust, ihn zu vermöbeln, und irgendwann wird sie ihre Kohle wiederkriegen.«

»Rita glaubt, du bist ihre Freundin.«

»Ich hab' mich schon viel zu tief da reingehängt. Aus was für Gründen auch immer. Nach Jahren treffe ich die Frau zufällig wieder, und schon hab' ich ihre Scheidung, ihren Köter, Konny Sattelmann und einen liebeskranken Hasselbrink am Hacken. Womit hab' ich das verdient?«

Kai-Uwe bückte sich und holte unter dem Steinway noch eine Scherbe hervor.

»Ich bin nicht Ritas Freundin. Um das ein für allemal klarzustellen, Kai-Uwe: Ich bin nicht Ritas Freundin. Vielleicht ist Wilma Ritas Freundin, und deswegen waren wir mal kurz bei Konny und haben ihn ein bisschen aufgemischt. Verdient hat er es ja. Hat Spaß gemacht. Was kann ich dafür, dass der jetzt Amok läuft? In zwanzig Jahren kann so mancher komisch werden.«

»Ja, ja. Maggie Abendroth hat Spaß gehabt, und jetzt geht sie wieder. Den Dreck können andere wegfegen. Rita ist am Boden zerstört. Sie hatte einen Nervenzusammenbruch. Ich habe ihre Therapeutin anrufen müssen!«

»Na, wunderbar – kennst du jetzt also auch die Forelle. Macht doch gleich 'ne Paartherapie!«

»Red doch keinen Scheiß.«

»Ich rede so viel Scheiß, wie ich will.«

Hasselbrinks Unterlippe zitterte.

»Geh zu Sattelmann – vielleicht findest du ja die richtigen Worte für ihn, so unter Akademikern, und Rita lässt sich währenddessen von ihrer Therapeutin betütteln.«

»Du bist abartig. Verantwortungslos. Dich interessiert überhaupt nicht, wie es Rita geht, wie sie ihr Geld wiederkriegt und überhaupt ...!«

»Na endlich, Hasselbrink. Davon rede ich doch die ganze Zeit – dass es mich eigentlich überhaupt nicht interessiert.«

Vielleicht war es in den letzten Stunden wirklich nur darum gegangen, einer dämlichen Nostalgie nachzuhängen. Kann ja mal vorkommen, dass ich mich mitreißen lasse. Endlich hatte ich den Sekundenkleber in der Schublade des Teakholzsekretärs gefunden und machte mich daran, Prince Charles wieder zusammenzusetzen.

Als ich aufblickte, sah ich, dass Hasselbrink kurz davor war zu heulen. Meine Güte, hat er das immer noch nicht im Griff? Trotz Doktortitel?

»Hör mal, Kai-Uwe: Wilma und ich haben getan, was wir konnten. Wenn der Sattelmann meint, er könnte sich die Schweinereien Rita gegenüber herausnehmen, dann soll sich die Polizei damit befassen. Dafür sind die ja schließlich da. Und mir jetzt die Schuld an allem zu geben, ist nicht fair«, versuchte ich mit aller Ruhe, zu der ich noch fähig war, zu erklären.

Hasselbrink schaute auf seine Schuhe und murmelte: »Mit dir ist nicht zu reden. Du verstehst gar nichts.«

Das hatte ich mal wieder davon. Von wegen: die beste Freundin ist die, die gerade da ist. Oma Berti – wenn das dabei herauskommt, dann will ich keine Freunde haben. Verflucht und zugenäht! Ich presste Prince Charles' Ohr an die passende Bruchstelle an einer großen Scherbe und hoffte, dass Kai-Uwe sich in der nächsten Sekunde in Luft auflöst.

Er schüttelte seine grau-schwarze Mähne und sagte unter Aufbietung aller ihm zur Verfügung stehenden Contenance: »Du hast Lokalverbot im Madrid.«

»Trink ich meinen Kaffee eben woanders. Nimm den Köter und halt Ritas Händchen. Ich muss das alles nicht haben. Kein bisschen, Hasselbrink. Da ist die Tür!«

Er öffnete die Terrassentür, schnappte sich den schon heiser gekläfften Willy, warf die Prince-Charles-Scherbe, die er die ganze Zeit in der Hand gehalten hatte, in hohem Bogen in den Haselnussstrauch und marschierte in Richtung Ausgang.

»Wilma ist übrigens gerade bei *Starlight Express.* Lass sie ausrufen und mach ihr auch so eine putzige Szene! Das wird ihr Spaß machen. Wie in alten Zeiten.«

Ich hörte, wie die Haustür zuschlug. Da geht er hin, der schlechteste Küsser vom ganzen Revier. Und im Übrigen sieht er immer noch bekloppt aus, wenn er seine Haare offen trägt. Soll er doch mit Rita glücklich werden.

Du liebe Zeit, mit was für alten Kamellen der hier aufschlägt! Wir waren pubertierende Monster gewesen damals. Und er hätte ja nicht mit mir knutschen müssen, wenn ihm Rita so am Herzen gelegen hatte. Nur weil ich die Schnute hingehalten hab'. So waren wir eben alle. Am Ende der Zwölften hatten wir alle miteinander, durcheinander und aufeinander, Parallelklasse inklusive – bis auf das einzige Mitglied der Tugendfraktion: Rita Thiel.

Dr. Thoma klammerte sich immer noch an seinen Ast. Es sah so aus, als hätte er innerhalb der letzten Viertelstunde zehn Kilo abgenommen. Sehr schlecht für einen Sumo-Champion. Mit Entsetzen erinnerte mich das an meine Spaghetti. Als ich in die Küche kam, blubberte im Topf eine amorphe weiße Masse, die schon bedenklich angebrannt roch. Ich zog den Topf vom Herd und drehte den Schalter auf null. Der Appetit war mit sowieso vergangen.

Sollte ich irgendwann im Leben wieder schreiben können, werde ich die Quatsch-mir-doof-ins-Essen-Diät propagieren und werde damit reich und berühmt.

20

In dieser Nacht schlief ich schlecht. Nicht nur, weil ich wusste, dass jetzt all meine *Freunde* mit der halben Starlight-Truppe bei Kai-Uwe in der Kneipe abhingen und die Tassen fliegen ließen und ich nicht dabei war, nein, auch weil sich alle alten Gespenster prompt wieder im Haus breit machten. Ich wachte mitten in der Nacht schweißgebadet auf, weil ich meinte, das Klavier klimpern zu hören. Dr. Thoma konnte es definitiv nicht sein, der lag am Fußende meines Bettes und schlief. Ich machte das Licht an und ignorierte den Geruch von Cognac, der eindeutig aus der Ecke kam, wo die Chaiselongue stand.

Es dauerte eine Weile, bis ich meinen bebenden Unterkiefer wieder unter Kontrolle hatte, mir endlich den Bademantel überwarf, die Treppe hinunterschlich und im ganzen Haus das Licht anmachte. Ich schaute auf die Uhr: halb eins. Kajo, Nikolaj und Winnie waren noch nicht wieder zurück. Der Steinway war still.

Mit zitternden Händen blätterte ich im Telefonbuch und suchte die Nummer von Konny Sattelmann, dann wählte ich und wartete. Nach dem fünften Klingelton sprang ein Anrufbeantworter an, und Konnys Stimme vermeldete, dass er derzeit nicht zu erreichen sei. Nachrichten nach dem Pfeifton. Ich legte auf, ohne eine Nachricht zu hinterlassen, und bekam eine Gänsehaut. Meine Oma, die Prusseliese, der alte Kostnitz und Schwester Beate saßen allesamt auf dem bösen Sofa und starrten mich an. Ich ließ mich schlapp auf den Klavierhocker plumpsen. Fehlte ja nur noch der Rettich, der das Ganze für die Jenseitsfolge von *Tales from the Crypt* auf 16 mm festhielt.

Was wollen denn alle immer nur von mir?

Wie aus weiter Ferne hörte ich die Stimme meiner Oma: »Kind, bring mich nicht in Schwulitäten und benimm dich.«

Was immer das auch heißen mochte. *Kind, benimm dich.* Wie benimmt man sich denn richtig? Oma selig ließ ihr spitzes ›Ph!‹ hören. Das hatte sie immer getan, wenn Klein-Maggie mal wieder Mist gebaut hatte. Mit anderen Worten, ich bin mit sehr vielen ›Phs!‹ aufgewachsen. Genutzt hat es wohl nichts. Jetzt macht sie es schon wieder! Na ja, Oma. Ich hab' es doch wenigstens versucht, oder? Ich hätte mich entschuldigt, wenn er ans Telefon gegangen wäre.

Dieser schwache Kotau vor den strengen Augen und Ohren meiner Oma selig reichte wohl noch nicht, denn sie murmelte: »Ich hab' es immer gesagt, dieses Balg ist ein Satansbraten. Da hätte mal öfter was auf die Finger …«

Jaaaa! … also, wir hätten dem Sattelmann nicht gleich die Kanzlei zu Kleinholz machen sollen, und vielleicht hätte ich netter zu Rita sein sollen, und vielleicht hätte ich ihr die Adresse von Herzig geben können, damit der mal was in die Wege leitet, das sinnstiftend gewesen wäre. Vielleicht hätte ich etwas mitfühlender zum Hasselbrink sein können, und vielleicht sollte ich nicht so eifersüchtig auf Nikolaj sein; vielleicht könnte ich auch mal mit Winnie über Ritas Problem reden. Der könnte ihr bestimmt was dazu sagen. Vielleicht, vielleicht, vielleicht! Mir stieg der Geruch von Kostnitz' brennender Zigarre, Marke *Krummer Hund*, in die Nase. Jetzt nicht du auch noch!

Als ich die Augen aufschlug, standen Kajo, Nikolaj und Winnie vor dem Klavier und rochen nach Kneipe. Sie hatten sich auf den Steinway gelehnt und schauten ihrem angestrengten Schneewittchen beim Träumen zu. Ich rieb mir die schmerzende Wange … eine Oktave Klaviertastatur hatte ihre Spuren hinterlassen.

»Hi, ihr«, murmelte ich.

»Ich mache Suppe warm«, sagte Nikolaj und ging in die Küche.

»Ich hol' uns noch ein Bier aus dem Keller«, sagte Kajo.

»Und ich bring die Prinzessin ins Bett«, sagte Winnie, »ihr fallen ja die Augen schon wieder zu.«

Als ich am Sonntagmorgen aufwachte, wusste ich nicht, ob ich das alles vielleicht nur geträumt hatte. Das Einzige, was an meinen nächtlichen Ausflug erinnerte, waren die Filzpantoffeln an meinen Füßen, und ich hatte mich in meinem Morgenmantel verheddert. Der Wecker zeigte schon elf Uhr. Das Haus war ganz und gar still. Die Jungs waren doch nicht etwa schon wieder wach und zum Joggen gegangen? Beinahe unmöglich nach so einer durchzechten Nacht – falls sie keine Halluzination gewesen waren.

Ich schlich die Treppe hinunter und fand ein selten romantisches Tableau im Wohnzimmer vor: Auf der guten Couch lagen, Arm in Arm schlafend, Winnie und Nikolaj; Kajo lag auf dem zugeklappten Flügel und hielt eine Pedale seines Fahrrades im Arm. Sein Bike lag auseinandergebaut in Einzelteilen unter dem Steinway. Leere Biergläser auf den Tischen, aufgerissene Chips-Packungen und mein Kater mittendrin im Dr.-Thoma-Nirwana – er hatte seinen Wanst auf Erdnussflips gebettet und schnarchte selig. Unter einem der Biergläser fand ich einen verknitterten Brief von Herrn Matti an mich.

Ein Blick in die Küche sagte mir, dass hier mehr als ein Mitternachtssüppchen verkostet worden war. So leise wie möglich machte ich einen Espresso für mich und setzte für die drei Schnarchsäcke die große Kaffeemaschine in Gang.

Mit meinem Brief und dem Espresso ging ich wieder nach oben, setzte mich aufs Bett, zündete mir eine Zigarette an und las:

Liebe Frau Margret,

ich habe heute mit dem Pfarrer über das Gebot »Du sollst nicht falsch Zeugnis ablegen« gesprochen. Ich habe einen Entschluss gefasst: Vor Gericht werde ich nichts sagen. Meine Aussage ist im Protokoll. Dr. Dr. Herzig hat die Chance, den Sachverhalt auf seine Art vor dem hohen Gericht darzulegen, wie er es für richtig hält. Dann kommen ja noch die Zeugenaussagen von Ihnen usw. Dann kann sich der Richter ein Bild machen. Wer gar nichts sagt, kann auch lügen, hat der Pfarrer gesagt, aber vielleicht ist es nicht so schlimm, wenn ich wenigstens nichts Falsches hinzufüge. Dr. Dr. Herzig hat aus einem chinesischen Weisheitsbuch zitiert, um mich zu überreden: Krieg beruht auf Täuschung. Das hat auch Mao beherzigt auf seinem langen Marsch. Illusion und

Täuschung als Kriegslist, hat Dr. Dr. Herzig gesagt. Aber ich habe gesagt: Ehrlich währt am längsten. Da muss ich keinen chinesischen General fragen.

Dieser Anwalt fährt aber auch alles auf. Ich konnte mir gut vorstellen, wie Herzig vollmundig aus irgendwelchen exotischen Büchern, die zu seiner Koi-Karpfen-Zucht passten, Weisheiten zitierte, um Matti zu imponieren. Da konnte ich ja froh sein, dass ich nur die Golfer-Witze abkriegte.

Ich las weiter:

Ich hoffe, Sie in dieser Angelegenheit beruhigt zu haben. Ich habe mich gefreut, dass Sie Ihrer Bekannten beratend in Bestattungsangelegenheiten beistehen konnten. Sie kann sich glücklich schätzen, eine so gute Freundin zu haben.

Mit herzlichen Grüßen Ihr
Matti Paavo Bietiniemolaiinnen

Tja, da kommt so ein chinesischer General nicht drauf: typische Matti-Lösung – Schweigen! Aber immerhin konnte Herzig dann sein ganzes Talent ausspielen und sein furioses Plädoyer, gespickt mit meinetwegen fünfzig Weisheitszitaten, vom Stapel lassen. Ich war jetzt schon gespannt darauf, wie weit er sich mit seiner geschliffenen Anwaltsrhetorik aus dem Fenster lehnen würde. Nach dem Frühstück werde ich Herrn Matti einen Brief schreiben und ihm zu seinem Entschluss gratulieren, die Dinge wenigstens nicht noch schlimmer zu machen, als sie sowieso schon waren. Er war endlich auf dem richtigen Weg. Aber das würde bedeuten, dass ich ihm in Bezug auf meine Mitarbeit in seinem Bestattungsinstitut reinen Wein einschenken musste. Bis dahin konnten aber noch einige Monate ins Land gehen. Noch gab es keinen Prozesstermin. Eins nach dem anderen. Zuallererst mal Frühstück für die feierfreudigen Kerle im Erdgeschoss.

Als ich geduscht und angezogen ins Wohnzimmer kam, war der Kaffee alle. Winnie und Kajo waren samt Mountainbike verschwunden. Nikolaj ließ bereits wieder die Putzlappen rotieren und tanzte einen Pas de deux mit der Vampyrette. Dr. Thoma lauerte auf der Rückenlehne des Sofas und beobachtete ihn dabei. Nikolaj sang ein russisches Lied, wahrscheinlich über einen dicken Kater, der bald platzen würde, und zwar mitten im Kreml. Als Nikolaj mich im Türrahmen stehen sah, schaltete er den Staubsauger aus, strahlte mich an und sagte:

»Die Blini und der Kaviar waren gut?«

»Ja, super«, log ich. Ich konnte ihm doch nicht sagen, dass Kaviar für wahrscheinlich 150 Euro im Bauch von Dr. Thoma gelandet war.

»Wir dachten, du schläfst noch. Willst du Frühstück? Ist alles fertig.«

»Wo ist Winnie?«

Ich nahm mir eine Scheibe Toast und beträufelte sie mit Olivenöl.

»Er hat heute Dienst.« In Nikolajs Stimme schwang Stolz mit.

»Willst du keine Spiegeleier?«

»Nein. Und Kajo, wo steckt der?«

»Im Wald. Trainiert auf dem Fahrrad. Das Rennen ist doch bald. Du solltest was Richtiges essen. Ein Toast reicht nicht.«

»Sag mal, verklappen eure Ballerinen auch morgens schon halbe Pferde, gefüllt mit Nudeln?«

»Nein, die trinken einen Wodka und rauchen zehn Zigaretten. Aber du bist ja keine Ballerina.«

»Und dann tanzen die mit Wodka in der Birne auch noch auf der Spitze?« Ich biss von meinem Toast ab und krümelte den Fußboden voll. Nikolaj sprang sofort mit dem Handfeger und einem Schüppchen hinzu und fegte alles wieder auf. Dabei dozierte er seelenruhig weiter: »Die Plissetzkaya war mal so betrunken, dass sie sich Augen auf die Augenlider gemalt hat, weil sie sie nicht mehr offen halten konnte. Es war die Jubiläumsvorstellung von Schwanensee, irgendein Geburtstag von Tschaikowsky, glaube ich.«

»Aha. Und der Kulturbeauftragte des KGB ist nicht sofort eingeschritten?«

Nikolaj drückte mir einen Teller in die Hand.

»Sag mal, kriegst du den Job in Amsterdam?«

»Vielleicht.«

»Dann drücke ich die Daumen.«

»Ach. Na ja.«

»Was?«

»Nichts. Vielleicht klappt es auch nicht.«

Fast hörte es sich so an, als wäre Nikolaj ganz froh darüber, wenn es in Amsterdam nicht klappte. Das konnte nur eines bedeuten: »Du bist richtig verknallt in Winnie, stimmt's?«

Nikolaj hörte auf, die Spüle zu wienern, und ging, ohne mir eine Antwort zu geben, ins Wohnzimmer. Ich legte noch einen Toast in den Toaster. Na warte, Ballerino, das will ich aber jetzt doch wissen! Er kam kurz darauf mit meiner Prince-Charles-Tasse zurück. Sie sah aus wie neu.

»Danke. Das sieht perfekt aus. Das nächste Mal versteck' sie bitte nicht. Ich hab' sie total vermisst.«

Meine Espressokanne gurgelte, fauchte und spuckte Kaffee aus. Kleine Kaffeespritzer verteilten sich über den Herd. Nikolaj griff sofort nach einem Lappen und wischte hinterher. »Ich habe sie auf dem Regal vergessen, als ich aufgeräumt habe. Jetzt ist sie ja wieder da.«

Hm, Mr. Perfect, du schwächelst.

»Du bist also in meinen besten Freund verknallt, Nikolaj. Da werde ich doch wohl mal fragen dürfen, wie ernst es dir mit ihm ist. Das macht man hier in Deutschland so. Mögliche Lebenspartner werden von den Freunden gründlich durchgecheckt.«

»Glaubst du, ich meine es nicht ehrlich mit ihm? Ich habe noch nie so einen wunderbaren Mann getroffen.«

»Und deswegen willst du nicht mehr nach Amsterdam?«

»Wenn du mit ihm zusammen wärst, würdest du auch nirgendwo mehr hingehen, wo er nicht ist.«

Oh doch, würde ich, hätte ich beinahe sogar gemacht. Aber ich bin ja auch nicht schwul.

»Du kennst ihn doch noch gar nicht richtig. Er ist Bulle und bei der Mordkommission, und er ist nicht immer so nett und so entspannt, kann ich dir nur sagen.«

»Danke, aber das glaube ich dir nicht. Ich habe auf den Grund seiner Seele gesehen.«

Wann soll das denn gewesen sein, mein Prinz? »Es ist doch ganz einfach, Nikolaj: Ein Mann, der Mörder fängt und eine Schusswaffe bei sich trägt, hat mindestens zwei Gesichter. Muss er sogar. So wie der Schwan in Schwanensee: mal weiß, mal schwarz.«

»Kann ich den Käse wegräumen?«, wechselte Nikolaj abrupt das Thema.

Ich nahm mir schnell noch eine Scheibe Gouda vom Teller, rollte sie zusammen, steckte sie mir ganz in den Mund und nuschelte so unbeteiligt wie möglich: »Na ja, ist ja deine Sache. Wie war es überhaupt gestern im Madrid?«

»Sehr lustig«, sprach Nikolaj mit dünner Stimme in den Kühlschrank hinein. »Wilma hat sich lange mit deinem schwarzhaarigen Freund unterhalten, und in der Zwischenzeit haben sich alle Gäste selbst bedient. Deine Freundin ist dann gegangen. Vielleicht kommt sie gleich vorbei und holt mich zum Mittagessen ab.«

Grund genug, von hier zu verschwinden, obwohl ich, ehrlich gesagt, Nikolaj gerne noch dabei zugesehen hätte, wie er das Gästeklo putzt.

Ich hatte mir, während ich wieder Toastkrümel auf der blitzblank gescheuerten Anrichte hinterlassen hatte, ein paar Dinge überlegt. Zuerst gehe ich zu Winnie ins Büro und frag' ihn, ob er Rita helfen kann. Danach werde ich, als Heldin mit dem Hilfsangebot von Winnie im Gepäck, bei Rita im Krankenhaus vorbeischauen und ihr noch die Telefonnummer von Herzig geben. Dann hätte sie ihr Rundum-sorglos-Paket frei Haus geliefert bekommen, und Hasselbrink dürfte sich schnell wieder beruhigt haben. Und wenn meine Nerven dann noch nicht komplett überstrapaziert von so viel Nächstenliebe waren, könnte ich Wilma anrufen und sie fragen, was sie in Sachen Konny Sattelmann vorschlägt. Wenn hier einer Kerle um den Finger wickeln kann, dann ja wohl Wilma.

21

Winnie saß an seinem Schreibtisch. Seinen Kopf in beide Hände gestützt, gab er vor, eine Akte zu studieren. Äußerlich sah er wie immer aus: wie aus dem Ei gepellt. Nur die tiefen Falten um seine Augen zeugten vom Schlafmangel der letzten Wochen. Der Anblick der Narbe hinter seinem linken Ohr – sie leuchtete dunkelrot – hätte mich warnen sollen. Kaum hatte ich meine kleine Bitte vorgetragen, traf mich Winnies Spott. Ich verstand ja, dass mein Freund ein bisschen aus der Bahn geworfen war – die erste große, schwule Liebe kostet Kraft und Nerven, vor allem, wenn sie in Aussicht stellt, bald nach Amsterdam zu verschwinden.

Schließlich gab er mir den Namen eines Kollegen aus dem Betrugsdezernat. Weil Winnie so gar nicht in Plauderlaune schien, vergaß ich ihn zu fragen, ob ich die gestrige Nacht nur geträumt hatte, oder ob er mich wirklich ins Bett getragen hatte. Falls ja, wäre es wünschenswert, wenn der hochgradig verknallte, russische Prinz es auch gesehen hätte.

Ich verabschiedete mich schnell wieder. Verkaterte Schwule sind schlimmer als Frauen mit PMS.

Ich nahm die Gelegenheit wahr, wo ich schon mal in der Uhlandstraße war, die paar Meter bis zur Lessingstraße zu laufen und einen Blick in mein Souterrain zu werfen. Ich wurde bitter enttäuscht: Die Arbeiter hatten die Fenster von innen mit schwarzer Folie verklebt. Wozu das gut sein sollte, wollte ich gar nicht erst wissen. Züchteten sie bereits Champignons da unten?

Ich ging weiter in Richtung Stadtpark. Am Museum hielt ich mich rechts und war nach ein paar Minuten am Augusta Krankenhaus.

Rita lag in ihrem Bett und sah gar nicht gut aus. Zu meinem grenzenlosen Erstaunen saß die Forelle Schröder-Fröse daneben und hielt ihr das Händchen. Als sie mich wiedererkannte, ging ein Strahlen über ihr Gesicht, als hätte es das Gekeife zwischen uns auf dem

Hochsitz nie gegeben. Sie kam mir entgegen und machte Anstalten, mich zu umarmen, aber ich wich demonstrativ vor ihr zurück.

»Hallo Rita. Was machen Sie denn hier, Frau Schröder-Fröse?«

»Rita hat mich angerufen. Es geht ihr nicht gut, und meine Freundin … also, Ariadne hat hier zu tun. Da bin ich mitgefahren.«

»Am Sonntag?«

»Sie hat am Abend eine Besprechung in Köln und noch ein paar andere berufliche Dinge zu erledigen, da bin ich für ein paar Tage mitgefahren. Ich habe eine Freundin in Köln, bei der wohnen wir.«

»Aha.«

Und wo ist der Butch jetzt? Im Stadtpark ein paar Bäume umschubsen? Das hätte ich am liebsten gefragt, aber Rita schaute mich flehend an, und ich hielt mich zurück. Ich wollte mein Carepaket so schnell wie möglich loswerden, und dann nichts wie raus hier.

»Rita, es tut mir leid, dass unsere Aktion, na ja ... ein bisschen nach hinten losgegangen ist. Das wollten wir natürlich nicht«, sagte ich schnell.

»Ist schon gut, Maggie. Der ist eben total ausgerastet. Ich kann das nur einfach nicht mehr ertragen. Diese Brüllerei und … Das ist alles zu viel …« Sie schluchzte, und die Tränen kullerten schon wieder. Die Forelle reichte ihr sofort ein Papiertaschentuch.

»Rita hat mir gerade alles erzählt, Frau Abendroth. Ich finde, dass Sie da wohl überreagiert haben. Das war vielleicht der Stress – wenn man erfährt, dass die beste Freundin … Na ja, Sie hätten lieber sofort einen Fachmann benachrichtigen sollen.«

So einen Fachmann, wie du einer bist? Oder muss ich jetzt sagen Fachfrau? Ignorier sie, Maggie. Einfach ignorieren!

»Ich hab' hier die Nummer von einem total guten Anwalt, Dr. Dr. Herzig. Ruf ihn an, bestell ihm Grüße von mir und sag ihm, dass es dringend ist.« Ich hielt Rita den Zettel hin, auf dem ich die wichtigen Telefonnummern notiert hatte, »…und hier ist noch das Betrugsdezernat. Mein Polizeikumpel bei der Mordkommission kann ja leider nichts machen. Nicht sein Ressort«, um es mal höflich auszudrücken. Exakt hatte Winnie gesagt: »Selbst wenn ich keine Kopfschmerzen habe, Maggie, interessieren mich aushäusige, verschwenderische Anwälte nur, wenn sie eindeutig tot sind. Am besten schon ein paar Tage. Damit auch keine Zweifel aufkommen.«

Woraufhin ich ihm gesagt hatte, dass ich der Meinung sei, zu viel russisches Ballett schade seinem Seelenfrieden. Diesmal war Winnie kurz davor gewesen, etwas nach mir zu werfen.

»Ich will nicht schon wieder einen Prozess«, jammerte Rita, »das stehe ich nicht durch. Meine Scheidung und alles …« Ihre Tränen tropften auf den Zettel. Ich nahm ihn ihr aus der Hand, bevor die Telefonnummern sich verflüssigen konnten, und sagte: »Rita, das macht doch alles der Herzig für dich. Der ist wirklich eine Koryphäe, glaub mir. Und bevor Sattelmann wirklich verschwindet und du dein Geld nie wieder siehst, lohnt sich doch wohl ein Anruf, oder? Am besten heute noch. Ich leg' den Zettel hier auf den Nachttisch. Du willst doch nicht auf eine halbe Million verzichten?«

Rita heulte auf wie ein gequältes Tier und die Forelle reichte ihr mechanisch das nächste Papiertaschentuch und sagte: »Machen Sie sich keine Sorgen, Frau Abendroth, sie ist bei mir in guten Händen.«

»Also, erhol dich, Rita. Das wird schon wieder.«

»Mein Geld, Maggie. Meine ganze Zukunft.« Ritas Stimme war nur noch ein heiseres Krächzen.

»Du kriegst es wieder. Bestimmt.«

»Und du passt doch gut auf meinen Willy auf, ja?«

Ich tat so, als hätte ich die Frage nicht gehört, lächelte Rita zu, winkte, und weg war ich.

Hochzufrieden über meine Rita-Rettungs-Aktion, gab ich mir eine Zwei plus für Sozialkompetenz und beschloss, mich im *Livingroom* mit einem Kaffee und einem Schoko-Brownie dafür zu belohnen. Ich kam leider nur bis zur Eingangstür, denn als ich durch die großen Glasfenster Wilma, Nikolaj, Kajo, Winnie und Hasselbrink mit Willy auf dem Schoß einträchtig bei Kaffee und Kuchen an der Bar sitzen sah, war mir schlagartig klar, dass ich die Grenzen meiner Soft Skills nicht weiter ausloten wollte, und trat den Rückzug an.

22

Ein paar turbulente Tage später kam ich mit Beute aus der Bochumer City in den Kiosk und war halbwegs guter Dinge. Nur halbwegs, weil Wilma sich trotz zweier Nachrichten auf ihrem Anrufbeantworter nicht bei mir gemeldet hatte. Keine Antwort ist auch eine Antwort! Und mein lieber Freund Winnie Blaschke blieb weiterhin gereizt, verlor aber kein Wort darüber, warum. Da sich in den letzten Tagen keine Chance für ein ungestörtes Gespräch ergeben hatte, war ich bei der Ursachenforschung nicht weitergekommen. Auf jeden Fall hatte es was mit Nikolaj zu tun, denn obwohl die beiden turtelten wie die Weltmeister, sah Winnie täglich besorgter aus, wenn ich ihn überhaupt zu Gesicht kriegte.

Oma Berti hatte also an diesem Morgen im Kiosk die Stellung gehalten, während ich mich um unsere Fan-Ausrüstung für das Mountainbike-Rennen gekümmert hatte. Sie wirkte angespannt und etwas erschöpft, was kein Wunder war, denn seit Montag stand hier alles Kopf.

Über unsere Kurfreundin Mia Hoffstiepel war unversehens eine Katastrophe hereingebrochen. Sie hatte ihren Mann, Fritz, leblos im Schweinestall entdeckt. Fritz hatte an besagtem Montag noch mal nach seiner Prachtsau Sophie sehen wollen, bevor er sich selbst an den Abendbrottisch setzte. Sophie sollte eigentlich schon vor drei Jahren im Kochtopf gelandet sein, aber Fritz hatte es nie übers Herz gebracht, sie zum Schlachter zu bringen. Der Abendschwatz mit Sophie ging ihm über alles.

Mia hatte Sophie quieken hören, sich aber weiter nichts dabei gedacht. Die Prachtsau sprach ja schließlich mit ihrem Kumpel. Als es aber später und später wurde, ist Mia raus, um ihren Mann zu suchen. Sie fand ihren Fritz im Schweinekoben. Er atmete nicht mehr. In der rechten Hand hielt er eine leere Schnapsflasche, eine weitere leere Flasche lag neben ihm.

Ein schnell herbeigerufener Notarzt hatte nur noch seinen Tod feststellen können. Der hatte an den Flaschen geschnüffelt, und weil beide Flaschen ohne Etikett waren, hatte er irgendwas von selbst gepanschtem Kräuterschnaps gemurmelt und einen natürlichen Tod durch Herzversagen und Alkoholvergiftung attestiert.

Der tote Fritz Hoffstiepel lag bei einem Bestatter in Bochum Linden im Kühlhaus, weil Mia sich nicht überwinden konnte, ihren Mann beerdigen zu lassen. Wir hielten Dienstag und Mittwoch in Oma Bertis Wohnzimmer Kriegsrat. Mia schwankte zwischen Trauer, Wut und Verzweiflung. Sie war schließlich zu der festen Überzeugung gelangt, dass ihr Mann den Fusel nicht freiwillig getrunken hatte. Sie bestand darauf, dass ihr Fritz auch in seinen schlimmsten Säuferzeiten niemals Kräuterschnaps angerührt hatte. Immer nur Fiege Pils und klaren Weizenkorn von der Brennerei Schulte Kemna aus Wattenscheid.

Ich war hin und her gerissen. Mia tat mir unendlich leid, denn sie war in den letzten Wochen extrem gut drauf gewesen, weil ihr Mann mit dem Trinken aufgehört hatte, während sie in der Kur gewesen war. Ihre Ehe lief wieder gut, fast wie in alten Zeiten, wie sie immer wieder betonte. Mia hatte sogar schon die Tickets für eine Kreuzfahrt im September in der Tasche. Für ihre zweite Hochzeitsreise. Danach wollten sie nur noch ihren Lebensabend genießen.

Ich fragte mich, ob Mia nicht vielleicht die Augen vor dem Offensichtlichen verschlossen hatte. Schließlich hat Carmen Sawatzki Mia all die unangenehmen Fragen gestellt, die man in dieser Situation stellen musste: Hatte ihr Fritz das Trinken wirklich drangegeben? War wirklich alles gut gewesen? Hatte er wirklich während ihrer Kur selbst einen Entzug gemacht? Ging er wirklich zweimal in der Woche zu den Treffen der Anonymen Alkoholiker? Hat es wirklich keine Alkoholverstecke mehr gegeben? Wollte Mia einfach nicht einsehen, dass er es nicht geschafft hatte, und suchte jetzt einen Sündenbock, weil sie die Wahrheit nicht verkraftete?

Mia hatte die Sorge hinter Carmens inquisitorischen Fragen verstanden und tapfer alles beantwortet. Schließlich waren wir zu dem Schluss gekommen, dass Mia ein Recht darauf hatte, die Wahrheit zu erfahren, wie auch immer die aussehen mochte. Wenn er nicht das Trinken wieder angefangen hatte, was hatte das Szenario dann zu bedeuten? War es ein Unglücksfall gewesen, oder hatte jemand nachgeholfen? Und wenn ja, warum? Carmen stellte die einzig logische Frage, nämlich wer ein Interesse an dem Hof gehabt haben könnte.

Der Hof war seit Jahren nichts weiter als ein zeitaufwändiges, anstrengendes und teures Hobby von Fritz gewesen. Niemand habe ein Interesse daran, hatte Mia geanwortet.

Um allen Mutmaßungen ein Ende zu setzen, hatte Oma Berti Winnie angerufen und ihn um Rat gebeten. Er hatte seiner Oma geduldig zugehört und dieselben Vorbehalte wie Carmen vorgebracht. Schließlich hatte er vorgeschlagen, eine privat bestellte Obduktion durchführen zu lassen, wenn das Mias Seelenfrieden wiederherstellen könnte. Winnie hatte daraufhin den Rechtsmediziner seines Vertrauens angerufen, und Mia hatte der Obduktion zugestimmt. An den Kosten sollte es nicht scheitern. Sie würde die Kreuzfahrttickets sowieso zurückgeben. Nur Berti war ein bisschen sauer auf ihren Winnie, weil er eine Tatortbegehung bei Sophie im Schweinestall rundheraus abgelehnt hatte, ganz einfach aus dem Grund, weil es bis dato gar kein Tatort war. Am Donnerstagmorgen war Fritz Hoffstiepels Leiche in die Rechtsmedizin nach Essen überführt worden und seitdem warteten wir alle auf das Ergebnis. Das würde aber ein paar Tage dauern. Sollten, wie sie Mia in der Rechtsmedizin erklärt hatten, neben der sogenannten makroskopischen Obduktion weitere Untersuchungen erforderlich sein, sogar noch länger.

Oma Berti kümmerte sich also um Mias Wohlergehen, und zwar gründlich. Entgegen Winnies eindringlichem Rat hatte sie eigene Ermittlungen aufgenommen und zuerst Mia noch einmal darüber ausgequetscht, was sie über den Montag und vor allem über den Abend noch wusste. Es war ein bisschen wie im Film gewesen. Berti hatte das *Derrick*-Programm professionell abgespult, und Mia war, trotz ihrer Trauer, voller Bewunderung für ihre Freundin

– Berti nicht ganz so sehr, als sie erfahren musste, dass Mia die beiden leeren Schnapsflaschen schon im Container entsorgt hatte. Eine Durchsuchung des Containers, bei der ich für Berti Schmiere stehen musste, hatte ergeben, dass er längst geleert worden war. Das war eine echte Enttäuschung. Während Oma Berti also auf den Spuren von Sherlock Holmes wandelte, kümmerte ich mich um den Kiosk. Wir hatten alle Hände voll zu tun, und ich hatte keine Chance, Konny Sattelmann auf den Fersen zu bleiben. Und Wilma, wie gesagt, hatte sich nicht bei mir gemeldet. Also tat ich das Naheliegende: Arbeit delegieren. Ich engagierte zwei Mitarbeiter, die für Pils und Jägermeister ihre Seele verkauft hätten. Na gut, sie haben mich auf einen Kasten Bier und zwei Flaschen Jägermeister hochgefeilscht. Darin enthalten war dann aber auch ein Schweigegelübde, vor allem Oma Berti gegenüber. Das war mir die Sache wert, zumal ich eh nur den Einkaufspreis für die Spirituosen bezahlen musste.

Wie sich schnell herausstellte, hatten Herrmanns und Borowski sehr viel Spaß an ihrem neuen Job als Spione. Sie spähten intensiv und verklappten dementsprechend fleißig Bier und Schnaps. Sie waren auch erstaunlich handzahm, wenn sie am Kiosk auftauchten, um mir Bericht zu erstatten. Was sie zu berichten hatten, klang allerdings nicht gut. Sie hatten Sattelmann noch nicht gesehen. Nur eine Dame mittleren Alters, vermutlich seine Sekretärin, ging morgens um neun Uhr ins Büro und kam nachmittags um halb fünf wieder raus. Borowski hatte sie sogar weinen sehen. Die beiden waren täglich in den Garten geschlichen und hatten in die Fenster des Anbaus gespäht, aber wie beide mir glaubhaft versicherten, hatte sich in Sattelmanns Wohnung nichts getan. Eine Pappschachtel vom Pizzadienst lag, seit sie ihre Ermittlungen am Dienstagabend aufgenommen hatten, aufgeklappt auf dem Sideboard. Mit einer ganzen, unberührten Pizza Margherita drin, wie Borowski empört ergänzt hatte. Und ein Paar braune Herrenschuhe standen vor dem Sofa. Immer an derselben Stelle. Und jetzt war schon Freitag. Die Pizza hatte bereits Schimmel angesetzt, und von Konny Sattelmann keine Spur weit und breit.

Ich schaute auf die Uhr. Gleich werden die beiden hier wieder aufschlagen und ihr Blutgeld kassieren. Ich hoffte, dass Oma Berti wieder zu Mia fahren würde, bevor die beiden Spione an der Luke aufkreuzten. Ich breitete die fünf rosa T-Shirts, die ich im 1-Euro-Shop in der Kortumstraße gekauft hatte, auf dem Wohnzimmertisch aus. Berti zupfte am Stoff herum, während ich meine Theorien über Winnies Laune zum Besten gab. Sie schaute lange den grünen Schriftzug an, den ich auf ihre Kosten hatte aufdrucken lassen, dann sagte sie: »Du komms auf die einfachsten Sachen nich, Maggie. Denk doch ma nach!«

»Ein Druckfehler?«

»Nee, *Go Kajo Go* is schon richtich.«

»Was denn dann?«

»Wat du so nachdenken nennz. Winnie macht sich Sorgen, dat der Niki (oh, Oma nannte ihn schon Niki!) den Job in Amsterdam kricht und dann wech is.«

»Ach so. Mehr nicht? Das ist doch nicht weit weg. Amsterdam, zweieinhalb Stunden höchstens.« Da kannte ich mich schließlich aus. Mit dem Mercedes von Sattelmann senior waren wir damals mehrfach sogar unter zwei Stunden geblieben.

»Sach ma, redet ihr gar nich miteinander? Dem Niki sein Ex is in Amsterdam. Dat bringt den Winnie auffe Palme.«

»Ach so – bei der Tanztruppe, die ihm einen Job angeboten hat – vermute ich jetzt mal.«

»Genau.«

Aha! Das ließ Winnies Laune in einem ganz neuen Licht erscheinen. Lernte mein bester Freund also gerade die Qualen der Eifersucht kennen. Das war natürlich ganz was anderes. Ich fühlte mich gleich besser. War mein Schlachtschiff also doch zu erschüttern. Willkommen im Club, Herr Blaschke!

»Wie findest du den Aufdruck in Grün? Tolle Farbe, was?«

»Soll wohl helfen. Is L für mich?«

»Nee, für Winnie. XL gab es nicht. Wir beide haben M, und unsere beiden Models kriegen S. Winnie wird richtig knackig aussehen.«

»Der Junge hat abgenommen. Dat gefällt mir gar nich. Is schon ganz hohlwangich.«

»Guter Hahn wird selten fett.« Das hätte ich lieber nicht sagen sollen.

»Ich glaub, dat du da Spass dran has, den Winnie leiden zu sehn«, schnappte Berti und versetzte mir einen Ellenbogen-Check in die Rippen.

»Aua! Berti!«

»Biss ja bloß neidisch, weil de nix zu meckern has an Niki. Aus dir spricht doch die Eifersucht. Hasse dir etwa doch Hoffnungen gemacht, datte den Winnie umdrehs?«

»Natürlich nicht«, beeilte ich mich zu versichern, »aber er redet mit mir über gar nix mehr, seit dieser russische Prinz aufgetaucht ist, und das ärgert mich. Wie würdest du dich denn fühlen, den ganzen Tag nur Geknutschte und Gegurre um dich rum?!«

Berti zog sich ihr T-Shirt über und murmelte unter dem Stoff: »Et geht nich immer nur ums Quatschen – und bei den beiden schon gar nicht.«

Danke, alte Frau. Da wäre ich im Leben nicht drauf gekommen!

Sie zerrte sich das T-Shirt über ihren ausladenden Busen und strich sich die Haare glatt. Ihr lindgrüner Arbeitskittel guckte unter dem rosa Shirt hervor.

»Wie seh ich aus?«

»Seit Björk mit einem toten Schwan um den Hals bei der Oscar-Verleihung aufgetaucht ist, geht alles.«

»Hasse dich gezz endlich mit Wilma vertragen?«

Nicht auch noch dieses Thema!

»Ich geh mal nach vorne, Herrmanns und Borowski sind im Anmarsch. Wolltest du nicht schon längst wieder bei Mia sein?«

»Später. Ich setz mich ma kurz in'n Garten. Nachdenken.«

Als ich die Verkaufsluke vom Kiosk aufschob, lehnten die beiden schon an ihrem Stammplatz, dem Stehtisch vorm Kiosk, und pafften Zigarren. Ich ging mit zwei Flaschen Bier hinaus, um mir den Bericht meiner Nick Knattertons anzuhören.

»Nix. Fehlanzeige, sach ich dir«, sagte Herrmanns ohne Einleitung.

Borowski nickte zu Herrmanns knapper Erklärung.

»Seid ihr sicher? Keine Veränderung im Anbau? Nichts?«

»Nix. Futschikato, der Typ. Mit die Pizza kannze schon reden, so viel Leben is da drauf. Die Schuhe stehen immer noch da ...«

»Et war abba doch noch wat«, fiel Borowski Herrmanns ins Wort, »die Sekretärin is heute um drei wech. Wir sind ihr hinterher. Wat glaubse, wo die hin is?«

»War sie etwa in der Wohnung?«

Herrmanns zog genüsslich und langsam an seiner Zigarre. Das wollte er jetzt auskosten. Borowski hielt es aber nicht mehr aus und kam seinem Freund wieder zuvor: »Nix inne Wohnung. Die is nache Pollzei. Wat sachse gezz?«

Herrmanns versetzte Borowski mit dem Ellbogen einen Hieb in die Seite. »Halt ma die Klappe, du Ömmes!«

»Was hat sie da gemacht?«

»Kann ich dir sagen ...«, eröffnete Herrmanns, ließ den Satz aber dramatisch unvollendet in der Luft hängen.

»Ja, dann sag es endlich!«

Herrmanns und Borowski starrten auf ihre leeren Bierflaschen, und ich verstand. »Das waren die letzten aus eurem Kasten, der Jägermeister ist auch alle.«

»Da musse wohl nachlegen.«

»Zu viel Jerry Cotton gelesen? Gar nix leg' ich nach. Ihr habt in vier Tagen den ganzen Kasten und zwei Jägi leer gemacht. Das reicht.«

»Komm, wir gehen.« Herrmanns klopfte Borowski auf die Schulter. Der wollte nicht so recht glauben, dass sie ihre bahnbrechende Information nicht an den Mann bringen würden, und blieb unschlüssig stehen.

»Spucks aus, Borowski.« Ich griff mal kurz von außen durch die Luke in den Kiosk und zauberte eine kleine Flasche Boonekamp hervor. »Nur für dich.«

»Judas«, knurrte Herrmanns.

»Ach, lassmidochinruhe.« Borowski entfernte das Papier von der kleinen Flasche. »Mach nich so viel Wind hier mit deine Informationen. Also, die Tippse hat wohl Vermisstenanzeige erstattet. So war dat. Dat hat die auffe Pollzeiwache gemacht.«

»Aha. Woher wisst ihr das?«

Herrmanns kam wieder zum Stehtisch zurück und starrte auf Borowskis kleine Flasche Boonekamp. Noch 30 Sekunden und ihm würde der Sabber aus den Mundwinkeln fließen. Ich hatte Erbarmen und gab ihm auch eine. Sofort war sein Erpressungsversuch vergessen, und er lehnte sich mit seinem ganzen Gewicht auf den Tisch. »Wir ham die Olle gefraacht. Wat sonz?«

Das war allerdings etwas, das ich nicht erwartet hatte. Die beiden sollten doch nicht in Kontakt treten, auf gar keinen Fall. Ich hatte mit allen Mitteln versucht, wenigstens zwei Dinge in ihren Kopf zu hämmern: erstens kein Feindkontakt und zweitens kein Wort zu Berti.

»Ihr habt *was* gemacht?!«

»Mann, nache Pollzei is die noch mal zurück inne Kanzlei, wir hinterher. Ham gefraacht, ob der Herr Anwalt zu sprechen is, wir hätten da'n Problem und so ... schlau, wat?«

Borowski fiel Herrmanns ins Wort: »...und dann fängt die auf eima dat Flennen an. Wir ham nix gemacht, ehrlich. Erzählt die uns, dat der tagelang nich da war und so. Fast zwei Wochen. Und se kann ihm nich finden und nix. Au nich bei seim Alten, der aber nix unternehmen wollte, weil der eh Knatsch mit seinen Filius hat. Und gezz bis du dran!«

Da war also der Sattelmann überhaupt gar nicht mehr aufgetaucht, seit Wilma und ich ihn besucht hatten? Und er hatte sich offensichtlich bei seiner Angestellten auch nicht abgemeldet.

»Und da war vorher keine Polizei in der Kanzlei? Vielleicht in Zivil?«

»Nee, dat hätten wir mitgekricht. Dat hat die Frau au gesacht, dat sich da scheints keiner für interessiern tut, wo ihr Scheff is.«

»Habt ihr vielleicht so einen ganz schnieken, älteren Anwaltstypen da gesehen? Handgenähte Schuhe, edler Zwirn und so?«

»Nee«, kam es von beiden sofort.

Also hatte Rita meine Ratschläge nicht befolgt. Sie hatte weder das Betrugsdezernat informiert, noch hatte sie Herzig engagiert. Ich hatte mein Bestes getan. Soll sie doch sehen, wie sie klarkommt. Wegen des Trubels um Mia hatte ich in den letzten Tagen kein bisschen über Rita nachgedacht. Man kann sich nicht um alles kümmern.

»Habt ihr sonst irgendwas bemerkt?«

»Inne Kanzlei?«

»Ja, wo denn sonst?«

»Die Olle sacht, dat die letzte Kundin am Montag vorletzte Woche 'ne Frau war mit'n Köter. Da hatte sie abba schon Feierabend und is dann nach Hause gegangen. Mehr wusste die nich. Die is wohl gekommen, grad als se vor de Tür gegangen is.«

»Sagt mal, konntet ihr eigentlich mal einen Blick durchs Fenster in sein Büro werfen?«

»Nee. Rollläden runter. Immer. Nur da, wo die Frau sitzt an ihrn Schreibtisch, da macht die die Rollos hoch.«

Also hatte Sattelmann sich wirklich abgesetzt. Aber wohin?

»Hört mal, noch eine Flasche Jägi. Ich hätte da noch was.«

»Geritzt«, sagte Borowski sofort. Herrmanns rollte mit den Augen. »Borowski! Sei doch nich so voreilich …«

Um jetzt keine neue Diskussion aufkommen zu lassen, richtete ich mich direkt an Borowski und erklärte: »Also, ihr beide fahrt zum Haus vom alten Richter Sattelmann und guckt mal nach, ob der Sohnemann sich da aufhält. Am besten heute Abend. Und guckt euch die Kellerfenster an, ob da Licht ist oder so. Der Konny hat seine Bude hinten raus, im ehemaligen Swimmingpool. Die Villa ist so groß, dass der Senior gar nicht merken muss, dass sein Sohn da ist.«

Ich gab den beiden eine genaue Wegbeschreibung, mit welchem Bus sie fahren mussten und wie man bei Sattelmanns ungesehen in den Garten schleichen kann. Ich konnte zwar nicht garantieren, dass sich da in den letzten zwanzig Jahren nichts geändert hatte, aber vielleicht hatten wir ja Glück. Die beiden nickten stumm und warfen sich in die Brust.

»Und dass euch niemand sieht. Verstanden? Nicht klingeln!«

»Wohl kaum! Sach mal, krichs du eigentlich ne Belohnung, wenne den findes?«

»Herrmanns, Borowski, wenn die Millionen durch die Tür fliegen, werdet ihr es als Erste erfahren.«

Endlich setzten sich die beiden in Bewegung. Ein bisschen torkelten sie schon. Mir blieb nur zu hoffen, dass die beiden das Manöver nicht versauten, denn Sattelmann durfte auf gar keinen Fall merken, dass sich jemand für ihn interessierte.

Für mich hatte ich an diesem Abend eine weitaus interessantere Aktion vorgesehen. Freitagabend ist immerhin beste Swinger-Club-Zeit. Oder etwa nicht?

Ich überlegte gerade, wie ich Oma Berti den Benz abschwatzen könnte, um damit nach Sprockhövel zu fahren und mir die von Hasselbrink angepriesene Lasterhöhle unter albanischer Flagge mal anzuschauen, da hörte ich Berti schon kommen.

»Sind die beiden endlich wech?«

»Ja. Warum so geheimnisvoll?«

»Hömma, Durchbruch.«

»Womit? Ist bei Fritz' Obduktion was rausgekommen?«

»Ja und nein.« Berti sah mich triumphierend an. »Dat wirst du nich glauben.«

»Kommt auf einen Versuch an.«

»Hab' gerade mit Wachtmeister Walther telefoniert. Bingo! Der Pling isset!«

»Ist was genau?«

Berti grinste von einem Ohr zum anderen, und mir dämmerte, was mit Mr. Pling, unserem Musiktherapeuten, los war. Er war der gesuchte Besitzer der Hand.

»Die Hand passt zu dat genetische Matrial, dat der Walther in der Wohnung gefunden hat. Er ist dahin, als klar war, dat der Pling überhaupt in gaa keinen Flieger nach Irgendwo gesessen hat. Die Bude von dem war nich ma abgeschlossen. Die Reisetasche stand da und allet …«

Ich musste mich erst mal hinsetzen. »Ja, aber das heißt … das … ist …«

»Genau. Dat war geplant, und in der Wohnung hat et kein Kampf gegeben. Gaar nix. Als wär der ma eben runter gegangen, Müll wegbringen, und nich mehr widdergekommen. Dat heißt, er hat den Mörder gekannt. Womöchlich.«

Der arme Mr. Pling. Wo könnte seine Leiche sein? Ich meine, der Rest? In Einzelteilen im Goldenen Grund verstreut vergraben? Oma Berti unterbrach meinen Gedankengang, denn sie hatte noch mehr zu vermelden: »Und gezz zu Fritz Hoffstiepel: Ich hab' grad mit die Nachbarin von Mia telefoniert. Die hat einen Hund gehört an den Abend, wie der Friedrich Hoffstiepel zu Tode gekommen is.«

»Und Mia hat keinen Hund und die Nachbarin auch nicht?«

»Dat is ja dat Spannende. Da war jemand … Weisse, wat ich mach? Ich geh in den Stall. Vielleicht find ich doch noch wat. Is acht Uhr, kannz den Laden zumachen.«

»Berti? Kann ich mit?«

»Klar, aber reech mir bloß die Mia nich auf.«

»Auf gar keinen Fall. Ich wollte dich bloß um einen Gefallen bitten. Kann ich dich da absetzen und nach einer Stunde wieder abholen? Ich muss noch was machen. Wegen dem Sattelmann, weißte doch, der Konstantin, der ist immer noch verschwunden. Rita hat ihr Geld immer noch nicht.«

Omas Interesse war geweckt, und sie nickte. »Wat kann die Rita froh sein, dat se dich hat.«

Na ja, das würde ich nicht gerade mit meinem Blut unterschreiben wollen.

Ich holte die Zeitungsaufsteller rein, leerte die Mülleimer und schloss vorne ab, während Berti sich in Schale schmiss. Sie zog ihr Miss-Marple-Sommerkostüm in dunkelgrün-dunkellila an. Es dauerte noch eine Weile, bis Berti die Tageskasse gezählt und in ihrem kleinen Wand-Safe verstaut hatte. Dann waren wir endlich so weit und machten uns auf den Weg.

Das Ende vom Lied war, dass ich Mia im Wohnzimmer beim Weinen zusehen durfte, während Berti den Stall untersuchte. Unvorsichtigerweise hatte ich Mia von den spektakulären Ermittlungsergebnissen in Bad Camberg erzählt, die Bertis Einsatz zu verdanken waren. Mia war völlig aufgelöst, als sie hörte, dass Mr. Pling nicht mehr unter uns weilte. Während ich also von einem Fettnäpfchen ins nächste stolperte, kroch Oma Berti mit ihrer selbstleuchtenden Leselupe aus dem Seniorenshop im Schweinestall herum. Ich hatte gerade die dritte Kanne Fencheltee gekocht, als sie triumphierend wieder in die gute Stube kam und nach Hochprozentigem fragte. Mia schaute ihre Freundin beleidigt an und sagte: »Berti Blaschke, hier is kein Alkohol. Nirgendwo. Ich hab' alle ehemaligen Verstecke von Friedrich abgesucht, aber da war nichts. Glaub mir doch mal.«

Berti schüttelte ungeduldig den Kopf: »Ich frach doch nich deswegen, Mia. Ich will wirklich'n Kurzen oder so. Ich glaub, ich hab im Stall wat gefunden.« Sie schwenkte triumphierend einen kleinen Gefrierbeutel hin und her.

»Was ist da drin?«, fragte ich, denn ich konnte beim besten Willen nichts erkennen.

»Tierhaare, aber keine Borsten vom Schwein. Andere Haare. Hab' ich am Holz von den Koben gefunden. Und am Eingang vom Stall. Staunze Bauklötze, wat?«

Ich nahm die Lupe und schaute den Beutel genauer an. »Und was schließt du jetzt daraus? Mehr, als dass da ein Tier mit Haaren und nicht mit Borsten gewesen ist, kannst du nicht sagen. Schon gar nicht wann. Könnte Karnickel, Katze ... und ... könnte ja schon ewig da sein.«

»Stimmt«, sagte Mia traurig, »Friedrichs Kegelfreund schaut manchmal vorbei, der hat einen schwarzen Schnauzer. Vielleicht hat die Nachbarin den gehört. Kann ja sein.«

»Dat weiß ich allet selbs. Aber diese Haare sind nich schwarz. Die sind hell. Vielleicht bringt dat gezz noch nix, aber man weiß ja nie. Ich schick das dem Rechtsmediziner nach Essen.« Sie verstaute den Gefrierbeutel in ihrer Handtasche.

»Oma Berti, ich fahr dann jetzt mal endlich und hol' dich in einer Stunde wieder ab. Okay?«

»Ich wär' jetzt lieber alleine, wenn ihr nichts dagegen habt«, sagte Mia. »Danke, dass ihr da wart. Danke, Berti.«

Aber Berti war noch nicht fertig: »Ist dir was zum Schnaps eingefallen?«

Mia war erschöpft. »Nein, Berti. Ich hab' doch nicht an den Flaschen gerochen ... Meine Güte ... hätte ich doch bloß die Flaschen nicht ...«

Berti umarmte ihre Freundin und sagte: »Is ja gut. Ich weiß, dat dat allet 'n bissken viel auf eima is. Wir gehn dann mal.«

Mia musste Berti versprechen, sofort am nächsten Morgen anzurufen, damit sie sicher sein konnte, dass sie die Nacht gut überstanden hatte.

Zwei Minuten später saßen wir wieder in Omas altem Mercedes Kombi.

»Ich hab' dir doch gesacht, du sollz die Mia nich aufregen. Kruzitürken, warum hasse dat mit Pling erzählt?! Dat du au'nich einmal die Klappe halten kannz.«

»Ich dachte, es würde sie ablenken.«

»Ja, dat is dir geglückt. Dat nächste Mal überlässt du mir dat.«

»Ja«, maulte ich.

Als ob nichts gewesen wäre, fragte Berti in der nächsten Sekunde voller Unternehmungslust: »Wo willze denn gezz hin?«

»Ist außerhalb, aber da würde ich lieber alleine hinfahren.«

Berti schnaubte und zog eine Augenbraue hoch. Gefährlich hoch. Sie brauchte gar nichts mehr zu sagen. Ich erzählte ihr lieber freiwillig, wohin ich wollte, und hoffte, sie wäre ein bisschen geschockt, aber weit gefehlt! Die Aussicht, einen Swinger-Club, Schrägstrich illegale Spielhölle, von innen zu sehen, kam ihrer Auffassung von Freizeitgestaltung außerordentlich entgegen. Und ihrem letzten Argument konnte ich mich schon gar nicht verschließen: »Mit der Zweiten *swingt* man besser ...«

Ich startete den Wagen und fuhr los. Berti starrte aus dem Fenster, knabberte auf ihrer Unterlippe herum und sagte kein Wort. Als wir über die Ruhrbrücke auf die Burg Kemnade zufuhren, erinnerte ich mich daran, wie ich vor ein paar Monaten genau hier, in einer schwarzen Regennacht, den Vergessensvoodoo auf den Knipser zelebriert hatte. Erfolglos, wie sich ja mittlerweile herausgestellt hatte. Voodoo ist auch nicht mehr das, was es mal war.

»Wat gucks'n so angestrengt?«, frage Berti.

»Ach nix. Und selber?«

»Ich überlech, wat dat mit der Hand auf sich hat. Abgehackt und genau da hingelecht, wo wir dat finden mussten. Da wusste doch einer Bescheid.«

»Eine gute Frage ... Moment mal, Berti – in der Klinik wussten alle Bescheid.«

»Wie gezz?«

»Jetzt erinnere ich mich, die Rezeptionistin hat gesagt, die Kiste ist jedes Jahr an der derselben Stelle. Genau! *Isch jedes Jahr dieselbe Kischt an deselbe Schtell.* Weißt du noch, als ich euch gesucht habe. Als ich verpennt hatte.«

» Ja, ja ... Aber dat is doch total ...«

»Genau, Berti, die Schnitzeljagd war eine Farce. Dein Team hat alles gegeben, nur um eine Kiste zu finden, von der halb Bad Camberg sowieso wusste, wo sie ist. Damit hat sich der Kreis der potenziell Verdächtigen mal eben verhundertfacht, würde ich sagen.«

Bertis Enttäuschung dauerte nicht lange. »Dat is der falsche Ansatz, Maggie. *Warum* war dat so arranschiert? Dat muss man sich fragen. Da will uns doch jemand wat sagen. Und? Wo is der Rest von Pling?«

»Perfekte Umsetzung des Begriffes *Schnitzeljagd,* würde ich sagen.«

»Margret, dat is echt pietätlos von dir.«

»Tschuldigung. Ich mein' ja bloß.«

Für den Rest der Strecke war Oma Berti wieder grübelnd in Schweigen versunken. Manchmal wiegte sie ihren Kopf kurz zwei-, dreimal hin und her, sagte aber nichts. Und ich hatte an alles Mögliche gedacht außer an einen Plan für die Mission Swinger-Club, was dazu führte, dass wir keine zehn Minuten, nachdem wir das Etablissement betreten hatten, schon wieder auf dem Parkplatz standen.

Oma hatte den Türklopfer aus Messing in Form eines Löwenkopfes laut geschlagen, und es war uns geöffnet worden. Dann hatten wir dem zwei Meter großen und zwei Meter breiten Türsteher verständlich zu machen versucht, dass hier eine alte, arme Oma auf der Suche nach ihrem Enkel Konny Sattelmann war. Das zumindest war Omas Plan gewesen, den sie spontan gefasst und, ohne mir Bescheid zu sagen, in die Tat umgesetzt hatte. Der Gorilla hatte keine Spur von Mitleid gezeigt. Vielleicht hatte er auch nur kein Wort verstanden. Berti hatte nicht locker gelassen, und wir waren wenigstens bis in einen schmalen, langen Flur vorgelassen worden. Er war mit rotem Samt tapeziert. An der Decke hatte sich jemand mit wenig Maltalent daran versucht, Raffaels Putten zu kopieren. Die eine oder andere goldene Bordüre in den Ecken war schon etwas locker. Es gab sogar ein Schwarzes Brett mit einem Plan, der über die Highlights der Woche Auskunft gab. Daneben hing ein rotes, samtbezogenes Buch, auf dem in goldenen Lettern *Gästebuch* stand. Sonst gab es nichts zu sehen.

Während der Mann knurrend durch eine Tür verschwand, auf der ein Schild mit der Aufschrift *Privat – Zutritt verboten* prangte, öffnete sich am anderen Ende des Ganges die Tür zum Allerheiligsten, zumindest konnte man das vermuten, dort ging es zur *Erotikspielwiese – Vorsicht, Hot Zone.* Eine Frau um die dreißig – in roten Strapsen, hochhackigen schwarzen Pumps und mit einem mikroskopisch kleinen Etwas über dem Busen – stöckelte auf uns zu und hielt uns ein Tablett mit zwei Sektgläsern entgegen.

»Na, neu hier?«, fragte sie mit hoher Stimme. »Nicht so schüchtern, die Damen, es ist bestimmt auch für Sie der Passende dabei.«

»Ich such' meinen Enkel, Schätzken.«

Ich schüttelte den Kopf, als sie mir das Tablett auffordernd unter die Nase hielt.

»Ist er ausgebüxt?«, kicherte die Frau, nahm sich selbst ein Glas vom Tablett und trank es auf ex.

Oma Berti genehmigte sich einen Schluck und verdrehte die Augen: »Muss gar nicht so blöde gackern, et gibt einen Notfall inne Familie, Schätzken, dat kannz du auch verstehn.«

»Oh, es klingelt, ich werde gebraucht. Besuchen Sie uns bald wieder.«

Also, ich hatte keine Klingel und kein Glöckchen gehört.

»Konny heißt der«, Oma setzte nach, »Anwalt.«

Die Frau huschte durch die Tür, drehte sich noch mal um, und flüsterte: »Heute is der nicht hier. Das wüsst' ich. Tschüss.«

»Und gestern? Und vorgestern?«, versuchte ich mein Glück, aber die Tür zur *Hot Zone* war schon zugefallen.

Während wir auf den Türsteher warteten, blätterte Berti, ihre Sektflöte in der Hand, im Gästebuch: »Alles kann, nichts muss. Und hier, hör mal, et gibt Kondome umsonz. Sach ma, machen die dat alle durcheinander da drin?«

»Vermutlich.«

»Ich hoff', die duschen vorher ... Ach, kuck mal, so sehen Swinger aus? Also die trauen sich wat.«

Der Gorilla kam, sagte kein Wort, sah noch mindestens zehn Zentimeter größer aus als vor ein paar Minuten, nahm Oma das Sektglas aus der Hand und öffnete die Eingangstür. Wir standen schon auf der Schwelle, als Berti sich noch einmal umdrehte: »Ja und gezz, junger Mann? Ham'sen nich gefunden, oder wat is? Zu viel Durcheinander da drin?«

Die Tür knallte vor unserer Nase zu, und wir beide standen verdutzt da. »Dat is auch'ma ne Antwort.«

Ich ging zum Parkplatz und bemerkte zu spät, dass Oma Berti mir nicht folgte. Sie hatte sich schon wieder umgedreht und hämmerte vehement mit dem Löwenkopf an die Tür. Diesmal ging nur eine kleine Klappe in Augenhöhe auf. Berti stellte sich auf die Zehenspitzen und drohte mit erhobener Faust: »Ma'n bissken mehr Respekt für'ne alte Frau. Lass dich dat gesacht sein, du Spacko!«

Die Klappe wurde mit lautem Knall geschlossen, aber Berti hatte das letzte Wort behalten. Es sei denn, die Tür würde gleich wieder geöffnet, und wir beide müssten die Beine in die Hand nehmen. Aber nichts dergleichen geschah.

Zufrieden setzte sie sich ins Auto. »Wat'n Pack! Der hat heute bestimmt noch nich …«

»Berti!«

»Ich mein ja bloß, schon wie der ausse Wäsche kuckt. Wer knutschen will, muss freundlich sein. Oder?«

Bevor Berti jetzt noch mehr Kiosksprüche loslassen konnte, sagte ich schnell: »Ist mir neu … was du alles weißt. Aber interessant war schon, dass die Frau Konny kannte. Also verkehrt der wirklich hier. Hasselbrink hat also Recht.«

»Hasse gesehen, Samstag is Ladiesdings … wie spricht man dat aus? Is auch egal … da kriegen die Weiber allet umsonz.«

»Also, ich geh' nicht hin, falls du das meinst.«

»Na ja, für junge Leute. Wat is schon dabei? … Alles kann, nix muss. Und wenne'n bissken freundlicher wärss … wer weiß, wat sich alles noch ergibt.«

Also, Berti, wenn du nicht schon so alt und ehrwürdig wärst!

»Geh du doch hin. Scheint dich ja brennend zu interessieren, und wenn du ein bisschen freundlicher wärst, hätte Winnie bestimmt bald einen Opa.«

Berti lachte schallend und holte unter ihrer Kostümjacke das samtbezogene Gästebuch hervor. Sie schlug es auf. »Wollen wa doch ma sehen, ob da nich so'n knackigen Rentner bei is.«

23

Sonntag – Kajos großer Tag beim Mountainbike-Rennen. Unsere kleine Fangemeinde, bestehend aus Winnie, Oma Berti, Nikolaj und mir, angetan mit knappsten rosa Fan-T-Shirts und einer umfassenden Picknickausrüstung, stand enthusiastisch grölend und pfeifend am Startplatz.

Noch fünf Minuten bis zum Startschuss, und Wilma war noch nicht aufgetaucht. Ich hatte das rosa T-Shirt für sie in der Tasche, weil sie fest versprochen hatte, zu kommen. Und sie hatte das nicht mir versprochen, sondern Kajo. Also, wo blieb sie bloß?

Die Fahrer standen an der Startlinie bereits in ihren Pedalen. Kajo wirkte überhaupt nicht nervös. Er unterhielt sich mit Berti, die wild mit den Armen herumfuchtelte. Wahrscheinlich verriet sie ihm gerade irgendwelche geheimen Tricks. Sein Mannschaftskollege Acki, Zweiradschrauber und Guru der Mountainbike-Szene, hielt das Rad fest und lachte.

Ich, so schien es, war die Einzige, die ein mulmiges Gefühl hatte. Warum? Vielleicht, weil ich die Strecke für das Cross-Country schon inspiziert hatte und mir sicher war, dass ich einige Passagen noch nicht einmal zu Fuß bewältigen könnte, geschweige denn auf einem Fahrrad. Kajo setzte meiner Meinung nach soeben seine ganze Karriere aufs Spiel. Ein unglücklicher Sturz und seine Mutter selig, die Prusseliese, wird mit ihrem roten Fusselmantel aus der Gruft steigen und uns allen das Leben zur Hölle machen, weil wir ihr Wunderkind nicht von seinen Plänen abgehalten hatten.

Der Startschuss fiel, der Jubel, die Pfiffe und das Gerassel waren ohrenbetäubend. Alles in allem tummelten sich über 500 Leute in der Start-Ziel-Zone. Winnie warf sich mächtig ins Zeug, um Kajo anzufeuern. Ich hatte Sorge, dass das T-Shirt seinem Enthusiasmus nicht standhalten würde. Endlich lachte er mal wieder. Sein roter Haarschopf fiel ihm ins Gesicht, und er sah ganz verwegen aus. Nikolaj war ebenfalls mit Feuereifer dabei. In den letzten drei Tagen hatte er sich extra intensiv um Kajos Muskeltonus gekümmert. Auf russische Art – jeden Abend nach dem Training hatte Kajo eine Wodkaabreibung von ihm gekriegt.

In dem ganzen Trubel hatte ich nicht bemerkt, dass Wilma angekommen war. Als sie vor mir stand, hätte ich sie ohrfeigen können. Madame erteilte unseren 1-Euro-T-Shirts eine deutliche Absage. Sie hatte sich ein eigenes mitgebracht. Rosa war es ja, aber das *Go Kajo Go* glitzerte auf ihrem 80C-Busen in grellgrüner Paillettenstickerei.

Sie lächelte in die Runde und erntete bewundernde Blicke. Acki pfiff anerkennend durch seine Zahnlücke, und er hörte sogar für ein paar Sekunden damit auf, sein Multitool mit der Produktbezeichnung *Alien* zu schwenken. Was ein echter Biker ist, vergisst eher seine Kinder auf dem Parkplatz als sein *Alien,* hatte Kajo mir schon zigmal erklärt, während er in den letzten Tagen ölverschmierte Zahnräder auf dem Parkett im Wohnzimmer verteilt hatte.

Ich nahm den Picknickkorb und setzte mich etwas abseits auf einen kleinen Hügel, um alles für das Essen vorzubereiten. Als ich einen Augenblick von meinen Picknickvorbereitungen aufschaute, standen plötzlich Rita und Kai-Uwe vor mir. Bevor ich etwas sagen konnte, hatten sie ihre eigene Decke kichernd neben unserer ausgebreitet, und Willy versuchte, seine Nase in Omas Picknickkorb zu stecken. Berti, Winnie, Nikolaj und Wilma kamen angeschlendert und wurden von Rita und Kai-Uwe freudig begrüßt. Und wo, bitte schön, soll ich jetzt hingehen?

Nikolaj verteilte die Teller. Wilma umarmte Rita. Berti kniff Winnie herzhaft in die nicht vorhandenen Speckrollen. Acki hatte seine Fassung wieder gewonnen und bequatschte sein Walkie-Talkie, ließ dabei Wilma aber keine Sekunde aus den Augen.

Auf dieser Decke wurde es mir entschieden zu eng. Das Auftauchen von Rita und Kai-Uwe hatte mich überrumpelt. Die beiden taten so, als sei nie was gewesen. Als hätte ich kein Lokalverbot im Madrid, als hätte ich nicht maßgeblich dazu beigetragen, dass sich Sattelmann so aufgeschraubt hatte und als hätte ich nie das Residents-Plakat besudelt. Wollen die beiden mir den Tag versauen? Wenn schon, bitte, dann verlange ich nach Verachtung, Stirnrunzeln und wenigstens ein paar Sticheleien auf meine Kosten, aber nicht so eine Easybeasypeacefulfeeling-Show, als hätten alle beim Chinesen eine doppelte Portion *Familienglück* eingefahren.

Ich ging ein paar Schritte zum Fahrerlager von Kajos Team. Acki hatte sich pflichtschuldig von Wilmas Anblick losgerissen und schaute jetzt angestrengt in die Richtung, aus der die Fahrer kommen mussten. Vor lauter Nervosität schlug er mit seinem heiß geliebten *Alien* auf seinen Handrücken ein. Und da war auch schon der Erste mit der Startnummer 7, der über die Kuppe flog, ziemlich spektakulär aufkam, einen Sturz gerade noch verhindern konnte, um dann 30 Meter waghalsig ein Gefälle von über 20% hinab- und Sekunden später in einer mörderischen Staubwolke an uns vorbeizusausen. Kajo hatte die Nummer 9. Ich staunte nicht schlecht, als er als Zweiter an uns vorbeiflog. Jubelnd drehte ich mich zu den anderen herum, die ihre Arme hochrissen und johlten. Mit kalten Hühnerbeinen in der Hand kamen sie zur Ziellinie gelaufen. Jetzt wollten sie keine Runde mehr verpassen. Winnie und Nikolaj gingen los, um sich an einer ganz besonders spektakulären Stelle zu postieren. Vielleicht hofften sie, dass der Anblick zweier knutschender Männer ein paar Biker aus der Kurve schicken würde. Ich ging in Richtung Zielkuppe, um mir die Sprünge besser anschauen zu können.

Bis zur fünften Runde blieb Kajos Platzierung unverändert. Er kam als Zweiter durch. Wenn ich hier stehen bliebe, würde ich noch eine Menge Staub fressen müssen. Es hatte tagelang nicht geregnet, und es war für Ende Mai außergewöhnlich heiß.

»Na, alles okay?« Wilma hatte sich zu mir in die Staubwolke gestellt.

»Natürlich nicht. Seit wann reden wir wieder miteinander?«

»Wir reden doch immer miteinander, oder nicht?«

»Na gut, dann sag ich mal: Dein T-Shirt geht mir auf die Nerven. Oma Berti hat unsere bezahlt, aber du musst ja wieder was besonders Tolles haben.«

»Reg dich ab. Die Welt geht nicht an einem T-Shirt zugrunde. Ich geh' grad an Willy ein. Meine Nase läuft.«

Der Anblick ihrer roten Nase und ihrer geschwollenen, tränenden Augen stimmte mich etwas milder.

»Ich hab' Rita extra gesagt, sie soll Willy zu Hause lassen«, schniefte sie in ein Taschentuch.

»Ja, so ist sie, unsere gute Rita. Sie tut immer so etepetete, schüchtern und schwach, und am Ende macht sie sowieso, was sie will. Die geht mir richtig auf die Nerven. Sie hat Herzig nicht konsultiert und auch keine Anzeige erstattet. Was denkt die, wie sie ihr Geld wiederkriegt?«

»Glaub mir, ich habe ihr ins Gewissen geredet. Sie hat mir die Telefonnummern, die du ihr gegeben hast, gezeigt und gefragt, ob du es wirklich ehrlich mit ihr meinst. Sie ist noch traumatisiert wegen der Telefonnummer vom Schuhgeschäft. Seitdem glaubt sie, du nimmst sie nicht mehr ernst.«

»Könnte stimmen, was mich betrifft. Aber sie könnte wenigstens auf dich hören.«

»Himmel Herrgott. Ich habe es versucht, aber sie macht, was sie will. Sie ist in ihrer unnachahmlichen Naivität bei Sattelmann senior aufgekreuzt und hat sich ausgeheult.«

»Gibt er ihr etwa das Geld wieder zurück?«

»Nein, er hat sie rausgeworfen.«

»Hätt' ich ihr vorher sagen können. Der Alte hat von seinem Sohn die Nase voll. Der hat einmal zu oft die Sperenzchen von seinem Konstantin bezahlt.«

»Allerdings … Guck mal«, schrie sie plötzlich, »da kommt Kajo! Als Erster!«

Wir rissen die Arme hoch und kreischten, was das Zeug hielt. Kajo war total im Geschwindigkeitsrausch und raste an uns vorbei. Dicht hinter ihm sein Verfolger mit der Nummer 7. Irgendjemand hatte endlich den Einschaltknopf für die Musikanlage gefunden und ließ ohrenbetäubende Rockmusik durch den Wald schallern.

»Ich soll dir von Berti ausrichten, dass das Dessert angerichtet ist.

Überbackene Palatschinken nach dem Rezept von Nikolaj«, brüllte mir Wilma ins Ohr.

»Warum hast du das nicht eher gesagt?«

Wir gingen zurück zur Decke. Rita und Kai-Uwe waren mit Willy auf der Strecke unterwegs. Berti thronte inmitten von Tupperdosen, Tiegeln und Plastikbesteck und hielt mir einen Pappteller entgegen. Ich roch an den Palatschinken und überlegte sofort, wie ich die anderen davon überzeugen könnte, auf gar keinen Fall davon zu probieren.

Das Geschrei der Zuschauer ließ unsere Köpfe herumfahren. Da kamen sie schon wieder. Aber diesmal war kein Kajo zu sehen.

»War er Erster? Ist er schon vorbei?«, fragte ich Berti.

»Nein. Die 7 ist wieder vorne«, sagte Wilma.

Ich setzte mich neben sie auf die Decke und löffelte die köstlichen Palatschinken. Wir warteten und mampften. Kein Kajo weit und breit. Dann flog schon wieder die Nummer 7 über die Kuppe.

»Was macht der denn da?«, fragte Wilma fassungslos.

Die Nummer 7 hatte an der Ziellinie angehalten und winkte aufgeregt. Zwei Sanitäter rannten auf ihn zu. Ich drückte Berti den Teller in die Hand und sprang auf.

Zwei Sanitäter machten sich bereit: der eine hatte eine Trage geschultert, der andere griff nach einem Notfallkoffer. Die Nummer 7 wollte gerade in die Pedale treten, aber ich hielt ihn auf. »Wo ist die Nummer 9, wo ist Kajo Kostnitz?«

»Vom Weg abgekommen«, keuchte er, »da unten im Wald. Rennt dem so'n kleiner Scheißköter direkt vor die Gabel. Volle Kanne abgerauscht. Ich konnte nicht mehr anhalten.«

Willy!

»Wo unten im Wald?«

Aber da war er schon weitergefahren. Wilma und Oma Berti ließen alles stehen und liegen. Wir rannten an der Rennstrecke entlang, und das war zu Fuß schon halsbrecherisch genug. Wilma und ich nahmen Berti in die Mitte. Nach ein paar hundert Metern kamen uns Winnie und Nikolaj entgegen. »Kajo ist was passiert. Weiter unten. Renn, Winnie!«

Von der Seite kam Willy, der Übeltäter, auf uns zugaloppiert. Eine Dreiergruppe Biker sauste an uns vorbei. Einer zeigte wild fuchtelnd in den Wald hinein. Willy fand das Spiel offensichtlich wunderbar und legte noch einen Zahn zu. Hinter uns hörte ich Rita hysterisch nach ihrem dummen Köter kreischen.

Wir schlugen uns durch die Büsche und erreichten verkratzt und staubig eine Lichtung. Kajo lag reglos im hohen Gras. Winnie war schon neben ihm und hielt seinen Kopf. Acki und die Sanitäter kamen mit ihrer Trage aus einer anderen Richtung angelaufen.

Aber dann sah ich, was offensichtlich noch keiner wahrgenommen hatte, weil sich alle um Kajo kümmerten. Wilma kapierte es im selben Moment und schrie auf: Ein Toter, keine zwei Meter von Kajo entfernt, war an einen Baum gefesselt. Der Kopf war mit Klebeband an den Baumstamm fixiert. Die Person sah aus wie ein Indianer am Marterpfahl – im braunen Anzug. Jetzt hatten es die Sanitäter auch gesehen und machten Winnie darauf aufmerksam. Er stand auf, schaute kurz auf den Mann am Baum und zückte sein Handy. Die Sanitäter hoben Kajo auf die Trage. Willy schlich fiepend im Rückwärtsgang davon.

Winnie bat uns, sofort zurückzugehen. Nikolaj war kurz davor zusammenzubrechen. Rita hatte es schon hinter sich, sie hing hechelnd in Hasselbrinks Armen und wurde von ihm weggetragen. Nikolaj nahm er gleich mit. Nur Oma Berti, Acki, Wilma und ich wichen keinen Meter von der Lichtung.

Berti und Acki gingen erst, als Kajo, immer noch schwer benommen, von den Sanitätern abtransportiert wurde. Winnie musste energisch den Toten für sich reklamieren, damit seine Oma die Lichtung verließ.

Fliegen umtanzten die Leiche. In den dreckigen Haaren klebten kleine, weiße Fliegeneier. Die Augen des toten Mannes, so schien es, waren lebendig, und beim näheren Hinsehen stellte sich heraus, dass sich eine weiß-graue Masse ineinander verknäuelter Maden in den Augenhöhlen breit gemacht hatte. Bei diesem Anblick hatte ich komplett vergessen, irgendetwas zu denken. Ich hatte sogar vergessen, dass ich denken konnte. Also folgte ich Winnie, der langsam auf den Toten zuging. Der Gestank der Leiche wurde intensiver. Ich versuchte mit aller Macht, die Palatschinken drinzubehalten.

»Wilma, ich glaube, wir haben ihn«, jammerte ich.

Winnie drehte sich um und sagte energisch: »Was macht ihr überhaupt noch hier? Verschwindet! Wartet am Startplatz auf mich.«

»Winnie, wir kennen den Toten«, sagte Wilma dumpf. Sie hatte sich den Kragen ihres T-Shirts über die Nase gezogen. Ich wunderte mich, dass sie beim Anblick der Leiche überhaupt noch auf ihren Füßen stand und nicht schon längst umgefallen war.

Winnie schaute erst mich und dann Wilma an und sagte ungeduldig: »Ja – und wer …? Maggie?!«

»Konny Sattelmann. Tot. Wie du es dir gewünscht hast.«

»Maggie!«

»Er interessiert dich erst, wenn er tot ist, hast du gesagt. Bitte schön, da ist er. Tot. Nicht zu übersehen!«

Eine Wolke Leichengeruch streifte meine Nase, aber ich konnte trotzdem den Blick von dem, was mal Sattelmann gewesen war, nicht abwenden. Aus seinem Mund quollen Geldscheine hervor. Monopoly-Geldscheine. Ein orangefarbener Zehntausender lag auf seinem rechten Fuß. Besser gesagt, das, was von dem Fuß noch übrig war, denn er hing nicht mehr am Bein und sah abgenagt aus. Konny hatte keine Schuhe an. Die standen ja auch neben der vergammelten Pizza in seinem Wohnzimmer. Wilma würgte, schnappte nach Luft und rannte in den Wald.

Die laute Rockmusik brach endlich ab. Winnie packte mich an den Schultern, drehte mich in Richtung Wald und gab mir einen leichten Schubs. Meine Beine fingen von selbst an zu laufen. Bevor ich den Wald erreichte, drehte ich mich doch noch einmal um. Winnie in seinem knappen rosa Fan-T-Shirt, daneben der verwesende, angenagte, stinkende Sattelmann in seinem braunen Anzug. Sattelmann geht nie mehr über Los und zieht nie wieder 4.000 Mark ein. Und du,

Winnie, ziehst dir am besten schleunigst ein anderes T-Shirt an, bevor deine Kollegen hier auftauchen.

Kurz vor unserem Picknickplatz hatte ich Wilma eingeholt. Plötzlich stand ein blasser, wankender Nikolaj vor uns, in der Hand ein weißes T-Shirt mit dem Emblem von Ackis Fahrradladen, einem großen Ritzel, vorne drauf. Ihm zitterten die Knie, und er war kurz davor zu heulen.

»Ich geh' schon. Gib her«, sagte ich und nahm ihm das Hemd aus der Hand. Wilma legte ihren Arm um Nikolaj und schob ihn vorwärts weiter in Richtung Picknickdecke. Ich stolperte zurück zur Lichtung.

Als ich Winnie erreichte, kniete er vor Sattelmanns Leiche und inspizierte dessen angenagte Füße.

»Hier, zieh das an. Was sollen denn deine Kollegen denken.«

»Was sie immer denken. Dass meine Freundin einen schlechten Geschmack hat.«

Winnie zog sich das T-Shirt über und drückte mir einen Kuss auf die Stirn. »Wartet nicht hier auf mich. Geh zu Kajo, ja? Und pass auf Oma auf.«

»Natürlich.«

»Und auf Nikolaj.« Das hatte er beinahe geflüstert. Wenn ich den Subtext richtig verstanden hatte, lautete der: Pass auf, dass er nicht nach Amsterdam verschwindet, während ich hier im Stress bin.

Du weißt ja nicht, was du von mir verlangst, Herr Kommissar.

24

Als ich zu Wilma und Nikolaj stieß, hatten die beiden unseren ganzen Picknick-Kram schon eingepackt. Kajo, Oma und Acki waren auf dem Weg ins Bergmannsheil. Acki durfte nicht im Rettungswagen mitfahren und war mit dem Fahrrad unterwegs, wie ich erfuhr. Rita, mit Nervenzusammenbruch Nummer 2 NK (nach der Kur), war von Hasselbrink gleich wieder ins Augusta Krankenhaus gebracht worden, da kannte man sie ja schon.

Auf dem schmalen Weg zum Parkplatz, der durch den Wald führte, kam uns eine kleine Prozession entgegen. Winnies Kollegen Karin und Peter und zwei Bestatter mit einem Zinksarg, dahinter noch ein Trupp mit großen Koffern und ein aufgeregter Fotograf von der Tagespresse. Karin schaute auf unsere T-Shirts, sagte aber nichts. Wir erklärten, wo Winnie zu finden war. Die Bestatter stöhnten ein bisschen, als sie erfuhren, wie weit sie mit dem Sarg noch laufen mussten.

Während der Fahrt in Wilmas neuem Testwagen, einem schwarzen, riesigen Porsche Cayenne Geländewagen, den sie sich für dieses Wochenende zur Probefahrt ausgeliehen hatte, sprachen wir kein Wort. Nikolaj kämpfte immer noch gegen seinen Magen, bekam aber langsam wieder etwas Farbe im Gesicht. Wilma konzentrierte sich aufs Fahren, und ich betete für zehn heile Finger an Kajos Händen. Für Konny Sattelmann kam jedes Gebet zu spät.

Im Flur der Notaufnahme trafen wir auf Oma Berti und Acki. Beide liefen nervös auf und ab. Berti fragte sofort: »Weiß Winnie schon, wer der Tote ist?«

»Wie geht es Kajo?«, wollte Nikolaj wissen.

»Is nich so schlimm«, sagte Acki. »Vermutlich nur das Knie kaputt. Seine Finger sind in Ordnung.«

»Um Gottes willen, Acki. Nur das Knie kaputt«, wetterte ich.

»He, ein Knie braucht es nicht für Tschaikowsky oder Chopin, jedenfalls nicht so dringend.«

»Was du alles weißt! Vielleicht fragst du mal den Notarzt, ob du mit deinem Multitool ein bisschen an Kajos Knie rumschrauben kannst. Vielleicht kann er nie wieder laufen! Was dann?«

»He, jetzt entspann dich mal. Ist doch alles gut gegangen. Notfalls fahre ich ihn im Rollstuhl in die Jahrhunderthalle.«

»So cool seid ihr. Verdammt arschcool. *Nur noch ein Rennen, Maggie, ich hab's versprochen!* Männerirrsinn, so was!«

Oma Berti zupfte an meinem T-Shirt. »He, mach ma halblang. Ich hab' dich wat gefracht.«

»Der Tote ist Konny Sattelmann«, antwortete ich unwirsch.

»Glaubse nich«, stöhnte Berti und setzte sich auf einen der Stühle im Flur, »deshalb war der gestern nich im Swinger-Club.«

»Was?«, wollte Wilma sofort wissen.

»Ach nix«, sagte ich schnell, bevor Oma unser Abenteuer in Sprockhövel zum Besten geben konnte. Berti öffnete ihre Handtasche, holte ein zusammengefaltetes Stück Büttenpapier heraus und stopfte es mir in die Hosentasche. »Kannze später ma draufgucken.«

Bevor ich weiter mit Acki schimpfen konnte, öffnete sich die Tür des Behandlungsraumes. Wir sahen einen fröhlich winkenden Kajo, der humpelnd von einem Krankenpfleger zu einem Rollstuhl eskortiert wurde. Kajos linkes Knie war bandagiert, und er hatte eine üble Schramme, die sich vom linken Ellenbogen bis zur Hälfte des Unterarmes zog. Seine Hände hingen noch an den richtigen Stellen.

»He, Acki, alles noch dran«, rief Kajo fröhlich, als der Krankenpfleger ihn in Richtung Ausgang schob. »Hallo, alle zusammen. Ich hab' leider nicht gewonnen.«

Wir trotteten dem Rollstuhl hinterher.

Hatte Kajo den Toten bei seinem Sturz gar nicht bemerkt, oder hatte er ihn einfach vergessen, oder lachte er, weil sie ihm intravenös die richtigen Naschereien verpasst hatten?

»So, dann lasst uns mal alle nach Hause fahren. Scheint ja nochma gut gegangen zu sein«, sagte Berti und nahm Nikolaj bei der Hand, der beim Anblick des kleinen Operationssaales schon wieder aschfahl geworden war.

Acki und Kajo gaben sich zum Abschied vor der Tür ein *High-Five.* »Bis nächste Woche. Ich besorg' dir ein neues Kettenblatt für unter 200. Versprochen«, versicherte Acki und stieg auf sein Rad. Wilma hauchte ihm links und rechts einen Kuss auf die Wangen.

»Ich denke, du brauchst ein Auto, kein Fahrrad«, zischte ich sie an.

»Er war mit dem Rad schneller hier als der Krankenwagen«, flüsterte sie mir ins Ohr.

Wenn das kein Argument ist.

Kajo durfte vorne sitzen und Oma, Nikolaj und ich thronten auf der Rückbank.

»Verdammt groß, die Karre«, entfuhr es mir.

»Verdammt teuer«, sagte Wilma und gab Gas.

Wie sich herausstellte, hatte Kajo den Toten tatsächlich nicht gesehen, er war mit seinem Sturz vollauf beschäftigt gewesen. Als Oma ihm die Szenerie beschrieb, wollte er es nicht glauben. Berti zeichnete die Leiche in den grellsten Farben. Vor allem die Maden in den Augen. Nikolaj war kurz vor Schnappatmung und zerquetschte mir fast die Hand.

Wilma sagte kein Wort zu alldem, sondern sorgte dafür, dass wir in WARP-Geschwindigkeit vor Kajos Haus standen.

Während Oma und Nikolaj Kajo dabei halfen, ins Haus zu humpeln, fuhren Wilma und ich weiter, um Omas Benz vom Parkplatz an der Rennstrecke abzuholen.

»Bevor ich es vergesse, ich habe einen Brief für dich. Liegt im Handschuhfach.«

Wer schickt Briefe für mich an Wilmas Salon?

Ich holte den Umschlag heraus. Ein Brief mit Trauerrand. Ungläubig las ich die Absenderadresse wieder und wieder.

»Ist bei mir im Salon angekommen, vermutlich hatte der Rettich damals meine Adresse notiert.«

»Von Coco Reitmeier. Sie schickt mir eine Einladung für die offizielle Gedenkfeier. Dienstag in einer Woche.«

Die Bestattung, so entnahm ich dem Schreiben, hatte bereits in aller Stille stattgefunden. »Das hier wird der letzte Medienauftrieb für den Rettich.«

Kraftlos steckte ich die Karte zurück in den Umschlag. »Ich weiß jetzt schon nicht, was ich anziehen soll.« Mehr fiel mir dazu nicht ein. Ich war müde, erschöpft und geschockt.

»Ist doch sehr nobel, dass Coco Reitmeier an dich gedacht hat.«

Ja, sehr nobel … ich werde alle wiedersehen. Ich werde geradezu ohnmächtig vor nie versiegender Freude. Meine Synapsen schalteten auf Sparbetrieb. Reiner Selbstschutz.

Wilma bog vor der Kemnader Brücke scharf links in den Wald ein und preschte den Weg entlang, der zum Parkplatz am Stausee führte, wo Bertis Auto abgestellt war.

»Komm vorher vorbei. Ich leih dir was.«

War das ein Friedensangebot?

»Kommst du mit?« Das war jetzt definitiv eins von mir.

»Bewahre!«

War klar.

Ich stieg aus, und Wilma schoss rückwärts auf dem schmalen Weg zurück. Cinderella musste ihre Leihkutsche dringend vor Ladenschluss zurückbringen.

Mit dem Einladungsbrief in der Hand lehnte ich unschlüssig am Kotflügel von Omas Auto. Sattelmann tot. Sehr tot, und es sah nicht nach Selbstmord aus. Und die Geldscheine in seinem Mund. Ekelhaft. Da hatte doch jemand ein Zeichen setzen wollen. Geradezu mafiös. Ich zündete mir eine Zigarette an. Der Rauch stieg mir in die Augen. *Overstolz* von 1963 ist doch die Pest. Vielleicht hätte ich die auslassen sollen, aber Bertis Keller war noch nicht leer geraucht, und in meiner Situation konnte ich ja nicht wählerisch sein. Ich musste die Augen zusammenkneifen, so sehr brannte der Qualm. Als ich die Augen wieder aufmachte, stand Winnie vor mir. Im Arm einen Hund.

»Das ist Willy«, hustete ich. »Verhafte ihn auf der Stelle. Er hat Kajos Sieg auf dem Gewissen.«

Hatte Hasselbrink doch tatsächlich Ritas Liebling vergessen! Willy kläffte einmal kurz. Vermutlich eine dumme Ausrede.

»Gut, dass ich dich hier treffe. Wollte gerade dafür sorgen, dass er ins Tierheim kommt. Die Besitzerin war nicht zu erreichen.«

»Die Besitzerin liegt mit Nervenzusammenbruch im Augusta. Rita Thiel, geschiedene Brahms, von der hab' ich dir schon vor einer Woche erzählt. Ihr schuldete der Sattelmann die halbe Million. Schon vergessen?«

»Nein, aber du kannst es mir gerne noch mal erzählen.«

»Hier?«

»Ja sicher. Aber zuerst, wie geht es Kajo? Alles noch dran?«

»Soweit ja. Knie kaputt. Aber nicht so schlimm.«

Wir setzten uns in den Benz, und ich erzählte Winnie, unter Auslassung sämtlicher Peinlichkeiten mich und Wilma betreffend, versteht sich, die Geschichte von Sattelmann, seinen Spielschulden und von Rita. Willy war völlig groggy auf der Ladefläche des Kombis eingeschlafen und machte den Eindruck eines harmlosen kleinen Hundes.

Winnie schrieb, ohne irgendwelche Fragen zu stellen, alles mit. Ich gab ihm die Adresse von Sattelmanns Büro, von seinem Vater und von Rita. Wo er Wilma und Hasselbrink finden konnte, wusste er ja selbst.

»Gibt es noch etwas, das ich wissen müsste?«

»Nein«, log ich, »das war alles.«

»Seine Sekretärin hat übrigens eine Vermisstenanzeige gestellt. Haben die Kollegen mir grad erzählt. Wusstest du das?«

»Nein«, log ich wieder, »woher sollte ich?«

»Ich dachte nur. Du hast dich ja um deine Schulfreundin und ihr Geld gekümmert. Hätt' ja sein können.«

»Sie ist nicht meine Freundin.«

»Oh. Es sah dann wohl nur so aus.«

»Die Dinge sind nicht immer das, was sie vorgeben zu sein.«

»Ich komme nicht mehr mit. Aber egal. Die Sekretärin hab' ich grad schon angerufen. Total im Schock, die Gute. Sagte, ihr Chef sei schon vor Tagen bedroht worden. Die Kollegen machen sich gleich auf den Weg in die Kanzlei. Vielleicht finden wir dort was Interessantes.«

Winnie hatte mein Stirnrunzeln sehr wohl bemerkt und fragte jetzt etwas freundlicher: »Miss Marple, was sagen Sie denn so als Fachfrau zu dem Ganzen?«

Aber da war er schon wieder, dieser mokante Unterton! Im letzten Drittel des Satzes. Den kannte ich nur zu gut. So hatte er mit mir gesprochen, als ich ihm die Sache über das Bestattungsunternehmen erzählen wollte. Das war noch keine fünfeinhalb Monate her. Ich vergesse nicht so schnell.

»Sattelmann gehört ganz dir, mein lieber Holmes. Er ist tot, und er wurde ermordet. War es nicht das, was du dir gewünscht hast?« Und was geht es ihn an, dass wir eine kleine Schulhofrangelei mit unserem alten Kumpel gehabt hatten. Wir haben ihn ja dabei nicht umgebracht.

»Soll ich dich verhaften wegen fortgesetzter Stichelei?«

»Jetzt nicht. Ich muss am Dienstag nach Köln. Der tote Rettich wird gefeiert, und mir ist jetzt schon schlecht.«

Winnie las aufmerksam meine Einladung und gab sie mir zurück. Dann öffnete er die Klappe vom Handschuhfach und kramte darin herum. »Guck mal, haste schon gesehen?«

Er hatte eine blau-rot karierte Papiertüte, wie es sie in Oma Bertis Kiosk zu Tausenden gab, hervorgeholt und etwas in der Hand, das entfernt an eine Eule erinnerte.

»Prototyp Hedwig, Brause-Schokogeschmack. Du auch eine?«

»Dass du jetzt essen kannst. Ich werde es nie begreifen.«

»Du weißt doch, Maggie, ein Blaschke in seiner natürlichen Umgebung – mitten in einem Mordfall.«

»Ach ja?! Und der Rest, die Zeit ohne Mordfälle? Keine natürliche Umgebung? Warst du deswegen so gereizt?«

»Sag mal, kann ich das T-Shirt behalten?«

Lenk nicht ab, Blaschke! »Dein Nikolaj ist übrigens schwer mitgenommen. Kann es sein, dass er noch nie einen Toten gesehen hat?«

»Was?«

»Dein Nikolaj ist total fertig mit der Welt.«

Winnie strich sich die Haare aus dem Gesicht und steckte sich das nächste Objekt aus der Tüte in den Mund, das noch weniger Ähnlichkeit mit einer Eule hatte. Er lutschte darauf herum und sah aus, als müsse er sehr intensiv nachdenken. Dann öffnete er plötzlich die Beifahrertür und spuckte die Reste der Brause auf den Parkplatz. »Iiiih, Colageschmack. Bah, das muss ich Oma ausreden.«

»Hallo ... Herr Kommissar! Hast du vergessen, von wem ich rede? Nikolaj Andrejewitsch Besuchow!«

Seinem Blick nach zu urteilen, hatte Winnie in den letzten drei Stunden definitiv nicht einmal an seinen Tänzer gedacht – und das wurde ihm grad peinlich bewusst.

»Soll ich ihm was ausrichten?«

»Ja, sag ihm, ich melde mich, sobald ich Zeit habe. Das kann was dauern.«

»Na klar.«

»Ich fahre jetzt zu Sattelmann senior.«

Winnie steckte die Tüte mit der Brause in die Hosentasche und stieg aus.

Soeben bekam ich eine Ahnung davon, wie meine nächsten Tage und Wochen aussehen würden. Hoffentlich konnte Winnie den Täter schnell finden. Nikolaj hatte zwar einen Körper aus russischem Stahl, aber sein russisches Seelchen war zarter als seine Palatschinken.

Als ich gerade losfahren wollte, machte Winnie die Beifahrertür noch mal auf.

»Hör mal, das mit Nikolaj ...«

»Ja ...?«

»Versuch ihm zu erklären, was ich hier mache. Ich meine ... Ich werde in der nächsten Zeit total beschäftigt sein, und ...«

»Hab' schon verstanden. Ich werde es versuchen, aber erwarte keine Wunder von mir.«

»Wirklich? Ich habe doch noch gar nicht gesagt ...«

»Amsterdam!«

»Woher ...?«

»Sein Ex ist in Amsterdam. Stimmt doch, oder?«, schob ich gemeinerweise hinterher.

Es war, als hätte man die Leuchtdioden hinter Winnies Sommersprossen ausgeknipst. Tja, ich lerne bei deiner Oma grad' Gedankenlesen, Herr Kommissar. Dieser Punkt geht eindeutig an mich.

Winnie warf die Tür zu und klopfte aufs Dach. Ich löste die Handbremse und fuhr los. Im selben Moment fing Willy an zu jaulen. Und nicht nur das. Ich hatte die Kemnader Straße in Richtung City noch gar nicht erreicht, da hatte sich Willy schon in meine Wanderschuhe, die auf der Ladefläche lagen, verbissen und knurrte. Ich schrie: »Aus! Willy! Aus!«

Er presste sich sofort flach auf den Boden und legte die Nase zwischen die Pfoten, ließ aber den Schuh nicht aus den Augen. Mit einem Auge schaute ich auf die Straße, mit dem anderen versuchte ich, Willy im Visier zu behalten. Bis ich die große Kreuzung am Schauspielhaus erreicht hatte, klappte das auch ganz gut, aber als er merkte, dass meine Aufmerksamkeit gerade von anderen Dingen in Anspruch genommen wurde, schnappte er sich den Schuh und schüttelte ihn knurrend hin und her.

An einer Bushaltestelle brachte ich den Wagen mit quietschenden Bremsen zum Stehen, machte die Heckklappe auf und schnappte mir den Terrier. Er wollte den Schuh nicht loslassen. Es half kein »Aus!«, »Sitz«, »Platz« oder sonst irgendwas, das ich ihm ins Ohr brüllte. Die ersten Passanten blieben schon stehen und bedachten mich mit wütenden Blicken. Leute kamen aus einem Supermarkt und schauten sich das Schauspiel an. Der 353er Bus rauschte heran. Ich packte Willy am Nackenfell, setzte mich wieder ins Auto und fuhr los. Es ist gar nicht so einfach, einen tobenden, widerborstigen Jack Russell mit Wanderschuh zwischen den Fängen festzuhalten, während man versucht, einen alten Mercedes Kombi ohne Servolenkung durch den Stadtverkehr zu bugsieren.

Mit Willy, immer noch den Schuh im Maul, am Schlafittchen, marschierte ich ins Café Madrid. Hausverbot hin oder her, das hier war ein Notfall. Kai-Uwe, der hinter der Theke stand, stellte sofort freudestrahlend sein Tablett ab, als er uns sah.

»Sag ihm, er soll sofort loslassen!«

Ein paar Gäste, die sich zum Spätnachmittagsbierchen hier versammelt hatten, lachten schon. Kai-Uwe kam hinter der Theke vor und sagte: »Essen ist fertig, Willy.« Der Schuh fiel auf den Boden. Jetzt lachten die Kneipengäste laut.

»Was ist das denn für'n Quatsch? *Essen ist fertig?!*«

»Da hört der eben drauf. Mann, hab' ich mir Sorgen gemacht. Toll, dass du ihn bringst. Wir haben ihn, also … ich musste Rita so schnell wie möglich ins Krankenhaus bringen. Danke, Maggie.«

Hasselbrink nahm mir den Hund vom Arm, und ich hob meinen Wanderschuh auf, der schon sehr ramponiert aussah.

»Hör auf, die Töle auch noch zu loben. Er hat Kajos Rennen vermasselt. Das hätte auch ins Auge gehen können.«

Aber Kai-Uwe streichelte Willy und lobte ihn, als hätte er soeben die Welt gerettet.

»Komm mal mit, Maggie.«

Was will er denn jetzt? Muss ich dem kleinen Liebling beim Essen zugucken, weil er so putzig ist?

Kai-Uwe nickte seinem spanischen Koch zu, der plötzlich was im Keller zu tun hatte und hinter sich die Schiebetür schloss. »Was sagt die Polizei? Das war doch Sattelmann, oder?«

»Und ob er das war.«

In der Küche duftete es köstlich nach Lammkoteletts und Auberginengemüse. Im Nu war die Erinnerung an den Gestank, den der tote Sattelmann verströmt hatte, vergessen. Kai-Uwe machte eine Dose Hundefutter auf, stellte Willy noch einen Napf mit Wasser auf den Fußboden und sagte zu mir: »Bedien dich. Auberginen sind grad fertig. Und in dem Topf da ist Gemüsereis.«

Der Adrenalinstoß, ausgelöst durch Kajos Unfall und Sattelmanns Leiche, hatte auf der Stelle sämtliche Palatschinkenkalorien in Rauch aufgehen lassen. Ich nahm mir einen Teller vom Regal und langte ordentlich zu.

»Was is mit Hausverbot?«

»Hausverbot! Hausverbot! Wir sind hier in meiner Küche. Jetzt sei mal nicht so kleinlich.«

»Ich und kleinlich? Wer ist denn hier kleinlich? Ich wollte nur höflich fragen, bevor ich in den nächsten Fettnapf latsche«, sagte ich und schob mir eine Gabel voll Auberginen in den Mund.

»Dass ich das noch erleben darf.«

»Und um deine Frage zu beantworten: Es war wirklich Sattelmann, und er war wirklich tot. Und das bestimmt schon seit Tagen. Hast du gesehen, dass sein rechter Fuß abgenagt war?«

»Boah, dass du das beim Essen erzählen kannst.« Kai-Uwe hatte sich auch vom Gemüsereis genommen, aber jetzt schwebte die Gabel in seiner Hand unschlüssig zwischen Teller und Mund.

»Und sein Mund war voller Monopoly-Geld. Wie eklig ist das denn?«

Hasselbrink legte die Gabel auf den Teller zurück. »Das hab' ich gesehen. Das ist ja wie im Krimi, so Morde, wo die Leichen inszeniert werden. Widerlich. Das mit dem Geld passt doch auch auf Ritas Fall.«

»Was sagt Rita?«

»Sie war's nicht.«

»Also, Hasselbrink, wer käme denn auch auf die Idee, dass sie das gewesen sein könnte? Man muss so einen Kerl doch erst mal an einen Baum fesseln. Wie muss die Frau denn aussehen, die das hinkriegt? Hm? Bestimmt nicht wie unsere Elfe Rita.«

»Sie hat Angst, weil sie die Lampe zerdeppert hat, und die Sekretärin hat das ja alles mitgekriegt ... wie sie den Konny beschimpft hat. Ich an deiner Stelle würde auch mal aufpassen. Was ihr beide da mit dem abgezogen habt, reicht doch wohl auch, um sich verdächtig zu machen.«

»Meine Güte ... Kann ich ein Lammkotelett?« Ohne seine Antwort abzuwarten, nahm ich eins vom Grill und biss hinein. »Dass eines mal klar ist – die Mordkommission interessiert sich im wahren Leben nicht für Motive – die interessiert sich für handfeste Beweise und Indizien. Um das Warum kann sich der Staatsanwalt kümmern. Und überhaupt ist der ermittelnde Beamte mein Freund.«

»Hört, hört ... Maggie hat Insiderinformationen. Wird der Blaschke denn Rita vernehmen?«

»Hasselbrink! Er wird sie natürlich befragen. Das ist was anderes als vernehmen. Was scheißt die sich jetzt in die Hose? Das mit dem Geld könnte auch eine wenig fantasievolle Inszenierung dieser Albanerzwerge aus dem Sprockhöveler Wald gewesen sein.«

»Stimmt.«

»Na also.« Mir fiel das zusammengefaltete Papier von Oma Berti ein. Ich friemelte es mit spitzen Fingern aus der Hosentasche und gab es Kai-Uwe zum Auffalten. Ich wollte das Stück Papier, das ja vielleicht noch als Beweismaterial gebraucht würde, nicht mit Fett besudeln.

Er hielt es mir hin und sagte: »Wo ist das her? Da ist ja Sattelmann drauf.«

»Das ist eine rausgerissene Seite aus dem Buch, das in dem Swinger-Club hing. Das Gästebuch in Samt und Bütten. Haben die da ihre Swinger verewigt. Ts!«

»Du warst da?!« Hasselbrink bedachte mich mit einem bewundernden Blick.

Ja, mein Freund, da war ich – ich in der Höhle des Löwen! Du kannst gerne noch mal so gucken.

Wir beugten uns beide über das Blatt Papier. Bilder aus feuchtfröhlichen Tagen. Sattelmann, wesentlich besser aussehend als heute Mittag, saß in Badehose an einer Art Poolbar, umringt von leicht bekleideten Frauen. Im Hintergrund, deutlich erkennbar, der Mann, der uns die Tür gewiesen hatte. Obwohl er für das Foto ein Hawaiihemd trug, sah er nicht freundlicher aus. Der Untertitel: *Geschmackvoll eingerichtete Ruheoasen mit mediterranem Flair laden zum Verweilen und zur zwanglosen Kontaktaufnahme ein.*

Darunter war noch ein Foto, das eines der Zimmer zeigte, in die man sich zurückziehen konnte, wenn es in der Ruheoase gefunkt hatte. Das Bett war in einen aufgesägten roten Cadillac eingelassen. *Autokino mal anders. Fünf geile Pornofilme liegen zu Ihrer Auswahl bereit.*

Konstantin Sattelmann, hoffentlich hat dein Vater das nicht gewusst!

»Du warst in dem Swinger-Club?! Da?!«, fragte Kai-Uwe noch mal nach und zeigte mit dem Finger auf den Cadillac.

»Tja, böse Mädchen kommen überall hin.«

Die Kellertür ging auf, und der Koch stand auf dem Treppenabsatz. Er registrierte sofort die dezimierten Lammkoteletts auf dem Grill und den Wanderschuh auf der Anrichte und warf seinem Chef einen feindseligen Blick zu. Von wegen »meine Küche«, Herr Hasselbrink. Wenn Sie sich da mal nicht täuschen. Ich beeilte mich, die abgenagten Knochen auf meinem Teller mit Reis zuzuschaufeln. Kai-Uwe zuckte mit den Schultern und sagte zu seinem Küchenchef: »Ich geh' schon und sag', dass es länger dauert.« Er faltete die Seite wieder zusammen und schob sie mir in die Hosentasche.

Wir legten unsere Teller in die Spüle, ich nahm schnell den Schuh wieder an mich, lockte Willy damit vom Fressnapf weg, und wir gingen zurück in die Kneipe.

»Kannst du mich auf dem Laufenden halten?«

»Mal sehen. Ich hab' genug zu tun.«

»Hausverbot ist natürlich aufgehoben. Tut mir leid. Aber das war wirklich …«

»Ja, mein Gott, ist ja schon gut. Kümmer du dich um Rita. Die wird ihr Geld jetzt nie wiedersehen. Hätte sie bloß auf mich gehört und rechtzeitig den Herzig angerufen.«

»Den hab' ich heute angerufen, als ich aus dem Krankenhaus zurück war. Ich wollte irgendwas für Rita tun … Der sitzt im Hinterzimmer und wartet auf seine Lammkoteletts.«

»Bisschen spät.«

»Hat er auch gesagt. Er kennt … kannte den Konny doch. Wir hätten gleich zu ihm gehen sollen.«

Wo er Recht hat, hat er Recht.

»Bestell ihm schöne Grüße von mir. Ich muss los.«

»Wie geht's denn Kajo?«

»Schön, dass du das auch schon fragst. Knie kaputt. Tschüss. Das

Konzert wird stattfinden. Ich hoffe, du hast Karten für dich und Rita gekauft.«

»Ich dachte, wir stehen auf der Gästeliste.«

»Warum solltet ihr?«

»Ich dachte, weil ...«

»Es ist besser, du sagst es nicht, Hasselbrink ... Ach, und ehe ich es vergesse: Ich hoffe, Rita hat eine Haftpflichtversicherung für den Köter.«

»Wieso?«

»Hab' ich doch gesagt. Er hat Kajos Unfall verursacht. Das Bike ist ein Vermögen wert. Und jetzt ist es Schrott. Von seinem Knie will ich mal gar nicht reden. Nur so, als Information.«

Kai-Uwe schaute Willy an. Willy schaute zu Kai-Uwe hoch, zog die Augenbrauen zusammen und wirkte zerknirscht.

»Bissitage. Setz ihn zur Strafe auf Diät.«

Willy legte sich flach auf den Boden und vergrub seine Nase zwischen den Vorderpfoten. Ein sehr schwacher Versuch, Reue zu heucheln.

»Ja, dann ... bissitage, Maggie.«

25

Auf dem Rückweg vom Café Madrid fuhr ich am Kiosk vorbei und richtig: Herrmanns und Borowski standen einträchtig davor und starrten die geschlossene Klappe an. Als ich am Straßenrand anhielt, kamen sie aufgeregt auf den Wagen zugelaufen. Sicherheitshalber rief ich ihnen schon beim Aussteigen zu: »Oma Berti geht es gut. Unser Radrennfahrer hatte einen kleinen Unfall.«

»Kruzitürken!«, entfuhr es Herrmanns.

»Mannomann, ham wir uns Sorgen gemacht.«

»Habt ihr was für mich?«

»Nix. Wir waren gestern Abend noch bei dem Alten. Wat'n Schickimicki. Wusstes du, dat im Garten so Männekes stehn?«

»Nich nur Männekes, auch so nackte Weiber, an jede Ecke. Wat ham wir uns erschreckt.«

Ach ja, der Skulpturenpark. Das hatte ich ganz vergessen. Unter der Kopie der *Geburt der Venus* hatte Konny immer sein Dope versteckt, und unterm linken Fuß von Europa war der Nachschlüssel für den Weinkeller deponiert.

»Er war also nicht da.«

»Nee. Wir ham seinen Alten gesehen. Saß am Kamin und hat sich mit so'n Riesencognacschwenker wat in die Birne gesüppelt.«

»So einen will ich auch«, kicherte Borowski, »für mein Boonekamp. Wie so'n feiner Pinkel.«

»Mann, wat du widder has. Is doch egal, worausse trinks, Hauptsache angeschickert. Kommt doch nich auffe Verpackung an …«

Ich erzählte den beiden in knappen Sätzen, dass der, den sie beobachten sollten, leider schon längst tot war.

»Ihr haltet über die ganze Angelegenheit am besten den Mund. Haben wir uns verstanden?«

»Ja, Chefin. Gibt ja auch gannix zu erzählen.«

»Nee, gannix.«

Ich kam gerade rechtzeitig im Haus an, um mich an den gedeckten Tisch zu setzen. Nikolaj hatte mit Oma Berti zusammen einen Eintopf gekocht. Kajo war guter Dinge, die Schmerzmittel hatten wohl ihre Wirkung noch nicht verloren. Während Berti Suppe verteilte, erzählte Kajo, bestimmt schon zum hundertsten Mal, wie er von Willy ausgebremst und vom Weg abgekommen war. Die letzten paar Meter seines Fluges hatte er als Zeitlupe noch im Gedächtnis. Nur Dr. Thoma wurde missmutig, als er an meinen Jeans entlangstrich und Willy roch. Mit gesträubtem Fell stolzierte er beleidigt hinaus.

Nach dem Essen räumte ich den Tisch ab. Kajo wollte sich hinlegen, und bevor er sich Gedanken machen konnte, wie er in sein Zimmer kommt, hatte Nikolaj ihn wie einen Sack Kartoffeln geschultert und trug ihn die Treppe rauf.

»Nikolaj, pass auf. Ihr beide werdet noch …«, hörte ich Berti schimpfen.

»Gelernt ist gelernt«, prustete Kajo. »Ich bin ein Schwan.«

Berti kam kopfschüttelnd mit dem Suppentopf in die Küche. »Die werden sich noch das Genick brechen.«

»Immer lassen, die beiden jungen Künstler. Ich bin froh, dass Nikolaj eine Aufgabe hat. Winnie wird ja wohl bis auf Weiteres sehr beschäftigt sein.«

Berti ließ Wasser in den Topf laufen und sagte unvermittelt: »Et sah aus wie: *Erstick an deine Kohle!*«

»Du meinst Sattelmanns Leiche? Stimmt eigentlich. Aber der hat doch gar kein Geld.«

»Aber der Senior.«

»Stimmt. Und weiter?«

Ich setzte die Spülmaschine in Gang. Berti schrubbte unverdrossen weiter im Topf herum. Noch ein paar Minuten, dann würde sich die Emailleschicht ablösen.

»Aber weisse wat, Maggie. Mir fällt der Fritz ein. Schlach mich tot, aber dat sah doch auch wohl aus, wie so'n … wie …«

»Denkzettel?«

»Ja. Die Flasche in seine Hand! Gezz stell dir mal vor, der hat wirklich nich freiwillig die beiden Flaschen ausgetrunken. Woran könnte der dann gestorben sein?«

»Schock?«

»Der Fritz? Dat warn gestandenen Mann. Den haute so schnell nix um.«

»Mal langsam, Berti. Der Konny Sattelmann und der Fritz Hoffstiepel haben doch nichts, aber auch gar nichts miteinander zu tun gehabt. Die kannten sich doch gar nicht. Bisschen weit hergeholt, was?«

»Die müssen sich au'nich kennen. Reicht, wenn der Mörder die kennt.«

Bestechende Berti-Logik.

Sie schaute in den Topf, als würde der noch irgendein Geheimnis preisgeben. »Weisse wat, du has Recht, ich bin schon am Spinnen. Seit wir aus der Kur zurück sind, is doch die Pest unterwegs. Wenn dat so weitergeht, brauch ich gleich widda eine. Ich fahr nach Hause.«

»Soll ich dich bringen?«

»Nee, pass du ma auf die Jungs auf. Wat ham die dem Kajo im Krankenhaus eigentlich verpasst ... *ich bin ein Schwan ...?*«

Ich wünschte, mir hätten sie auch eine Dosis davon spendiert. Dann könnte ich auch denken, ich wär' ein Schwan und nicht Maggie Abendroth, die jetzt auf einen kniekranken Pianisten und einen vermutlich bald sehr liebeskranken Tänzer aufpassen soll.

Kaum hatte Berti das Haus verlassen, kam Nikolaj in die Küche geschlichen, so gar nicht mehr der stolze, schöne Prinz.

Das ging ja schnell.

»Was ist?«

»Er hat nicht angerufen. Mein Tortiki hat nicht angerufen.«

»Hör mal, Nikolaj, er wird auch in den nächsten Tagen nicht anrufen. Das musst du verstehen. Er hat einen Mordfall aufzuklären, einen ziemlich üblen sogar.«

»Wie lange?«

»So lange, wie es eben dauert. Winnie wird Überstunden machen müssen – vermutlich sogar im Präsidium schlafen, wenn es richtig hoch hergeht. Da kann er keine Ablenkung gebrauchen.«

»Keine Ablenkung ... Aha.«

»Kennst du das nicht? Wenn du Proben hast, mitten in der Generalprobe oder zwei Minuten vor der Premiere ... Ein Mordfall ist immer eine Premiere.«

Na ja, etwas hinkender Vergleich, aber ich gebe mir Mühe, Winnie.

»Nein, ich vergesse meine Freunde nicht. Nie. Wir treffen uns abends zum Essen und Feiern. Was ist das denn sonst für ein Leben? Das ist krank. In Russland vergisst man seine Freunde niemals.«

»Wir sind eben keine Russen. Und Winnie feiert bestimmt mit dir, wenn alles vorbei ist.«

»Ich schicke ihm ein SMS. Damit er weiß, dass ich an ihn denke.«

»Er weiß, dass du an ihn denkst. Er denkt bestimmt auch an dich. Warte einfach ein paar Tage ab, er wird hier vorbeikommen, sobald er kann. Ich soll dir sagen, dass er sich über das T-Shirt gefreut hat. Er sagt, du hast einen sehr guten Geschmack.«

Nikolaj seufzte, schlurfte aus der Küche und warf sich im Wohnzimmer aufs gute Sofa. Dr. Thoma rollte sich so auf seinem Waschbrettbauch zusammen, dass die Schnurrhaare Nikolaj auf jeden Fall unterm Kinn kitzeln mussten.

Geht das jetzt schon los! In drei Tagen werde ich hier das volle Drama-Queen-Sehnsuchtsprogramm, Zusammenbrüche inklusive, haben. Winnie, beeil' dich bitte.

Ich ging in mein Zimmer und versuchte, ein paar Sachen zu finden, die ich am Dienstag zu Rettichs Trauerfeier anziehen konnte. Außer einer schwarzen Jeans, die ich in die Waschmaschine stopfte, fand ich nichts. Also war ich wohl gezwungen, Wilmas Angebot anzunehmen. Vielleicht irgendeine Bluse, die ihr zu groß war. Das würde mir schon reichen.

In dieser Nacht schlief ich sehr unruhig. Immer wieder sah ich Sattelmann am Baum hängen. Mal flehte er um sein Leben, mal spuckte er Geldscheine aus wie ein Geldspielautomat, der die goldene Serie raushaut. Irgendwann zwischen drei und vier Uhr ging ich ins Bad, um mir ein Glas Wasser zu holen. In der Badewanne saß Nikolaj und starrte auf die Kacheln. Der Kater saß im Waschbecken und meditierte den Wasserhahn an.

»Nikolaj, geh ins Bett. Du wirst schrumpelig. Was soll denn dein Tortiki sagen, wenn du voller Falten bist?«

Aber Nikolaj schien in andere Sphären abgetaucht zu sein und gab mir keine Antwort. Dr. Thoma schaute kurz zu mir rüber und kniff einmal die Augen zusammen, so als wolle er mir signalisieren, dass er das alles im Griff hatte.

Na ja, ich kann mir das Glas Wasser auch unten in der Küche holen.

»Warum darf ich nie mit ihm nach Hause gehen?«

»Was?« Ich war schon halb aus der Tür gewesen.

»Er hat mich noch nie eingeladen … in sein Haus.« Ich ging wieder zurück und setzte mich auf den Toilettendeckel.

»Was?«

»Wie ich es sage. Ich kenne sein Zuhause nicht.«

»Ja, wo seid ihr denn dann? … Äh … ich meine … wo habt ihr die Nächte verbracht?«

»Manchmal hier – und dann waren wir in Amsterdam, bei meinen Freunden. Und hier waren wir zweimal im Hotel. Ich weiß nicht, wo er schläft, wenn er nicht hier ist.«

»Aha?!« Ich steckte mir eine Zigarette an. Nikolaj streckte seine vom Wasser schrumpelige Hand aus der Badewanne und wollte auch eine. Ich gab ihm meine. Was hatte ich doch für einen geheimnisvollen Kumpel. Winnie, Winnie … was hat das zu bedeuten?

»Du hast gesagt, er hat jetzt viel zu tun. Das verstehe ich. Aber ich könnte doch alles für ihn machen. Ich könnte für ihn kochen und da sein, wenn er müde nach Hause kommt.«

»Nikolaj, wenn er das will, dann wird er dir das sagen. Warte einfach ein bisschen ab, bis sich die Aufregung der ersten Tage gelegt hat. Winnie ist okay, glaub mir.«

Nikolaj zog umständlich an der Zigarette und hustete.

»Hat er dir gesagt, warum ihr nicht in seine Wohnung geht?«

»Ich habe ihn nicht gefragt.«

Tja, ich hatte ihn auch noch nie gefragt. Irgendwie war das nie zwischen uns zur Sprache gekommen. Entweder war Winnie weg oder er war hier.

»Tröste dich, Nikolaj, ich war auch noch nie dort.« Eine Retourkutsche zum Thema Ich-habe-in-seine-Seele-gesehen war jetzt wohl fehl am Platze.

»Aber du bist seine beste Freundin.«

»Ich dachte, du bist seine große Liebe?«

»Vielleicht haben wir uns geirrt. Vielleicht gibt es jemand anderen.«

»Nein, Nikolaj, Winnie hat keinen anderen. Das wüsste ich.«

»Es muss einen anderen geben. Und wenn du auch nie in seiner Wohnung warst, dann weißt du es gar nicht«, sagte er traurig und tauchte in der Badewanne unter. Seine blonden Haare schwammen auf dem Wasser.

Im Wohnzimmer klingelte das Telefon. Ich lief nach unten und ging ran in der Hoffnung, es sei Winnie, der sich daran erinnert hatte, dass hier um vier Uhr morgens eine empfindsame Seele auf ein Lebenszeichen von ihm wartete. Aber es war Oma Berti, die ohne Umschweife sagte: »Kannze auch nich schlafen?«

»Nee, jetzt bestimmt nicht mehr.«

»Hömma, findes du nich, dat et gerade total viele Männer gibt, die plötzlich, aber sehr passend, abnippeln?«

»Hä?«

»Denk ma drüber nach.« Und schon hatte sie aufgelegt.

Jetzt war ich hellwach und wählte ihre Nummer. Sie war sofort wieder dran.

»Berti, du kannst mich doch nicht mit so einer Frage wach machen und dann auflegen. Um was geht's?«

»Rache. Et riecht nach Rache. Obwohl dat eigentlich totaler Quatsch is.«

»Du meinst – wer rächt sich an wem? Rita an Sattelmann etwa? Und Mia meuchelt ihren Fritz, und Carmen schubst ihren Mann vom Rohbau, falls wir den auch gleich mit dazunehmen wollen?«

»Nee, eben nich! Ich sach ja … ich spinn schon rum.«

»Den Eindruck habe ich aber langsam auch. Oben wartet eine russische Wasserleiche auf Trost. Gute Nacht.«

»Ach, der arme Junge. Et is nich leicht mit'm Polizisten. Gute Nacht.«

26

Eine Woche kann sehr lang sein. Die Stimmung im Haus war gedämpft. Nikolaj bemühte sich um Haltung, aber an jedem Tag, der verging, ohne dass Winnie sich meldete, schrumpfte Nikolaj um einen Zentimeter. Er kümmerte sich um Kajos Knie, das Essen und den Haushalt. Kajo spielte für sein Training, aber die Pirouetten waren wackeliger, und der Prinz verwandelte sich langsam, aber stetig in die Lumpenpuppe Petruschka. Ich hatte im Kiosk zu tun, Berti kümmerte sich um Mia. Ab und zu wurde ich von den beiden im Kiosk angerufen, um die eine oder andere Bestattungsfrage zu klären. Mia wollte auf alles vorbereitet sein, wenn Fritz beerdigt werden konnte.

Kajo gab sein Bestes, Nikolajs Laune aufzubessern, und bevor der Arzt es erlaubt hatte, verlangte er Spaziergänge um den Golfplatz, dringende Einkäufe in der Stadt, einen Besuch in Wilmas Friseursalon und Beratung bei seiner Musikauswahl für das Konzert. Kajo hatte ihn sogar mit ins Café Madrid geschleift, um sich dort mit seinen Kumpels das Eröffnungsspiel der Fußball-WM anzuschauen. Nicht, dass Nikolaj sich für Fußball interessierte. Kajo hatte gehofft, dass Winnie dort wenigstens für ein paar Minuten reinschauen würde. Fehlanzeige.

Nikolaj führte sogar die Interessenten für das Haus herum, während Kajo auf dem Klavier herumhämmerte. Es half nicht viel. Und langsam wurde sogar ich sauer auf Winnie, dass er seinen Freund einfach so hängen ließ. Aber was wusste ich schon, was die Ermittlungen alles erforderten und wie viele Stunden das Team der Mordkommission sich um die Ohren schlug, um den oder die Täter zu finden? Mein Wissen darüber stammte aus Krimiserien. Sollten sie etwa alle wahr sein?

Am Montagabend, als ich von Wilma kam, bei der ich mir nur schnell eine weiße Bluse für Rettichs Gedenkfeier ausgeliehen hatte, erwartete mich zu Hause ein Überraschungsgast.

Winnie saß mit versteinertem Gesichtsausdruck am Esstisch im Wohnzimmer. Nikolaj, Oma Berti und Kajo hockten, in sicherer Entfernung von Winnie, auf dem bösen Sofa.

»Was ist los, noch einer gestorben?«

»Könnt ihr Maggie und mich bitte mal alleine lassen?« Winnie schaute streng in die Runde. Seine sonst strahlend grünen Augen hatten die Farbe gewechselt. Von heiterem Bergmoos zu etwas, das vielleicht zurzeit in Tschernobyl wächst. Und plötzlich waren wir alleine im Wohnzimmer.

Sogar Dr. Thoma ergriff die Flucht und folgte Berti, Kajo und Nikolaj nach oben.

»Oma, mach bitte die Tür zu«, rief Winnie ihnen hinterher. »Und jetzt zu dir, Miss Marple.«

»Soll ich dir einen Kaffee machen?«

Schwacher Versuch, Maggie.

»Setz dich bitte!«

»Was, um Himmels willen, ist eigentlich los hier?«

Ich setze mich nicht hin, Winnie!

»Was hast du mit Sattelmann gemacht?«

»Nichts. Und wenn – was habt *ihr* mit Sattelmann gemacht, muss es heißen. Wilma war dabei.«

Vielleicht sollte ich mich doch hinsetzen?

»Wart ihr beide tatsächlich bei ihm in der Kanzlei und habt euch mit ihm geprügelt?«

Okay, Blaschke, ich setze mich. Vielleicht sieht man dann mein flatterndes Zwerchfell nicht.

»Na ja, eine Prügelei, würde ich sagen, war das nicht. Wir haben mit Stiften geworfen und mit einem Aktenordner und so. Und Wilma hat ihm die Manschetten zusammengetackert. War voll lustig. Meine Güte, eine Rangelei unter alten Schulkumpels«, versuchte ich abzuwiegeln.

»Ach, daher waren die Tackernadeln im Ärmel.«

»Haben deine Leute schon gedacht, die albanische Mafia hat neue Foltermethoden?«

»Das ist nicht zum Lachen, verflucht noch mal! Der Mann ist ermordet worden. Ich muss jeder Spur nachgehen. Und eine davon führt direkt zu dir und Wilma.«

Zeit, empört aufzuspringen.

»Setz dich bitte wieder hin, Maggie. Der letzte Anruf auf Sattelmanns Privatanschluss kam von hier.«

»Ach. Und dann? Hab' ich eine Nachricht hinterlassen: Sattelmann, du bist tot? Oder was?«

»Nein.«

»Ich wollte mich bei ihm entschuldigen. Das war alles.«

»Na gut.« Winnie malte mit dem Finger Kringel auf die Tischdecke.

»Woher weißt du, dass wir uns mit Konny … oh nee, warte … Doch nicht etwa Rita?!«

»Ja, Rita Thiel hat ausgesagt, ihr habt euch mit ihm geprügelt. Und er hat ihr gesagt, sie kriegt ihr Geld deswegen erst recht nicht wieder.«

»Verflucht noch mal! Wir haben uns um Rita Thiels Geld geprügelt, für sie … und jetzt erzählt die dir so einen Schwachsinn?! Wir … also, die ist doch …! Ist Rita wenigstens auch unter Verdacht? Die war ja vorher auch da. Sie hat seine Lampe zertrümmert vor Wut.«

»Aha. Davon hat sie mir nichts gesagt. Die war schon kaputt?«

»Nein, die wir kaputt gemacht haben, war schon die zweite. Sag mal, hat denn die Sekretärin gar nicht aufgeräumt zwischendurch?«

»Nein, sie hatte die Anweisung, nie irgendwas im Chefzimmer aufzuräumen. Sie durfte es nur betreten, wenn er da war. Ich will es mal so glauben.«

»Na ja.« Ich biss mir gerade noch auf die Zunge, um nicht preiszugeben, dass ich das mit den heruntergelassenen Rollos wusste.

»Sie hat zwei alte Männer, vielleicht Penner, dabei gesehen, wie sie im Garten rumgeschlichen sind. Mehrere Tage lang. Sie hatte Angst, es könnten Einbrecher sein. Aber dann sind sie sogar ins Büro gekommen und haben nach ihrem Chef gefragt. Sie hat gesagt, sie hat ihnen Schnaps gegeben, damit sie wieder weggehen.«

Das war ja eine ganz neue Variante der Geschichte. Herrmanns und Borowski waren immer gut für eine zweite Version. Winnie sagte etwas freundlicher: »Was sehr interessant ist, ist die Tatsache, dass diese beiden Männer wohl auch bei Sattelmann senior herumgeschlichen sind. Die Beschreibung passt hundertprozentig.«

Achtung, jetzt bloß harmlos klingen und interessiert. Wie wäre es mit hinsetzen und konspirativ über den Tisch beugen?

»Ach, hat Sattelmann senior die Polizei gerufen?«

»Hat er. Aber als die Kollegen ankamen, waren die beiden Männer verschwunden. Eine Marmorstatue ist zu Bruch gegangen, als sie flüchteten. Das ist äußerst verdächtig, findest du nicht?«

Es hätte mich letztens stutzig machen sollen, dass Herrmanns und Borowski so bereitwillig das Schweigegelübde abgelegt hatten, als ich ihnen von dem Mord erzählt habe.

»Kommt drauf an. Welche war es?«, sagte ich schnell.

»Poseidon.«

»Oh, die war echt.«

»Hm. Ich glaube nicht, dass uns das gerade weiterbringt. Du weißt nicht zufällig, wer die beiden Männer sind?«

»Wieso sollte ich? Vielleicht waren es gar keine Männer?«

»Also du und Wilma? Mit Schnapsfahne und klammen Mänteln? Die beiden erinnern mich stark an jemand anderen.«

»Mich nicht.«

»Aha.«

Ich musste von Herrmanns und Borowski ablenken und fragte: »Habt ihr noch was gefunden? Vielleicht an der Leiche von Sattelmann?«

Winnie guckte mich durchdringend an, ritt aber nicht mehr auf dem Thema herum. Seine Augen waren wieder etwas aufgeklart. Grün wie Wasserlinsen. Aber die Narbe hinter seinem Ohr war immer noch rot. Ich hatte die Gefahrenzone noch nicht verlassen.

»Jede Menge Hundehaare. Wir können uns nicht erklären, wie die da hinkommen. In der Kanzlei und in der Wohnung waren auch welche. Ich muss zunächst vermuten, dass die von Willy sind. Aber der Fachmann sagt, es sind unterschiedliche.«

»Nimm doch Vergleichshaare von Willy mit. Der ist bei Hasselbrink im Café Madrid. Und bitte, Winnie, keiner von uns hat den Sattelmann auf dem Gewissen. Wir wollten doch, dass Rita ihre Kohle wiederkriegt. Da bringen wir den doch nicht um.«

»Wer weiß? Ich kann mich nur an Fakten halten. Und alles, was in der Kanzlei und an Sattelmanns Leiche ist, hat mit euch zu tun. Und ich wette, ich werde feststellen, dass die beiden Alten, die bei der Sekretärin aufgeschlagen haben, nicht von der Albaner-Mafia sind.«

»Glaubst du im Ernst, dass wir einen gemeinschaftlichen Mord aushecken? Wilma, Rita, Hasselbrink und ich?! Wir sind doch nicht in so'nem Geheimbund, du liebe Zeit … wir sind nicht bei *Skull & Bones* oder so einer faschistischen Loge! Außerdem ist keiner von uns im Besitz eines Monopoly-Spieles!« Ich war sehr laut geworden, weil ich plötzlich meinen Freund nicht mehr verstand, und er mich offenbar auch nicht. Hatte er wirklich in Betracht gezogen, dass wir jemanden umbringen? Der will mich doch auf den Arm nehmen!

»Ich habe Ermittlungen in einem Mordfall zu führen! Und du führst mich an der Nase herum, anstatt mir zu sagen, was du weißt! Hast du mir noch irgendwas mitzuteilen?«, insistierte Winnie. Seine Stimme war eisig.

Es war wie im Krimi. Keine Frage: mein Leben ist ein Film. Wo blieb die Schreibtischlampe mit der 2000-Watt-Birne, die mir ins Gesicht gehalten wird?

»Ich werde Herrmanns und Borowski übrigens auf die Fahndungsliste setzen.«

»Ja, mach das, wenn's dir Freude bringt, alle Menschen zu verdächtigen, die du kennst. Meinetwegen auch Omas Eckensteher! Wie steht's mit deinem Bäcker? Deinem Tankwart?!« Ich schob ihm das zusammengefaltete Blatt Papier aus dem Swinger-Club über den Tisch und wollte in die Küche gehen. Ich brauchte dringend einen Kaffee und dreizehn Zigaretten.

»Woher hast du das?«

»Frag gefälligst deine Adoptiv-Oma. Die hat's geklaut. Vielleicht ist die ja jetzt auch verdächtig«, patzte ich ihn an.

»Nicht in diesem Ton, Maggie!«

»Genau, Herr Kommissar, nicht in diesem Ton!«

»Du kommst morgen früh ins Präsidium, machst deine Aussage und lieferst deine Fingerabdrücke für das Ausschlussverfahren ab.«

»Morgen früh kann ich nicht. Da bin ich in Köln bei einer Gedenkfeier. Schon vergessen?«

»Ich sagte, morgen früh im Präsidium! Drücke ich mich unklar aus?«

Ich hörte ihm nicht mehr zu und ging in die Küche. Bevor ich die Tür zuschob, antwortete ich aus sicherer Entfernung: »Versuch's doch mal mit Russisch, Tortiki. Vielleicht kapier' ich es ja dann.« Ich schloss die Tür und drehte den Schlüssel um.

Soll doch morgen ins Präsidium gehen, wer will. Ich werde das nicht tun. Wir sind Verdächtige in einem Mordfall!? Herr Blaschke, haben Sie den Verstand verloren?

Ich hörte, wie die Haustür zufiel und draußen der alte Saab gestartet wurde. Als ich die Bialetti auf den Herd gesetzt hatte, drehte ich mich um, um meine Prince-Charles-Tasse auszuspülen. Ich sprang kreischend zwei Schritte rückwärts. Ein Gesicht drückte sich von außen ans Küchenfenster. Winnie klopfte gegen das Glas und sagte: »Morgen früh, Maggie.« Als Charles auf dem Fliesenboden aufschlug und in tausend Stücke zerbrach, war Winnie schon verschwunden. Ich riss das Fenster auf und brüllte ihm hinterher: »Du … Du …!«

Die Haustür schlug zu, und Berti schlurfte mit gebeugtem Rücken auf ihren Wagen zu. Das hatte mir gerade noch gefehlt. Hoffentlich kein neuer Bandscheibenvorfall. Ich schluckte die Beleidigung herunter, die ich Winnie hatte hinterherrufen wollen und sagte: »Berti, warum gehst du schon? Hast du Rückenschmerzen?«

»Nee. Ach, irgendwie is dat allet ein Durcheinander. Ich geh' zu Mia. Hab' ich versprochen.«

»Tschüss dann.«

Hatte sie etwa gehört, wie ich das von der Adoptiv-Oma gesagt hatte? Ich wünschte, ich hätte meinen Mund gehalten. Aber dafür war es zu spät.

Gerade als ich das Fenster wieder schloss, klopfte es zaghaft an der Küchentür. Ich drehte den Schlüssel um, und Nikolaj, nicht weniger bedrückt als Berti, kam hereingeschlurft.

»Morgen gehe ich weg.« Er stupste die Scherben mit einem graziös ausgestreckten Fuß an.

»Feier hier kein Drama, Petruschka. Der kriegt sich wieder ein. Kümmer dich um Kajo. Da machst du was Vernünftiges. Hilf dem Herrn Künstler auf die Bühne«, sagte ich barsch und klaubte die Scherben vom Fußboden auf, »und jetzt essen wir Nudeln.«

»Aber wir hatten doch gerade ...«

»Ich will Nudeln, verdammt und zugenäht!«

Und wir bekamen Nudeln. Kajo hatten wir gar nicht die Treppe runterkommen hören, weil wir in der Küche mit Töpfen und Geschirr herumgeklappert hatten und die Spülmaschine immer noch lief. Als wir mit unseren dampfenden Mammutschüsseln ins Wohnzimmer kamen, saß er schon am Flügel und grinste. Ich stopfte Nudeln in mich hinein, so viel ich konnte. Perfekter Frustfraß. Nikolaj machte auf halber Strecke schlapp. Ich hatte den Russen unter den Tisch gefressen.

Mit dicken Bäuchen fläzten wir uns auf dem Sofa. Dr. Thoma hing kopfüber in Nikolajs Nudelschüssel und mampfte. Kajo klimperte auf dem Flügel herum.

»Sag mal, Kajo, schaffst du das Konzert mit dem Knie?«

»Natürlich doch. Alles kein Problem. Was wollte Winnie von dir?«

»Er beschuldigt mich des Mordes. Mich, Wilma, Hasselbrink und Rita. Gemeinschaftlicher Mord an einem ehemaligen Schulkollegen – ganz ohne Motiv, aber immerhin. Und in ein paar Minuten bestimmt auch seine Oma. Und wenn ihm das nicht reicht, wird er bestimmt noch auf dich zurückgreifen. Du hast schließlich neben der Leiche gelegen.«

»Ach, das bildest du dir ein, Maggie.«

»Das hast du doch gehört, Kajo«, sagte Nikolaj. »Er ist mit ihr umgesprungen wie ein General vom KGB.«

»Und er hat sich noch nicht mal von Nikolaj verabschiedet«, fügte ich hinzu. »Der rauscht hier rein und raus, lässt ein paar unqualifizierte Statements ab, dann will er meine Fingerabdrücke … und das soll ich gut finden?«

»Er hat eben Druck, Mensch. Der Sattelmann ist der Sohn vom Richter. Das ist hier schon Promi-Status. Weißt du doch, Maggie. Was meinst du, wen der jetzt alles im Nacken sitzen hat?«

»Wenn er so weitermacht, bald meinen persönlichen …«

An der Tür klingelte es Sturm. Nikolaj stand vom Sofa auf und öffnete. Beinahe wäre er von der aufgebrachten Mia Hoffstiepel umgerannt worden, die, gefolgt von Oma Berti, ins Wohnzimmer gestürmt kam und schluchzte: »Es war Mord. Stellt euch vor, es war Mord!«

»Mia, beruhige dich«, sagte Berti, nahm energisch ihren Arm, drückte sie auf den nächstbesten Stuhl und erklärte: »Fremdverschulden sehr wahrscheinlich, sagt der Rechtsmediziner. Fritz hatte Verletzungen im Rachenraum, Speiseröhre … die kann er sich nicht selbst beim Trinken zugefügt haben. Außerdem war seine Lunge aufgeblasen wie bei einem Ertrunkenen.«

»Mein Fritz. Mein Fritz ist ermordet worden! Er ist erstickt. An seinem eigenen Blut … und am Schnaps«, stammelte sie.

Berti drückte ihre Freundin an sich. Mia schluchzte hemmungslos. Nikolaj schaute von einem zum anderen. Kajo nickte in Richtung Hausbar. Nikolaj holte Gläser und Wodka. Dann ging er in die Küche und kam mit einem Holzbrett zurück, auf der eine echte russische Knoblauchwurst lag.

»Ich will nichts essen«, wimmerte Mia.

»Doch, du wirst«, befahl Oma Berti und schnitt ein Stück von der Wurst ab. Kajo verteilte den Wodka, und wir nötigten Mia, wenigsten einen kleinen Schluck zur Beruhigung zu trinken.

Mitten in diese Szene platzte Carmen Sawatzki, rannte auf Mia zu und nahm sie in den Arm. Nachdem sie Mia ordentlich gedrückt und geherzt hatte, war ich kurz davor zu sagen: »Und jetzt fassen wir uns alle an den Händen …«

»Entschuldigt, dass ich hier so reinplatze, aber die Tür war offen.«

»Carmen, wie schön, dat du da bis …«, sagte Berti.

Egal, ob in drei Minuten die Welt untergeht, Oma Berti hat immer noch Zeit für ein Telefonat, um es dir mitzuteilen und dich zur Armageddon-Party einzuladen.

»Wat machen wir gezz?« Berti schlug mit der flachen Hand auf den Tisch. »Mein Gott, wat machen wir?!«

»Wir müssen gar nichts machen, Berti. Das macht Winnie, und zwar gründlich. Wundert mich, dass der dich noch gar nicht verhaftet hat. Im Moment verdächtigt der nämlich jeden.«

Sie warf mir einen scharfen Blick zu.

»Er macht seinen Job, wat sonz«, belehrte sie mich, als sei das Verdächtigen von Freunden und Verwandten das Normalste von der Welt. »Wenn ich dat richtich verstanden hab, bis du dat, die hier nich alle Kaarten auffen Tisch legt. Wat soll er denn machen? Seinen Kollegen sagen, ach, die Wilma und die Maggie, die war'n dat nich … die kenn ich?!«

Aus den Augenwinkeln sah ich, wie Nikolaj sich ein Glas Wodka nach dem anderen reinschüttete. Das konnte ja noch heiter werden.

Carmen goss sich gerade auch großzügig ein, als Berti sagte: »Ohne Grund kommt der ja gar nicht auf so was. Wat hast du denn angestellt?«

»Ich habe gar nichts angestellt. Wisst ihr was? Ich brauche mal meine Ruhe.«

»Mia braucht vor allem Ruhe, und sie soll nich alleine sein. Kajo, kann sie hier übernachten? Ich bleibe auch«, sagte Berti.

»Selbstverständlich. Maggie, könntest du bitte die zwei Gästezimmer …?«

»Ich denke mal, die Damen helfen sich selbst.«

Ich war aufgestanden, um in mein Zimmer zu gehen, da klingelte es an der Haustür Sturm. Im Vorbeigehen riss ich die Tür auf und rannte die Treppe hinauf. Aber nicht, um brav die Gästezimmer im Hotel Kajo herzurichten. Ganz im Gegenteil, ich hatte mich soeben daran erinnert, dass ich noch ein eigenes Zuhause hatte. Von unten hörte ich Hasselbrinks Stimme sich überschlagen: »Winnie hat … er hat Rita fertig gemacht!« Dann ein wildes Durcheinander von hohen Frauenstimmen, Hasselbrinks Bass, Hundegebell und Katerfauchen und alle zusammen einem hysterischen Anfall nahe.

Ich packte schnell die paar Sachen in die Tasche, die ich zu Rettichs Gedenkfeier in Köln tragen wollte, und stopfte den Kleinkram aus dem Badezimmer in eine Plastiktüte. Dann schlich ich an der aufgebrachten Horde im Wohnzimmer vorbei, holte aus der Küche meine Bialetti, entschied mich für den Bad Camberger Teebecher (Abschiedsgeschenk der Kurklinik) als Ersatz für Charles, nahm die Dose mit dem Espresso, und ging, ohne mich noch einmal umzudrehen, aus der Haustür.

Ich hatte die Faxen endgültig dicke. Druck hin, Druck her. Und jetzt auch noch Auftritt Hasselbrink. Schöne Gruppentherapie. Hauptsache, ich bin nicht dabei.

27

Das Taxi hielt vor meiner Haustür. Da war ich wieder, bereit, ein neues Kapitel, zweiter Versuch, in meinem Leben aufzuschlagen: Maggie kümmert sich ab jetzt nur noch um Maggie. Ich brauchte kein Haus in Stiepel – ich brauchte Ruhe! Und ich hatte vor lauter Aufregung schon wieder dicke Backen gemacht. Ich blies die Luft aus und stellte befriedigt fest: Lessingstraße – Stadtpark. Mein Zuhause. 22 Quadratmeter Tränenbunker. 22 Quadratmeter splendid solitude. Meine 22 Quadratmeter!

Zu meiner großen Freude sah ich, dass die schwarze Folie vom Fenster verschwunden war. Blaschke, du und deine ganze Mischpoke obendrauf: Ihr könnt mich mal!

Ich schloss die Wohnungstür auf, machte Licht und stand im grellen Schein einer kahlen 100-Watt-Birne zwischen Möbelkartons von Ikea. Strom war also da. Die neue Küchenzeile war installiert, aber noch mit Folie abgedeckt, und es roch entsetzlich nach Desinfektionsmittel und Farbe und noch etwas anderem … Gulli?

Ich befreite die neue Küchenzeile von der Abdeckung, packte die Bialetti aus und setzte einen Kaffee auf. Dann schaute ich die Ikea-Kartons durch und fand das Bett. Ich schaffte es in Windeseile, das Ding zusammenzubauen. Es hatte ja nur ein Mittelstück und zwei Enden, diesmal war es aus Metall, weiß lackiert und erinnerte an putzig-romantische Mädchenzimmer im Prinzessinnenlook. Hoffentlich hatte mein Vermieter die neuen Vorhänge nicht auch in der Kinderabteilung gekauft.

Er hätte mich wenigstens mal fragen können, ob ich die Möbel nicht mit aussuchen wollte. Das Bett war wieder nur 90 Zentimeter breit. Der Mann hatte Prinzipien. Ich rollte den Lattenrost auf und legte ihn in den Bettrahmen. Von wegen, bei Ikea fehlt immer was. Stimmt ja gar nicht. Bis jetzt hatte es überhaupt keine Schraube nötig gehabt. Den großen schweren Karton, in dem laut Aufdruck ein

Schrank und seine Bauanleitung lauerten, schob ich fürs Erste an die Wand. Man soll sein Ikea-Karma nicht überstrapazieren.

Die Matratze fand ich vakuumverpackt in einem durchsichtigen Plastiksack. Fasziniert schaute ich der Matratze dabei zu, wie sie sich langsam aufblähte, kaum dass ich sie aus dem Sack gelassen hatte.

Der Kaffee war fertig. Ich würde jetzt lange und ausgiebig duschen, Kaffee trinken, ins Bett gehen und morgen nach Köln fahren, um dem Rettich die letzte Ehre zu erweisen. Punkt. Danach könnte ich immer noch dem Willen des Herrn Kommissar entsprechen und eine Stippvisite im Präsidium machen. Zur Not könnte er mich auch verhaften lassen, wenn's ihm denn Spaß macht.

Ich holte mein Waschzeug aus der Tasche, nahm mein Handtuch und ging ins Bad. Als ich auf den Lichtschalter drückte, tat sich nichts. Noch nicht einmal die Abluftanlage sprang an. Stattdessen schlug mir modrig-feuchter Gestank entgegen.

Ich riss mein Feuerzeug an und sah – nichts. Es gab kein Bad. Es gab kein Klo, kein Waschbecken und keine Duschtasse. Nichts. Alles weg. An den Wänden war keine einzige Fliese mehr und auf dem Boden auch nicht. Stattdessen stand mitten in dem winzig kleinen Raum ein großer weißer Eimer. Ich bückte mich, leuchtet mit dem Feuerzeug und las die Aufschrift: *Schimmel-EX.* Daneben waren drei Totenköpfe abgebildet. Fünfzehn Liter Schimmel-Ex? Für ein Bad von 1,3 Quadratmetern?

Mit dem Feuerzeug leuchtete ich die Decke ab. Schimmelflecken. Die ganze Decke voll, pelzige, grau-braune Wucherungen, die über die Wände in Richtung Fußboden wuchsen. Aus den offenen Abwasserrohren kamen nicht nur der Pesthauch des Verderbens, sondern auch seltsame Geräusche. War da nicht ein Quieken und Schaben? Ein Bild unaussprechlichen Grauens tauchte vor meinem geistigen Auge auf: Eine Armee von Ratten, angezogen vom schwachen Licht meines Feuerzeuges, findet den Weg nach oben, quetscht sich quiekend durch das Abflussrohr und flutet in mein Zimmer. Ich verbrannte mir am Feuerzeug die Finger, die Flamme ging aus. Ich knallte die Tür zu, schloss das Badezimmer ab und setzte mich auf mein nacktes Bett. *Nosferatu* ist nur ein Film, Maggie. Einfach weiteratmen, ruhig weiteratmen.

Ich schaute die Gitterstäbe vorm Souterrainfenster an und sah mein Spiegelbild in der Fensterscheibe. Maggie hinter Gittern – Titelbild fürs *Amnesty International Journal.* WM-2002-Sonderausgabe. Say cheese!

Und schickt die Blauhelme!

28

Liebe Frau Margret,

was Sie da berichten, das klingt furchtbar. Ich kann nicht glauben, dass Herr Winnie Sie ernsthaft verdächtigt, an einem Mord beteiligt zu sein. Das habe ich Dr. Dr. Herzig auch gesagt. Vielleicht findet er eine Gelegenheit, mit Herrn Winnie darüber zu sprechen.

Ich werde mich sehr freuen, wenn wir uns nächste Woche treffen. Ihr Besuchstermin ist am 11. Juni, 9 Uhr. Dr. Dr. Herzig wird Ihnen die Genehmigung bringen. Lassen Sie uns über alles reden. Wir finden eine Lösung. Sie müssen sich nicht mit dem Kommissar streiten. Er steht unter großer Belastung. Er wird einsehen, dass Sie für ihre Freundin nur das Beste wollten.

Wenn Sie bitte so nett sind und Frau Mia mein tief empfundenes Beileid übermitteln.

Mit herzlichen Grüßen, Ihr Matti Paavo Bietiniemolaiinnen

Mattis Brief spendete ein wenig Trost. Es waren freundliche Worte. Und sie klangen nicht nach Cyrano – sie klangen nach Matti und waren die einzigen freundlichen Worte, die mich empfingen, als ich, nach einem erneut sehr kurz geratenen Kapitel ›Das ist mein neues Leben‹, geschlagen ins Haus von Kajo Kostnitz zurückkehrte. Mein plötzliches Verschwinden war so gut wie überhaupt nicht bemerkt worden. Als sei ich nur mal eben zum Zigarettenholen gewesen.

Nachdem ich festgestellt hatte, dass mein Souterrain definitiv unbewohnbar war, hatte ich Wilma noch spät in der Nacht aus dem Bett geklingelt. Wie wäre ich mir denn vorgekommen, wenn ich sofort wieder nach Stiepel zurückgefahren wäre?

Als Wilma hörte, was sich mit Winnie abgespielt hatte und wie es in meinem Souterrain aussah, hatte sie mir eine Decke aufs Sofa geworfen und eine Flasche Wein aufgemacht. Das erste Glas tranken wir auf den toten Sattelmann. Spurlos ging das Ableben unseres alten Schulkumpels doch nicht an uns vorbei. Wir erinnerten uns an diverse Szenen, die wir mit ihm erlebt hatten, auch an die Episode mit dem Gras auf der Hutablage. Das Lachen blieb uns, je später der Abend wurde, ein ums andere Mal im Halse stecken. Als wir unsere Schulzeit definitiv bis auf die letzte Anekdote durch hatten, wurde die Atmosphäre etwas ungemütlich. Wilma hatte mir zwar Asyl gewährt, aber nicht aus vollem Herzen. Das bemerkte ich daran, dass ich auf dem Sofa saß und sie in einiger Entfernung auf dem Sessel gegenüber. Um die Stimmung ein bisschen aufzulockern, sagte ich: »Hat Blaschke dich eigentlich schon erwischt?«

Wilma hielt mir ihre blau-schwarz gefärbten Fingerspitzen entgegen und seufzte: »Wie man sieht. Total ruiniert. Die Rechnung für die French Manicure schick' ich ihm ins Präsidium. Er braucht die Fingerabdrücke für das Ausschlussverfahren, sagt er. Aber richtig überzeugend fand ich das nicht. Was, wenn der Täter gar keine Abdrücke hinterlassen hat – dann können wir nicht ausgeschlossen werden.«

»Logisch, Wilma. Wir können nur hoffen, dass der Täter Fehler gemacht hat, sonst verlieren wir einen Indizienprozess.«

»Der ist ja wie im Fieber. So habe ich den noch nie erlebt.«

»Du bist nicht die Einzige, die staunt. Bin gespannt, wann sich das wieder legt.«

»Staunt Nikolaj auch?«

»Der hat als Erster damit angefangen, und wie es aussieht, ertränkt er seine neuen Erkenntnisse über sein Tortiki gerade in Wodka.«

Wilma zuckte nur mit den Schultern. »Ein Sensibelchen. Ein hochdramatisches Sensibelchen.«

Hatten wir das also auch geklärt.

»Weißt du, was Oma Berti mir letztens mitten in der Nacht gesagt hat?«

»Nee, woher sollte ich?«

»Dass sie es bemerkenswert findet, dass plötzlich so viele Kerle wie bestellt abnippeln.«

»Gibt es also doch einen Gott?«

»Wilma. Zynismus ist mein Ressort!«

»Na ja. Ich dachte nur so … Um welchen Kerl ist es denn wirklich schade?«

»Was ist denn mit dir los? Ist was passiert?«

»Nix is passiert. Ich mach' mir so meine Gedanken. Männer kommen auch manchmal drin vor.«

Worauf wollte sie hinaus? Ich wollte mal klug sein und das Thema Männer nicht vertiefen. Sonst landen wir nämlich wieder genau beim Knipser und in Rom. Um das unangenehme Schweigen, das sich breit machte, zu überbrücken, nippten wir an unserem Rotwein.

»Sag mal Maggie, hast du den Konstantin eigentlich jemals glücklich gesehen?«, fragte sie unvermittelt.

»Nee, wenn du mich so fragst. Er war irgendwie immer Konny. Ich kann gar nicht sagen, ob der jemals glücklich oder unglücklich war. Komisch. Wie kommst du jetzt da drauf?«

»Nur so. Ich überleg' gerade, ob wir irgendwelche Freunde von ihm benachrichtigen müssen.«

»Kommt mir so vor, als hätte der nie Freunde gehabt.«

»Und wir?«

»Leute eben. Mit denen man die Langeweile vertreibt.«

»Nein, Maggie, das war nicht die Frage. Ich meinte, sind wir noch Freunde?«

Das nenn' ich einen Konversations-Powerslide!

»Ich hoffe, wir sind es noch. Sind wir doch, oder?«

»Ich weiß es ehrlich nicht. Dein Ausraster wegen dem Knipser. Was du da über mich denkst. Mann, ich hab' gedacht, wir kennen uns keine fünf Minuten. Ich dachte, du hast sie nicht mehr alle.«

»Du hast mir meine Frage nicht beantwortet. Hast du oder hast du nicht? In Rom! Vielleicht klärst du mich jetzt mal auf.«

Wilma nahm einen großen Schluck aus ihrem Weinglas und sagte: »Das ist es ja gerade. Wenn du unbedingt willst, dass ich dir diese Frage beantworte, dann sind wir keine Freundinnen mehr. Verstehst du das nicht? Wenn ich dir so eine Frage beantworten muss, will ich nicht mehr deine Freundin sein.«

Zu dumm. Die Argumentation war schlichtweg beängstigend schlüssig. Mein Magen machte einen kleinen Satz, und mein Herz klopfte heftig. Hier stand wirklich was auf dem Spiel, nämlich 31 Jahre Wilma und ich. Und angesichts des drohenden Untergangs trank ich noch einen Schluck Wein und sah meiner Freundin dabei zu, wie sie die zweite Flasche Roten aufmachte. Ich traute mich nicht, ihr ins Gesicht zu sehen, stattdessen starrte ich auf den Korkenzieher und wie der Korken langsam und allmählich immer weiter aus der Flasche gezogen wurde. Maggie, entscheide dich endlich, drängte meine innere Stimme. Bist du eine Freundin oder nicht? Macht es jetzt gleich nur Plopp, oder gibt es eine Explosion? Ich muss was sagen, aber dalli.

Als der Korken aus der Flasche kam, machte er gar kein Geräusch. Noch nicht einmal ein leises Plopp. Wilma war vom Sessel aufgestanden und stand mit der Flasche in der einen Hand, in der anderen den Korkenzieher, vor ihrem Wohnzimmerfenster und schaute hinaus. Mir blieb nichts anderes übrig, als sie zu bewundern. Wie immer. 60 Kilo geballte, elegante Willenskraft. 182 Zentimeter Witz und Verstand. Am Fenster standen nichts weniger als 100 Prozent Wilma. 100 Prozent meine beste Freundin. Sie hatte mir den Rücken zugewandt und wartete auf ein Wort von mir. Hatte sie denn gar keine Angst?

Ich atmete ein und atmete wieder aus. Wilma bewegte sich nicht. Die Luft im Raum hatte aufgehört zu existieren. Wie lange kann man Fragezeichen atmen, ohne zu ersticken?

»Wilma, ich werde dich nie mehr danach fragen.«

»Wie schön.«

»Ja, wie schön.«

Sie kam auf das Sofa zu, stellte die Flasche auf den Tisch und legte den Korkenzieher daneben. Würden wir uns jetzt an den Händen fassen und im Kreis aufstellen? Es wurde nicht ganz so herzzerreißend – sie griff mir in die Haare und sagte: »Du hast Spliss.«

Wenn's weiter nichts ist. »Mir egal.«

»Mir aber nicht. Du musst morgen gut aussehen.«

Bevor ich überhaupt Papp sagen konnte, hatte Wilma mich vom Sofa gezerrt, die Treppe runtergeschoben, das Licht im Salon angemacht, eine ihrer mörderischen Samurai-Scheren aus der Schublade geholt, mich in einen Umhang gewickelt und angefangen, meine Haare auf Vordermann zu bringen.

Manche Dinge ändern sich Gott sei Dank nie.

29

Der Stadtexpress kam mit 40 Minuten Verspätung in Köln an. Wilmas Bluse kniff unter den Armen. Aber egal – die Bluse war von Lacroix, und im Kragen prangte ein Etikett mit einem XS drauf. Wenn ich das Jackett nicht aufmachte, würde man statt der stark gefährdeten Knöpfe nur den edlen Kragen sehen, und das musste für heute reichen. Dafür sahen meine Haare aus wie aus der *Vogue,* und das war gut so, denn meine Stiefel waren etwas ramponiert – ich hatte die Bier- und Likörflecken nach der Orgie im Café Madrid nicht aus dem Leder rausgekriegt.

Als ich den großen Veranstaltungssaal im Maritim Hotel betrat, waren alle Lobhudeleien, Reden und Elogen vom großen Podest herunter schon gelaufen, und die Anwesenden mampften sich durch das Angebot von Sushi und mikroskopisch kleinen Kanapees. Man unterhielt sich gedämpft. Meines Erachtens hätte zum Rettich besser Erbsensuppe mit Wurst gepasst. Aber der Rettich war tot und hatte jetzt nichts mehr zu sagen. Und wenn die Meute Fingerfood und Champagner will, dann kriegt sie eben Fingerfood und Champagner. Bei der Beerdigung des Papstes gibt's doch auch keine Spaghetti mit Tomatensauce.

Nachdem meine Einladungskarte von vier Securitymännern angestarrt und für echt befunden worden war, blieb ich unschlüssig im Eingangsbereich des Festsaales stehen. Ganz am anderen Ende sah ich Coco Reitmeier mit ein paar Leuten von Sony Pictures stehen. Sie trug ein elegantes, fließendes schwarzes Ensemble, bestehend aus Hose und einem Oberteil, das geschnitten war wie ein Herrenhemd. Coco wirkte fast hager, völlig übermüdet, und trotzdem lauschte sie gerade sehr konzentriert dem Headwriter diverser hoch dekorierter Comedyserien, der auf sie einsprach.

Zwischen den Schwergewichten und Silberrücken des Kölner Fernsehlandes flanierten einige Autoren und Regisseure umher, trugen ernste Gesichter zur Schau und suchten nach Gelegenheiten, mit den Damen und Herren Produzenten ins Gespräch zu kommen. Arme Wichte – müssen selbst hier auf und ab laufen wie die Stricher am Hauptbahnhof, in der Hoffnung, zwischen frittierten Scampi und Lachsröllchen könnte der große Weihnachts-Vierteiler auf sie warten.

Als ich die Redaktionstruppe vom *Tatort* sah, zog ich mich hinter eine mannshohe Bodenvase zurück, die gut und gerne ein Beutestück aus der Reichskanzlei hätte sein können. Das war knapp. Dafür steuerte aus einer anderen Ecke des Saales eine neue Bedrohung auf mich zu: der komplette Cast von Rettichs letzter Romantic-Comedy für Sat 1. Ich atmete flach. Lächle und tu so, als sei nie was gewesen. Als ich gerade tapfer Hallo sagen wollte, waren auch schon alle hektisch miteinander flüsternd an mir vorbeigelaufen, ohne mich überhaupt wahrzunehmen. Jemand hatte mir im Vorbeigehen ein leeres Sektglas in die Hand gedrückt. Ich stellte das Glas rasch auf dem Boden ab und schaute mich um, ob es auch niemand gesehen hatte.

Also, Maggie, alles auf Anfang. Du gehst jetzt da rein, du hast eine Einladung. Das allein schon berechtigt dich, dieselbe Luft zu atmen wie die da. Auf in den Kampf, schlag dich tapfer zu den Losern durch, deren Sendungen kürzlich abgesetzt wurden – die müssen wenigstens so tun, als wären sie nett. Bevor ich mich wirklich entschieden hatte, ob ich gehen oder bleiben soll, hatte Coco Reitmeier mich entdeckt und kam mit ausgestreckten Armen auf mich zu. Ein Teil der Meute beobachtete interessiert, wen Coco da so freudig begrüßte.

»Margret, wie schön, ich dachte, du kommst nicht mehr.« Sie sprach mit einem leicht französischen Akzent, sodass mein Name aus ihrem Mund klang wie Magritte. Coco küsste mich auf beide Wangen. Ich küsste zurück. So herzlich hatte ich mir den Empfang wirklich nicht vorgestellt. Reitmeiers Witwe demonstrierte allen, dass sie vor Pest und Cholera keine Angst hatte. Ich war erleichtert.

»Der Zug hatte Verspätung. Sorry. Meine Güte, Coco, es tut mir so leid.«

»Warum hast du nicht angerufen? Ich wusste zuerst gar nicht, wo ich dich erreichen kann. Wohnst du wirklich in einem Friseursalon?«

Ich hätte in der Tat mal anrufen können. »Nein, ich wohne nicht im Friseursalon. Mein Souterrain, also mein Apartment … ach, egal. Weißt du, ich war geschockt, und dann ist so viel in Bochum passiert. Lange Geschichte … es ging einfach nicht.«

»Rasmus hat sehr viel von dir gehalten, warum versteckst du dich denn in der Provinz in einem Keller?«

»Das ehrt ihn, aber … Danke für die Einladung, Coco, ich weiß das sehr zu schätzen.«

»Dank nicht mir, ich fand Menschen, die in Kellern wohnen, schon immer degoutant. Aber du hast auf Rasmus' Liste gestanden, also bist du hier.« Coco und ihre derben Scherze. Selbst jetzt noch, auf der Trauerfeier für ihren Mann.

Sie bemerkte mein Zögern und lächelte: »He, ich dachte, wenigstens du kannst einen Witz vertragen. Guck dir all die Gesichter an. Brrrrrr.«

»Seit wann hat der Rettich denn Listen gemacht? Bist du sicher, du hast die richtige Liste eingeladen? Vielleicht sind das all die Leute, die er nie mehr wiedersehen wollte.«

»Ah, jetzt bist du fast die Alte. Es war die Liste zu unserer goldenen Hochzeit – jetzt ist sie die Liste für seinen Abschied. Quel malheur!«

»Coco, ich heul' gleich.«

»Der dumme Mann. Tausendmal habe ich ihm gesagt – Rettisch, mach das nicht alleine. Rettisch, kauf einen neuen Trailer für das Boot. Das Ding ist alt … et cetera, et cetera.«

Sie fuchtelte mit ihren schlanken Händen in der Luft herum. Ihre silbernen Armreifen klimperten. »Aber er hört ja nicht. Nie …« Sie strich sich fahrig eine Haarsträhne aus dem Gesicht und hatte sich sofort wieder gefasst.

»Komm, ich will dich einer Freundin vorstellen. Sie ist extra hierher gekommen, und stell dir vor, ihre Freundin ist eine Künstlerin, sie hat den Grabstein …«

Sie hatte meine Hand genommen und mich einfach in den Saal gezogen. Eine Sekunde später schüttelte ich Ariadnes Pranke, und gleich darauf hatte mich die Forelle umarmt, die sofort stolz erzählte, dass Ariadne den Grabstein gestaltet hatte, der in wenigen Minuten enthüllt werden würde. Nachdem sie den kosmischen Zufall, der uns auf dieser Trauerfeier zusammengeführt hatte, mit vielen esoterisch-psychologischen Phrasen ausgiebig gewürdigt hatte, wurde ich darüber informiert, dass Coco Reitmeier Stammkundin von Dr. Casapietra sei. Madame Reitmeier, so erfuhr ich, absolviert einmal im Jahr ihre Kur in Bad Camberg. Natürlich in der Privatklinik von Prof. Casapietra. Aha! Daher also das Geld für den Ferrari. Progressiv entspannt, Herr Professor, Chapeau!

Ich hatte genug damit zu tun, meinen Mund nicht offen stehen zu lassen, und sagte gar nichts. Wie gerne hätte ich mich jetzt von einem Praktikanten von Pro7 darüber zutexten lassen, wie er das Fernsehen neu erfinden würde, wenn man ihn bloß ließe. Aber wie ich feststellte, waren Praktikanten hier ausnahmsweise nicht zugelassen.

Coco war inzwischen vom echten Dr. Thoma entführt worden. Ich sah sie draußen neben dem verhüllten Grabstein auf der Terrasse stehen und miteinander reden. Neben dem Kunstwerk stand auf einer Staffelei ein Portraitfoto vom Rettich in einem goldenen Rahmen, verziert mit einer schwarzen Schleife. Der Rettich auf dem Bild war genau so, wie ich ihn in Erinnerung hatte: ein strahlendes Lachen im Gesicht und die Dollarzeichen in den Augen.

Dr. Helmut Thoma war wesentlich kleiner als Coco und schaute zu ihr auf. Sein großflächiges Gesicht war in echte Sorgenfalten gelegt. Immer wieder schüttelte er betrübt seinen massigen Kopf. Dann nahm er ihre Hand und hielt sie lange fest. Tja, der alte Charmebolzen wusste noch, wie es wirklich geht. Er hob kurz das Tuch an, unter dem das von Künstlerinnenhand gestaltete Objekt für Rettichs Grab stand. Coco zuckte im selben Moment mit den Schultern, fast entschuldigend, dass sie ausgerechnet ihn bemühte, das Ding zu enthüllen.

Was sich unter dem Tuch abzeichnete, war ungefähr 1,80 Meter hoch und beinahe ebenso breit und hatte die Form eines Bootes. Ich hoffte für Coco, es würde nicht zu geschmacklos werden. Die Künstlerin hatte doch wohl hoffentlich kein 1:25-Modell von der Mörderyacht geklöppelt, um sie dem Rettich aufs Grab zu stellen? Wenn man sich den Butch so ansah, der sich gerade eine ganze California Roll in den Mund stopfte und sich danach die Finger ableckte, schwand meine Hoffnung, etwas Ansprechendes erwarten zu dürfen. Im Bad Camberger Wald mochte ihr robuster Stil ja noch gehen, aber hier? In Fernsehland …?

Als Ariadne einen der Kellner in nicht sehr freundlichem Ton zum Bierholen schickte, ließ ich die beiden mitten im Satz stehen und flüchtete auf die Toilette.

Ich kam gerade rechtzeitig, um eine Frau prahlen zu hören, sie hätte jahrelang mit dem Rettich eine Affäre gehabt, und sie sei die einzige, die wahre Witwe. Eine andere Frau in der Toilettenkabine daneben feuerte die Untröstliche mit »Ach, nein … du Arme … das wusste ich ja gar nicht …« an, weitere Details preiszugeben. Die Wasserspülungen rauschten synchron, dann kamen die Tratschtanten gleichzeitig aus den Kabinen. Aha, ich hatte doch richtig gehört, die Redaktionsabteilung von Grundy-Entertainment. Eine abgestanden-süße Duftwolke aus *Poison,* gemischt mit *Jean Paul Gaultier Classique,* vor sich her schiebend, gingen sie an mir vorbei, als sei ich unsichtbar, und plapperten vorm Spiegel weiter. Wenn es nicht so außerordentlich tragisch gewesen wäre, hätte ich laut loslachen können. Ich hatte nie den Eindruck gehabt, dass der Rettich ein notorischer Fremdgänger war. Aber wer konnte das schon wissen?

War es denn überhaupt möglich, dass Coco, die Schöne aus St. Tropez, wirklich seit Jahren die Auswirkungen von Rettichs Fremdgängertum auf ihre Nerven in Bad Camberg auskurierte, während der Rettich unverdrossen Listen für ihre goldene Hochzeit schrieb? Und ausgerechnet ich soll es nicht gemerkt haben? Na ja, so viel hatte ich mit dem Rettich ja auch nicht zu tun gehabt. Wir hatten uns gut verstanden und gut zusammengearbeitet. Und wenn ein Projekt durch war, dann trennte man sich halt wieder, bis das nächste Projekt einen wieder zusammenbrachte. Aber auf seine legendären Gartenpartys zu Neujahr (Moonboots und Pelzmützen bitte selbst mitbringen!) war ich immer eingeladen gewesen.

Die beiden Damen steckten ihre Lippenstifte wieder ein und drückten mir, ohne mich eines Blickes zu würdigen, im Vorbeigehen je 20 Cent in die Hand.

Als ich die Toilettenräume wieder verließ, hatte ich innerhalb weniger Minuten drei feste Geliebte des Rettichs und eine Beziehung im Frühstadium kennengelernt, Coco war der Krebstod aus Gram in Aussicht gestellt worden, und insgesamt hatte ich zwei Euro eingenommen. Ehrlich verdientes Geld.

Ich hörte den Applaus der Gäste, die aus allen Ecken des Saales in Richtung Terrasse strebten.

Und dann sah ich ihn. Er stand mit seiner Hasselblad in der Hand an vorderster Front. Kein anderer Fotograf weit und breit. Ariadne stand neben ihm und erklärte ihm irgendwas. Dr. Thoma hielt die schwarze Kordel in der Hand, an der er in wenigen Minuten ziehen würde, um das Kunstwerk zu enthüllen. Mit der anderen hob er die Hand von Coco Reitmeier und berührte mit ihrem Handrücken sanft seine Wange. Sie lächelte ihn tapfer an. Möchte nicht wissen, was die Klatschpresse morgen draus gemacht hätte, wenn sie denn zugelassen gewesen wäre.

Der Knipser hielt ungeduldig eine Hand ausgestreckt, und sein nicht sehr gut dressierter Assistent reichte ihm endlich ein geladenes Magazin.

Ich hatte einen Schritt rückwärts gemacht und blieb hinter einem Riesenfarn stehen. Er bot zwar nicht so viel Schutz wie die Bodenvase, aber wenigstens ein bisschen. Die beiden Redaktionsschnepfen kamen herbeigetippelt und blieben direkt vor der Pflanze stehen. »Guck dir das an, wie der ihre Hand befummelt.«

Ich konnte mich jetzt entscheiden – weg von der tödlichen Duftwolke und rauf auf den Präsentierteller oder Deckung wahren und nicht mehr atmen.

»Ich hab' gehört, Thoma geht zu seiner Luxemburgerin zurück. Die Chirurgin ist passé.«

»Was du nicht sagst. «
»Stand ja schon in der Bunten.«
»Ach, wie langweilig.«
»Ich habe gehört, diese komische Abendroth hatte was mit dem.«
Was?! Moi?! Mit wem?!
»Mit wem, Liebes?«
Danke.
»Na, mit dem Reitmeier.«
»Ach, wie kommst du denn da drauf? Ist die nicht in der Versenkung verschwunden?«
Versenkung? Ich?
»Ist sie. Total fett geworden, lebt jetzt wieder in der Provinz – was man so leben nennt. Ich hab' gehört, die ist voll durchgedreht. Wohnt im Kellerloch.«
»Ach, die Arme.«
»Ich habe aber auch gehört, dass der Reitmeier ihr vor seinem Tod noch einen Job angeboten hat … warum wohl?«
»Pures Mitleid, würde ich sagen.«
»Mein Gott, was der Mann sich alles aufgeladen hat.«
»Sichere Quelle?«
»Ziemlich sichere Quelle.«
»Kann ja wohl nicht am Talent gelegen haben. Davon hatte sie nämlich so gut wie nix …«
»Ich weiß, komplett talentfreie Zone. Obenrum, aber wer weiß – untenrum? Ob der wohl wirklich mit der …?«
»Der Reitmeier war alles, aber nicht blind, Liebes. Der Mann hatte Geschmack! Ist bestimmt doch nichts dran an dem Gerücht. Stand ja auch gar nicht in der Bunten.«
»Aber dieser Fotograf, mit dem sie mal zusammen war, der hat das erzählt … letztens bei dieser Vernissage im Chelsea. Frag ihn selbst.«
»Wie gut, dass Coco die nicht eingeladen hat.«
»Also bitte! Warum sollte sie? Das ist doch hier keine Tupper-Party.«

Also, jetzt keinen Stress machen, du bist hier die Toilettenfrau, Maggie. Wenn's hilft, dem Knipser zu entkommen, ohne gesehen zu werden, musste ich die beiden Zicken noch einen Moment ertragen. Ich wollte loslaufen, sobald Dr. Thoma an der Strippe zog. Dann wären alle Augen auf ihn gerichtet und ich könnte ungesehen verschwinden. Ich bin einfach nie da gewesen. Fertig.

Und weil Dr. Thoma immer sehr kurze Reden hält, war er auch schon dabei, das Kunstwerk zu enthüllen. Der Knipser, über seine Hasselblad gebeugt, drückte ab.

Coco wich vor dem Grabstein zwei Schritte zurück. Sie taumelte fast. Und bestimmt nicht vor Rührung. Das Ding war peinlich. Nicht, wie es gemacht war – es war geradezu perfekt in der technischen Ausführung. Peinlich war, was es darstellte: in Stein geschlagenes Pathos. Was ich für die Silhouette eines Bootes gehalten hatte, entpuppte sich als eine Art Pietà. Die Künstlerin hatte ihre Geliebte dargestellt, die Forelle in einem wallenden Gewand, selig lächelnd, wie sie die vom Schmerz überwältigte Coco Reitmeier schützend in ihren Armen wiegt. Es trug den Titel: *Frau 277.*

Durch die Menge ging ein leises Raunen. Jemand klatschte verhalten in die Hände. Niemand klatschte mit. Ein Kellner fuhr einen Servierwagen scheppernd gegen die Wand.

30

Ich wanderte lange ziellos durch Kölns Shoppingmeilen und guckte mir alle Schaufenster intensiv an. Mir taten die Füße weh, und ich hatte Hunger. Auf der Feier hatte ich es noch nicht einmal bis zu den Silbertabletts geschafft. Du meine Güte, was für ein Auftrieb – was für ein Ende. Arme Coco Reitmeier. Und Rettich, wenn du es mit eigenen Augen gesehen hättest, wärst du spätestens dann tot umgefallen.

»Was darf ich Ihnen bringen?«

Holla, wo kamen denn jetzt die Schlitzaugen her?

»Guten Abend, darf ich Ihnen was bringen?«

Ich schaute mich hektisch um. Führte ich schon wieder Selbstgespräche?

»Habe ich laut gesprochen?«, flüsterte ich dem jungen Japaner, der aussah wie eben aus einem Tamagochi geschlüpft, zu.

»Nein. Haben Sie nicht«, antwortete er mit ernstem Gesichtsausdruck.

»Okay, wo bin ich?«,

»*Bentobox.* Japanisches Restaurant. Ich bin Ihr Kellner«, flüsterte er ohne den leisesten Hauch von Irritation in der Stimme. Wenigstens einer, der Bescheid wusste.

Okay. Okay. Alles ist gut, Maggie. »Ich nehme grünen Tee und das frittierte Sesam-Huhn mit Erdnusssauce und eine Misosuppe. Zweimal bitte.«

»Erwarten Sie noch jemanden? Soll ich mit der Bestellung noch einen Augenblick warten?«

»Nein. Das ist alles für mich.« Für mich ganz allein.

Ich schaute aus dem Fenster. Menschen liefen geschäftig hin und her, als sei das ein Tag wie jeder andere Tag. Weniger Geschäftige hatten es sich auf den Bänken bequem gemacht und aßen ein Eis. Ich stopfte mir das Sesamhuhn rein, als hätte ich seit Tagen nichts mehr gegessen.

Reitmeier, dass du tot bist, tut mir ehrlich Leid. Das hast du nicht verdient. Und ich hoffe, dass Coco deine Scheißsegelyacht in die Luft gesprengt hat. Und ich hoffe, dass sie für deinen Grabstein nicht einen Cent bezahlt. Am besten, sie schickt ihn gleich in die Hölle zurück, aus der er gekommen ist.

Es wurde schon dunkel, als ich an meinem letzten Stück Huhn, zweite Portion, knabberte. Der Knipser hatte nicht an die Scheibe geklopft, und ich war nicht erstickt. Was das jetzt beweisen sollte, wusste ich selbst nicht, aber es beruhigte mich ungemein. Auf dem Platz gingen die Lichter an. Es fing an zu nieseln. Höchste Zeit, zum Bahnhof aufzubrechen und den nächsten Zug zu erwischen. Ich prostete dem freundlichen Tamagochi mit der achthundertsten Tasse grünen Tee zu und verlangte die Rechnung.

Tschüss Rettich, tschüss Köln. War manchmal schön mit euch, aber das Ende hätte besser sein können.

Als ich um kurz vor eins in der Nacht mit dem vorletzten Regionalexpress aus Köln wieder in Bochum ankam, zog es mich zu einem Wodka ins Café Madrid. Ich wollte meine persönliche Totenfeier für den Rettich würdig beschließen. Nicht betrinken, nur einen Wodka und dann wieder in Kajos Haus schleichen und so tun, als sei nie was gewesen, und morgen in aller Herrgottsfrühe den Vermieter anrufen und Dampf machen. Das Souterrain musste auf der Stelle, endgültig, fertig werden! Ich brauche dringend nur noch mich, mich und mich um mich herum. Und vielleicht den Kater, wenn er denn wieder mitkommen will. Vielleicht hatte er sich aber auch schon längst für Nikolaj und Sheba entschieden. Katzen sind auch bloß Menschen.

Ich war so tief in Gedanken darüber versunken, was ich als Nächstes mit meinem Leben anfangen sollte, dass ich beinahe von der Eingangstür des Café Madrid am Kopf erwischt worden wäre. Die flog mit Schwung auf, ich sprang in letzter Sekunde einen halben Meter rückwärts und wäre fast von Winnie überrannt worden, der aus der Tür gestürmt kam. So viel zu meiner unmittelbaren Zukunft. Wahrscheinlich verhaftet er mich jetzt, weil ich nicht auf dem Präsidium war.

»Maggie!«

»Winnie!«

»Du warst nicht auf dem Polizeirevier.«

Wusst' ich's doch!

»Ich war in Köln. Hatte ich dir doch gesagt.«

Winnie drehte sich wankend einmal um seine eigene Achse. Er machte den Mund auf, sagte aber nichts.

»Winnie, was ist los?«

»Er ist weg. Er ist weg!«

Ach du jemineh. Es ist soweit.

»Nikolaj?«

»Eine Szene! Maggie! Niki hat mir eine Szene gemacht. Vor versammelter Mannschaft. Gestern Nacht im Präsidium. Furchtbar!«

»Oh nein.«

»Doch! Er hat gedroht, er bringt sich um.«

»Und dann?«

»Ich hab' so getan, als würde ich ihn nicht kennen. Naja, die Kollegen dachten, noch irgendein betrunkener Russe, der russisch brüllt. Ich konnte doch nicht …«

»Und dann?«

»Karin und Peter haben ihn … weggebracht.«

»Ja … wohin, weggebracht?«

»Ins Haus … zu Kajo.«

Und du, Winnie, konntest du deinen Freund nicht nach Hause bringen oder sagen, »Den kenn' ich. Lasst mal, ich kümmer' mich drum«? Das alles hätte ich ihn fragen können, aber ich sagte nur: »Aha.«

»Dann ist er gegangen.« Winnie starrte in den Nachthimmel, als erwarte er von dort eine Erklärung. »Er ist weggegangen! Maggie, sein Zimmer ist leer! Kajo sagt …«, schniefte er, zog sich einen Hemdzipfel aus der Hose und wischte sich damit durchs Gesicht.

Über uns wurde ein Fenster geöffnet und ein Mann rief entnervt: »Wenn ich den Kack noch mal hören muss, ruf ich die Bullen!«

»Winnie, Winnie … komm mal weg hier«, sagte ich und zerrte an seinem Hemd. »Bist du betrunken?«

»Nein.« Er verlor das Gleichgewicht und stolperte zwei Schritte rückwärts. »Ooops … Vielleicht doch?«

»Also ja. Bist du etwa im Dienst?«

»Was?«

Oh Himmel noch mal!

»Du musst hier weg, Mensch. Wohin soll ich dich bringen?«

»Nach Amsterdam.« Er packte meine Schultern und schaute mir direkt in die Augen. »Ja, du bringst mich jetzt nach Amsterdam.«

»Spinnst du? Ich bring' dich nach Hause. Du bist betrunken und durcheinander. Ich fahr' dich nach Hause. Gib mir deine Autoschlüssel.«

»Du weißt doch gar nicht, wo ich wohne.« Winnie ließ meine Schultern endlich los und schaute mich ratlos an.

»Was ist? Wo sind deine Schlüssel? Wo wohnst du?«

»Ich geh' wieder … da … rein.«

»Nein, tust du nicht.« Ich packte einen Hemdzipfel und hielt ihn fest. »Wo ist deine Jacke? Hast du deine Jacke da drin?«

Er nickte, und sein roter Haarschopf fiel ihm ins Gesicht.

»Du wartest hier auf mich. Ich hol' deine Jacke. Du gehst nirgendwo hin! Vor allem nicht nach Amsterdam. Verstanden?!«

Er hatte sich von mir weggedreht und schwankte leicht vor und zurück. Ich musste befürchten, dass er sich in der nächsten Sekunde auf und davon machen würde, sobald ich ihn aus den Augen ließ. Das konnte ich nicht zulassen. Er steckte mitten in zwei Mordfällen und leider auch mitten in seinem ersten kapitalen Liebeskummer. Ach Winnie, ich wünschte, ich hätte diesmal nicht Recht gehabt. Ich musste handeln, aber schnell. Vor allem, bevor hier in den nächsten Minuten ein Streifenwagen vorbei käme, in dem nicht Karin und Peter saßen, sondern vielleicht Toto und Harry. Gott bewahre!

Ich nahm seine Hand und zerrte ihn hinter mir her, die Uhlandstraße hinauf, in Richtung Stadtpark. Bis zu meinem unbewohnbaren Souterrain waren es zu Fuß eigentlich nur fünf Minuten. Die würde er hoffentlich noch durchhalten. Wichtig war an dieser Stelle, dass ich mit dem Kerl ungesehen an der Hauptwache vorbeikam. Ich änderte abrupt die Richtung – am Bergbaumuseum vorbei ist länger, aber sicherer, beschloss ich spontan. Ich schob und zerrte, und Winnie redete auf mich ein wie ein Wasserfall – die unendliche, dramatische Geschichte des Verlassenwerdens, diesmal im episch-breiten Format klassischer, russischer Literatur. Und jede Welle des Schmerzes endete mit den Worten: »Nie wieder, Maggie, nie wieder werde ich mich verlieben.«

Nach einer halben Stunde hatten wir es endlich geschafft. Er setzte sich aufs Bett und dozierte, dass er gerne erschossen werden wollte, sollte er sich noch einmal verlieben. Ich versicherte ihm, dass ich das beizeiten gerne für ihn erledigen würde. Mit einem gemurmelten: »Du bist eine wahre Freundin«, nahm er mich in die Arme und ließ sich rückwärts ins Kissen fallen. Na, wenn es hilft, kann ich ja noch fünf Minuten bleiben.

»Winnie.«

Er rührte sich nicht.

»Winnie.«

»Hm.«

»Was heißt Tortiki?«

Er küsste mich auf die Stirn und murmelte: »Törtchen«, umarmte mich noch fester und küsste mich auf den Mund. Seine Hand wanderte zu meinem Hintern und drückte zu.

So hatte ich das jetzt nicht gemeint. Wenn ich noch fünf Minuten bleibe, steht der Katastrophe nichts mehr im Wege. Hatte ich nicht schon genug Probleme? Auf einen sieben-Bier-konvertierten Schwulen konnte ich grad gut verzichten. Ich wickelte mich vorsichtig, aber energisch aus seiner Umarmung.

Ohne mich noch einmal umzuschauen, schloss ich die Tür hinter mir ab und rannte zurück zum Café Madrid, um Winnies Sachen zu holen, bevor Kai-Uwe die Kneipe abschloss.

Hasselbrink schien über mein Auftauchen ehrlich erleichtert und reichte mir Winnies Jacke über die Theke. Sie war ungewöhnlich schwer für ein Sommerjackett. Ein Griff in die Tasche sagte mir auch, warum: Winnie hatte den Verstand verloren – ich hatte seine Dienstwaffe in der Hand!

»Dein Freund hat den Verstand verloren, Maggie«, sagte Hasselbrink im selben Augenblick.

»Dasselbe habe ich auch gerade gedacht, Kai-Uwe. Danke. Ich bring' sie ihm. Und die Story hier behältst du gefälligst für dich!«

Kai-Uwe zuckte nur mit den Schultern. »Ich hab hier'ne WM durchzustehen, und Deutschland ist noch drin, was interessiert mich ein besoffener Bulle mehr oder weniger.«

»Brav, Herr Bundestrainer.«

»Sein Auto steht übrigens da vorne. Direkt vorm Kaffeeladen. Fahr es lieber weg, sonst wird es morgen abgeschleppt. Hier sind die Autoschlüssel. Musste ich ihm abnehmen.«

»Mach' ich. Danke, dass du drauf aufgepasst hast.«

»Keine Ursache. Was hat er denn?«

»Die Frage ist – was hat er nicht?«

»Ach so. Der Russe ist weg«, stellte Kai-Uwe sachlich fest. »Das wird Rita aber …«

»Kai-Uwe! Was hab' ich gesagt? Kein Wort – zu niemandem! Zu Rita schon gar nicht, sonst weiß es morgen die halbe Stadt.«

Kai-Uwe zog einen Schmollmund und maulte: »Ja, is' ja schon gut.«

Ich fuhr den Wagen zurück zum Souterrain und parkte ihn direkt vorm Haus, damit Winnie ihn am nächsten Morgen nicht lange suchen musste. Auf Zehenspitzen schlich ich nach unten, legte seine Sachen auf die Möbel-Kartons, stellte Winnies Handy auf 7 Uhr Weckzeit ein und ging. Vorher warf ich noch einen kurzen Blick ins Bad. Es war eine Kloschlüssel geliefert worden – na, immerhin. Meine Wohnung hatte den Komfort einer Ausnüchterungszelle erreicht. Und das war es schließlich auch, was mein Polizeitörtchen jetzt am dringendsten brauchte.

31

Nach meinen kleinen, aufregenden Ausflügen in die Welt der Fernsehschaffenden und in die Welt des Liebeskummers war ich dann doch wieder in Kajos Haus zurückgekehrt. Mattis Brief spendete etwas Trost, aber ich wusste nicht, wie das alles weitergehen sollte. Das Haus platzte langsam aus allen Nähten – fast so wie bei den Waltons. Ob der Grillmeister abends am Gartenzaun hing und darauf wartete, dass wir uns alle eine gute Nacht wünschten?

»Gute Nacht, Oma Berti.«

»Gute Nacht, Maggie.«

Und alle zusammen: »Gute Nacht, Kajo-Boy.«

Und nacheinander verlöschen die Lichter in den Fenstern der kleinen Farm ... Aber so sind sie halt, die Ruhris – ist Not am Mann, wird zusammengerückt, was das Zeug hält, so lange, bis die Krise gelöst ist oder irgendjemand die Nerven verliert und ein Massaker anrichtet.

Während meiner kurzen Abwesenheit war Nikolaj zwar verschwunden, aber dafür logierte jetzt Mia in seinem Zimmer. Oma Berti hatte, praktisch veranlagt, wie sie war, sich und Mia bei Kajo einquartiert, denn beide bedurften ihrer Aufmerksamkeit und Fürsorge. Also war das die beste Lösung für alle, denn in Bertis Wohnzimmer passte beim besten Willen kein Steinway Flügel mehr rein.

Es beruhigte mich nicht, dass sich ein Nachbar von Mia um die Sau Sophie kümmerte, denn sollte Mia erfahren, dass Sophie auch nur ein Gramm abgenommen hat, würde bei uns im Garten in null Komma nix ein Schweinekoben stehen. Ich fragte mich, wohin die Reise dieser kleinen Arche Noah noch gehen sollte, und erhoffte sehnlichst die Ankunft einer weißen Taube mit Ölzweig im Schnabel.

Sogar Dr. Thoma wusste nicht mehr, wen er am Frühstückstisch zuerst anbetteln sollte. Was er zunächst als das reine Schnorrerparadies angesehen hatte, entpuppte sich als Gleichung mit zu vielen Unbekannten. Immer öfter sah ich den Kater bewegungslos im kalten

Kamin auf der Terrasse sitzen und die perfekte beleidigte Leberwurst geben, während im Haus verwirrende Geschäftigkeit herrschte. Im Wohnzimmer klimperte es, in der Küche schepperte es, und im ersten Stock wurde gesaugt und jeden Tag das Bad geputzt. Mia war der perfekte Ersatz für Nikolaj, zumindest was den Reinlichkeitsfimmel und die Passion für regelmäßige Nahrungsaufnahme anging. Von Mia bekam der gehandicapte Pianomän seine Aufbaunahrung und von Oma speziell zum Nachtisch noch kalte Senfumschläge für sein Knie. Er war so in seine Vorbereitungen vertieft, dass er kaum wahrnahm, was um ihn herum passierte.

Nach dem Frühstück schickte mich Oma Berti alleine zum Kiosk, sie wollte bei ihrer Freundin Mia bleiben und noch mehr in der Küche rumscheppern. Wenigstens Carmen kehrte jeden Abend nach Recklinghausen in ihre Bauunternehmervilla und zur Verwaltung ihres verzwickten Erbes zurück. Kajo hatte sich auf Anraten von Nikolaj – das war seine letzte Großtat gewesen – für ein Stück von Rimskij-Korsakow entschieden und übte es wie der Teufel. Damit jagte er uns alle regelmäßig an die frische Luft. Egal, wie gut einer spielt, wenn das Umfeld – und sei es noch so geneigt – dasselbe Stück mehrmals täglich hören muss, tauchen unweigerlich irgendwann mal Visionen von einer Motorsäge auf. Wenn ich zu Hause war, slalomte ich, ähnlich verwirrt wie mein Kater, durch das Diorama des Kostnitzschen Hauses, und wenn noch Platz gewesen wäre, hätte ich mich neben Dr. Thoma in den Kamin gesetzt und eine Runde mitgeschmollt.

Ich hatte niemandem etwas von Winnies nächtlichem Besäufnis erzählt. Alle im Haus schienen sich darauf geeinigt zu haben, über Nikolaj nicht mehr zu sprechen. Ich hatte es versucht, aber Oma Berti hatte mich sofort ausgebremst: »Die beiden sind erwachsen, misch du dich da nich ein.«

In der Nacht nach meiner Rückkehr, als alle anderen schliefen, hatte ich sogar noch versucht, Nikolaj auf dem Handy anzurufen, aber er ging nicht ran. Auch in der zweiten Nacht nicht. Dann hatte ich es aufgegeben. Auf eine Nachricht von Winnie wartete ich auch vergeblich.

Mit einigen Tagen Verspätung ging ich dann endlich aufs Revier und ließ brav meine Fingerabdrücke da. Winnies Kollegin, Karin, nahm meine Aussage auf. Als wir fertig waren, sagte sie lächelnd zu mir: »Das hätte auch ins Auge gehen können.«

»Für Konstantin Sattelmann ist es das schon. Wäre besser gewesen, wir hätten ihn vorher gefunden. Hat die Sekretärin eigentlich eine Beschreibung von der Person abgegeben, die am Montagabend noch bei ihm gewesen ist?«

»Hat sie, aber ich darf dir das nicht sagen. Sag mal, woher weißt du das?«

Fettnäpfchenalarm!

»Ich weiß es eben. Frag nicht. Sah sie aus wie Rita Thiel, geschiedene Brahms?«

Karin schüttelte den Kopf. Na, Gott sei Dank.

»Mann?«

Karin schüttelte wieder den Kopf. Also eine Frau.

»Groß?«

»Jetzt ist aber gut, Maggie!«

»Und die Pizza?«

»Eine stinknormale Pizza, verschimmelt, aber ansonsten unauffällig. War ja auch gar nicht angerührt worden.«

»Welcher Lieferservice?«

»Maggie! Alles überprüft. Sattelmann hatte nirgendwo eine bestellt. Die Schachtel war neutral. Stand *Pizza* drauf, aber kein Name von einem Restaurant oder Lieferservice. Was auch kein Wunder ist, denn die Sekretärin hat eine Frau mit Hund und Pizzaschachtel reingelassen, an dem Abend, als sie Konny Sattelmann das letzte Mal gesehen hat. Pizzafahrer schleppen normalerweise keine Hunde mit sich rum«, ereiferte sich Karin.

»Also hat sie auch kein Pizzataxi gesehen.«

»So ist es.«

Dasselbe, was die Sekretärin auch Herrmanns und Borowski erzählt hat – fast: Die Pizza hatte sie nicht erwähnt.

»Und sonst?«

»Rotwein. Jede Menge Rotweinflaschen standen in der Bude herum. Volle, leere ... Das Labor prüft noch.«

»Château Petrus«, seufzte ich.

»Was?«

»Château Petrus, Flasche um die 1000 Euro. Das Labor wird seinen Spaß haben. Und der Hund?«

Die Tür ging auf, und Winnie schaute herein. Karin machte sofort eine sehr geschäftsmäßige Miene und blätterte konzentriert in ihrer Akte. Ich schaute gelangweilt meine Fingernägel an. Winnie sagte betont munter: »Achtung, Karin. Versucht sie, dich auszuquetschen?«

»Nein, versucht sie nicht. Wir haben ihre Aussage aufgenommen.«

»Na gut.« Zu mir sagte er: »Du bist drei Tage zu spät.« Und dann war er schon wieder weg. Kein ›Hallo Maggie, wie geht's, was macht Oma?‹ oder sonst irgendwas Persönliches. Danke, Winnie, du mich auch.

Karin entspannte sich wieder und klappte den Aktendeckel zu.

Ich dachte an die Pizza, für die Sattelmann keine Zeit mehr geblieben war. Könnte das bedeuten, die Frau mit der Pizza war Konnys Mörderin?

»Und der Hund?«, nahm ich den Faden wieder auf.

»Du hast Nerven. Ich hab' dir schon viel zu viel gesagt.«

»Ist der Ruf erst ruiniert ... Karin, bitte, nur noch diese eine Frage.«

»Ein heller, mehr wusste sie nicht. Die Frau hat keine Ahnung von Kötern.«

»Habt ihr der Frau mal ein Hundebuch gezeigt?«

Karin schüttelte den Kopf und schaute mich an, als wollte sie sagen: Das fehlte noch!

Die Tür flog auf und Winnie erklärte streng: »Noch eine Sekunde, Frau Abendroth, und du bist verhaftet.«

»Wegen was? Paragraph 7438 Komma zehn? Pläuschchen im Amt? Geht's dir übrigens gut?«

»Natürlich.«

»Danke, mir auch. Hat seine Gnaden neulich gut geschlafen?«

Oh, da war es wieder in seinen Augen – Schlammgrün, Tschernobyl.

»Deine Fliesen sind übrigens geliefert worden. Um 6.30 Uhr. Ich hoffe, du magst rosa.« Und weg war er wieder.

Hatte mein Freund mir nicht mehr zu sagen, als *Deine Fliesen sind geliefert worden?* Und dann noch beleidigt tun, weil die Arbeiter vor sieben Uhr da gewesen waren? Wenn das so weitergeht, ist das der Anfang vom Ende einer wunderbaren, aber kurzen Freundschaft. Da hätte ich an besagtem Abend auch länger bleiben und die Situation ausnützen können. Der Kerl küsst nämlich verdammt gut.

»Ist wohl besser, du gehst«, sagte Karin und griff demonstrativ zum Telefonhörer.

Winnie ließ sich in den nächsten zwei Tagen nicht in Stiepel blicken, am Kiosk auch nicht, geschweige denn, dass er auch nur einmal angerufen hätte. Durch den Oma-Berti-Funk erfuhr ich wenigstens, dass er mit den Ermittlungen nicht recht weiterkam. Alle Spuren führten ins Nichts. Ein Teil der gefundenen Hundehaare konnten tatsächlich Willy zugeordnet werden. Aber es gab noch andere – die hellen eben. Jetzt hatte Winnie zusätzlich den Mord an Fritz Hoffstiepel am Hals und dadurch automatisch seine Oma, die ihm die Tierhaare, die sie bei Hoffstiepels im Stall gefunden hatte, auch noch aufgedrückt hatte und dazu noch jede Menge Theorien. Die Leute von der Spurensicherung hatten den gesamten Schweinekoben auf den Kopf gestellt und Sophie, die Sau, ziemlich in Rage gebracht. Mia hatte sich beklagt, dass Sophie bei Stress Gewicht verlieren und schlimmstenfalls sogar einem Herzinfarkt erliegen könnte. Ich hatte eher den Eindruck, dass Mia kurz vor einem Herzinfarkt stand. Wie sie selbst sagte, würde sie keine Ruhe finden, solange ihr Fritz nicht endlich unter der Erde und der Mörder gefasst sei.

Auch der Swinger-Club wurde von Winnies Leuten aufgemischt, und man trat ein paar ausländischen Mitbürgern mit zweifelhaften

Berufen ziemlich auf die Zehen. Auch die hatten unvorsichtigerweise in Sattelmanns Kanzlei Fingerabdrücke hinterlassen. Von dem Verbleib der halben Million, die Rita gehörte, erfuhr man nichts. Die Polizeimaschinerie, an deren Hebel Winnie saß, lief demnach auf Hochtouren, aber wie es aussah, wussten sie nicht, wohin sie damit fahren sollten.

Ohne Oma machte der Kiosk, ehrlich gesagt, keinen Spaß. Herrmanns und Borowski kamen vorbei, wenn die Übertragungen der Fußballspiele zu Ende waren, aber sie taten so, als sei ich Luft, als hätte es unsere gemeinsame Recherche nie gegeben. Sie bekamen von mir ihr Bier, ließen wieder anschreiben, und dann gingen sie wieder. Der Kiosk hatte ja keinen Fernseher, geschweige denn *Premiere.* Und mit mir kann man auch nicht über Fußball diskutieren. Meinethalben könnte die WM ewig weitergehen, denn die niedrige Frequenz von Herrmanns' und Borowskis Erscheinen tat mir gut. Ich konnte stundenlang ungestört in den Zeitschriften und Magazinen blättern, die neue Lieferung Brauseeulen vorkosten und die Zigaretten aus Oma Bertis Tabakmuseum im Keller dezimieren. Abends wusste ich nie zu sagen, ob meine pelzige Zunge von der Brause oder von der *Rothändle,* Jahrgang 1985, kam. Ich hätte sogar genug Zeit gehabt, über meine Zukunft nachzudenken, aber ich hatte keine Idee. Ich hätte sogar meinen Vermieter anrufen können, so viel Zeit hatte ich. Stattdessen zermarterte ich mir den Kopf, was es mit all diesen Leichen auf sich hatte. Auch das inflationäre Auftauchen von Hundehaaren fand ich irritierend. Zufall, oder immer derselbe Hund? Derselbe Mörder, dieselbe Mörderin … eines Anwalts auf Abwegen und eines Landwirts, der gerade erst dem Alkohol abgeschworen hatte? Und beider Leben wiesen absolut keine Berührungspunke auf? Oma Bertis Satz: »Et reicht, wenn der Mörder die kennt«, kreiste wie eine Endlosschleife durch meine Gedanken. Und dann blieb die Endlosschleife plötzlich hängen. Genau zwischen Lakritzschnecken und Fruchtgummifröschen kam mir die Erleuchtung. Ich ging in Oma Bertis Wohnzimmer und wählte Karins Telefonnummer im Präsidium.

Kaum hatte sie ihren Namen gesagt, fragte ich: »War Fritz Hoffstiepel jemals im Swinger-Club in Sprockhövel?«

»Maggie, bist du das?«

»Ja. War er? Und wenn du mich jetzt fragst, warum, dann dauert es länger.«

»Warum?«

»Ich suche eine Verbindung zwischen Sattelmann und Hoffstiepel. Könnte doch der Swinger-Club sein. Egal, ob der Mörder eine Frau oder ein Mann ist. Der oder die findet die Regel *Alles kann, nix muss* vielleicht gar nicht so witzig. Wer weiß, was da abgeht? Und wer weiß, wie möglicherweise die Ehe- oder Lebenspartner der Gäste das finden, wenn Erna mit einem wildfremden Mann oder der liebe Wolfgang mit einer wildfremden Frau … und …?«

»Das reicht. Das war lang genug. Nein, war er nicht. Wir haben das überprüft. Kannst du jetzt wieder ruhig schlafen?«

»Nicht wirklich. Aber gib zu, das war doch eine super Idee.«

»Hatten wir schon vor zwei Tagen. Tschüss.«

Ja, dann eben nicht. Ich ging zurück in den Kiosk. Wäre ja auch zu schön gewesen.

32

Für den Besuch bei Herrn Matti hatte Oma Berti mir freigegeben. Sie wollte solange mit Mia den Kiosk hüten. Bis zur Haftanstalt an der Krümmede fuhr ich den Wagen, dann quetschte sich Berti hinters Steuer, und Mia lächelte mir gequält zu. Die Arme, sie wusste, neben wem sie saß. Ich winkte den beiden hinterher, als der schwere Kombi mit durchdrehenden Reifen am Blumenfriedhof vorbeischoss. Wie sie, ohne aus der Kurve zu fliegen, heile über den Bahnübergang, der in einer engen Linkskurve lag, kam, war mir ein Rätsel. Ich hörte schrilles Hupen und quietschende Reifen. Kein Knall, kein Blech auf Blech. Ich ging beruhigt zum Besuchereingang und erledigte die Formalitäten.

Herr Matti empfing mich mit sorgenvoller Miene.

»Frau Margret. Was ist denn los?«, sagte er ohne Umschweife. Unsere Zeit war begrenzt, und wir wollten uns beide nicht mit dem Austausch von Höflichkeiten aufhalten. Ich legte seine Dosis Schokoriegel auf den Tisch, die Tüte Gummibärchen obendrauf und erklärte ihm haarklein, was genau in den letzten Tagen losgewesen war. Er hörte mir zu, aß schweigend ein Gummibärchen nach dem anderen und wenn er nicht kaute, summte er finnische Tangos. Nach 22 Minuten atemloser Berichterstattung über tote Ehemänner mir bekannter Frauen, einen ermordeten Anwalt, die abgehackte Hand, Omas These, die mir nicht aus dem Kopf ging, und Winnies wenig freundliches Verhalten, lehnte er sich auf seinem Stuhl zurück und schwieg. Herr Matti nahm das letzte Gummibärchen aus der Tüte und schob es sich in den Mund. Sein Blick wanderte zur Neonlampe an der Decke, dann über die Glasbausteine in der Wand. Ich schaute auf die Uhr. Noch vier Minuten. Es wurde langsam Zeit, dass er mal was sagte. Noch drei Minuten 30 Sekunden. Bitte!

Endlich knüllte er die leere Gummibärchentüte zusammen und sagte: »Es liegt vor Ihrer Nase, wissen Sie das?«

»Was liegt wo?«

»Vor Ihrer Nase. Der Zusammenhang. Das, was Oma Berti sagt.«

»Und das wäre?«

Matti summte wieder und wirkte wie in Trance – höchste Zeit, mein finnisches Gummibärchen-Orakel in die Realität zurückzuholen.

»Matti!«

Er schob die Schokoriegel auf dem Tisch hin und her und sagte: »Wo hat alles angefangen?«

»Was?«

»Das erste Ereignis«, sagte er langsam und faltete sorgfältig die leere Gummibärchentüte wieder auseinander.

»Erstes Ereignis? Bad Camberg. Die Hand«, sagte ich verständnislos. »Aber das war Bad Camberg. Das ist total weit weg. Was hat das damit zu tun?«

»Alles, fürchte ich. Dann, sagten Sie, starb der Mann von Frau Carmen. Kurz, nachdem sie aus Bad Camberg zurückgekommen ist. Dann?«

»Dann Mia Hoffstiepels Mann und gleichzeitig verschwand Sattelmann und starb vermutlich am selben Tag oder einen Tag nach Fritz Hoffstiepel.«

»Etwas fehlt noch.«

»Der Rettich. Der Rettich starb, als ich aus Bad Camberg zurück war.«

»Also ist die Verbindung?«

»Ich?«

»Nein! Bad Camberg«, sagte der Wachbeamte, ungeduldig über meine Begriffsstutzigkeit. Wir drehten uns beide zu ihm um. Er lehnte lässig in der offenen Tür. »Es sieht so aus, als hätte Herr Matti Recht, Frau Abendroth. Das, was übrig bleibt, und sei es noch so unwahrscheinlich, ist die Lösung.«

»Sagt wer?«, fragte ich und schaute vom einen zum anderen.

»Sherlock Holmes«, sagten beide gleichzeitig.

»Sherlock Holmes … toll! Aber was soll das denn, die Männer haben doch alle nix miteinander zu tun! Nie gehabt. Jede Wette.«

»Denken Sie nach. Haben sie doch. Sie haben Frauen«, stellte Matti zufrieden fest und biss in einen Schokoriegel.

»Jetzt gehen Sie aber zu weit. Von der Hand wissen wir nur, dass sie Pling gehört, aber der ist bis heute nicht gefunden, und eine Frau hatte der nicht.«

»Falsch, Frau Abendroth: Er hatte mehr Frauen als gut für ihn war«, schlussfolgerte der Wachmann. »Haben Sie eben selbst erzählt.«

»Das ist mir jetzt aber echt zu wild, meine Herren. Gut, alle haben Frauen. Und haben diese Frauen ihre Männer umgebracht, weil ihnen die Kur nicht bekommen ist? Oder sind sie während heimlicher Hypnosesitzungen programmiert worden, ihre Gatten umzubringen? Von einer allmachtbesessenen Wissenschaftlerin, die nachts in einem Gewölbe an der Heimorgel sitzt und *Toccata und Fuge* spielt?«

»War Coco Reitmeier jemals in Bad Camberg?«

»War sie.«

Matti und der Wachmann schauten sich zufrieden an. Offensichtlich warteten sie darauf, dass bei mir der Groschen fiel.

Das tat er dann auch, aber nur pfennigweise. Oh ja, Coco war dort gewesen. Das war sie … In meinem Kopf drehte sich alles. Casapietra, sein Ferrari … Fachwerkhäuser und Atemtherapie … wir fassen uns alle an den Händen … die Werkstatt … wir fassen uns alle an den Händen … Die Forelle. *Et reicht, wenn der Mörder die kennt!*

»Herr Matti!«, ich schlug mit der flachen Hand auf den Tisch, »… die Hundehaare, die hellen. Die Forelle und ihr dämlicher Retriever. Die wusste alles von ihren Klientinnen. Sie war ja sogar bei Rita im Krankenhaus, und selbst Carmen hat sie nach der Krise angerufen! Aber ihr Mann hatte doch einen Unfall … Er ist vom Baugerü…«

»Es tut mir leid, Ihre halbe Stunde ist leider um«, sagte der Wachmann.

»Machen Sie es gut, Frau Margret. Gehen Sie zu Herrn Winnie und erzählen Sie ihm alles. Viel Glück.« Herr Matti drückte mir zum Abschied die Hand und lächelte mich an. »Vergessen Sie mein Angebot nicht.«

»Vergessen Sie Ihr Versprechen nicht! Und bitte, Sie müssen mehr essen.«

Ich folgte dem Wachmann zur großen Eisentür, die er geräuschvoll aufschloss. Dann war ich auch schon wieder an der Pforte, bekam meinen Personalausweis ausgehändigt, das grüne Lämpchen an der Tür leuchtete, und ich stand draußen. Ich wäre gerne auf der Stelle umgekehrt und hätte gesagt: Ich nehme noch eine halbe Stunde, dafür komm' ich nächsten Monat nicht. Aber das ist unmöglich.

Ich musste so schnell wie möglich mit Winnie sprechen. Aber vorher sollte ich tunlichst meine Gedanken sortiert haben. So durcheinander konnte ich nicht vor seinen Schreibtisch treten. Ich könnte aber auch einen Wodka vertragen. Am besten zwei? Aber anstatt mich zum Café Madrid aufzumachen, entschloss ich mich spontan, den Eingang vom Blumenfriedhof zu nehmen. Ich brauchte den Verstand eines Kriminalisten, und wenn er noch so tot war.

Direkt vor dem Grab von Kajos Eltern stand eine Holzbank. Ich setzte mich hin und dachte nach: Wie beschwört man einen toten Kriminalkommissar? Seinen geliebten Cognac hatte ich leider nicht dabei, aber ich zündete zwei *Roth-Händle* für uns an. Eine rauchte ich, die andere klemmte ich zwischen die Holzrippen der Bank – als provisorisches Rauchopfer. Dann mal los, Herr Kommissar Kostnitz. Was sagen Sie zu dem ganzen Tohuwabohu?

Ich rauchte, scharrte mit den Füßen in der grauen Asche des Friedhofsweges und wartete, aber der Zigarettenzauber half kein bisschen. Ganz im Gegenteil. Plötzlich erinnerte ich mich lebhaft an eine meiner ersten Begegnungen mit Kostnitz – da hatte er mir unmissverständlich klar gemacht, dass er mich für überspannt hielt. Vermutlich würde er das jetzt wieder genauso machen. Die Geschichte, die ich ihm diesmal zu erzählen hatte, würde seinem kritischen Blick auch nicht standhalten. Maggie, ein bisschen viel Brimborium – und ein bisschen wenig Fakten … Was hatte Kostnitz damals gesagt? *Können Sie es denn beweisen, Frau Abendroth?* Nein, hatte ich nicht gekonnt. Und Herr Matti auch nicht. Du musst hier und heute auch nix beweisen, Maggie. Das soll Winnie gefälligst machen. Und zwar pronto. Es könnte ihm nicht schaden, der Albaner-Mafia einen Ruhetag zu gönnen und stattdessen noch ein paar mehr Leute zu verdächtigen und zu überprüfen. Hauptsache, nicht Wilma, Hasselbrink und mich.

Meine Zigarette war bis auf den Filter heruntergebrannt. Bäh – angebrannter Filter! Ich trat den Stummel auf dem Boden aus. Die Zigarette, die zwischen den Sprossen der Parkbank klemmte, war auf halber Strecke ausgegangen. »Sie haben doch nicht etwa aufgehört zu rauchen, Kostnitz?«, sagte ich in Richtung Grabstein und drehte mich um, um auf schnellstem Wege zum Polizeipräsidium zu gehen.

»Sie wollten doch eine schnelle Antwort. Lückenlose Beweislage. Fakten, Fakten, Fakten. Worauf warten Sie noch?«

Hatte das jetzt jemand laut gesagt? Ich schaute mich um, aber da war niemand bis auf eine alte Frau, die mit gekrümmtem Rücken drei Wege weiter an einer Grabstelle Unkraut zupfte. Sie schaute kurz hoch in meine Richtung, lächelte und widmete sich wieder dem Beet. Fast hätte ich sie gefragt, ob sie hier grad jemanden gesehen oder gehört hatte, ließ es aber lieber sein. Ich sammelte die beiden Zigarettenstummel ein, warf sie in den nächsten Papierkorb und verließ den Friedhof. Als ich mich noch mal umschaute, winkte mir die alte Frau zum Abschied zu. Ich winkte zurück und erstarrte. Der Grabstein für den Rettich. Die Forelle, die schützend Coco Reitmeier in den Armen wiegt. *Frau 277.* Die Frau, die alle Frauen beschützt. Die Frau, die alle Opfer kannte.

Im Kommissariat traf ich nur Karin an. Ich versuchte, die Daten für sie zu sortieren und ihr alle wichtigen Fakten darzulegen. Karin versuchte tapfer, alles mitzuschreiben, und ihr Stift erzeugte dabei ein unangenehm kratzendes Geräusch auf dem Papier. Nachdem ich geendet hatte, bat sie mich, lieber auf Winnie zu warten. Nun ja, was hatte ich erwartet? Dass sie sofort losrennen würde, um eine Hundertschaft nach Bad Camberg zu beordern? Karin kannte mich ja kaum, und wenn sie mich bisher gesehen hatte, dann war das unter denkbar absurden Umständen passiert. Einmal an Heiligabend im

Aldi im Schlafanzug, einmal halb nackt tanzend auf der Theke des Café Madrid und letztens erst im knallrosa T-Shirt in unmittelbarer Nähe eines Leichenfundortes.

Karin lächelte mich unverdrossen weiter an und betätigte wahrscheinlich längst unter dem Schreibtisch den Alarmknopf, damit die Kollegen ins Büro stürmen und mir ein Zwangsjäckchen anlegen konnten. Ihr Lächeln wirkte angestrengt.

»Also, Karin, wenn du noch was zu tun hast, dann mach ruhig. Ich bleib hier einfach so sitzen und … warte.«

»Nein, nein. Ich dachte gerade, also … du könntest mir vielleicht noch etwas über zwei Zeugen sagen?«

»Aha?« Ich ahnte Fürchterliches. Sie sprach auch schon weiter: »Ich vermute, du kennst die.«

»Bis jetzt kommen sie mir noch nicht bekannt vor. Ein paar Details wären vielleicht nicht schlecht.«

Und dann erzählte sie mir von zwei Männern, die im Präsidium aufgetaucht waren und eine hanebüchene Geschichte über Sattelmann und seinen Vater erzählt hatten. Herrmanns und Borowski. Laut ihrer Version der Geschichte haben sie nämlich zwei Diebe im Garten des alten Sattelmann überrascht, und bei dem Versuch, die Diebe zu überwältigen, sei eine Statue zu Bruch gegangen, wofür sie sich entschuldigen wollten. Und um Sattelmanns Büro seien sie nur herumgeschlichen, weil sie einen Rat von ihrem netten Nachbarn, dem Herrn Anwalt, gebraucht hätten. Sie hatten einfach nur auf ihn gewartet. Und die Sekretärin hat das völlig missverstanden.

Dann hatten sie Karin vorgeschlagen, die Belohnung für ihre sachdienlichen Hinweise gleich bar mitzunehmen. Karin hatte sie sehr enttäuschen müssen – bislang war noch gar keine Belohnung ausgeschrieben worden.

»Da waren sie aber frustriert, nicht wahr?«

»Und wie! Sie haben gedacht, sie tragen maßgeblich zur Ergreifung eines Mörders bei.«

Das habt ihr euch so gedacht – Herrmanns und Borowski, Robin Hood und Bruder Tuck aus dem Ehrenfeld. Na wartet! Wenn ihr nicht aufpasst, werde ich dafür sorgen, dass ihr ins Zeugenschutzprogramm aufgenommen werden müsst!

Karin guckte mich streng an. Sollte ich ihr beichten, dass ich die beiden losgeschickt hatte? Jetzt lächelte ich sie an. Warum sollte ich? Die Sache war eh geklärt. Nur eben in der Version von Herrmanns und Borowski.

»Und der Kiosk, von dem die beiden sprachen, ist doch der von Winnies Oma. Arbeitest du da nicht?«

»Nur ein paar Stunden in der Woche. Ich kümmer' mich nicht um die Leute da. Ich räum' den Keller auf und mach' Bestellungen und so ...«

»Aha. Ich dachte nur ... wenn du die beiden Männer vielleicht kennst oder so ... könntest du mir vielleicht sagen, wie zuverlässig die als Zeugen sind. So allgemein, meine ich.«

»Das mit der Frau und dem Hund an Sattelmanns Tür hab' ich tatsächlich von den beiden gehört. Mensch, die beiden quatschen, wie der Tag lang ist. Über alles, von Aids über die strategischen Fehler bei der Aktion Desert Storm bis hin zur Wahrheit über Zarathustra und den Ausgang der WM. Den ganzen Tag: Blahblahblah. Manchmal hör' ich zu und manchmal nicht.«

»Aha.«

Winnie war immer noch nicht aufgetaucht. Ich wälzte Herrn Mattis Worte in meinem Kopf hin und her.

»Karin, warum rufst du nicht Carmen Sawatzki oder Mia Hoffstiepel an und gibst schon mal Gas mit den Ermittlungen?«

»Ich warte lieber, bis Winnie hier ist. Ich kann doch nicht einfach so, nur weil du es sagst, die Leute verrückt machen.«

Wer nicht will, der hat schon. Karin war erleichtert, als ich endlich ging. Warten, bis Winnie wieder da ist? So verdient man sich keine Sterne, meine Liebe.

Die ganze Strecke bis zum Kiosk legte ich im Laufschritt zurück. Es war, als hätte ich den alten Kostnitz im Nacken sitzen – Fakten, Fakten, Fakten – jetzt aber dalli.

Schon von Weitem sah ich Oma Bertis Kopf in der Luke. Ich

winkte und rief: »Ich muss telefonieren, schnell! Du hattest recht, seit Bad Camberg haben wir die Pest am Hacken.«

Jetzt tauchte auch Mias Kopf auf.

»Ich muss telefonieren«, wiederholte ich. »Mit Rita, mit Carmen. Mit dir muss ich auch reden, Mia. Ich muss wissen, was die Forelle über euch alle weiß.«

Ich stand japsend vor dem Kiosk, aber Oma Berti schob mit lautem Knall das Holztürchen zu. Fast hätte sie mir die Finger eingeklemmt. Ich war sprachlos. Aber regelrecht fassungslos war ich, als Berti aus dem Seiteneingang des Kiosks geschossen kam, direkt auf mich zu, und schimpfte: »Maggie Abendroth! Ich will dich hier in den nächsten Tagen nich' mehr sehn!«

»Was ist denn los, Berti?«

Was hatte ich verbrochen? Hatte Winnie ihr doch gepetzt, dass ich das mit der Adoptiv-Oma rausgeplappert hatte? Was Schlimmeres konnte mir gar nicht passieren. Vor allem jetzt.

»Wat los is? Herrmanns und Borowski hasse bestochen, für dich zu spionieren. Wat meinze, wat der Winnie mit denen gemacht hätte, wenn der dahinter gekomm wär, dat die durch fremde Gärten schleichen! Ich hab' denen gesacht, se sollen zu ihm hingehn. Die ham mir erzählt, dat du die angestiftet has, dem Sattelmann hinterherzuspionieren, weil du'ne Belohnung wolltes. Und der Winnie sucht schon mit Haftbefehl nach denen!«

»Die haben ihre Aussage doch längst gemacht. Ist doch alles okay. Die haben nämlich …«

»Geh mir ausse Augen. Brings hier alle in Schwulitäten. Du bis doch ein ungrades Stück Fleisch. Allet hinter mein Rücken!«

Ich war vor Oma Bertis Wutausbruch ein paar Schritte zurückgewichen und stammelte: »Jetzt warte doch mal. Lass mich doch erklären … Ich hätte das ja selbst gemacht, aber dann ist Mias Mann gestorben und … Die werden nicht mehr gesucht, jetzt …«

»Brauchs mir nix mehr zu erklären.« Sie ging mit gebeugtem Rücken in den Kiosk zurück und knallte die Tür hinter sich zu.

Da stand ich dann vor der Bude und schnappte nach Luft. Nach ein paar Sekunden kam Mia aus der Tür und fragte leise: »Was ist denn?«

»Ach, ich hab' … Ach, egal, erzähl' ich dir später. Ich muss dich was fragen, Mia: Was hast du der Schröder-Fröse erzählt? In Bad Camberg. Was?«

Mia schaute mich misstrauisch an und fragte: »Wozu willst du das wissen?«

»Es könnte erklären, warum dein Mann tot ist. Bitte – ich brauche keine Einzelheiten. Ich will nur wissen, ob du ihr …«

»Ja, alles«, fiel sie mir ins Wort, »über meine Ehe, wie mein Mann angefangen hat zu trinken und so weiter. Sie war sehr verständnisvoll. Es hat mir gutgetan.«

»Okay. Danke.«

»Was ist denn? Maggie, weißt du irgendwas?«

»Nee, noch nicht richtig. Bleib du mal bei Oma. Tschüss.«

Mia ging zurück in den Kiosk. Als ich gerade um die Ecke bog, sah ich auf der anderen Seite Herrmanns und Borowski vorbeistolzieren.

»He, Herrmanns, Borowski. Moment mal!«

Kaum hatten sie mich bemerkt, gaben sie Fersengeld. »Ej, ihr beiden!« Aber sie waren schon um die nächste Ecke verschwunden. Ihnen hinterherzurennen, wäre pure Zeitverschwendung. Ich musste dringend telefonieren. Ich rannte die Königsallee hinunter, zurück in Richtung City. Schon auf Höhe der Unterführung am Bermudadreieck bekam ich Seitenstiche. Als ich in Wilmas Salon stolperte, keuchte ich ein kurzes »Hallo« und verschwand mit dem Telefon in der Teeküche. Noch auf dem Weg dorthin wählte ich Carmen Sawatzkis Recklinghäuser Nummer. Carmen war überrascht, meine Stimme zu hören. Ohne Umschweife fragte ich sie, was sie der Forelle über sich und ihre Ehe erzählt hatte. Ihre Antwort war knapp: »Alles. Alles hab' ich der erzählt. Macht man doch so beim Therapeuten.«

»Genau, Carmen. Danke für die Auskunft.«

»Was ist denn? Warum willst du das wissen?«

»Weiß ich noch nicht so genau. Wenn du kannst, ruf bitte Berti an. Ich habe Mist gebaut, und sie flippt aus. Mia ist zwar bei ihr, aber ich glaube, du wirst gebraucht.«

Wilma steckte ihren Kopf durch die Tür und fragte mich, was los sei, und ich sagte ihr, was ich zu wissen glaubte, was Herr Matti zu wissen glaubte … also, wo womöglich die Lösung für das Rätsel zu finden sei.

»Klingt ziemlich wild, diese Theorie«, sagte sie und ging wieder in den Salon zurück.

Ich rief im Augusta Krankenhaus an und ließ mich zu Rita Thiel durchstellen. Ritas Stimme klang dünn, aber ich schonte sie nicht. Nach einigem Zögern gab sie zu, dass sie der Forelle alles über Sattelmann erzählt hatte.

»Die war so nett, weißt du. Ganze zwei Stunden hat sie hier bei mir gesessen. Wer macht das heute noch?«

»Ja, Rita. Werd gesund, ruh dich aus. Die Geschichte wird noch schlimmer werden. Vor allem, wenn wir beide darüber reden, was du Winnie über Wilma und mich erzählt hast.«

»Aber ich musste doch die Wahrheit sagen. Kai-Uwe hat gesagt, das war gut so.«

Kai-Uwe hat gesagt … Ich könnte dir den Hals umdrehen, Rita Thiel. Und was Kai-Uwe sagt, interessiert mich schon gar nicht.

»Der Anwalt, der Herzig, der ist ja wirklich irre kompetent. Der tut alles für mich«, plapperte sie weiter. »Der Kai-Uwe hat den für mich angerufen. Irrsinnig süß von dem, oder?«

»Tschüss, Rita. Das hättest du eher haben können.« Aber Rita wollte nicht abtschüssen, sie holte tief Luft und verkündete: »Hör mal, wenn ich aus dem Krankenhaus raus bin und der Herzig das Geld bei Sattelmann senior für mich eingetrieben hat, dann …«

»Sattelmann senior?«

»Ja, dann feiern wir, ganz groß.«

»Rita! Ich fragte – Sattelmann senior?!«

»Ach ja, Mensch, dem Konny gehörte doch gar nichts mehr, was denkst du denn. Irrsinnig kompliziert das Ganze, aber mein Anwalt ist dahinter gekommen. Der Senior muss für alles geradestehen.

Tschüss dann, Maggie. Du bist ja in Eile.« Und bumms, hatte sie aufgelegt. Ach, jetzt ist Herzig schon Ritas Anwalt?! Und Rita wird ihr Geld von Sattelmann senior sowieso kriegen? Herzig musste sich noch nicht mal anstrengen? Warum hatte der alte Sattelmann nicht gleich gesagt, dass sie die Kohle *sowieso* von ihm kriegt? Hätte er mal, dann wäre sein Sohn vielleicht noch am Leben.

Ich stellte mir eine Tasse in die Espressomaschine und steckte mir eine Zigarette an. Meine Lunge tat weh. Rauchen oder rennen, Maggie, beides geht nicht – jedenfalls nicht ohne Training.

Ich nahm mir von Wilmas Schreibtisch einen roten Stift und stellte mich vor ihren großen Wandkalender, auf dem die Urlaubstage für ihre Mitarbeiter eingetragen waren, und schrieb die Daten von Bad Camberg und die Todesdaten der Männer in die Kästchen. Dann nahm ich einen grünen Stift und notierte, so gut ich mich erinnern konnte, in den Kalender, wann die Forelle mit den Frauen telefoniert oder, im Falle von Rita, sie im Krankenhaus besucht hatte.

Ich trat einen Schritt vom Kalender zurück und betrachtete mein Werk. Das Telefon klingelte, ich ging ran. Es war Carmen.

»Du, Maggie, ich hab' noch die Telefonnummer von der einen da gehabt, erinnerst du dich an die aus Chemnitz mit dem Kerl, der schizo ist?«, sagte sie atemlos.

»Ach der, der alles auf Pump gekauft und dann das Haus zertrümmert hat?«

»Genau der, mit dem Motorrad. Berti hat gesagt, ich soll die mal anrufen, du hättest irgendwas von Bad Camberg gesagt. Und jetzt halt dich fest …«

»Ist er tot?«

»Nein, er liegt im Krankenhaus. Alle Knochen gebrochen. Der bestellt nie wieder was.«

»Ist nicht wahr!«

»Wenn ich es doch sage. Noch bevor die arme Frau ihre Kur beendet hatte.«

»Wie?«

»Der ist mit Kolbenfresser aus der Kurve geflogen und liegt im Koma. Der Sachverständige hat ihr gesagt, es war kein Tropfen Öl im Motor. Die denken natürlich alle, der war nicht nur schizo, der war auch sonst komplett blöde. Kein Öl im Motor! Wollt' ich dir nur erzählen.«

»Danke. Mir wird schlecht.«

Ich legte auf.

Es passte einfach zu gut. Rita im Krankenhaus – Sattelmann verschwindet. Carmen telefoniert – zwei Tage später stirbt ihr Mann. Das Telefon klingelte schon wieder, ich nahm ab. »Hallo, ich bin's nochmal: Klostergeist. Der Tag nach dem ekligen Diätfraß, wo wir noch in den Klosterkeller gegangen sind und was für den Magen brauchten. Erinnerst du dich?«

»Klostergeist?! Carmen, was meinst du jetzt damit?«

»So haben die Flaschen gerochen, im Schweinestall.«

»Ach du liebe Zeit. Wo hast du das jetzt her?«

»Von Berti, die hat Mia gerade einen angeboten. Zur Beruhigung. Berti hatte sich doch eine Flasche für zu Hause mitgenommen. Schon vergessen? Weißte Bescheid jetzt. Ich muss los. Mia ist in Ohnmacht gefallen, als Berti die Flasche aufgemacht hat. Tschüss.«

Oh! Mein! Gott! Es passte, passte, passte … und den Klostergeist, den gab es einzig und allein im Klosterkeller in Bad Camberg. Der wurde exklusiv für das Lokal gebrannt.

Wenn die Forelle hinter all dem steckt, dann … dann hatte sie Coco vom Rettich befreit und ihr dann noch netterweise einen Grabstein anfertigen lassen? Schlimmer als in jedem Psychothriller, wo irre Wissenschaftler nachts an der Heimorgel …

Ich wählte die Nummer des Polizeipräsidiums. Winnie war immer noch nicht zu erreichen, aber Karin erzählte mir eifrig, dass sie mithilfe von Sattelmanns Sekretärin ein Phantombild von der Person, die offenbar als Letzte bei Sattelmann gewesen war, hatte anfertigen lassen.

»Kann ich es mal sehen?«

»Nein, es ist noch nicht freigegeben.«

»In den Salon faxen, bitte.«

»Nein. Ich darf das nicht. Tschüss.«

»Karin, Karin, nicht auflegen, bitte!«

»Was denn?! Du bringst mich in Teufels Küche.«

»Das glaube ich nicht. Ich erzähl' dir jetzt mal was. Fritz Hoffstiepel ist mit Klostergeist abgefüllt worden! Und den gibt es nur an einem Ort in Deutschland zu kaufen: in Bad Camberg. Und jetzt zu meiner Frage: Gibt es genetische Fingerabdrücke bei Tieren?«

Ich hörte, wie Karin am anderen Ende heftig atmete. »Was?«

»Wenn ihr da jetzt diese Hundehaare habt, ja? Die aus dem Stall bei Hoffstiepel, die von Sattelmanns Hose usw., usw. Kannst du mir folgen?«

»Ja. Aber woher weißt du jetzt was über den Schnaps?«

»Er ist gerade identifiziert worden von Mia Hoffstiepel, der Witwe. Ruf sie selber an, die ist bei Berti Blaschke im Kiosk. Und jetzt zu den hellen Hundehaaren, ja? Kann man da feststellen, ob die alle vom selben Tier stammen?«

»Vielleicht. Weiß nicht genau.«

»Wenn du das rausfindest, dann gibt es eine Beförderung. Glaub mir. Die Haare vom Tatort Hoffstiepel und vom Büro und vom Auffindeort Sattelmann. Ich an deiner Stelle würde mich beeilen.«

»Aber wie können die denn …?«

»Und ruf deine Kollegen in Mailand an. Unfalltod Reitmeier, Rasmus Reitmeier, Cernobbio am Comer See. Der Fernsehproduzent. Frag mal, ob die eine Untersuchung gemacht haben, ob da am Boot manipuliert worden ist oder so …«

»Hallo? Bist du total übergeschnappt?«

»Nein. Ich meine es ernst. Winnie soll aufhören, bei der Albaner-Mafia rumzukrepeln, die haben den Sattelmann nicht auf dem Gewissen.«

»Woher weißt du, dass er da …« Sie schluckte die letzten Worte hinunter.

»Karin. Tu was! Bitte! Und noch eins … Meine Wanderschuhe liegen in Oma Bertis Auto. Da müssen Hundehaare dran sein … von Willy und von dem anderen Köter mit den hellen Haaren. Nimm den rechten, den linken hat Willy zerkaut«

»Warum?«

»Warum Willy den Schuh zerkaut hat? Bin ich ein Hund?«

»Nein, warum Hundehaare dran sein sollen, Mensch!«

»Ich hab' das Vieh getreten. Wenn es denn dasselbe ist, das vor Sattelmanns Kanzlei gestanden hat. Auf jeden Fall habe ich einen Golden Retriever getreten. Nicht absichtlich ... Und noch was ...«

»Was denn noch? Meine Güte, ich darf dir das alles nicht sagen!«

»Ich sag' dir doch auch alles. Ist der Bericht über den Wein schon da?«

»Ja...a...!«

»Und ich hatte Recht, stimmt's? Château Petrus.«

»Ja...a...! Aber nicht ganz.«

»Was?«

»Einer passt nicht. Der ist nicht französisch. Alle anderen sind französisch, aber vielleicht weißt du als Weinkennerin ja, was ein Trollinger ist?«

»Kannste googeln. Neben Apfelwein das beliebteste Getränk in Bad Camberg. Komm in die Puschen mit den Hundehaaren. Ich wollte aber eigentlich was anderes wissen.«

»Ich geb' dir den Namen von der Sekretärin nicht. Auf gar keinen Fall!«

Karin, du lieferst mir die besten Stichworte, ich werde später darauf zurückkommen. Um Karin kurz abzulenken, fragte ich: »War der Trollinger sauber?«

»Oh, nee ...«

»Was? K.o.-Tropfen?«

»Ich hab' nix gesagt. Ich sag' auch nix mehr. Maggie, ich leg' jetzt auf.«

»Aber die Telefonnummer vielleicht? Von der Sekretärin ... Karin? Bitte. Ich hab' dir so viele Informationen geliefert, die reichen für drei Beförderungen!«

»Was ich hier mache, reicht für drei Suspendierungen!«

»Bitte. Nur noch dieses eine Mal.«

»Achtdreieinsvierdreinull.«

Ich notierte hastig mit. Karin hatte aufgelegt, bevor ich sie bitten konnte, mir die Nummer ein zweites Mal zu sagen. Hoffentlich hatte ich sie richtig verstanden.

Ich wählte sofort. Es gab ein Freizeichen.

Wilma kam in die Teeküche, stellte zwei Espressotassen in die Maschine und sagte: »Du siehst ja total blass aus. Was ist los?«

Ich winkte ab. Ein Knacken in der Leitung, dann ein desinteressiertes »Hallo«.

Was soll ich denn jetzt der Sekretärin sagen?

»Hallo, hier ist Margret Abendroth.«

»Ich rede nicht mit der Presse.«

»Ich bin auch nicht von der Presse. Ich bin eine alte Schulfreundin von Konstantin Sattelmann.«

»Ach«, sagte die Frau und hatte schon aufgelegt.

Ich legte auch auf und sagte zu Wilma: »Die Forelle war's. Ich bin sicher. Herr Matti hat mich drauf gebracht. Die wusste alles von den Frauen. Und jetzt passt alles zusammen. Der Klostergeist und der Trollinger. Das kann kein Zufall sein.«

Wilma studierte ihren vollgeschmierten Kalender, und nach ein paar Minuten nickte sie.

»Auf dem Papier sieht es schlüssig aus. Exzentrisch, aber schlüssig. Und ziemlich offensichtlich, fast fahrlässig. Nee, eigentlich eher naiv. Aber warum bringt eine Therapeutin Männer um? Es waren doch nur Männer?«

»Ah ja. Was weiß denn ich? Weil sie ihren Job nicht kann? Robin-Hood-Syndrom? Männerhasserin? Rächerin? Sicherung durchgebrannt ... Irgendwas in der Richtung.«

»Hm«, Wilma schaute sich noch einmal den Kalender an und murmelte: »Trollinger, trinkt den nicht dauernd dieser langweilige *Tatort*-Kommissar? Der Bienzle?«

»Ich ruf' noch mal die Sekretärin an. Die wird doch wissen, wie ein blöder Golden Retriever aussieht!«

Ich drückte die Wiederwahltaste. Die Frau nahm ab.

»Legen Sie bitte nicht auf. Bitte. Ich bin eine von den Frauen, mit denen Konny Sattelmann … Ärger hatte. Bitte. Ich habe eine Frage an Sie.«

»Okay. In Gottes Namen, fragen Sie.«

»Der Hund, der mit dieser letzten Besucherin am Montag gekommen ist – was für eine Rasse war das?«

»Weiß ich nicht. Ich mag Hunde nicht. Hab' ich schon der Polizei gesagt.«

Ich beschrieb ihr geduldig einen Golden Retriever, bis aufs Haar. Alles, was sie sagte, war: »Ja, so sah der aus. Wie, sagten Sie, heißt der?«

»Golden Retriever.«

Ich hörte, wie sie auf einer Tastatur herumhämmerte. »Genau. So einer war das.«

»Sicher?«

»Sicher. Hab' gerade ein Foto gegoogelt. Sieht genauso aus.«

»Sie haben mir sehr geholfen. Und die Frau dazu, wie sah die aus?«

»Hab' ich schon der Polizei gesagt. Die kam mit einer Pizza und einer Plastiktüte mit was drin. Und ich bin in derselben Sekunde weggegangen. Keine Ahnung. Den Hund hatte sie an der Leine.«

»Eine letzte Frage: Wissen Sie, wie der Hund hieß? Nike vielleicht?«

»Ich sagte doch, ich mag Hunde nicht. Und für gewöhnlich unterhalte ich mich auch nicht mit ihnen. Sind Sie endlich fertig?«

»Die Frau hat nicht irgendwas zu dem Hund …?«

»Nein!«, unterbrach mich die Frau barsch.

»Danke. Sie haben mir sehr geholfen«, sagte ich überfreundlich, »… und rufen Sie bitte sofort bei der Polizei an, sprechen Sie mit Hauptkommissar Winfried Blaschke oder Karin … Karin … Kommissarin Karin eben, und erzählen Sie das alles.«

»Warum?«

»Weil es, verdammt noch mal, wichtig ist!«

Sie hatte aufgelegt, bevor ich noch etwas sagen konnte. »Meine Güte, ist die begriffsstutzig oder was? … Wilma?«

Die steckte kopfüber in einem Wandschrank und wühlte. Endlich hatte sie gefunden, was sie suchte, und hielt mir eine hübsch eingepackte Schachtel entgegen.

»Was ist das?«

»Happy Birthday. Von mir und Herrn Matti. Hat er heute morgen dichtgehalten?«

Der 11. Juni. Maggie Abendroth ist, völlig unbemerkt vom Rest der Welt, den Vierzigern dramatisch näher gekommen.

»Was?!«

»Trink deinen Espresso, alte Frau. Wo gehen wir beide heute Abend hin zum Feiern? *Livingroom?* Lecker Schoko-Brownies verklappen, Zigarren rauchen und Zinfandel trinken?«

»Ich bin 38! Wilma. Wie furchtbar.«

»Ja. Bist du. Mach endlich das Geschenk auf. Letztes Jahr um diese Zeit …«

»…war ich so was von am Arsch … Danke, Wilma, dass du mich dran erinnerst. Ich war gerade soweit, nicht mehr minütlich drüber nachzudenken.«

»Vergiss doch mal das letzte Jahr. Diesmal machen wir uns einen schönen Abend. Na?«

Wie soll das jetzt noch gehen?

»He, Maggie … 38 ist doch kein Alter. Seit du abgenommen hast, siehst du aus wie früher: Maggie, der Feger.«

»Sorry«, bremste ich meine Freundin ungeduldig aus, »mir is' nicht nach Feiern. Bei Sattelmann war ein Golden Retriever. Wenn das stimmt, Wilma, dann muss ich auf der Stelle kotzen, und wenn ich damit fertig bin, dann mach' ich das Geschenk auf. Okay?«

Wilma schaute mich ruhig an und sagte: »Na ja. Winnie wird das schon rauskriegen. Er hat ja jetzt alle Hinweise, dank dir, und dank Herrn Matti. Sei froh, dass du einen natürlichen Therapeutenhass hast und der Frau nichts von deinem Beziehungsdrama erzählt hast, sonst wäre der Knipser auch noch auf der Todesliste.«

Einundzwanzig … Zweiundzwanzig … DETONATION!

»Wilma!« Ich war kurz vor Atemstillstand, bitte die Notaufnahme frei machen – wir brauchen alle Geräte! »Wilma!«

»Was?«

»Ich … äh … Oh – mein – Gott!«

»Du hast ihr doch nicht etwa …?«

Ich brauche Sauerstoff, schnell. Und den Defibrillator – laden auf 300 und weg vom Tisch.

»Alles … ich hab' ihr alles erzählt. An diesem Tag da, wo ich verpennt hatte, als ich dich nicht erreichen konnte und so. Auf dem Hochsitz. Himmel!«

»Ein schwarzer Tag für die Therapeutenbranche.«

»Was?«

»Nichts.«

»Wilma, ruf den Knipser an. Bitte. Sag du ihm, was los ist.«

Sie legte das Geschenk auf den Schreibtisch und sagte ganz ruhig: »Ich meinte das als Witz, Maggie. Findest du nicht, du übertreibst?«

»Nein, tu' ich nicht. Bitte. Und wenn schon. Dann mach' ich mich eben lächerlich. Ist doch egal.«

»Dann ruf ihn doch selbst an. Sag ihm, du glaubst, dass eine irre Therapeutin hinter ihm her ist. Sie wird wahlweise mit einer Flasche Klostergeist oder Trollinger und einer Pizza vor seiner Tür stehen. Vielleicht glaubt er dir ja. Vielleicht auch nicht. Und wenn nicht, ist es nicht mehr dein Problem. Du hast ihn gewarnt. Und du erzählst es gleich noch Winnie, und dann kann der sich drum kümmern.«

»Ja. Ja. Das mach' ich.«

Okay. Okay. Ich rufe an. Jetzt. Vielleicht. Aber warum eigentlich?

Ist das nicht die Erfüllung all meiner Gebete? *Der Hölle Rache kocht in meinem Herzen?* Macht die Forelle nicht genau das, was wir Frauen uns wünschen? Was sich all diese Frauen gewünscht hatten? Ihre Männer auf Nimmerwiedersehen loszuwerden? Frauenbefreiung mal ganz anders. Und Carmen kam mir tatsächlich befreit vor, seit ihr Mann tot war. Aber Mia und Coco?

»Was ist? Willst du doch erst das Geschenk aufmachen?«

»Wilma, ich muss nachdenken.«

»Oh, jetzt muss sie nachdenken. Ich halt' es nicht aus. Eben ging es noch um Leben und Tod – jetzt musst du erst mal nachdenken. Worüber denn und wie lange?«

Ob er diesen Anruf wert ist. Darüber möchte ich am liebsten bis 2007 nachdenken. Oder bis 2008. Am besten mache ich es wie Helmut Kohl – ich sitze die Sache aus. Hier. Bis mein Arsch so breit ist wie ein Brauereipferdhintern. Ich komme ins Guinnessbuch der Rekorde in der Rubrik ›Aussitzen‹. Ich mache gleich in aller Seelenruhe mein Geschenk auf und gehe heute Abend mit Wilma schick auf Zigarren und Cognac und feiere, bis der Arzt kommt. Ich muss nur hier sitzen bleiben und warten, bis es vorbei ist. Nur abwarten. Gar nichts tun. Abwarten und Espresso trinken. Ist dies nicht die allerbeste Gelegenheit, endlich Geduld zu lernen?

Habe ich nicht immer gesagt, dass meine Schreibblockade vorbei ist, sobald der Knipser dieses Universum verlassen hat? Hat er vielleicht dieses Universum bereits verlassen? Hatte die Forelle ihren Job gleich bei der Trauerfeier vom Rettich erledigt? Da hatte sie ihn doch auf dem Silbertablett gehabt …

Ich wäre auf der Stelle geheilt. Da hätte eine Therapie endlich mal so angeschlagen, wie sie sollte.

»Maggie. Maggie. Hallo!« Wilma hielt mir eine Tasse Espresso unter die Nase. »Er geht nicht ran. Der AB ist voll, und er geht nicht ran. Sein Handy ist aus. Ich habe eine SMS geschickt. Egal, was er macht – er soll deinen Anruf abwarten. Es ist dringend, hab' ich geschrieben.«

Wo war ich in den letzten Minuten gewesen, dass ich nicht mitgekriegt hatte, wie Wilma telefonierte?

»Jetzt glaubt er bestimmt, dass ich …«

»Maggie, hüte deine Zunge.«

»Was denn? Ich hab doch gar nichts gesagt.«

»Ich konnte sehen, was du gedacht hast. Das reicht.«

»Was mach' ich jetzt? Was ist, wenn er schon tot ist?«

»Dann kannst du nichts mehr ändern.«

»Wilma, was soll ich tun?«

»Nach Köln fahren – wäre eine Möglichkeit. Leih dir Omas Auto.«

»Berti ist stinksauer auf mich. Die gibt mir ihr Auto nicht. Hast du keinen Testwagen im Hof?«

»Nein, leider nicht. Der Autohändler war ein Missgriff. Ich brauche in der nächsten Zeit nichts, was nur auf drei Pötten läuft. Vielleicht lerne ich doch lieber Fahrrad fahren?«

»Oh. Du warst also gar nicht scharf auf die Karren …?«

»Na ja …«

Auf die Geschichte mit dem Autohändler könnte ich mich später noch freuen. Ich musste nach Köln – jetzt. Racheträume sind eine Sache – tote Ex-Lebensabschnittsgefährten eine andere.

»Wilma, ich brauche 50 Euro.«

»Was hast du vor?«

»Ich sprenge mein Auto aus der Garage.«

»Du bist ja verrückt.«

»Natürlich bin ich das.«

»Ich könnte noch mal bei diesem Autohaus anrufen. Ehrlich, macht mir nichts aus … und in einer Stunde hast du …«

»Ne, lass mal. Ich weiß, dass mein Opel fährt. Ich muss nur die blöde Garagentür aufkriegen.«

»Maggie, mach keinen Blödsinn. Du bist gerade 38 geworden, aber du klingst schwer nach Teenagerdrama. Der Wagen ist nicht angemeldet!«

»Wer soll das denn bitte so schnell sehen? Die Nummernschilder sind dran, und ja – ich weiß, das Auto ist nicht versichert.«

»Und es ist dir egal. Das hab' ich jetzt verstanden … Und es ist dir auch egal, was der Knipser sagen wird, wenn er dich sieht?«

»Total egal, glaub mir. Ich liefere meine Geschichte ab, wenn ich ihn finde, und dann hab' ich meinen Teil getan und komm' sofort zurück. Heute Abend feiern wir, und du erzählst mir alles über den Autofritzen.«

»Ich hoffe nicht, dass du den Knipser umbringst und es dieser … Forelle in die Schuhe schiebst.«

»Wilma, mir graut vor dir. Aber keine schlechte Idee. Wenn's klappt, feiern wir doppelt.« Aber so recht wollte mein Sarkasmus an dieser Stelle nicht zünden. Es klang eher wie das Pfeifen im Walde.

Sie drückte mir einen Fünfziger in die Hand und sagte: »Kajos repariertes Rad steht auf dem Hof.«

»Seit wann liefert Acki denn zu dir nach Hause?«

Wilma kicherte wie ein Schulmädchen. Na ja, wo es der Autohändler nicht gebracht hat, dann vielleicht der Zweiradfreak? Acki konnte man auf gar keinen Fall nachsagen, dass er nur auf drei Pötten läuft.

»Danke. Und das Geschenk mach' ich später in Ruhe auf.«

»Viel Glück.«

Wilma ging zurück in den Salon. An der Tür drehte sie sich noch mal um. »Es ist eine blödsinnige Idee.«

»Ich weiß.«

Alles, worauf ich jetzt achten musste, war: Vermeidung von Kollateralschäden. Also rief ich Karin noch mal an und erklärte ihr so ruhig wie möglich, dass die Situation sich verschärft hatte und womöglich das Leben meines Ex auf dem Spiel stand. Ich sah vor meinem geistigen Auge, wie sie sich entnervt ihre Dienstmütze über die Augen zog. Sie versprach, sich darum zu kümmern. Sie hätte auch sagen können: »Rufen Sie uns nicht an – wir rufen Sie an.«

33

Als ich völlig außer Atem auf dem Mountainbike, das mir drei Nummern zu groß war, in Stiepel angestrampelt kam, hörte ich Kajo schon von weitem auf dem Klavier spielen. Ich stellte das Bike unterm Küchenfenster ab und rannte zur Tür unseres Nachbarn. Um Atem ringend, klingelte ich wieder und wieder. Endlich erschien der Grillmeister an der Tür. In der linken Hand hielt er einen Eimer, der bis zum Rand mit Golfbällen gefüllt war, in der anderen eine Harke.

»Wat is denn so dringend, Frau Abendroth?«

»Ich brauche … einen Vorschlaghammer … Sofort.«

Der Grillmeister grinste breit. »Bitten Sie ihn doch einfach, mit der Klimperei aufzuhören.«

»Ha, ha, Herr Nachbar. Haben Sie 'n Hammer oder nicht?«, japste ich.

Er stellte den Eimer mit den Golfbällen ab und ging schnaubend ins Haus. Als er nach ein paar Minuten mit einem Vorschlaghammer zurückkam, hatte ich schon drei Golfbälle mit goldenem H aus der Sammlung gepickt und eingesteckt. Der Grillmeister schaute in den Eimer und runzelte die Stirn. Ich lächelte so harmlos wie möglich. »Die schmecken hervorragend. Eigene Züchtung?«

Er schaute wieder in den Eimer. Wollte er jetzt etwa nachzählen?

»Der Hammer«, grummelte er schließlich und hielt mir das Gerät hin, als würde es überhaupt nichts wiegen.

Ich zeigte auf das Garagentor. Der Grillmeister schüttelte den Kopf. »Ich hau' doch da nicht drauf. Dann geht das doch kaputt.«

»Keine Sorge, ist schon kaputt.« Ich nahm ihm den Vorschlaghammer aus der Hand und schritt zur Tat. Keine Zeit für Smalltalk. Wenn man nicht alles selber macht!

Mein erster Schlag traf den Griff. Nichts rührte sich, nur das Küchenfenster im Hause Kostnitz klirrte leise. Ich schlug ein zweites Mal und ein drittes Mal – es knirschte gewaltig. Ich hörte, wie in der Küche irgendwas aus Porzellan auf dem Boden zerschepperte. In den

Häusern nebenan gingen die Türen auf und neugierige Nachbarn steckten ihre Köpfe heraus. Der Grillmeister lächelte in die Runde und zeigte mit dem Finger auf mich. Bevor ich meinen finalen Schlag landen konnte, humpelte Kajo an Krücken auf uns zu. »Was soll der Lärm? Ich arbeite.«

Der Grillmeister stellte sich bequem hin und spitzte die Ohren.

»Kajo, ich brauch' das Auto, ganz dringend. Ich muss nach Köln.«

»Ja, aber warum haust du mit dem Hammer aufs Garagentor?«

»Ich hab' es doch damals kaputtgemacht. Es geht nicht mehr auf«, zeterte ich.

»Es ist nicht kaputt, Himmel noch mal! Ist längst repariert!«, fluchte er und humpelte zurück ins Haus.

Ich bückte mich und schaute mir den angebrochenen Hebel an. Jetzt fiel es mir auch auf: Er war blitzblank und weder rostig wie der alte noch mit den Resten von mindestens drei Anstrichen behaftet. Ich berührte den angeknacksten Griff nur ganz leicht. Er brach ab und fiel herunter. Dann hörte ich ein tiefes Brummen und ein lautes Klack. Das Garagentor setzte sich in Bewegung.

Kajo schaute aus dem Küchenfenster, hielt eine kleine, silbrig glänzende Box in der Hand und feixte: »Ha, ha, Frauen und Technik. Da ist seit Wochen ein Motor mit Fernbedienung drin.«

»Dat hätt' ich Ihnen auch sagen können, Frau Abendroth.« Der Grillmeister nahm seinen Eimer und ging zurück in sein Haus. »Hab' ich ihm eingebaut«, schob er noch stolz hinterher, bevor er seine Haustür schloss.

»Woher soll ich das denn wissen? Hat mir doch keiner gesagt.«

»Du hast ja nie gefragt«, Kajo warf mir den kleinen Kasten zu und sagte: »Kann ich jetzt wieder üben gehen?«

»Kannst du. Danke.«

»Bitte. Gern geschehen.«

Gerade wollte ich in die Garage gehen, als ich Herzigs eleganten Rover um die Ecke biegen sah. Auf dem Rücksitz saß ein Ehepaar mittleren Alters. Offensichtlich neue Interessenten für das Haus.

»Kajo, du kriegst Besuch«, rief ich.

Kajo schaute aus dem Fenster.

»Viel Spaß beim Hausverkauf.«

»Oh nee … kannst du nicht …?«

»Nee. Ich muss jetzt … es geht um Leben und Tod.«

Er schloss hastig das Fenster, dann hörte ich, wie er in der Küche auf Glasscherben trat und laut fluchte.

Ich setzte mich in meinen alten Opel. Kajo kam in die Garage gehumpelt.

»Kann ich mit?«

»Nee. Ich bin auch in drei Stunden spätestens wieder da.«

»Versprochen?«

»Versprochen. Was ist los mit dir?« Ich knallte die Fahrertür zu. Kajo zuckte zusammen, ging aber keinen Schritt vom Auto weg. Ich kurbelte das Fenster herunter. »Ich glaub', du brauchst mal 'ne Pause.«

Bevor Herzig seinen Wagen geparkt hatte, schoss ich mit dem Opel aus der Garage. Nichts wie weg hier, bevor ich den neuesten Golferwitz ertragen muss.

Herzig und seine Kundschaft gingen grüßend an Kajo vorbei und betraten das Haus. Kajo stand mit hängenden Schultern in der Einfahrt.

Ich bremste, rammte den Rückwärtsgang ins Getriebe und fuhr schlingernd wieder ein paar Meter zurück. »Was ist denn?«

In Hollywoodfilmen werden Helden nie auf diese Art und Weise ausgebremst. Die werden anders aufgehalten. Durch brennende Häuser oder explodierende Autos. Aber doch nicht durch Starpianisten in spe, die kurz vor ihrem großen Auftritt plötzlich vom Lampenfieber dahingerafft werden.

Kajo maulte: »Ich hab' extra das Haus für dich dekoriert.«

Oh Mann. »Kajo, es tut mir leid. Ich muss nach Köln! Ich finde es ganz toll, dass du an meinen Geburtstag gedacht hast.«

»Echt?«

»Echt. Ich bin bald zurück, und dann hol' ich dich ab, und wir fahren in die Stadt. Wilma, ich und du feiern. Okay?«

»Okay. Kommt Winnie mit?« Kajo rührte sich nicht vom Fleck.

»Wir rufen ihn später an. Okay? Kajo!«

»Okay.«

»Was ist los mit dir?«

»Nikolaj ist weg.«

»Ja. Er ist schon seit ein paar Tagen weg.«

»Tatsächlich?«

»Tatsächlich. Ich muss jetzt los.«

»Wo sind Oma und Mia?«

»Im Kiosk. Bis heute Abend.«

»Okay. Mach in Köln keinen Scheiß. Bitte.«

Was sollte ich darauf antworten? Ich wusste jetzt schon, dass ein Treffen mit dem Knipser der größte Scheiß war, den ich mir in meinem ganzen Leben je vorgenommen hatte.

34

Autobahn A 43, kurz hinter Sprockhövel. Der Opel schnurrt.

INNEN/TAG FOTOSTUDIO

EX-GELIEBTER FOTOGRAFIERT EIN SUPERMODEL. DIE HELDIN TRITT EIN. ER DREHT SICH VON SEINER KAMERA WEG UND SCHAUT SIE AN. AUF SEINEM GESICHT SPIEGELN SICH ANGST UND UNSICHERHEIT. ER GEHT ZÖGERND EINEN SCHRITT AUF SIE ZU.

HELDIN

Ich weiß nicht, wie ich es dir sagen soll, aber du schwebst in Lebensgefahr. Eine verrückt gewordene Therapeutin ist hinter dir her, weil ich …weil ich…

EX-GELIEBTER

Du kommst extra den langen Weg nach Köln, um mir das zu sagen? Nach allem, was ich dir angetan habe?

HELDIN

Im Angesicht des Todes zählt das alles nicht mehr. Ich hatte solche Angst, dass ich zu spät komme. Aber du lebst.

EX-GELIEBTER

Oh Maggie, meine Maggie.

EX-GELIEBTER SCHLIESST HELDIN IN DIE ARME. SIE KÜSSEN SICH.

FADE TO BLACK MUSIK
ABSPANN
THE END

Rasthof Remscheid. Volltanken, Cola und Gauloises. Macht 49,90 .

INNEN/TAG FOTOSTUDIO

ES HERRSCHT HEKTIK. MASKENBILDNER, MODELS, LAUTE MUSIK. DER EX-GELIEBTE IST AUSSER SICH.

EX-GELIEBTER

Ich, in Lebensgefahr? Ja, spinnst du denn? Lass mich in Ruhe mit deinem Irrsinn!

HELDIN

Warum glaubst du mir nicht? Es ist alles wahr. Diese Therapeutin… irre… Ich bin extra nach Köln gekommen, um dir das zu sagen.

EX-GELIEBTER

Jetzt hast du es gesagt. Geh! Ich hab zu tun.

ER GEHT AUF EIN MODEL ZU, KÜSST ES AUF BEIDE WANGEN UND POSTIERT ES VOR DER KAMERA. ER GIBT SEINEM ASSISTENTEN EIN ZEICHEN. DER ASSISTENT WILL DIE HELDIN HINAUSWERFEN.

CUT TO: EIN VORHANG BEWEGT SICH.

HELDIN SIEHT, WIE HINTER DEM VORHANG DER LAUF EINER WAFFE SICHTBAR WIRD UND SICH AUF IHREN EX-GELIEBTEN RICHTET. EIN LAUTER KNALL ZERREISST DIE LUFT. DIE HELDIN WIRFT SICH IN DIE SCHUSSBAHN DER KUGEL UND BRICHT TÖDLICH GETROFFEN VOR DEN FÜSSEN IHRES EX ZUSAMMEN. DIE MODELS SCHREIEN LAUT AUF UND DRÄNGEN SICH ANEINANDER. DIE MUSIK BRICHT AB. ALLE STARREN DIE STERBENDE HELDIN AN. EX-GELIEBTER KNIET WEINEND NEBEN DER STERBENDEN.

HELDIN

Mir ist so kalt…

EX-GELIEBTER

Oh mein Gott, Maggie, wie konnte ich nur so blind sein. Es tut mir so leid.

FADE TO BLACK MUSIK
ABSPANN
THE END

Rheinuferstraße Richtung Köln-Rodenkirchen. Die Cola ist alle. Es gibt keine grüne Welle in Köln.

INNEN/NACHT FERNSEHSTUDIO

LOGO »MENSCHEN 2002«
KAMERA ZIEHT AUF. AUFTRITT MODERATOR

MODERATOR

Und nun zu einer außergewöhnlichen Frau, meine Damen und Herren. Sie ist weit über ihren Schatten gesprungen, als es darum ging, ein Menschenleben zu retten. Und nicht ein x-beliebiges Menschenleben. Unsere Heldin 2002 rettete mit einer selbstlosen Fahrt nach Köln einem Menschen das Leben, der erst kurz zuvor ihr eigenes Leben zerstört hat. Das nenn' ich Verzeihen-Können!

APPLAUS

MODERATOR

Ich begrüße: Maggie Abendroth.

APPLAUS

AUFTRITTSMUSIK What a difference a day makes, twenty-four little hours ...

AUFTRITT MAGGIE ABENDROTH. NIMMT AUF DEM ANGEBOTENEN SESSEL PLATZ.

MUSIK FADE OUT
CUT TO:

MODERATOR

Guten Abend, Frau Abendroth. Ist es richtig, dass Sie bald gar nicht mehr Abendroth heißen werden?

ABENDROTH

Das stimmt. Ich werde bald heiraten.

MODERATOR

Aber doch nicht etwa…?

ABENDROTH

Doch … Er hat um meine Hand angehalten.

APPLAUS, APPLAUS, APPLAUS…

MODERATOR

Unglaublich! Das ist ja wie im Film. Das ist der Stoff, aus dem die Träume sind. Jetzt erst mal die Werbung. Bleiben Sie dran.

FADE IN SENDERLOGO
CUT TO:
WERBUNG

Drei tolle Filmversionen zur Frage Happy End oder kein Happy End. Wenn es einen Stau auf der Autobahn gegeben hätte, wäre locker noch eine vierte drin gewesen, die ich ebenfalls sehr gerne bei *Das war Ihr Leben* erzählt hätte. Vielleicht die, in der der Fotograf angeschossen wird, die Heldin ihm aber ihr linkes Auge spendet, damit er wieder arbeiten kann. Er sieht seinen Fehler ein, usw. usw. Blah. Blah. Weichzeichner, Tränen, Taschentücher, Musik, Abspann. Aber schließlich heiße ich Maggie Abendroth, seit fast zwei Jahren im Besitz einer Arschkarte. Worüber mache ich mir eigentlich noch Gedanken?

Endlich am Fotostudio des Knipsers. Mir ist piepegal, ob meine Frisur sitzt.

Ich hatte angeklopft, aber nachdem sich zehn Minuten lang nichts und niemand gerührt hatte, musste ich mir selbst helfen. Der Ersatzschlüssel war immer noch in der Blende der Außenlampe versteckt.

»Wer sind Sie?!«

Also doch jemand zu Hause.

»Und wer sind Sie?«

»Wie sind Sie hier reingekommen? Hilfe! Ich rufe die Polizei!«

»Hör doch mal auf zu schreien! Ich bin … bin Maggie und ich suche …«, versuchte ich die blonde Furie zu beruhigen und ging ein paar Schritte rückwärts, um meine guten Absichten zu demonstrieren.

»Ah … Oh … *die* Maggie?! Von dir hab' ich gehört. Geh sofort hier weg. Sofort. Ich weiß alles über dich. Alles!«

Rummmmmms! Die Tür war definitiv zu. Ich stand vorm Studio und hatte mir von einem feuchten Männertraum in Blond die Tür vor der Nase zuschlagen lassen. Ich schaute mich auf dem Hof um. Sein Wagen war nicht da. Wo war er? Ich steckte mir die zwanzigste Zigarette an, seit ich Bochum verlassen hatte. Der Schlüssel steckte noch im Schloss. Ich öffnete die Tür. Die Blonde kreischte: »Hau endlich ab!«

Sie wollte die Tür wieder zuknallen, aber diesmal war ich schneller. Ich warf mich gegen die schwere Eisentür und schrie: »Halt endlich mal die Klappe! Ich muss ihn dringend sprechen.«

»Er ist nicht da. Und jetzt kannst du wieder gehen.«

»Wann kommt er wieder?«

»Morgen!«

»Wo ist er?!«

»Das geht dich gar nichts an!«

»Und ob mich das was angeht!«

Ich hatte mich fuchtelnd ein paar Meter ins Studio vorgekämpft. Die Blonde wich vor mir zurück, versuchte gelangweilt und gefährlich ein ›Standbein-Spielbein‹, musterte mich von oben bis unten, strich sich unwillig eine Haarsträhne aus dem Puppengesicht und schnaubte: »Willst du Geld?«

Keine schlechte Idee. Maggie Abendroth kommt nach Köln, um ihren Ex um Geld anzubetteln. Was hatte der Kerl ihr bloß über mich erzählt?

»Nein. Ich muss ihn sprechen«, sagte ich, so ruhig ich konnte. Innerlich bebte ich vor Wut. Was bildet die Tussi sich eigentlich ein? Sie hatte ihr Handy aufgeklappt, drückte ein paar Tasten und ließ mich nicht aus den Augen, während sie darauf wartete, dass der Knipser sich meldete.

»Er geht nicht ran. Das versuche ich schon den ganzen Tag.«

»Ach«, sagte sie, und wählte noch mal. Ich konnte hören, wie die Mailbox ansprang. »Hör mal, Schatz, die Verrückte ist hier. Sie will dich dringend sprechen. Ruf sofort zurück! Sofort!«

»Sag' ich doch. Er geht nicht ran.«

»Er hat ein Shooting! Da geht er nie ran«, belehrte sie mich.

»Wo? Wo macht er den Job? Ich fahr' hin. Ich kann hier nicht rumtrödeln.«

»Meine Güte, ist jemand gestorben? Er ist in Bad Bamberg oder Wamberg oder was auch immer. Irgend so'n verschlafenes Nest. Da wirst du wohl kaum hinfahren wollen. Du kannst ihm ja aufschreiben, was so furchtbar wichtig ist. Und mach kein Drehbuch draus.

Ich hab' keine Zeit«, plapperte sie und deutete auf einen alten amerikanischen Metallschreibtisch, der dekorativ im Eingangsbereich des Studios stand.

Mein Magen vollführte schon den dritten Salto. Ich ließ mich auf den Sessel fallen, der neben dem Schreibtisch stand, und rang nach Luft. »Hör mal, äh … wie heißt du eigentlich?«

»Gracia.«

»Gracia. Es wird etwas Furchtbares passieren. Glaub mir.«

Furchtbar? Das war gar kein Ausdruck für das Szenario, das sich gerade vor meinem geistigen Auge abspielte. Der Knipser in Bad Camberg.

»Spinnst du? Was denn?«

»Wie – was denn?«

»Das Furchtbare! Was laberst du eigentlich für'n Stuss?«

»Der Knipser ist in Lebensgefahr. Dieser Termin in Bad Camberg – das überlebt der nicht. Du musst mir glauben. Egal, was der Kerl über mich erzählt hat.«

Ich machte mir die nächste Zigarette mit zitternden Händen an der alten an. Den runtergerauchten Stummel ließ ich auf den Steinfußboden fallen. Garcia trat vehement den glimmenden Zigarettenstummel aus und fauchte: »Sag mal, bist du auf Droge oder was? Schlaf dich mal aus.«

Ich könnte sie mit ihrem langen Blondhaar auf der Stelle erwürgen. Und warum eigentlich nicht? Wir waren allein, Zeugen würde es nicht geben. Was die Forelle kann …

»Er ist doch bloß nach Bad Dingsbums gefahren. Ein paar Fotos machen oder so … Das ist doch nicht gefährlich«, plapperte sie weiter.

»An sich nicht. Gefährlich ist die Person, die er dort treffen wird.«

»Und woher weißt du das?«

»Lange Geschichte. Glaub mir einfach.«

Mit zitternden Knien stand ich aus dem Sessel auf. Ich muss nach Bad Camberg. Die Forelle hat ihm eine Falle gestellt – und ich werde zu spät kommen, wenn ich hier noch lange mit dieser halben Gehirnzelle um die Wette zetere. Vielleicht ist schon alles zu spät.

»Wann ist er gefahren?«

»Weiß ich doch nicht. Ich hab' geschlafen.«

Ich hatte die Klinke der Haustür schon in der Hand, als Gracia mit spöttischem Unterton sagte: »Was willst du denn in Bad Camberg erreichen? Glaubst du, der kauft dir die Show ab und fällt vor dir auf die Knie?«

Ich ließ die Klinke los, drehte mich um und schrie: »Bist du so blöde oder tust du nur so?! Hab' ich doch gerade erklärt. Die Person, die er da treffen wird, die wird ihn vermutlich umbringen. Kapiert? Ha?! Die macht den tot. Du weißt doch was das ist – tot?! Oder?«

Gracia war ein paar Schritte vor mir zurückgewichen. »Das glaub' ich dir nicht.«

»Dann glaub es eben nicht.« Ich war schon halb aus der Tür, als Gracia, jetzt wesentlich weniger arrogant, sagte: »Du meinst das ernst.«

»Und ob ich das ernst meine.«

»Dann komm' ich mit.«

Das wüsste ich aber, Hasilein. Du bist offensichtlich nicht Lara Croft, und das ist die Einzige, die ich für diese Aktion hier brauchen könnte.

»Ich zieh' mir schnell was an.« Sie stolzierte auf ihren langen Beinen in den Wohnbereich, Richtung Schlafzimmer. Ich hörte, wie sie Schranktüren öffnete und Schubladen aufzog und wieder zuknallte. Dann, nach endlosen Minuten, in denen sie wahrscheinlich versucht hatte, die passenden Dessous für eine Expedition in den Taunus auszusuchen, hörte ich die Dusche rauschen.

35

Kurz vor der Ortseinfahrt von Bad Camberg klingelte das Handy, ich nahm den Anruf an und bereute sofort. Es war Gracia, die mich hysterisch anschrie. Ich drückte den roten Knopf. Hatte ich doch recht gehabt – es hatte Ewigkeiten gedauert, bis die halbe Gehirnzelle kapiert hatte, dass ich nicht mehr da war – und ihr Handy und ihr Geld auch nicht. Es war ein spontaner Gedanke gewesen, und ich hatte ihn spontan in die Tat umgesetzt, als ich das Rauschen der Dusche gehört hatte. Sorry, Gracia, ich brauchte Geld für Sprit und wollte dich nicht damit belästigen. Na ja, und das Handy … hat zufällig neben deinem Portemonnaie gelegen. Kriegst du alles wieder, samt Knipser, wenn das hier vorbei ist.

Kurz darauf klingelte es wieder, eben hatte ich die Hauptstraße durch Bad Camberg erreicht. Ich schaute aufs Display – Wilmas Telefonnummer! Ich hatte Mühe, einem Lastwagen auszuweichen, der vorm Klosterkeller parkte und die halbe Fahrbahn blockierte.

»Wilma, ich kann alles erklären.«

»Musst du nicht«, sagte sie, »Gracia hat mir schon alles vorgeschluchzt. Du bist aber auch ein Luder.«

»Was sollte ich denn machen? Er ist in Bad Camberg. Er hat hier einen Fototermin. Ich musste fahren. Vielleicht ist er schon tot!«

»Unternimm um Himmels willen nichts alleine. Was willst du denn jetzt machen?«

»Weiß ich nicht. Ich finde erst mal raus, wo die Forelle wohnt, und dann … ruf' ich den Polizisten an, diesen Walther. Oder umgekehrt.«

»Sei vorsichtig, versprich es mir.«

»Natürlich.«

Ich riss das Steuer herum, riskierte meinen rechten Vorderreifen, als ich haarscharf am Bordstein vorbeischrammte, und bog am Marktplatz links in die Straße zur Kurklinik ein.

»Wilma … Bist du noch dran?« Ich guckte aufs Display. Kein Empfang mehr.

Als ich wenig später wieder aus der Kurklinik kam, war ich genauso schlau wie vorher. Schröder-Fröse krankgemeldet. Keine Auskunft zum Thema Privatadresse. Was hatte ich denn erwartet? Den roten Teppich ausgerollt zu kriegen? Da hatte selbst der Spruch: »Es geht um Leben und Tod!«, inklusive hysterischem Schluchzer und Augenrollen, nur ein müdes Lächeln der Rezeptionistin ausgelöst, die in ihrem Klinikalltag schon fantasievollere Räuberpistolen aufgetischt bekommen hatte. Und schon hatte sich die automatische Tür wieder hinter mir geschlossen, und ich stand ratlos vor der Klinik.

Schräg gegenüber im Café Plüsch saßen die Kurgäste unter der Markise, lärmten und becherten fröhlich, was das Zeug hielt, und missachteten sämtliche Anordnungen ihrer Ärzte. Vielleicht sollte ich einfach rübergehen, Onkel Walla ins Café Plüsch zitieren und ein oder zwei Wodkas verklappen, während ich auf ihn wartete. Er hätte die freie Auswahl: Entweder er glaubte mir meine Geschichte oder er glaubte sie nicht. Bis ich dann erfahren würde, ob der Knipser noch lebt, wäre ich volltrunken. Hurra! Das wäre doch eine sehr stilvolle Geburtstagfeier für meinen 38sten.

Ich stand schon fast fünf Minuten unentschlossen auf der Bordsteinkante und rauchte. Da sah ich meinen Lieblingsdoktor, vertieft in Selbstgespräche, direkt auf mich zulaufen – Dr. Müller, der Orthopäde. Er begrüßte mich überschwänglich, fragte sofort nach dem Befinden meiner Füße, an die er sich immer noch genau erinnern konnte. Vor allem deswegen, weil er sie nicht hatte röntgen dürfen, wie er mir erklärte.

»Wollen Sie sich die mal anschauen? Neuerdings machen sie Probleme«, stieg ich auf das Thema ein.

»Aber gerne«, sagte er und ging stracks auf die Tür zu. »Dann mal reinspaziert. Ich habe gerade keinen Termin.«

»Herr Müller, Sie dürfen sie sehen, wenn Sie mir einen Tipp geben.«

Er drehte sich um und schaute auf meine Turnschuhe. Dr. Müller schien zu überlegen, ob der Anblick meiner Füße den Deal wert war. Er hatte sich endlich entschieden und nahm fürsorglich meine Hand. »Was brauchen Sie denn, Frau Abendroth, Schmerztabletten oder Schlaftabletten?«, murmelte er. »Ich könnte Ihnen auch ein bisschen Valium …«

Wie bitte?

»Äh, nichts von alledem. Ich brauche die Adresse von Sibylle Schröder-Fröse. Ich muss dringend mit ihr sprechen, aber die Frau von der Rezeption sagt, sie sei krank. Aber ich bin extra wegen ihr hergekommen. Über 200 Kilometer. Es geht um Oma, an die erinnern Sie sich doch bestimmt. Berti Blaschke.«

Er ließ meine Hand los. »Ach so. Kein Problem. Sibylle wohnt direkt neben dem Reitstall. Da oben, in der Siedlung, wissen Sie?«

»Welches Haus denn? Welche Straße?«

»Die Nummer weiß ich nicht, aber es ist das Haus mit den riesigen Rhododendren. Außerdem hat sie jede Menge Skulpturen von Ariadne im Garten. Das werden Sie finden … die hat übrigens Füße … o là là …«

»Danke, Dr. Müller. Ich muss dann mal los.«

»Und Ihre Füße?«, rief er mir hinterher.

»Wenn ich zurück bin. Bestimmt. Versprochen.«

»Aber nicht vergessen. Ich warte hier auf Sie.«

Worauf ich mich verlassen konnte.

Ich parkte vor einem Haus, auf das die Beschreibung passte. Jede Menge Skulpturen und Rhododendren. Der Angeber-Volvo vom Knipser war weit und breit nicht zu sehen. War ich zu spät? War ich zu früh? War ich vielleicht im falschen Film?

Maggie, fahr nach Hause! Jetzt sofort! Hak es ab und fahr nach Hause. Er ist nicht hier. Lass sie alle über dich lachen. Macht ja jetzt auch nichts mehr aus.

Ich zündete mir noch eine Zigarette an und blieb im Wagen sitzen. In den umliegenden Gärten machten die Rasensprenger ffft, ffft, ffft.

Aber was, wenn sie den Knipser schon in den Wald geschleppt hatte oder in den Keller oder im Mixer zerkleinert ...?

Ich stieg aus. Bis auf das Geräusch der Rasensprenger und das Gesumm der Bienen war nichts zu hören. Noch nicht einmal ein Hund. Es schien niemand zu Hause zu sein. Unschlüssig stand ich vorm Gartentor. Nichts rührte sich. Ich ging um das Haus herum. Ich spähte durch die Rhododendronbüsche. Auf der Terrasse standen ein Teakholztisch und drei Holzstühle. Ein Buch lag aufgeschlagen auf dem Tisch. Neben einem der Holzstühle stand ein Fotostativ. Bevor ich überhaupt wusste, was ich tat, war ich über den Jägerzaun gestiegen und hatte mich durchs Gebüsch gewühlt. Dann stand ich zitternd auf der Terrasse und hatte das Stativ in der Hand. Ich fuhr zusammen, als ich hinter mir die Forelle sagen hörte: »Frau Abendroth, was machen Sie denn hier?«

»Wo ist er?!« Ich schwang drohend das Stativ in ihre Richtung. Für Angst hatte ich keine Zeit. Und als sei es das Normalste von der Welt, mich auf ihrer Terrasse zu sehen, setzte sich die Forelle auf einen der Holzstühle und schnäuzte sich die Nase.

»Wo ist er? Was haben Sie mit ihm gemacht?!« Ich knallte das Stativ auf den Tisch.

»Von wem sprechen Sie denn um Himmels willen, Frau Abendroth?«

»Vom Fotografen, von dem, dem das Stativ hier gehört! Was haben Sie mit ihm gemacht?«

»Nichts. Er ist mit Ariadne in den Wald gefahren. Ins Atelier. Und jetzt wäre ich Ihnen dankbar, wenn Sie mein Haus verlassen. Ich bin krank.«

»Er hat gar keinen Termin mit Ihnen?«

»Nein«, sagte sie und lächelte mich an, als würde hinter irgendeinem ihrer riesigen Rhododendren gleich die Pointe, die ich offensichtlich nicht verstand, hervorspringen.

Ich schaute mich kurz um. Immer noch keine Pointe. »Wo im Wald?«

Sibylle Schröder-Fröse nahm das Stativ vom Tisch, legte es wieder auf den Boden und sagte in ihrem Therapeuten-Ton: »Das ist Ihr Exfreund, nicht wahr? Von dem Sie mir auf dem Hochsitz erzählt haben.«

»Ja.« Kommen wir der Sache also näher. Lass sie zur Abwechslung mal reden, Maggie.

»Wir haben ihn in Köln kennengelernt. Ein interessanter Mann – ich kann Ihren Kummer gut verstehen. Wollen Sie ihn zurückhaben?«

»Bitte?! Ich? Ihn zurückhaben? Nein. Wie kommen Sie darauf?«

»Alle Frauen wollen ihre Männer wieder zurückhaben, bloß nicht so, wie sie gerade sind. Alle Frauen wollen ihre Männer ändern … anstatt ihr Leben selbst in die Hand zu nehmen.«

»Ich will ihn nicht zurück. Ich will wissen, was Sie mit ihm angestellt haben.«

»Angestellt? Nichts natürlich! Ariadne macht einen Katalog für ihre nächste Ausstellung. Sie braucht Fotos.«

Ich wusste nicht mehr weiter. Sollte ich ihr einfach sagen: Frau Schröder-Fröse, ich glaube, Sie sind eine Mörderin? Und jetzt rücken Sie gefälligst meinen Ex raus, weil ich mir zwar immer gewünscht habe, er wäre tot, ich aber nicht will, dass er *jetzt* tot ist? Eine derart große Veränderung an ihm wollte ich gar nicht. Nicht jetzt, jedenfalls. Und dann? Was dann? Dann sagt sie: Ach, so – das meinen Sie. Kommen Sie doch bitte mit in den Keller, da liegt er nämlich noch. Sie können ihn wiederhaben, aber er ist jetzt doch ein bisschen anders, als Sie ihn in Erinnerung haben. Ich war gerade dabei, ihn zu portionieren.

Und plötzlich verstand ich die Pointe vom Ganzen. Wie soll bitte die Frau aussehen, die einen Kerl wie Sattelmann in den Wald schleppt und an einen Baum drapiert? Komplett weggetreten von einer Ladung K.o.-Tropfen. Ja, wie? Wenn ich mir die Forelle so anschaute, wog sie noch weniger als die grüne Elfe Rita. Das konnte sie nie und nimmer alleine geschafft haben. Wenn sie aussehen würde wie der Butch Ariadne, dann sollte es wohl keine Probleme geben. Und Sattelmanns Sekretärin hatte auch erst auf den zweiten Blick erkannt, dass es eine Frau war, die mit dem Hund vor Sattelmanns Tür gestanden hatte. Ariadne hätte auch genug Kraft, um einen alten Mann wie Fritz Hoffstiepel in die Knie zu zwingen und ihm eine Flasche Schnaps in den Hals zu rammen oder einen Bauunternehmer vom Gerüst zu schubsen und den Rettich zu ersäufen. Die schmeißt doch dauernd irgendwelche Steine durch die Gegend und hantiert mit Kettensägen und Hammer und Meißel herum. Die erledigt den Irrsinn, den sich die Forelle ausgedacht hat.

Ich muss hier weg. Ich muss die Polizei …

»Haben Sie ein Auto dabei?«

»Was?«

»Frau Abendroth, haben Sie ein Auto dabei? Ich sehe, dass es Ihnen wichtig ist. Wir fahren hin, und Sie treffen Ihren Exfreund.«

Mein Mund war trocken, und ich brachte keinen Ton heraus. Die Forelle schnäuzte sich noch einmal die Nase, stand auf und ging zum Gartentor. Ich taperte wie in Trance hinterher. Gleich werde ich mit einer Irren im Auto sitzen. Maggie, mach irgendwas! Irgendwas Sinnvolles! Lebensrettendes! Renn! Maggie renn!

Mit zitternden Händen schloss ich die Beifahrertür auf, und die Forelle setzte sich hinein. Ich ging langsam um das Heck des Autos herum und ließ meine Tasche fallen, griff hinein und wollte den Notruf wählen. Der Akku von Gracias Handy war leer.

Als ich mich ins Auto setzte, lächelte die Forelle immer noch.

Sie lotste mich auf die Landstraße zurück, zunächst in Richtung Berkelbacher Hof. Dann bogen wir aber fast zwei Kilometer vor der alten Wasserburg rechts ab und folgten einem holprigen Waldweg. Als ein solides, dunkelrot gestrichenes Holzhaus im Wald in Sicht kam, schaute ich die Forelle direkt an. Bis auf ihren Schnupfen wirkte sie ganz entspannt. War sie so verrückt, wie ich dachte? Oder war sie ganz und gar unschuldig? Wusste sie vielleicht gar nicht, was ihre Lebensgefährtin in ihrer Freizeit so trieb?

Der Opel rumpelte die letzten Meter auf dem Weg entlang. Das inflationäre Aufkommen von Holzskulpturen und Steinen in allen Größen sagte mir, dass wir am Atelier von Ariadne angekommen waren. Vor dem schmiedeeisernen Tor saß ein in Stein gehauener Golden Retriever. Nike in Carrara-Marmor. Auf dem Grundstück parkte ein alter, grüner Jeep, von dessen Ladefläche die echte Nike aufsprang und uns freudig entgegenhechelte. Daneben der mitternachtsblaue Volvo mit dem Kölner Kennzeichen.

Die Forelle legte ihre Hand auf meinen Arm. »Was spielen Sie für ein Spiel, Frau Abendroth?«

»Ich? Gar keins. Ich versuche hier grad', eins zu verstehen.«

»Sie wirken etwas überspannt, wenn ich ehrlich sein soll.«

Mittlerweile war Nike ans Tor gekommen und sprang bellend an den Eisenstäben hoch. Die Forelle war aus dem Auto gestiegen und streichelte das Tier. Dann rief sie nach Ariadne. Ohne Erfolg.

Ich war auch ausgestiegen und machte das Tor auf. Nike begrüßte mich überschwänglich. Ich tätschelte ihr den Kopf, ließ sie stehen und ging auf das Holzhaus zu.

»Sie dürfen hier nicht einfach reingehen, Frau Abendroth«, hörte ich die Forelle sagen, »Ariadne besteht auf ihrer Privatsphäre.«

»Apropos Privatsphäre, Frau Schröder-Fröse, erzählen Sie ihrer Freundin eigentlich von Ihren Klientinnen?«

Die Forelle wich einen Schritt vor mir zurück und schniefte. Und ob sie das tat. Tratsch, tratsch beim abendlichen Rooibos-Tee. Die Forelle klappte den Mund auf und zu. Bis auf Nikes Hecheln war es ganz und gar still. Wer weiß, wohin Ariadne den Knipser gelockt hatte, um ihn umzubringen? Wer weiß, was sie sich für ihn ausgedacht hatte? Sie hatte bei ihren anderen Opfern ja richtig Fantasie walten lassen, die Morde regelrecht inszeniert, damit es auch zu den Missetaten der Männer passte. Ariadne hatte nicht wie andere Mörder versucht, ihre Taten zu vertuschen. Sie hatte sie ausgestellt. Eine zynische Vernissage nach der nächsten. Die abgehackte Hand, genau dort, wo sie gefunden werden musste. Carmens Mann auf der Baustelle, Mias Fritz im Schweinstall und den Rettich neben seiner Yacht. Und Satelmann erst …

Ich rannte zum Haus und riss die Tür auf.

Er lag vor dem Kamin, seine Knie waren angewinkelt und seine Hände auf dem Rücken gefesselt. Er rührte sich nicht. Aus einer Wunde an seinem Kopf floss Blut. Es tropfte an seinem rechten Ohr herunter auf den Steinfußboden.

»Hallo, Blumenkohlohr«, flüsterte ich. Mir stiegen Tränen in die Augen. Blumenkohlohr, wie lange hatte ich das nicht mehr gesagt? Ich wischte mir die Tränen aus dem Gesicht. »Rufen Sie die Polizei, Sibylle – rufen Sie die Polizei, einen Krankenwagen! Schnell!«, schrie ich. Hinter mir raschelte ein Stück Papier, und ich drehte mich um. Sibylle Schröder-Fröse hielt mir zitternd ein abgerissenes Stück Papier entgegen. Ich erkannte auf dem Fetzen das Wort *Schnitzel* und *Berk* in schnörkeliger goldener Schrift. Unser Gutschein für die Schnitzelsause! Wenn es noch einen Beweis gebraucht hätte …

»Die Polizei, Sibylle, rufen Sie endlich die Polizei!«, herrschte ich sie an und versuchte, den Knipser auf die Füße zu zerren. Dann hörte ich die Forelle hinter mir hysterisch kreischen: »Ariadne, mein Liebling … Was ist passiert? Warum …«

Kuckuck, Kuckuck, ruft's aus dem Wald.

36

Lasset uns singen, tanzen und springen …

Etwas Warmes, Nasses schlabberte durch mein Gesicht. Ich schüttelte mich, das Schlabbern hörte auf. Das Kinderlied in meinem Kopf auch. Das Atmen fiel mir schwer. Mein Nacken tat höllisch weh. Ich öffnete die Augen und blickte in das feucht-stinkende, grinsende Maul von Nike. Von ihrer Zunge tropfte der Speichel auf meine Jacke. Die Hündin freute sich sehr, dass ich sie anschaute, und legte mir ihre Pfote aufs Gesicht. Ich drehte den Kopf weg, aber sie ließ nicht locker. Ihre Krallen ratschten mir quer über die Nase. Ich wollte ihre Pfote mit der Hand wegschieben, aber ich konnte meine Hände nicht bewegen.

Was ist passiert? Wo bin ich? Wer flennt denn hier? Ich drehte meinen Kopf, neben mir kauerte die Forelle und heulte. Ich drehte meinen Kopf in die andere Richtung – da hockte der Knipser. Viel zu nah an mir dran! Warum …?

Rücken an Rücken, zu einem handlichen Paket verschnürt, saßen wir drei auf dem kühlen Steinboden vorm Kamin in Ariadnes Atelier. Nike lief aufgeregt im Kreis um uns herum, als wollte sie uns auffordern, ein Stöckchen zu werfen. Ein scharfer Pfiff von draußen. Der Hund machte auf den Hinterbeinen kehrt und lief hinaus. Die Tür wurde von außen zugeschlagen und verriegelt. Ein paar Sekunden später wurde der Jeep angelassen. Das Motorengeräusch entfernte sich. Was hat das um Himmels willen zu bedeuten?

In der Hütte war es schon fast dunkel. Ich starrte in das schwarze Loch des Kamins und versuchte, mich zu erinnern, wann ich hier mit der Forelle angekommen war. Irgendwann nachmittags, später Nachmittag. Und wie spät ist es jetzt? Schon fast dunkel?

Ich versuchte, meinen Kopf noch ein Stückchen weiter zu drehen, aber mein Hals war eingeschnürt, und jede Bewegung tat weh. Was ich an den Wänden sah, hätte den Grillmeister in Entzücken versetzt. Dort hing, wohl sortiert, jede Menge Werkzeug, schweres Gerät – drei verschiedene Größen Kettensägen, Äxte, Meißel und fünf verschiedene Größen Vorschlaghämmer. An einer Wand sah ich eine Auswahl von Flaschenzügen fein säuberlich aufgereiht. Darunter stand eine Werkbank. Von dort schaute mich der grob aus einem Kanten Holz herausgearbeitete Kopf eines Pferdes an.

»Sibylle.«

Die Therapeutin schluchzte und wimmerte: »Ariadne, mein Liebling ... Warum tust du das?«

Ja, das hätte ich auch gerne gewusst. In meinem Kopf hämmerte und bohrte der Schmerz. Je mehr ich darüber nachdachte, was diese Kampflesbe mit uns angestellt hatte, desto mehr Empörung machte sich in mir breit, und weil nicht so viel Platz in meinem Schädel war, würde er wohl über kurz oder lang explodieren.

»Ej, Frau Schröder-Fröse, was macht Ihr Liebling gerade? Was hat sie vor?«

»Lassen ... Sie ... mich ... «, flennte sie.

»Nee, lass ich nicht. Warum setzen Sie Ihr Therapeutenmundwerk nicht mal in Bewegung und sagen ihr, dass sie uns gefälligst losbinden soll!«

»Hat sie schon versucht. Hat nix genützt, Maggie.«

Oh, der Knipser ist auch schon wach.

»Dann tu du doch was. Die spinnt doch. Warum hat die uns gefesselt? Was hat sie vor? Verflucht und zuge...«

»Bist du fertig?«

»Hmph!«

»Die bringt uns um, Maggie, falls du es genau wissen willst. Die Künstlerin wird uns umbringen. Hat sie jedenfalls gesagt. Sie sticht mir die Augen aus, jagt mich durch den Wald und fotografiert mich dabei. Falls du es *ganz* genau wissen willst.«

»Und was hast du gesagt?«

»Gar nichts. Plötzlich kam ein Auto, und sie hat ihren Vortrag unterbrochen. Was machst du überhaupt hier?«

»Ich wollte dein Leben retten.«

»Ich dachte, du hasst mich.«

»Das auch.«

Der Knipser lachte kurz auf. Was war denn daran jetzt so witzig?

»Wie geht dein Drehbuch weiter? Sieht nicht so aus, als wären wir schon bei: Held und Heldin küssen sich und Fade to black und The End.«

»Keine Ahnung. Ich scheiß mir gerade vor Angst in die Hose. Das steht in meinem Drehbuch.«

Das war nicht übertrieben. Ich zitterte am ganzen Körper. Ich will hier nicht sterben. Vielleicht werde ich auch nicht sterben – die bringt doch eigentlich nur Männer um?! Aber was, wenn sie ihr Konzept geändert hat?

Die Forelle fing plötzlich an zu schreien, dabei probierte sie jede Tonhöhe aus und warf sich in den Fesseln hin und her. Das schnürte mir die Luft ab. Ariadne hatte das Seil kreuz und quer um uns herumgewickelt. Wenn einer von uns sich zu heftig bewegte, liefen die anderen beiden ernstlich Gefahr, stranguliert zu werden.

»He! Hören Sie auf mit dem Scheiß. Aufhören!«, schrie der Knipser. Sie fiel in sich zusammen wie ein nasser Sack, was den Zug des Seiles auf meinen Kehlkopf noch verstärkte.

»He, Frau, wie auch immer Sie heißen. Lassen Sie sich nicht so hängen, sonst kriegt meine kleine Exfreundin hier keine Luft.«

»Bieg deinen Kopf nach vorne, ich ersticke …«, röchelte ich und legte meinen Kopf so weit wie möglich zurück. Ich spürte die Hitze in seinem Nacken. Vor ein paar Monaten wäre ich dafür noch gerne vom Hochhaus gesprungen, aber jetzt hatte ich keine Zeit, es zu genießen.

»Wir müssen hier raus, Mann.«

»Ja dann mal los. Mach die Tür auf, wir gehen«, mokierte er sich.

Wenn ich gekonnt hätte, hätte ich ihm eine gelangt. Stattdessen machte ich nur: »Pfhhhhh.«

»Sie holt Benzin«, schluchzte die Forelle.

»Die will uns anstecken?!«

»Unsere Künstlerin mag Männer überhaupt nicht.« Der Knipser holte röchelnd Luft. »Sie hat mir erklärt, dass sie das Männerproblem auf ihre Art und Weise löst. Und sie hat gesagt, dass du ein sehr großes Problem mit mir hast, dass ich dein Leben zerstört habe und dein kreatives Potenzial, und das hat sie richtig wütend gemacht.« Sein Husten ging in ein verzweifeltes Lachen über.

»Ej, Schröder-Fröse, hey! Was soll das heißen? Ich hab' niemanden drum gebeten, meinem Ex das Licht auszublasen.«

Die Forelle wimmerte: »Was Sie da sagen ist ... so absurd, so ... verrückt.«

»Es ist verrückt! Ihre Freundin ist verrückt! Dass Ihnen das noch gar nicht aufgefallen ist! Haben Sie etwa gedacht, die Hand Gottes hätte die Kerle, die Ihre Klientinnen malträtiert haben, zur richtigen Zeit am Schlafittchen gepackt und ihnen das Genick gebrochen? Glauben Sie, der Herr Sawatzki aus Recklinghausen stürzt sich aus Liebe zu seiner Frau vom Baugerüst? Oder der Sattelmann hat eingesehen, was für ein schlimmer Junge er war, als er Rita die Kohle abgezockt hat, und hat sich vor lauter Gewissensbissen selbst an den Baum gebunden? Sibylle, das hat Ihre Freundin erledigt.«

»Warum sollte sie das tun?«

»Vielleicht ein neues Ausstellungskonzept? ›Museum der Liebe‹ mit 88 verwesenden Exponaten? Meine Fresse, bin ich hier der Psycho oder Sie?«

»Was Sie da sagen, ist ...«

»Hey! Maggie! Wir brauchen grad' kein Therapiegespräch, wir müssen hier raus!«

Wo der Mann Recht hat, hat er Recht. Bevor die Irre mit Benzin unterm Arm wieder aufkreuzt, sollten wir tunlichst verschwunden sein.

»Los, meine Damen, zack, zack, aufstehen. Gleichzeitig. Da drüben am Kamin hängt eine Axt.«

»Sollen wir dahin springen?«

»Wenn's hilft, dann spring gefälligst bis zum Mond, Maggie. Willst du hier raus oder was?«

»Ich fange gerade an, dich wieder zu mögen.«

»Ich fange gerade an, dich wieder zu hassen. Los jetzt.«

Er zählte bis drei, aber die Forelle zog nicht mit. Ich plumpste auf meinen Hintern zurück, und der Knipser stöhnte vor Schmerz auf.

»Das geht so nicht«, brüllte ich die Forelle an, »los, noch mal. Auf drei! Und ich brech' Ihnen die Zähne, wenn Sie jetzt nicht mitmachen. Da komm' ich mit meinem Fuß noch hin, ich schwör's.«

»Das schaffen wir nicht«, jammerte sie.

»Hören Sie mir mal gut zu …«, gurrte der Knipser. Auf die Art und Weise schnurrte er im Studio auch immer mit den Models rum, bis sie ihm aus der Hand fraßen und noch viel mehr. Für die Methode, fand ich, hatten wir keine Zeit. Da gehörte mindestens noch ein Prosecco dazu, und den hatten wir nicht. Ich schrie: »Eins, zwei und drei!«

Dann standen wir tatsächlich. Unsere kleine Laokoon-Gruppe schwankte, aber wir schafften es, stehen zu bleiben. Und jetzt springen. Ich zählte wieder bis drei, und wir waren dem Kamin zwölf Zentimeter näher gekommen. Wenn das so weitergeht, sind wir morgen noch nicht da, wo die Axt hängt. »Weiterspringen, verflucht! Weiter!«

»Ich muss rückwärts springen«, beklagte sich der Knipser.

»Dann mach. Eins, zwei …«

Wir schafften ganze zehn Zentimeter. Ich spürte, wie ihm der Schweiß den Nacken hinunterlief. Warum musste ich ausgerechnet das jetzt total sexy finden? Maggie, das ist kein Film, du kämpfst gerade um dein Leben! Mach voran, sonst holt dich deine Oma vom Himmelsbahnhof ab, und das war es dann. Wer weiß, wie langweilig es im Himmel wirklich ist?

»Maggie, das geht so nicht. Wir müssen rollen.«

Der Knipser ließ sich fallen, die Forelle und ich plumpsten hinterher. Mit aller Kraft stemmten die Forelle und ich uns hoch, um auf den Rücken des Knipsers zu kommen, der platt mit der Nase auf der Erde lag. Dann rollten wir los, auf den rettenden Kamin zu. Das Seil schnitt schmerzhaft in meinen Hals, noch eine Sekunde und ich werde ersticken. Weiterrollen, nicht auf mir liegen bleiben!

Schon meinte ich, den Jeep aus der Ferne zu hören – oder war es nur das Rauschen des Blutes, das versuchte, mit aller Macht durch meinen eingeschnürten Hals zu kommen?

Doch! Es näherte sich ein Wagen. Mit aller Kraft stemmten wir uns wieder auf die Beine. Ich pfiff auf dem letzten Loch.

Der Knipser lehnte sich mit dem Oberarm gegen die Schneide der Axt und bewegte den Arm rauf und runter. Die Axt war mit zwei Metallhaken in der Wand befestigt. Hoffentlich bleibt sie während der Aktion da auch hängen. Wenn sie runterfällt, sind wir verloren.

»Ist es durch? Ist es durch?«

»Hälfte«, ächzte er. Ich drehte mich ein bisschen und sah Blut auf den Boden tropfen.

»Es muss reißen. Es muss jetzt reißen«, flehte ich.

»Da ist sie. Ich kann sie hören«, hustete die Forelle.

»Ich auch. Mach schneller …!«

»Los jetzt! Eins, zwei und drei …«, sagte der Knipser.

Ich hatte das Gefühl, meine Augen würden aus den Höhlen springen. Das Seil drückte mir den Kehlkopf zu. Die Forelle neben mir wimmerte vor Schmerz und Angst. Keine Sekunde halte ich das länger aus. Keine Millisekunde.

Dann gab das Seil endlich nach, die letzten Fasern zerrissen, und wir flogen auseinander. Ich landete unsanft auf den Knien. Der Knipser schlug lang hin und blieb reglos liegen.

Eine Autotür wurde geöffnet, und Schritte näherten sich dem Haus. Dann ein Plopp, dann gluckerte es an der Außenwand entlang. Wie viele Kanister sie wohl mitgebracht hat, um uns zu grillen?

»Raus hier, steh auf! Los, raus«, zischte ich meinem Ex ins Ohr. Ich zerrte an seinem blutigen Hemd. Er rührte sich nicht. Die Forelle war plötzlich neben mir und hob seinen Kopf hoch. Zwei Zähne lagen auf dem Steinfußboden.

In ein paar Sekunden würde hier alles in Flammen aufgehen. Das Gluckern war von der Rückseite des Hauses zu hören. Die Forelle zeigte stumm auf eine schmale Tür und nickte. Ich verstand. Ein Hinterausgang. Gibt es einen Gott, oder gibt es ein gutes Drehbuch? Ob wir überleben würden oder nicht, hing eher von der Laune des Regisseurs ab.

Wir mussten abwarten, bis Ariadne mit dem Benzin an der Vordertür angekommen war. Ich betete, dass sie nicht dem Klischee aller verrückten Film-Verbrecher entsprach. Dann käme nämlich noch ein großer, tragischer Abschiedsmonolog, mit hocherhobenem, brennendem Streichholz in der Hand, und wir könnten die Hintertür vergessen.

Der Knipser rappelte sich ächzend auf und befühlte die Lücke in seinem Oberkiefer. Die Forelle half ihm aufzustehen, während ich schon vorsichtig die Klinke der Hintertür herunterdrückte. Ariadne war, den Geräuschen nach zu urteilen, an der fensterlosen Seite der Hütte angelangt. Das war gut für uns. Der Knipser drehte sich um und nuschelte ohne Vorderzähne: »Meine Kamera.«

Hatte ich was anderes erwartet?

Neben dem Kamin stand sein Kamerakoffer. Es war nur ein Schritt für mich. Er schaute mich mit flehendem Blick an und schwankte. Überredet. Ich machte den Schritt für ihn und schnappte den Kofferriemen. Dann schlichen wir auf Zehenspitzen aus der Hütte. An der Frontseite hörten wir Ariadne leise fluchen und mit dem Kanister hantieren.

Das kleine Stückchen Wiese, das wir bis zum Waldrand überwinden mussten, war unser Glück. Kein knackender Zweig, kein raschelndes Laub verirrte sich unter unsere Schuhsohlen.

Ohne uns noch einmal umzuschauen, erreichten wir den Rand des dichten Tannenwaldes. Ab da ging es zunächst sanft bergauf. Der Knipser zerrte die keuchende Forelle mit sich. Ich schleppte den Aluminiumkoffer, stolperte hinterher und konnte mal wieder sehen, wo ich blieb. Irgendwie war alles wie immer. Nur diesmal war es lebensgefährlich.

Wir waren gut fünfzig Meter weit gekommen, da hörten wir hinter uns ein Zischen und dann einen lauten Knall. Wir warfen uns auf den Waldboden und hielten die Hände schützend über unsere Köpfe. Erst nach ein paar Sekunden wagten wir es, uns umzudrehen. Die Hütte brannte lichterloh. Flammen schossen meterhoch in die Dunkelheit. Die Forelle stand auf und wollte in Richtung Hütte zurücklaufen, aber der Knipser hielt sie am Hosenbein fest. Sibylle fiel auf die Knie. Sie schlug die Hände vors Gesicht und wälzte sich wimmernd hin und her. »Ich muss zu ihr … sie braucht mich jetzt …«

»Halten Sie die Klappe. Sie sind ja verrückt«, sagte der Knipser und nahm mir den Koffer ab, holte seine Nikon raus und schoss ein paar Fotos. Sssst, sssst … machte der Motor: flammendes Inferno auf Kleinbild. Hört das denn nie auf mit dem? Der hätte auch noch fotografiert, wenn wir in der Hütte zu Grillhähnchen zerbrutzelt wären. Er blickte angestrengt durch den Sucher. »Dein Auto brennt, Maggie.«

Ich riss ihm die Kamera aus der Hand und zog die Schärfe nach.

»Deins auch«, sagte ich, drückte auf den Auslöser, machte ein paar Fotos und gab ihm die Kamera zurück.

Für einen kurzen Augenblick fürchtete ich, dass er losrennen würde, um seinen Angeber-Volvo zu retten. Ich konnte hören, wie sein Gehirn an diesem Problem arbeitete. Die Entscheidung wurde ihm auf der Stelle abgenommen. Es gab eine riesige Verpuffung und einen lauten Knall.

Der Knipser riss die Kamera wieder hoch. Sssst. Sssst. »Das war deiner.«

Ich hatte keine Zeit, den Verlust meines alten Opels zu betrauern. Nike kam auf uns zugaloppiert. »Der Köter. Weg, weg hier.«

Ein paar Minuten lang hatten wir uns in Sicherheit geglaubt, aber was für ein fataler Irrtum. Ich zerrte die Forelle auf die Füße, der Knipser machte den Kamerakoffer zu, hängte ihn sich quer über die Schulter, und wir gaben Fersengeld. Wir hörten Ariadne nach dem Hund rufen. Nike bellte. Die Forelle schrie: »Sie ist hier!«

Im selben Moment dreht sich der Knipser um und gab ihr eine schallende Ohrfeige.

Sekunden später dröhnte das Geräusch einer Motorsäge durch den Wald.

Ich wünschte mir, meine Beine wären drei Meter lang. Dabei rannte ich schon schneller als der Schall. Der Knipser schubste Sibylle vor sich her und fluchte: »Jetzt zufrieden? Die kommt hinter uns her, mit'ner Kettensäge!«

»Bleib doch und mach ein Foto«, keuchte ich.

»Lassen Sie mich.« Die Forelle ließ sich fallen, der Knipser zerrte sie wieder hoch. Dabei knallte ihr der Aluminiumkoffer an den Kopf.

»Und wenn ich dich an den Haaren mitschleifen muss, du dummes Weib«, herrschte er sie an. Und endlich tat sie das, was man auf einer Flucht tun sollte: rennen.

»Wir trennen uns«, keuchte ich. »Jeder eine andere Richtung, dann weiß der Hund nicht, wen er zuerst suchen soll.«

Der Knipser blieb abrupt stehen. »Schlecht! Zieh deine Jacke aus, Maggie.«

Ich rannte weiter. Für dich zieh ich mich nicht mehr aus, dachte ich noch und prallte frontal gegen die Leiter eines Hochsitzes, die plötzlich aus der Dunkelheit vor mir aufgetaucht war. Ich taumelte rückwärts, dem Knipser direkt in die Arme. Anstatt mir Trost zu spenden, riss er mir die Jeansjacke vom Leib. Als Nächstes holte er sein Teleobjektiv aus dem Koffer, wickelte es in die Jacke und warf es in den Hochsitz. Es schlug polternd auf dem Holzboden auf, und wir setzten uns wieder in Bewegung.

Der ordentliche Tannenwald war ohne Vorankündigung in einen Urwald übergegangen. Zweige schlugen mir ins Gesicht, meine Beine machten Bekanntschaft mit stacheligen Pflanzen, die gerne in meiner Jeans hängen bleiben wollten. Meine nackten Arme hielt ich schützend über meinen Kopf. Trotzdem verfingen sich meine langen Locken immer wieder im Gestrüpp. Ich rannte einfach weiter, egal, wie viele Haarbüschel auf der Strecke bleiben mussten.

Gefühlte 20 Kilometer später blieben wir wieder stehen, rangen nach Luft und lauschten in die Finsternis. Meine Lunge rasselte. Die Kettensäge kreischte. Es klang gefährlich nah. Waren wir zwei Kilometer weit gekommen? Oder im Kreis gerannt, und uns trennten keine 200 Meter von der Irren? Wie sich die Kettensäge anhörte, war Ariadne gerade dabei, den Hochsitz abzusägen.

»Weiter, weiter, Maggie«, schnaufte der Knipser. »Sie wird merken … dass wir nicht … da oben sind. Denk an Indie Jones.«

Ich hab's befürchtet. Bei dem funktionieren die meisten Sachen auch nicht. Gerade feixt er noch über seinen gelungenen Streich, und im nächsten Moment wird er von einem Panzer überrollt.

Sibylle Schröder-Fröse war am Ende ihrer Kräfte. Sie hielt sich an einem Baum fest und übergab sich. Sollten wir sie hierlassen? Nein, auf gar keinen Fall. Nike würde sie finden, und Ariadne würde sie zersägen. Wir schleiften die völlig erschöpfte Frau weiter. Sie kam aus dem Husten nicht mehr heraus. Das Knirschen und Krachen von zerberstendem Holz hallte durch den Wald. Der Hochsitz war zusammengebrochen.

Plötzlich hörte ich Nikes Hecheln direkt neben mir. Der Knipser blieb stehen und drohte: »Ich erschlag das Vieh jetzt mit dem Koffer.«

»Nein, bitte …«, jammerte die Forelle. Nike wedelte mit dem Schwanz und tänzelte auffordernd neben uns her.

»Sie bellt nicht mehr.« Ich holte aus meiner Umhängetasche einen von Herzigs Golfbällen, spuckte drauf und warf den Ball in die Nacht. »Hol's Bällchen, Nike.«

Sie rannte los. Dein Glück, Köter – ich kenne schließlich meinen Ex. Er hätte dir den Schädel gespalten. Er macht alles, wenn's der Sache dient.

Wir hörten, wie der Hund durchs Unterholz stöberte. Der Erfolg meiner Aktion währte nicht lange – nach ein paar Minuten rannte Nike wieder neben mir. Sie hatte den Ball nicht gefunden. Ich griff im Laufen wieder in die Tasche und warf den nächsten. Sie rannte wieder los und kam nach ein paar Sekunden schon wieder zurück. Nach dem dritten Ball wollte sie dann gar nicht mehr suchen und blieb an meiner Seite. Ich packte ihr Halsband und zog sie mit mir. So war sie wenigstens ruhig.

Ich lief sehr unbequem in gebückter Haltung, aber das bewahrte mich davor, mit dem Gesicht direkt im Stacheldrahtzaun hängen zu bleiben, in den ich unweigerlich gerannt wäre, wenn Nike nicht abrupt gebremst hätte. Dafür rannte der Knipser in mich hinein, und ich fiel auf die Knie. Die Forelle röchelte: »Da ist die Straße.«

Wir warfen uns flach auf den Boden, um unter dem Zaun durchzurobben.

»Da geht es zum Berkelbacher Hof. Da sind Leute«, rasselte Sibylle.

Ariadne rief nach Nike und pfiff. Nike antwortete mit lautem Gebell. Ich ließ den Hund los und lief, als wäre der Teufel hinter mir her. Hinter mir fluchte der Knipser: »Ich hätte den Köter erschlagen sollen.«

Die Leute im Berkelbacher Hof konnten unsere Rettung sein. Wir mussten die schmale Straße überqueren, um zum Burgtor zu kommen. Ariadnes Rufen wurde lauter. Sie konnte nur noch 20 oder 30 Meter entfernt sein. In keinem Zimmer der Burg brannte Licht. Ich sah den dunklen Wassergraben, der die Burg zu drei Vierteln umschloss. Ariadne war zu nahe. Wir würden es nicht mehr schaffen, hier irgendjemanden zu wecken oder ans Tor zu locken. Sie wird uns vorher erwischen und zu Hackfleisch verarbeiten.

Ich rannte auf die Böschung zu und ließ mich in den Burggraben gleiten. Das Wasser stank, meine Beine wurden von seltsamen Gewächsen umschlungen, und eigentlich hatte ich vergessen, warum ich ins Wasser gegangen war. Ja richtig, weil Hunde dann die Spur verlieren. Hatte ich jedenfalls mal irgendwo in einem Film gesehen. Neben mir glitt der Knipser ins Wasser. Die Forelle stand an der Böschung und schaute in die Richtung, aus der jeden Moment Ariadne auftauchen musste. Zwischen den Bäumen tanzte der Lichtkegel einer Taschenlampe. »Kommen Sie endlich, verflucht nochmal«, schimpfte der Knipser.

»Ist mir scheißegal, was die macht. Soll sie sich doch zerhacken lassen.« Ich packte den Knipser am Hemdkragen und zog ihn weiter in den Wassergraben hinein. In der Dunkelheit konnte ich die Burgmauer nur ahnen. Wenn wir es schaffen könnten, ans andere Ende des Burggrabens zu gelangen – da wuchs dichtes Schilf. Da könnten wir uns verstecken.

Als ich mich umdrehte, sah ich, dass der wasserdichte Aluminiumkoffer silbrig glänzend auf dem Wasser tanzte. »Hey, der Koffer.«

Der Knipser packte den Koffer und drückte ihn an seine Brust wie Gollum seinen Schatz und schwamm hinter mir her. Ab und zu testete ich, ob ich mit meinen Füßen den Boden berühren konnte. Der Graben war tiefer, als ich dachte – und eine nasse Jeans wiegt mindestens 800 Kilo.

Ariadne tauchte am oberen Ende des Wanderweges auf, auf dem ich noch vor ein paar Wochen regelmäßig mit Oma Berti, Carmen und Mia unterwegs gewesen war. Wenn der Wanderweg in die schmale, asphaltierte Straße überging, wussten wir immer, wir hatten es geschafft, und die Schnitzel waren in greifbare Nähe gerückt. Dann war Carmen jedes Mal in Jubel ausgebrochen.

In mir jubilierte gerade gar nichts. Ich war am Ende meiner Kräfte. Ariadne lief die Straße hinunter, direkt auf den Wassergraben zu. Sie trug eine Stirnlampe auf dem Kopf, eines von diesen neumodischen Dingern, mit denen man ein Filmset ausleuchten kann, wenn's drauf ankommt. Im Laufen warf sie die Kettensäge ins Gebüsch, nahm ihr Gewehr von der Schulter und lud es durch. Nike rannte am Rand des Wassergrabens hin und her und verbellte uns tapfer und ausdauernd. Das schussbereite Gewehr im Anschlag, ging Ariadne auf den Burggraben zu.

Ich gab dem Gewicht meiner nassen Klamotten nach und versank.

Der Lichtkegel der Lampe glitt über die Wasseroberfläche. Ich musste schneller wieder auftauchen, um Luft zu holen, als mir lieb war. Wo war der Lichtkegel hingewandert? Oh je, er kam zurück. Im Burghof schlugen die Wachhunde an.

»Tauchen«, keuchte der Knipser.

Vor mir im Wasser regte sich plötzlich etwas. Ein Tier! Ein großer Fisch! Ich konnte ihn an meinen Beinen spüren. Er musste riesig sein. Jetzt bewegte er sich auf die Oberfläche zu. Er berührte meine Arme. Er griff nach mir.

Ich steckte den Kopf aus dem Wasser und hätte am liebsten hysterisch geschrien und ohne Rücksicht auf Leib und Leben den Burggraben verlassen.

Weiter atmen, Maggie! Es gibt keine gefährlichen Wesen in deutschen Gewässern! Wir sind nicht am Amazonas! Neben mir tauchte plötzlich der Kopf von Sibylle auf, dann der vom Knipser. Vorsichtig rückwärts paddelnd, bewegten wir uns von dem großen Fisch weg. Und wie der stank!

Als ich die Burgmauer endlich erreicht hatte, versuchte ich mit den Händen Halt zu finden, aber die Mauer war glitschig. Meine Beine krampften. Jeder Muskel im Leib tat mir weh. Die nassen Klamotten zogen mich unerbittlich nach unten, und ich musste die ganze Zeit dagegen anstrampeln. Nike hatte aufgehört zu bellen. Der Lichtkegel streifte wieder über das Wasser. Ich konnte den schwarzen, gewölbten Rücken des großen Fisches deutlich einen Meter vor mir aufragen sehen. Dann erreichte das Licht den großen Fisch. Die Forelle keuchte kurz auf und schlug sich die Faust in den Mund. Der Fisch trug ein T-Shirt mit der Aufschrift *Metallica*. Was wir für einen Rücken gehalten hatten, war der aufgedunsene Bauch einer Wasserleiche.

Wir tauchten unter. Heißt: der Knipser und ich tauchten unter. Die Forelle tauchte nicht unter. Sie rief laut den Namen unseres Musiktherapeuten Mister Pling: »Mike, Mike, da bist du ja. Oh mein Gott. Ariadne, Mike ist tot!«

Was Onkel Walla mit Sonden bewaffneten Hundertschaften und Polizeihunden nicht geschafft hatte, hatten wir mit unserem verzweifelten Gestrampel erledigt. Welchen Verbrechens hatte sich Mister Pling wohl schuldig gemacht, außer seiner tollpatschigen Flirterei mit der halben Damenwelt von Bad Camberg – inklusive seiner Kollegin Sibylle Schröder-Fröse? Oder hatte das Ariadne schon gereicht?

Ich tauchte wieder auf, spuckte ein paar Algen aus und paddelte nach rechts, bloß weg von der Leiche. Der Knipser presste sich an die Burgmauer. Selbst jetzt, wo ich vor Angst schon kurz davor war zu kapitulieren, konnte ich ihn denken hören. Er dachte darüber nach, wie er von der Wasserleiche ein spektakuläres Foto machen konnte. Ich trat wütend nach ihm, traf aber nur die Mauer.

Die Forelle war verschwunden. Über mir wurde es plötzlich hell, und ein Fenster ging auf. Das warf einen Lichtkegel auf Mister Pling. Zwei angewinkelte Arme ragten neben seinem aufgedunsenen Leib aus dem Wasser. An seinem linken Arm fehlte die Hand. Und da war plötzlich Sibylle, direkt neben der Leiche. Ein Schuss knallte, Wasser spritzte auf, aus dem aufgedunsenen Bauch entwich pfeifend Luft. Der Kopf von Sibylle verschwand im Wasser. Eine Männerstimme rief: »He, Ariadne. Was ist los?«

»Wir suchen ein paar total durchgeknallte Psychos aus der Klinik.«

»Du liebe Zeit.«

»Haben im Vollrausch eine Hütte im Wald angezündet.«

»Wir sind sofort da. Warte, ich hol' die Hunde raus.«

Hat der Kerl die Leiche denn nicht gesehen?

So leise wie möglich, die Nase nur Millimeter über dem Wasserspiegel, bewegten der Knipser und ich uns vorwärts. Immer an der Burgmauer entlang, bis zur kurzen Seite des Gebäudes. Eine Seite des Grabens war trockengelegt. Dort befanden sich die Tierställe.

Ariadne lief mit Nike in die entgegengesetzte Richtung zum Burgtor. Kurz darauf hörten wir, wie die Hofhunde von der Leine gelassen wurden. Wir robbten mit letzter Kraft durch das hohe Schilf ans Ufer.

»Ich kann nicht mehr«, wimmerte ich und spuckte Algen und Wasser aus.

Der Knipser lag neben mir ausgestreckt auf dem Rücken und starrte in den Himmel. Nach ein paar Sekunden flüsterte er: »Ich werde hier nicht sterben.« Er rollte sich auf den Bauch und schaute sich um. »Was ist das da vorne? Ein Stall?«

»Mehrere … alles Mögliche drin …« Ich wischte mir die Tränen aus den Augen und robbte auf einen der Ställe zu, als würde ich von einer unsichtbaren Hand am Kragen dorthin gezerrt.

»Was machst du?«, zischte der Knipser.

»Free Willy.« Mit zitternden Knien zog ich mich an der Holztür hoch und hörte gefährliches Scharren und Schnauben. Ich entriegelte das Tor. Es schwang auf, ich wurde zur Seite geschleudert, und vier Jungbullen tobten auf die Wiese.

Der Knipser machte sich am nächsten Tor zu schaffen. Kaum hatte sich die Tür geöffnet, quollen Massen von Federvieh heraus. Gänse, Enten, Hühner: alle flatterten, aufgeschreckt durch die nächtliche Ruhestörung, in wildem Durcheinander umher. Aus dem nächsten Stall ließen wir die Pferde laufen. Die acht Gäule rasten in Panik über die Wiese, setzten über den niedrigen Holzzaun an der Straße und galoppierten in den Wald. Eine ganze Menge Federvieh folgte ihrem Beispiel gackernd, schnatternd und quakend. Aus dem letzten Stall quoll blökend eine kleine Schafherde, kaum, dass wir das Tor geöffnet hatten. Alle Beteiligten hatten erst mal alle Hände voll zu tun, die Viecher wieder einzusammeln. Und Ariadne musste mithelfen, wenn sie nicht auffallen wollte. In der Zwischenzeit, so hoffte ich, würde irgendjemand die Feuerwehr gerufen und zu Ariadnes Atelier geschickt haben. Irgendjemand muss das Feuer und die Explosion doch bemerkt haben – und die verbrannten Autos sehen. Irgendjemand … irgendwas … am besten sofort!

Wir hörten Ariadne laut Befehle an die Burgmannschaft austeilen. Wir sollten uns unsichtbar machen!

Zwei Meter neben uns lehnte eine Leiter an einem Apfelbaum. Ich nickte dem Knipser zu, und wir kletterten hoch.

»Das … ist … Krieg«, keuchte der Knipser und schwang ein Bein über den Ast.

Mit letzter Kraft zog er an meinem Arm und schaffte es, mich hochzuziehen.

Meine Zähne klapperten vor Angst, und ich fror. Meine Glieder schlotterten so sehr, dass ich beinahe das Gleichgewicht verloren hätte. Mein Exfreund wischte sich eine Ladung Schlamm aus dem Gesicht, öffnete mit zitternden Händen seinen Kamerakoffer, holte ein trockenes Päckchen *Camel ohne* und ein Feuerzeug heraus und zündete zwei für uns an.

»Bist … du … verrückt? Das kann man doch sehen!«

Der Knipser hustete, inhalierte aber trotzdem noch einmal tief und flüsterte: »Na und? Glaubst du, die schießt uns vom Ast? Vor all den Leuten?«

Ich war mir da nicht so sicher, nahm schnell einen tiefen Zug und drückte die Zigarette auf dem Ast aus. Meine Lunge gab einen Pfeifton von sich.

»Eine echte Wasserleiche … mein Gott.«

»Armer Mr. Pling«, flüsterte ich.

»Vielleicht … vielleicht sollte ich …«, hustete der Knipser und zog an seiner Zigarette.

»Denk gar nicht erst drüber nach.«

Er beugte sich ein wenig vor, um die Lage vor dem Burggraben zu beobachten. »Wo ist diese blöde Kuh von Therapeutin?«, nuschelte er und steckte sich seinen dreckigen Zeigefinger in die Lücke, wo seine beiden Schneidezähne fehlten. »Scheiße«, er spuckte aus, »nicht schon wieder.«

»Vielleicht ist sie ertrunken.«

»Was war das vorhin mit Pling?«

»Mein Musiktherapeut. Die Wasserleiche.«

»Musiktherapeut?«

»Mister Pling, der Besitzer der herrenlosen Hand.«

»Was faselst du? Woher kennst du überhaupt all diese Freaks hier?«

»Lange Geschichte. Willst du nicht hören.«

Er setzte sich wieder aufrecht hin und kramte in seinem Kamerakoffer herum. »Stimmt, will ich nicht hören. Ich ruf' jetzt die Bullen an.« Er fischte sein Handy heraus. »Ej, sag mal, wie viel Nachrichten sind hier auf der Mailbox? Warst du das?«

»Nee. Wenn du nicht auf stumm geschaltet hättest, säßen wir gar nicht hier.«

»Ah, jetzt bin ich also wieder Schuld an allem.«

Er hörte doch tatsächlich jetzt seine Mailbox ab!

»Bist du auch. Du könntest wenigstens mal danke sagen.«

»Wofür? Mir fehlen zwei Zähne, und ich bin halb tot.«

»Hör auf, die Mailbox abzuhören, und ruf endlich die Polizei an.«

Er lauschte konzentriert und schüttelte den Kopf. »Du hast Gracia das Portemonnaie und das Handy geklaut?«

Das konnte doch jetzt nicht wahr sein! Ich holte das Portemonnaie und das Handy aus meiner nassen Umhängetasche und knallte beides in seinen Koffer. »Ach, halt die Klappe! Wenn ich auf deine Tussi gewartet hätte, sähst du längst aus wie 'n Grillhähnchen …« Meine Wut auf ihn hatte mich schlagartig wach gemacht. Vielleicht so etwas wie der Marathon-Effekt. »Ich kann jederzeit hier verschwinden. Ich kenn' mich hier aus. Du nicht.«

»Mach doch … Ich komm' schon klar«, sagte er und spulte, sein Handy noch zwischen Schulter und Ohr geklemmt, einen neuen Film in die Kamera. Ich riss ihm das Handy vom Ohr und wollte gerade den Notruf wählen, als vor dem Burgtor die Stimmen lauter wurden. Dann schrie jemand. Die Hunde bellten. Ein Schuss peitschte durch die Nacht. Vor Schreck fiel mir das Handy runter. Der Knipser knallte den Kofferdeckel zu. »Meine Güte, bist du ungeschickt.«

»Geh es doch holen, wenn es so dringend ist. Ruf deine Gracia an … vielleicht steht sie immer noch vor'm Schrank und weiß nicht, was sie anziehen soll.«

Dann brüllten mehrere Leute gleichzeitig aufeinander ein. Ich beugte mich halb auf dem Ast liegend vor, um zu sehen, was an der Burg passierte. Wieder Geschrei. Das war Sibylles Stimme. Plötzlich gingen rund um den Wassergraben alle Außenscheinwerfer an und tauchten die schmale Straße, die Wiese und den Burggraben in ein gespenstisches, orangefarbenes Licht. Der Knipser und ich, im Streit vereint, das Paar des Jahrhunderts, waren leider auch nicht mehr unsichtbar. Unter unserem Apfelbaum hatten sich fünf Schafe versammelt. Ein paar Hühner flatterten wild herum, um einen der unteren Äste zu erreichen. In dem Moment klingelte das Handy. Es spielte die Melodie von *Mission Impossible*, und das Display leuchtete uns hellblau aus dem Gras entgegen. Ich hielt die Luft an. Die Schafe stoben auseinander. Ein Huhn pickte neugierig nach dem kleinen Ding. Der Knipser sagte endlich mal nichts, sondern schnippte seine Zigarette weg.

Ariadne trennte sich von der kleinen Menschengruppe, die um die

Burg herumgelaufen kam. Die Forelle taumelte triefnass hinter ihr her, aber Ariadne schien nur ein Ziel zu kennen: unseren Apfelbaum. Ich sah, wie sie das Gewehr anlegte und aus vollem Lauf von der Straße aus auf uns zielte. Bevor wir überhaupt wussten, wie uns geschah, knallte es, und ein splitternder Ast segelte knapp an uns vorbei. Die Hühner rannten gackernd auseinander. Nike rannte bellend hinter ihnen her. Aus der Ferne hörte ich Pferde wiehern. Das Handy hatte aufgehört zu klingeln.

»Runter da!«, schrie Ariadne.

Breitbeinig stand sie am Rand der Wiese, keine zehn Meter von uns entfernt, und legte das Gewehr an. Die Forelle hatte sich vor ihr auf die Knie geworfen und umklammerte flehend Ariadnes rechtes Bein. Oh mein Gott, alle Heiligen, Oma und alle, die ich kenne. Hilfe – die schießt uns vom Baum!

Ariadne trat mit dem Stiefel nach der Forelle und brüllte: »Verschwinde!«

Aber Sibylle Schröder-Fröse ließ das Bein ihrer Geliebten nicht los und kreischte in einem fort.

Die Burgbewohner wichen entsetzt zurück. Eine junge Frau aus der Gruppe floh schreiend zum Burgtor. Ariadne drehte sich abrupt um und zielte auf die Wirtin, die in Nachthemd und Gummistiefeln inmitten der kleinen Gruppe stand und Ariadnes Namen rief. Einer der Wachhunde sprang auf Ariadne zu. Sie drückte ab, das Tier wurde in vollem Lauf umgerissen und brach zusammen.

»Hören Sie auf«, sagte ein Mann im Morgenmantel, der hinter der Wirtin stand. Ich erinnerte mich an ihn, allerdings trug er das letzte Mal eine weiße Kochmütze und karierte Hosen. »Ariadne, hören Sie auf damit.« Im Bruchteil einer Sekunde hatte er sein Gewehr durchgeladen und in Anschlag gebracht. Die Wirtin setzte sich vor Schreck aufs Pflaster und rang nach Luft. Der Koch machte keine Anstalten, auch nur einen Millimeter zurückzuweichen.

Ariadne und er fixierten sich über Kimme und Korn. Das Ssst-Ssst des Kameramotors machte mich wahnsinnig. Am liebsten hätte ich dem Knipser einen Ellbogen ins Gesicht gerammt. Endlich nahm er die Kamera herunter. »Was ist das denn?« Er dreht sich um und guckte in Richtung Wald.

Erst klang es wie Donnergrollen, was da näher kam. Nein, das war kein Donner, das waren die panischen Pferde. Sie kamen zurück. Vielleicht würden sie die Irre einfach über den Haufen rennen. Ariadne ließ sich von dem immer lauter werdenden Hufgetrappel nicht ablenken. Sie riss das Gewehr herum, zielte auf ihre Freundin und schrie: »Ich habe alles für sie getan. Für alle Frauen. Für dich und für alle. Deinen Scheißkerl habe ich als Erstes umgelegt, damit du wieder glücklich werden konntest. Und du warst doch glücklich …«

Ich hielt mir die Augen zu und hörte auf zu atmen. Als könnte ich damit verhindern, das schreckliche Schauspiel weiterverfolgen zu müssen. Ich wollte nicht sehen, wie Sibylles Kopf in einer Blutfontäne explodierte. Ich zählte die Sekunden. 3 – 2 – 1.

Ein Schuss krachte. Der Knall hallte im Wald lange nach. Irgendwo protestierte aufgeregt ein Vogel. Ich konnte es nicht mehr aushalten, nahm die Hände herunter und traute meinen Augen nicht – Ariadne lag blutend auf der Straße. Ihr rechtes Bein zuckte.

Der Schimmel, auf dem unser Retter saß, hatte sich tief in die Hinterhand gesetzt und schlitterte mit Funken sprühenden Hufen noch ein paar Meter über den Asphalt, bis er endlich stand. Winnie sprang ab, rannte zu Ariadne und gab ihrem Gewehr einen Tritt. Onkel Walla kam in wesentlich gemäßigterem Tempo auf einem Braunen angetrabt, sagte laut »Brr« und ließ sich gemütlich vom Rücken seines Gauls gleiten. Dann teilte er ruhig Befehle an die Burgmannschaft aus. Die Truppe geriet sofort in Bewegung. Die Wirtin rappelte sich wieder auf. Zwei Frauen, die ich als Bedienung auf der Burg schon mal gesehen hatte, kümmerten sich sofort um Sibylle Schröder-Fröse und Ariadne. Onkel Walla klopfte Winnie auf die Schulter.

Ich wäre vor Seligkeit fast ohnmächtig geworden.

»Wer ist denn der Clown mit dem Gaul?«, feixte der Knipser und zeigte auf Winnie. Winnie drehte sich um und schaute in unsere Richtung.

»Winnie, ich bin hier«, rief ich. »Hier, auf dem Baum.«

Der Knipser riss wieder die Kamera hoch, um die Szenerie auf der Straße zu fotografieren.

»Lass es doch einmal sein!«, sagte ich. Er drückte auf den Auslöser, der Motor machte ssst, ssst. »Wieso sollte ich? Du hast doch immer gesagt, lieber 'n Freund verloren, als 'n Gag verschenkt. Warum plötzlich so moralisch, Gretchen? Wegen dem da? Der sieht doch voll schwul aus.«

Ich verpasste ihm eine schallende Ohrfeige. Er verlor das Gleichgewicht und fiel rückwärts vom Ast. Der Kamerakoffer sauste krachend hinterher. Ein paar Hühner stoben protestierend davon. Die Schafe blökten. Der Knipser stöhnte.

»Ich hätte auch zu Hause bleiben können! Ich hätte zu Hause bleiben können, und mir einen schönen Abend machen! Mit meinem *schwulen Clown*!«, giftete ich von oben. »Stattdessen rette ich deinen Arsch … an meinem Geburtstag! Und alles, was du machst … sind Fotos! Fotos vom Elend anderer Leute. Von deinen blöden Sprüchen will ich mal gar nicht reden.«

»Hör auf zu quatschen«, sagte er. »Hilf mir lieber.«

»Soll ich ein Foto von dir machen?«

Er hielt sich das verletzte Knie und fluchte. Ich schaute wieder zur Straße. Winnie ging auf die Wiese zu. Das Pferd folgte ihm und stupste ihm mit der Nase an die Schulter. Er holte eine Papiertüte aus der Innentasche seiner Motorradjacke und gab dem Pferd etwas, das verdächtig an Omas Brauseeulen erinnerte. Etwas Schöneres hatte ich in meinem ganzen Leben noch nicht gesehen. Das schönste Motiv hatte der Knipser verpasst. Danke!

Ich sprang vom Baum, strauchelte über den Kamerakoffer und trat in etwas Hartes, das knirschend nachgab. Auf einen Kollateralschaden mehr oder weniger kam es jetzt auch nicht mehr an.

»Miss Marple, Miss Marple. Und das an Ihrem Geburtstag«, sagte Winnie mit einem breiten Grinsen, als ich ihm in die Arme stolperte. Dabei leuchteten seine Augen mit dem Blaulicht der eintreffenden Krankenwagen um die Wette. »Happy birthday to ya … happy birthday …«, sang er leise, dann gaben meine Knie nach, und um mich herum gingen die Lichter aus.

37

Die Forelle, Ariadne, der Knipser und ich wurden ins Krankenhaus nach Idstein eingeliefert. Unsere Prognosen waren gut. Wir würden es alle überleben. Der Knipser war sofort in den OP verschleppt worden. Wir anderen wurden auf nebeneinander liegende Behandlungsräume in der Notaufnahme verteilt. Niemand vom übereifrigen Ärzteteam wollte mir glauben, dass ich einfach aus purer Erschöpfung zusammengeklappt war, und man suchte intensiv nach Einschusslöchern und inneren Verletzungen. Ohne auf meine Proteste zu hören, wurde ich gedreht und gewendet, abgehört und an piepsende Geräte angeschlossen. Ich war kurz davor, in Panik zu geraten, denn bei *Emergency Room* käme jetzt als Nächstes eine Intubation, eine Lavage und der Anschluss an ein Beatmungsgerät – und in spätestens drei Minuten wären die Wiederbelebungsmaßnahmen dran. Ein Assistenzarzt bestand auf einer umfassenden Blutuntersuchung, hatte meinen rechten Arm abgebunden und versuchte, eine Vene zu treffen. Ich bat ihn mehrmals, damit aufzuhören, aber in ihm war echter Ehrgeiz erwacht. Vielleicht auch nur, weil er wusste, dass vor der Tür ein sehr großer, bewaffneter Mann stand, der an diesem Abend schon einmal ohne zu zögern von seiner Waffe Gebrauch gemacht hatte.

Im Behandlungszimmer nebenan wurde Ariadne von Onkel Walla befragt, während die Ärzte ihr Bein verarzteten. Keiner hatte in der Hektik daran gedacht, die Verbindungstür zwischen den Behandlungsräumen zu schließen, und ich musste mir doch noch die große Beichte des Bösewichtes anhören.

Und Ariadne hatte auch nicht vor, irgendetwas zu verschweigen. Besonderen Spaß, sagte sie stolz, hatte sie an der Sache mit dem Kolbenfresser in Chemnitz gehabt. Und es war ihr ein großes Vergnügen gewesen, Mister Pling noch nicht einmal mehr den Urlaub zu gönnen. Das war, wie sie erklärte, eine ganz persönliche Rechnung, die sie da beglichen hatte. Als die Sprache auf den Rettich kam, leugnete sie vehement, ihn auch nur gekannt zu haben. Außerdem hatte sie für die Tatzeit ein Alibi. An dem Wochende hatte sie schließlich Pling zu ermorden, seine Hand im Wald zu vergraben und die Reste seiner Leiche verschwinden zu lassen. Sie könne ja schließlich nicht an zwei Orten gleichzeitig sein, gab sie zu Protokoll und kam aus dem Lachen nicht mehr heraus. Auf den Grabstein für den Rettich war sie aber mächtig stolz. Und sie war ziemlich sauer auf Coco Reitmeier, dass diese das nicht so sah.

War Rettichs Tod also wirklich und wahrhaftig ein tragischer Unfall gewesen? Ein Materialfehler, der mir die Zukunft versaut hatte? Und nur ein dummer Zufall, dass Cocos Verbindung zur Forelle mich einmal mehr auf Bad Camberg aufmerksam gemacht hatte? Was für eine skurrile Verkettung der Umstände. Absolut nicht drehbuchtauglich. Und aua, mein Arm wird dick!

Onkel Walla unterbrach Ariadne kein einziges Mal, auch nicht, als sie sagte: »Scheißtherapie. An den Händen fassen, Lichter visualisieren, alles Quatsch. So löst man keine Probleme. Aber Sibylle hat nie auf mich gehört. Und die Mistkerle hatten es verdient. Wer sich aufführt wie ein Tier, soll sterben wie ein Tier. Ich habe die Frauen aus ihrem Elend befreit. Ich! Keiner von diesen Psychofritzen hat sich jemals getraut, Nägel mit Köpfen zu machen!«

Eine Krankenschwester verließ Türen knallend den Behandlungsraum. Aber die Künstlerin war noch nicht fertig, denn als Nächstes erzählte sie, wie sie ihre Geliebte, Sibylle Schröder-Fröse, aus ihrem Elend befreit hatte. Das hätte sie lieber nicht tun sollen. Denn den Geräuschen nach zu urteilen, war die Forelle, die im übernächsten Behandlungsraum verarztet wurde, mit dem Geständnis nicht einverstanden. Es schepperte plötzlich laut, so als wäre ein Behandlungstisch mitsamt den Gerätschaften umgeworfen worden. Ich hörte Ariadnes schrilles Lachen, dazwischen das Schluchzen der Forelle und die aufgeregten Stimmen der Ärzte und Pfleger, die wahrscheinlich versuchten, die Therapeutin davon abzuhalten, der Künstlerin die Luft abzudrehen. Ich verstand in dem ganzen Chaos nur so viel: Sibylles Ehemann war der Erste gewesen, den Ariadne aus dem Leben einer Frau expediert hatte, nicht ganz uneigennützig, denn sie war schon lange in die Forelle verliebt, die allerdings noch auf den rechten Pfad der Frauenliebe hatte geführt werden müssen. Da hat Ariadne mal eben nachgeholfen. Es war gar nicht schwer gewesen, den Mann mit K.o.-Tropfen zu betäuben, in den Wald zu fahren und dort nackt aufzuknüpfen, betonte sie.

Da hatte Sattelmann ja noch richtig Glück gehabt, dass sie ihm seinen Anzug gelassen hatte, dachte ich wenig pietätvoll.

Die Forelle bekam das Geld aus der Lebensversicherung, weil alles auf Selbstmord hindeutete, konnte die Schulden bezahlen und bekam eine Freundin dazu, die sie abgöttisch liebte und ihr nie mehr von der Seite wich. »Meine erste wirklich wichtige Ausstellung! Mit aller Liebe, zu der ich fähig war!«, brüllte Ariadne. Ein Arzt verlangte nach zwei Ladungen Diazepam für die außer Rand und Band geratenen Frauen. Vermutlich hatte eine der Krankenschwestern schnell reagiert, denn bis auf das Piepsen eines Monitors war es plötzlich ganz still. Sogar mein Assistenzarzt hatte aufgehört, in meiner Vene herumzustochern, und lauschte andächtig. Und als es nichts mehr zu belauschen gab, schloss er endlich die Tür zum Nebenraum und kam lächelnd mit hocherhobener Spritze wieder auf mich zu.

Das war der Moment, um vom Behandlungstisch zu springen. Der junge Assistenzarzt war zu verblüfft, um sich mir in den Weg zu stellen. Ich machte einen großen Satz an ihm vorbei, riss mir die Blutdruckmanschette vom Arm und schaffte es bis vor die Tür. Gott sei Dank stand Winnie im Gang und baute sich schützend vor mir auf. Ich klammerte mich an ihm fest und verkündete laut, dass ich endlich nach Hause will. Aus den Behandlungsräumen kamen diverse Weißkittel, Schwestern und Pfleger, die wissen wollten, wem sie die nächste Ladung Diazepam verabreichen sollten. Winnie versicherte allen, die entnervt auf dem Gang herumstanden, dass er mich durchaus im Griff hätte, auch ohne Betäubungsgewehr. Und dann sah die Idsteiner Ärzteschaft endlich ein, dass es für alle Beteiligten besser wäre, mich ziehen zu lassen. Man lieh mir netterweise ein blaues OP-

Outfit und Gummiclogs. Vorher musste ich mit meinem Blut einen Wisch unterschreiben, dass ich weitere Untersuchungen abgelehnt hatte und dadurch meinen vorzeitigen Tod billigend in Kauf nahm.

Ich bekam meine nassen Sachen in einem Müllbeutel ausgehändigt. Und ehe ich noch »Nein, ich will lieber ein Taxi« sagen konnte, hatte ich schon einen Helm auf dem Kopf, steckte in Winnies zentnerschwerer Lederjacke, saß auf einer Harley und wurde von Idstein zurück nach Bad Camberg katapultiert.

Dank Onkel Wallas Umsicht waren im *Hotel Taunus* zwei Zimmer für uns reserviert. Als mich der Nachtportier in meinem unkleidsamen OP-Outfit frieren sah, erbarmte er sich und warf die Kaffeemaschine und die Fritteuse an. Er versprach, sich sofort um meine nassen Sachen zu kümmern. Kurze Zeit später durfte ich unter Winnies Aufsicht in der Badewanne Pommes rot-weiß essen und Kaffee trinken.

Während wir die Fritten in uns reinstopften, erzählte er mir, wie er mit dem Motorrad nach Bad Camberg gerast war, um noch rechtzeitig beim großen Showdown mitzumischen. Die Kurzfassung: Winnie hatte, nichts Böses ahnend, nach der erfolglosen Razzia im Swinger-Club mit seinen Kollegen im Café Madrid die zweite Halbzeit Deutschland-Kamerun angeschaut und dann sein Vorhaben in die Tat umgesetzt, mir ein ausgefallenes Geburtstagsgeschenk zu machen. Schon vor Tagen hatte er für meinen Ehrentag, nach Wilmas Vorbild, beim Harley-Dealer in Wattenscheid ein Motorrad für eine Probefahrt reserviert. Er hatte sich in den Kopf gesetzt, mich mit einer Spritztour zu überraschen. Auf der Suche nach mir hatte er in Stiepel angerufen und sich aus Kajos verstörtem Bericht zusammengereimt, dass ich gerade dabei war, eine Riesendummheit zu begehen. Dann war er bei Wilma vorgefahren. Und – große Überraschung – von ihr erfuhr er, dass das Geburtstagskind mittlerweile mit dem unversicherten Auto Köln verlassen hatte und sich auf dem Weg nach Bad Camberg befand, um einen weiteren Mord zu verhindern. Und es hatte in Köln bereits ein Portemonnaie und ein Handy mitgehen lassen. Winnie hatte sich noch die Zeit genommen, sich den von mir bekritzelten Kalender anzuschauen, und dann hatte Karin ihn telefonisch mit den ersten Ergebnissen der Laboruntersuchung zum Thema Hundehaare überrascht und ihm meine Theorien aufgetischt, die plötzlich gar nicht mehr so verworren daherkamen. Alles zusammen hatte meinen besten Freund bewogen, sich unverzüglich auf den Weg nach Bad Camberg zu machen. Dort angekommen, wollte er gerne zuerst mit Wachtmeister Walther sprechen. Der war aber schon mit der Feuerwehr zu einem Einsatz im Wald ausgerückt, wo ein Holzhaus lichterloh brannte und die Nachbarn mehrere Explosionen gehört hatten. Winnie überredete einen ahnungslosen Polizeifrischling, der sich vermutlich nie wieder auf ein Motorrad setzen wird, ihn zum Ort des Geschehens zu lotsen. Messerscharf hatte Winnie beim Anblick der beiden verkokelten Autowracks geschlossen, dass Gefahr im Verzug war. Die Pferde waren aufgetaucht, die, wie Onkel Walla erkannte, zum Berkelbacher Hof gehörten. Die beiden hatten es vorgezogen, statt der Harley ein deutlich wendigeres Fortbewegungsmittel für die Holperstrecke quer durch den Wald zu nehmen. Denn der Weg über die offiziellen Straßen zum Berkelbacher Hof bedeutete einen gewaltigen Umweg und wäre reine Zeitverschwendung gewesen.

»Ich wusste gar nicht, dass du ein Pferdeflüsterer bist.«

»Fußballfan-Flüsterer, ein paar Jahre lang.«

»Du hast die Fans vorm Ruhrstadion in Schach gehalten? Auf so einem Riesengaul?«

»Ja. Er ist ein Brauner und er heißt Mokka«, sagte Winnie stolz. »Ich besuche ihn machmal. Er steht im Gnadenbrot in Stiepel.«

Genauso wie ich.

»Winnie, kann ich noch einen Kaffee haben?«

»Aber selbstverständlich, Mylady.«

Ich lag im heißen Schaumbad und beschäftigte Winnie damit, mir irgendwelches Zeug herbeizuschleppen, von dem ich glaubte, dass es mir guttun würde. Leider hatte er strikt abgelehnt, mir aus der Hotelbar zwei Flaschen Wodka zu besorgen. Er kam mit einer Tasse Kaffee in der einen Hand und einer Flasche Rotwein in der anderen zurück, setzte sich auf den Badewannenrand und sagte: »Auch ein Gläschen? Empfehlung des Hauses? Trollinger.«

»Nee, danke, vom Liebreiz des Goldenen Grundes hab' ich grad' genug.« Ich trank ein paar Schlucke Kaffee und steckte mir eine Zigarette an. Meine Hände zitterten immer noch. Winnie entkorkte die Flasche und goss den guten Tropfen in einen Zahnputzbecher.

»Winnie, du müsstest doch längst wieder in Bochum sein. Warum fährst du nicht? Ich komme morgen mit der Bahn nach.«

»Wir fahren morgen zusammen. Unten steht mein Geburtstagsgeschenk, und ich habe mir sehr viel Mühe damit gegeben.«

»Ich werde tausend Tode sterben. Ich hasse es, auf dem Rücksitz eines Motorrades zu sitzen. Die Fahrt hierher hat mir schon gereicht.«

»Du wirst es toll finden. Glaub mir. Vor allem, wenn du erst mal richtige Schuhe anhast. Ich ertrage doch nicht stundenlange Fachgespräche mit einem Harley-Freak aus Wattenscheid, nur um wieder alleine nach Hause zu fahren. Wo sind wir denn hier?«

»Absurdistan.«

Er ging wieder ins Zimmer und kam kurz darauf mit Wilmas Schachtel zurück.

»Hier, soll ich dir geben. Hat sie mir in letzter Sekunde noch in die Packtaschen gequetscht.«

»Mach mal auf, bitte.«

Als erstes kam ein weißer Umschlag zum Vorschein. Darin befanden sich fünf Hunderter und eine Karte. Ich bat Winnie, mir vorzulesen.

»*Liebe Frau Margret, ich dachte, Sie würden Ihren Wagen in absehbarer Zeit brauchen. Wenn Sie mögen, verwenden Sie das Geld für die Versicherung und die Anmeldung. Ich hoffe, Sie feiern schön. Ich bin in Gedanken dabei. Ihr Matti Paavo Biemi … Bietimitimo* …Dingsbums.«

»Ach, Herr Matti«, seufzte ich.

Winnie goss sich noch mal großzügig nach. »*PS: Ich hoffe, Sie konnten Herrn Winnie von unserer Theorie überzeugen.* Welche Theorie?«

»Wenn man alles eliminiert, ist das, was übrig bleibt, die Lösung, und sei sie noch so abwegig – sagt Sherlock Holmes.«

»Wieder was gelernt.«

»Weiter mit den Geschenken. Was ist noch drin?«

»Hm, das hier. Von Wilma.«

Winnie hielt mir den schwarzen Body von Prada hin.

»Zieh mal an, Winnie.«

»Ich bin nicht betrunken genug.«

»Ach bitte, bitte. Nur für mich. Weil mein Geburtstag ist.«

Winnie nahm noch einen Schluck Wein, guckte anerkennend die Flasche an und sagte: »Vielleicht in einer Stunde.«

Schade.

Er betrachtete ein Foto, das aus der Schachtel gefallen war, lachte und hielt es mir hin. »Und der nennt mich einen schwulen Clown?«

»Das hast du gehört? Da draußen?«

»Es war ja nicht zu überhören.«

Tja, Winnie, du hast die beste Gelegenheit verpasst, dem Knipser auch noch die andere Kniescheibe zu zertrümmern. Verdient hätte er es. Vielleicht wird er nach der OP in die Reha zu Dr. Müller in die Kurklinik geschickt – das geschähe ihm Recht. Ob der Irre immer noch auf mich und meine Füße wartet?

»Worüber lachst du?«

»Nix, Winnie, ich hatte eine sehr schöne Vision.«

Und meine Geburtstagsgeschenke wurden immer wertvoller. Ich schaute das Foto an: Zusammengekrümmt, eingewickelt in eine viel zu kleine Decke, lag der Knipser schlafend auf nackten Terracottafliesen vor einem Ledersofa. Daneben zwei unbenutzte Gläser und eine unangetastete Flasche Prosecco. Es war das Hotelzimmer im *San Pio* in Rom – Juniorsuite.

»Wilma, du bist doch … Kann ich mal dein Handy haben?«

»Es ist halb fünf, lass Wilma in Ruhe. Sie weiß, dass es dir gut geht. Ich hab' vom Krankenhaus mit ihr telefoniert. Komm endlich aus der Badewanne und schlaf noch ein bisschen.«

»Was soll ich denn im Bett? Von Kettensägen-Massakern und von aufgeblähten Wasserleichen träumen?« Ich ließ das Foto ins Wasser fallen. »... und von dem hier schon gar nicht. Mein Gott, im Gegensatz zu dem, was ich heute erlebt habe, hat das *Blair Witch Project* geradezu *Teletubbies*-Niveau.«

»Deins war immerhin echt. Stell dir vor, du hättest eine Kamera dabei gehabt. Nicht auszudenken ... Es hätte Fernsehpreise gehagelt.«

»Blaschke – verarschen kann ich mich allein.«

»Ich meine ja bloß.« Winnie nahm schnell noch einen Schluck Wein.

»Ich bin mal gespannt, ob das Labor noch ein paar von den Fotos aus der zerdatschten Nikon retten kann ... ich meine, die dein Ex gemacht hat ... vom Tatort. Wie heißt der überhaupt richtig? Ich konnte mich gar nicht mit ihm unterhalten. Er wurde ja sofort in den OP verfrachtet.«

»Ruf Onkel Walla an, der sagt es dir.«

»Und du nicht?«

»Ex.«

»Maggie!«

»Knipser.«

Winnie schlug mit der flachen Hand ins Badewasser. Wasser und Schaum spritzten bis an die Zimmerdecke. Das Foto soff endgültig ab. Meine Zigarette ging zischend aus.

»Blumenkohlohr.«

»Also hör mal. Der Mann hat doch einen Namen.«

»Nein.«

»Werd nicht kindisch, Miss Marple.«

»Das ist nicht kindisch. Ich hab' mir geschworen, seinen Namen nie wieder auszusprechen. Das gehört zum Voodoo-Zauber. Wer keinen Namen mehr hat, der existiert nicht mehr. Seine Seele verblasst mit der Zeit und verschwindet – und beinahe hätte er sich ja auch in Rauch aufgelöst.«

»Whow. Wenn das alles so einfach wäre.«

»Gar nichts ist einfach, glaub mir.«

»Liebst du ihn denn noch?«

»Nein.«

»Warum hast du ihn dann gerettet?«

»Weil eben nichts einfach ist.«

Ich steckte mir eine neue Zigarette an und wechselte das Thema: »Und wie geht's jetzt weiter, Holmes?«

»Und wenn sie nicht gestorben sind, dann leben sie noch heute. Abblende, Musik, Abspann.«

»Winnie!«

»Wie soll's schon weitergehen? Wir fahren morgen nach einem leckeren Frühstück nach Hause. Du genießt deine große Winnie-Harley-Geburtstagsfahrt – der Wetterbericht verspricht übrigens Kaiserwetter, wir können so richtig Gas geben, weißt du. Jede Menge lauschige Parkplätze an der Autobahn ...«

»Winnie! Es ist mein Geburtstag und nicht deiner.«

»War'n Witz ... Hey, du könntest ein bisschen Enthusiasmus zeigen, Miss Marple: Da unten steht eine Harley Night Rod, 220 Spitze. Von Null auf Hundert in 3,9 Sekunden und ...«

»... ich hoffe, du hast Kotztüten dabei. Können wir nicht das Pferd nehmen?«

»... und am Abend gehen wir in Kajos Konzert, danach zum Feiern ins Café Madrid.«

Hör auf, um dein Leben zu betteln, Maggie. Erzähl einem Kerl, egal ob schwul oder nicht, was von 220 Spitze und 3,9 Sekunden, und das Ding ist gelaufen. Mein einziger Trost wird sein, dass ich schon längst bewusstlos sein werde, wenn die Karre aus der Kurve fliegt.

»Und wer erledigt den ganzen Papierkram?« Ein letzter Hoffnungsschimmer.

»Diesmal Karin und Hauptwachtmeister Walther. Ich hab' ab morgen eine Woche frei und werde nach dem Abschluss deiner Geburtstagsfeierlichkeiten nach Amsterdam fahren«, sagte Winnie strahlend.

»Mach bloß keinen Scheiß, Tortiki. Das halten meine Nerven nicht aus. Weiß dein Angebeteter, dass du kommst?«

Winnies rechte Augenbraue wanderte nach oben, als er sagte: »Du magst Nikolaj nicht, Miss Marple, warum?«

»Weil er super aussieht und total nett ist und fürsorglich und weil … er kochen kann … und ach …«

»Also, dann magst du mich auch nicht?«

»Du meinst also, du siehst super aus und bist total nett und fürsorglich?«

»Natürlich, was denn sonst?«

»Hab' ich nie gesagt.«

»Ha, ha, die Hete ist eifersüchtig. Eine eifersüchtige, hetige Schwulettenpsychologin …«

»Ist irgendwas mit dem Wein nicht in Ordnung, Holmes?«

»Doch, doch …«

»Wer hat mich denn geküsst und seine Hand an meinem Hintern gehabt, als gäb's kein morgen, du arroganter Kleinstadt-Cop? Na ja, im Vollrausch, aber immerhin.« Diesmal schlug *ich* mit der flachen Hand ins Badewasser. Winnie wich der Fontäne aus und sagte plötzlich ganz ernst: »Tut mir leid … kommt nicht wieder vor … ich war wohl …«

»… ein bisschen von der Rolle«, vollendete ich seinen Satz. »Schwamm drüber, Winnie. Wir sind beide in den letzten Wochen ganz schön aus der Rolle gefallen. Peinlich, peinlich. Das kommt davon, weil die Liebe und dieses ganze Hormon-Getöse drumherum Monster aus uns macht.«

»Da bin ich aber anderer Ansicht. Liebe ist doch toll. Eifersucht macht Monster aus den Menschen.«

»Sag' ich doch.«

»Jetzt ist also Nikolaj Schuld dran, dass du aus der Rolle fällst?«

»Um es mal ganz ehrlich zu sagen: Ja. Ich hätte deine Kaviarschnitte am liebsten gleich am ersten Abend in der Badewanne ersäuft. So läuft das, auch wenn zwischen uns nie was laufen wird. Das hab' ich schon verstanden. Aber ich werde schon drüber wegkommen, mach dir keine Sorgen.«

»Du bist so schlimm, Miss Marple«, lachte Winnie, langte ins Badewasser und setzte mir ein Schaumkrönchen auf den Kopf.

»Schlimm, aber ehrlich. Was man von dir nicht unbedingt sagen kann. Wieso lässt du eigentlich niemanden in deine Wohnung? Mir ist das ja völlig egal, aber noch nicht mal Nikolaj – deine große Liebe – darf in dein Heim! Jemanden nicht in seine Wohnung lassen, heißt, ihn nicht in sein Leben lassen. Das hat ihn traurig gemacht.«

Während ich noch sprach, trank er in einem Zug seinen Wein aus, nahm mir den Aschenbecher und die leere Tasse weg und trug alles zurück ins Zimmer.

Gut, dass wir mal drüber gesprochen haben.

Ich hörte, wie Winnie sich aufs Bett fallen ließ und stieg aus der Wanne. Na warte, Blaschke. Das wollen wir doch mal sehen. Ich trocknete mich ab, hüllte mich in den blütenweißen Hotelbademantel und wickelte ein Handtuch um meine nassen Haare. Ich bin mit dir noch nicht fertig, Herr Kommissar!

Als ich ins Zimmer kam, lag mein Schlachtschiff der Länge nach auf dem Bauch und war schon eingeschlafen. Wenn du wüsstest, was für ein Monster dieser Nikolaj aus mir macht, Winnie Blaschke, würdest du hier nicht so selig schlummern. Ich durchsuchte die Taschen seiner Motorradjacke, fand statt eines Ausweises aber nur die blau-rot-karierte Papiertüte und stibitzte eine Brause-Eule.

»Untersteh dich, meine Taschen zu filzen«, murmelte Winnie.

»Warum darf niemand wissen, wo du wohnst?«

»Licht aus.«

»Tortiki«, säuselte ich.

»Licht aus!«

Ich knipste die Nachttischlampe aus und setzte mich aufs Bett. Im ersten Licht des neuen Tages sah mein schwuler Panzerkreuzer besser aus, als die Polizei erlaubt. Ich küsste sanft seinen warmen Nacken und ergatterte den letzten Hauch von *Halston.* Danach gönnte ich mir noch eine Zigarette auf Himbeerbrause, sah meinem besten Freund beim Schlafen zu und stellte zufrieden fest, dass ich gar nicht wissen musste, wo er wohnte – *ich* war an meinem Geburtstag von einem Ritter auf einem weißen Pferd gerettet worden. *Ich* war jetzt hier, und der Russe nicht.

38

Herrn Matti Paavo Bietiniemolaiinnen
Justizvollzugsanstalt Bochum
Krümmede 3
44791 Bochum
Bochum, 15. Juni 2002

Lieber Herr Matti,

wenn ich Sie das nächste Mal besuche, was hoffentlich bald der Fall sein wird, habe ich Ihnen eine Geschichte zu erzählen, die Sie mir vermutlich nicht glauben werden. Aber Sie hatten so Recht mit Ihrer Vermutung. Sherlock Holmes ist gegen Sie ein Waisenknabe. Aber das erzähle ich Ihnen alles persönlich – zum Schreiben reicht meine Zeit gerade nicht aus, da müsste ich ja einen ganzen Roman draus machen.

Ihr Geburtstagsgeschenk habe ich erhalten. Vielen Dank dafür. Das Auto hat leider, bevor ich es anmelden konnte, einen Totalschaden erlitten. Keine Sorge, mir ist nichts passiert, es ist nur in Flammen aufgegangen, was ursächlich mit Bad Camberg zu tun hatte. Ich weiß, ich spanne Sie gehörig auf die Folter.

Meine Geburtstagsparty war sehr schön. Obwohl ich den Rimskij-Korsakow schon zum 2.000.000sten Male gehört hatte, klang er wie neu.

Die anschließende Party im Café Madrid mit allen wäre »irrsinnig« schön gewesen, wenn Rita nicht andauernd abwechselnd knutschend über Willy und Kai-Uwe Hasselbrink hergefallen wäre. Und wenn sie nicht geknutscht hat, hat sich Rita weitschweifig über die Vorzüge von Herzig ausgelassen, der in ein paar Tagen das Geld eingetrieben haben wird. Und Rita ist »irrsinnig« stolz auf Hasselbrink, der ihr den Anwalt besorgt hat. (Wie bitte? War ich das nicht?) Und Kai-Uwe? Anstatt das richtigzustellen, genießt er ihre Bewunderung und wird noch nicht mal rot dabei. Ich versteh' die Welt nicht mehr.

Herzig hat die Elogen dankend entgegengenommen und sich gleich darauf Carmen zugewandt, die doch jetzt ein nicht unbeträchtliches Vermögen zu verwalten hat. Nachdem die beiden festgestellt hatten, dass sie dasselbe Hobby haben, nämlich Golfen, hatte Herzig eine Klientin mehr. Es hat nicht viel gefehlt, und er hätte sich spontan den Reiseplänen von Mia und Carmen angeschlossen: Karibik-Kreuzfahrt mit dem Traumschiff. Er hat sich noch rechtzeitig daran erinnert, dass Ihre Verhandlung bald ansteht.

Oma Berti hat mir zum Geburtstag eine Stange Gauloises Blondes geschenkt – diesmal nicht aus dem Keller. Zum Nachtisch gab es für alle eine Runde Brauseeulen, weiß und mit Zitronengeschmack. Wenn Berti Ärger mit den Marketingfritzen von Harry Potter *bekommt, geht für Herzig erst richtig die Sonne auf. Ich sollte ihn bei Gelegenheit auf eine Vermittlungsprovision ansprechen. Was meinen Sie?*

Seit gestern bin ich wieder allein im Haus der Familie Kostnitz. Souterrain? Fehlanzeige. Ich muss mir langsam was einfallen lassen. Bis jetzt ist kein ernsthafter Interessent für das Haus aufgetaucht, also bin ich wieder hier. Aber das kann sich täglich ändern. Der Kater hat ausgeschmollt und den Kamin verlassen. Er liegt gerade mit mir vor dem Fernseher. Obwohl auf dem Shoppingkanal die Vorführung einer Vorrichtung für das senkrechte Grillen von Hähnchen gezeigt wird, bei der ganze Hähnchen auf ein simples Gestell (sieht aus wie der Halter für die Küchenrolle) aufgespießt werden, wirkt Dr. Thoma zuweilen abwesend. Manchmal starrt er minutenlang zur Treppe. Ich sehe ihm an, dass er seinen russischen Dosenöffner vermisst.

Kajo ist auf dem Weg zu einem internationalen Klavierwettbewerb in Paris. Sein Mountainbike hat er Wilma geliehen. Sie trainiert, ohne Rücksicht auf Leib und Leben, steile Hänge runterzukacheln, und kann schon ganz viele neue Wörter wie »lefty« und »Karkasse« und »xo-Schaltwerk«. Und Acki hat neuerdings einen bemerkenswert guten Haarschnitt.

Ob Winnie jemals aus Amsterdam zurückkommen wird, weiß ich nicht. Es scheint ihm dort zu gefallen, was nicht nur an den malerischen Grachten liegen kann.

Ich muss mich verabschieden, der Grillmeister winkt. Die Würstchen sind fertig. Da müssen Dr. Thoma und ich uns wohl mal von den Fernsehgrillhähnchen losreißen und uns in den Garten zu den echten Würstchen begeben.

Aikaa sydämellisyys tervehtiä. (Ich hoffe, das ist richtig – ich habe es gegoogelt.)

Ihre Maggie Abendroth

Ende

Danksagung

Wir bedanken uns von ganzem Herzen für unendliche Geduld, Unterstützung und fruchtbare Kritik bei:

Peter Molden, Dr. Meike Fritz für ihr Lektorat, Priv.-Doz. Dr. Marcel A. Verhoff (Rechtsmedizin Universität Gießen), Dr. Marc Bennecke (... *always sailing for truth*), TCHO, Hagen Masanneck, Achim Birkner – Rockets Bike Shop *(Bitte, was für'n Ritzel?)*, Kai Buyting (... *so viele Paragraphen, Herr Anwalt*), Joerg Maffei *(Du hast die Haare schön ...)*, Helge Jepsen *(... sehen wir wirklich so aus?)*, Margit Schönberger *(Mach nie'n Kapitalisten schlau)*, Barbara Schwerfel *(Nein, du störst gar nicht, ich bin nur im Urlaub)*, Herrn Brüggemann und Herrn Fregonese (Tür auf, Tür zu) und den Mitarbeitern der JVA Krümmede und Anja Sportelli *(Nehmt mal die Decke aus dem Mund, Mädels ...)* und Dr. Helmut Thoma und Daniele Thoma *(... einfach köstlich, der Kater Dr. Thoma).*

Moni, Dante, Ingo, Michael, Nils, Andrasz T., Tina, Finn, Dino, Simon, Karin, Sabine, Beate, Diana, Svenja, Marion, Amelie, Christopherus, Josh, Ralle, Joseph, Christian Ö., Christian F., Peykan, Ken (... der gar nicht schweigsame Finne), Mambo Kurt und Frau Muggel im Allgemeinen und Besonderen. Und dem Team »Weißer Ring – Bochum« für selbstlosen Einsatz in turbulenten Zeiten.
Ganz besonders danken wir unseren Schwestern Brigitte und Kirsten und allen Freunden und Verwandten, die hier nicht namentlich erwähnt wurden, für ihre Unterstützung in Worten und Taten. Was wären wir ohne Euch?

Bad Camberg, Kneipp-Kur-Bad im Goldenen Grund, mon amour, dein Trollinger ist der Wahnsinn! Dem Team des Eichelbacher

Hofes und des Klosterkellers gebührt der Dank für erlesen Speis
und Trank (vom Kurarzt garantiert verboten).

Wir versichern, dass die hier dargestellte Geschichte
frei erfunden ist, niemals stattgefunden hat und hoffentlich
niemals stattfinden wird. Alle handelnden Personen und ihre Taten
sind Produkte unserer überschwappenden Fantasie.
Alle, die uns zu fachspezifischen Fragen Auskunft erteilt haben,
haben ihr Bestes gegeben, damit wir Fehler vermeiden.
Sollten sich trotzdem Fehler finden, gehen diese einzig und
allein auf unsere Kappe.

Wir hatten Spaß beim Schreiben.
Sie hatten hoffentlich Spaß beim Lesen. Lob und Tadel werden
Sie auf unserer Website los: www.minck-minck.de

Die Mincks

FAQs an die Mincks

1. **Sind Sie wirklich Schwestern?**
   Nein, sind wir nicht. Eher Schwestern im Geiste, aber wir kennen uns schon so lange, dass wir uns sicherlich mit der Zeit sehr ähnlich geworden sind. Macht der Gewohnheit.

2. **Wie schreibt man eigentlich zu zweit ein Buch?**
   Wer den dicksten Knüppel in der Hand hat, gewinnt. (Könnte man meinen.) Wir entwickeln die Geschichten gemeinsam – also wie alles ablaufen soll – erarbeiten Charaktere usw. Dann setzt sich eine hin und schreibt. Das Ergebnis wird dann wieder von beiden gelesen, lektoriert, kritisiert, verworfen, neu geschrieben ... und dann hoffentlich verbessert. Manchmal reden wir eine Stunde über einen Satz, manchmal suchen wir nach einem speziellen Wort, und manchmal wundern wir uns, wie schön ein Kapitel geworden ist. Grundsätzlich vertrauen wir auf unser Motto: Mit der Zweiten schreibt man besser. Denn alleine wird man schnell betriebsblind. Zu zweit lässt sich das alles besser bearbeiten und weiterentwickeln, zu zweit freut man sich auch mehr über alle guten Dinge, die passieren. Und nicht zuletzt gehört auch ein wenig Konkurrenzdenken dazu – das spornt an.

3. **Wie viel Biografisches ist eigentlich in den Geschichten über Maggie Abendroth?**
   Phhhhhh ...? Hmmmm ...? Jede Menge, befürchten wir.

4. **Geht es bei einem Bestatter wirklich so zu, wie Sie das im ersten Maggie-Abendroth-Krimi „totgepflegt" beschreiben?**
   Bis auf die Morde ist alles andere wirklich authentisch.

5. **Haben Sie das recherchiert? Und wo?**
   Recherche ist das halbe Leben. Edda hat einen Kurs bei einem Bestatter gemacht. Man kann nur über Sachen schreiben, die man kennt. Und wer sich selbst noch nie in Gegenwart einer Leiche erlebt hat, weiß einfach nicht, wie das ist. Man kann dann nur annehmen, wie es wäre, neben einer Leiche zu stehen, sie anzufassen usw. Aber wirklich wissen tut man es nicht.

6. **Waren Sie für „abgemurkst" denn auch zur Kur?**
Aber sicher – und das war nicht der angenehmste Teil der Recherche. Wir sind an die Grenzen unserer Belastbarkeit gegangen. Ehrlich.

7. **Woher bekommen Sie das ganze Fachwissen, das ein Krimiautor braucht?**
Von Experten, z. B. von Priv.-Doz. Dr. Marcel Verhoff, Rechtsmediziner in Gießen, der unsere Leichen und Todesarten auf Authentizität überprüft. Wir haben Glück, denn er ist ein großer Krimifan, der mit Leib und Seele dabei ist. Wenn, wie in „abgemurkst", jemand am Baum hängend aufgefunden wird, dann weiß Priv.-Doz. Dr. Verhoff, wie das aussieht – bei Regen, bei Sonne, in der Nacht, nach drei Tagen, nach fünf Wochen ... usw. Bei anderen Fragen sprechen wir andere Experten an: Kriminalbeamte, Gefängnispersonal, Anwälte, Ämter etc.

8. **Wird Maggie Abendroth jemals glücklich?**
Wir sind optimistisch, noch hat sie ja fünf Bücher lang Zeit dazu.

9. **Wird Maggie ihre Schreibblockade überwinden?**
Na, wer hat denn sonst diese Geschichten aufgeschrieben? Wir kennen die Frau ja kaum, ehrlich gesagt. Wir leiten den Kram, den sie schreibt, eigentlich nur weiter.

10. **Gibt es Oma Bertis Brauseengel wirklich?**
Nein, leider nicht. Aber wir suchen einen Sponsor dafür – das wäre doch ein lustiges Merchandising-Produkt.

11. **Wie kommen Sie denn nur immer auf diese haarsträubenden Geschichten?**
*Wir leben im Ruhrgebiet, so haarsträubend finden wir die gar nicht. Aber das Ruhrgebiet war schon immer etwas speziell. Andere Regionen in Deutschland sind vielleicht nicht so aufregend. Ein Abend hier in einer Kneipe und Sie wissen Bescheid. Die besten Geschichten schreibt sowieso das Leben, nur kann man das nicht immer so erzählen – wenn das so wäre, wären die Tageszeitungen die reinsten Bestseller und wir bräuchten keine Bücher mit Geschichten.
Alles beginnt meistens mit der Frage: Was wäre wenn …?
Und schon hat man den nächsten Krimiplot auf dem Tisch.*

12. Denken Sie sich ihre Figuren aus oder gibt es lebende Vorbilder?
Wir warten schon seit Monaten auf die ersten Klageschriften, aber nee, mal im Ernst ... es gibt schon Vorbilder. Wir haben im Laufe der Zeit viele Menschen kennengelernt und einige Skurrilitäten erlebt. Das mischen wir natürlich gerne mit hinein. Im Übrigen – wer glaubt, sich erkannt zu haben, fasse sich an die eigene Nase. Als Autor hat man die Macht, auch schlimme Dinge, sogar wenn sie einen selbst betreffen, in einen schönen neuen Mantel zu kleiden. Und als Krimiautor kann man auf sehr unblutige Art den Plagegeistern im eigenen Leben einen mächtig guten Abgang verschaffen – zumindest auf dem Papier.

13. Wie geht es denn mit Herrn Matti und Maggie nun weiter?
Da müssen Sie die beiden selber fragen. Wir mischen uns da nicht ein.

14. Maggie kocht immer Spaghetti. Kann sie nichts anderes?
Sieht wohl so aus. Wollen Sie das Rezept für Maggies Carbonara? Jede Menge klein geschnittenen Bacon in Olivenöl anbraten, viel Pfeffer drauf, Sahne reinschütten, probieren, nachsalzen, ein Ei rein, umrühren, Muskat drüber reiben, umrühren und dann die gekochten Spaghetti in die Sauce, Parmesan drauf, noch mal umrühren, fertig.
Kurzes Rezept, was?

15. Können Sie beide denn kochen?
Aber klar. Trotzdem endet es meistens bei Nudeln. Wer viel denkt, braucht viele Kohlenhydrate.

16. Wir haben gehört, Oma Blaschke hat im Internet einen Kummerkasten eröffnet – da können Leute um Rat in allen Lebenslagen fragen.
Ähhm, ja ... Berti hatte da so eine Idee ... Sie können es ja einmal versuchen: www.fragensieomaberti.de.
Aber wir garantieren für nix.

Bestattungen gehören gemeinhin nicht zu den favorisierten gesellschaftlichen Ereignissen. So geht es auch Maggie Abendroth, 37 Jahre alt, die aus schierer finanzieller Not Sekretärin in einem Bestattungsinstitut wird. Als es dann an ihrem Arbeitsplatz auch noch mehr Leichen gibt als üblich, kommt sie nicht daran vorbei, sich ein paar Fragen zu stellen. Bis Maggie die allerdings beantwortet hat, sieht es zwischenzeitlich so aus, als würde sie des Rätsels Lösung nicht überleben.

2. Auflage, 288 Seiten, Taschenbuch, ISBN 978-3-7700-1260-2